クリスマス・オブ・ラブ――十九世紀の愛の誓い

メアリ・バログ／コートニー・ミラン
マーガレット・ムーア
辻　早苗／岡　聖子／柿沼瑛子　訳

A HANDFUL OF GOLD

by Mary Balogh

THIS WICKED GIFT

by Courtney Milan

COMFORT AND JOY

by Margaret Moore

Published by Harlequin K.K., Tokyo, 2010

目次

金の星に願いを　メアリ・バログ　7
不埒な贈り物　コートニー・ミラン　155
愛と喜びの讃歌　マーガレット・ムーア　307

クリスマス・オブ・ラブ

1

ロンドンの家の居間で、消えかけている火の前にだらりと座っているその紳士は、一日の終わりで疲れているというだけではなさそうだった。グレーの膝丈ズボン《ブリーチズ》と白い長靴下《ストッキング》は最高級のシルクだったが、ストッキングはしわくちゃになっていたし、靴はすでに乱暴に脱ぎ捨てられていた。今夜身に着けたときには体に張りつくようにぴったりしていた燕《えん》尾《び》服も、今はあいている椅子に無造作に投げ捨てられていた。

美しい刺繍《ししゅう》の施されたベストはボタンがはずされている。側仕《そばづか》えが三十分以上もかけて芸術的に結んだネッククロスは引きほどかれ、左肩のあたりにだらしなくぶら下がっている。わざと乱した感じの流行のスタイルに整えられた黒っぽい髪は、あまりに何度も手ですいたために、今ではみっともないほどくしゃくしゃになっていた。なかば伏せた目は、少しばかり充血している。椅子の肘かけの外に突き出された腕の先では、からのグラスが危なっかしく揺れていた。

フォリングズビー子爵ジュリアン・デアはどう見ても泥酔していた。

そして、しかめっ面をしていた。彼に深酒の悪習はなかった。賭博《とばく》の悪習ならある。女道楽もそうだ。それに無鉄砲な生き方も。だが、彼の悪習に深酒はない。やみつきになりかねない習慣は身につけないよう、ジュリアンはいつも注意してきた。いつの日か、グランサム伯爵である父親がいつも言っている〝若気の至り〟を卒業し、これもまた父親の言葉を借りれば、〝身を固める〟ことは心に決めていた。いざそのときが来て常習癖をやめるのは厄介だ。賭博は彼にとっては常習癖ではない。女道楽もしかり。両方ともきわめて気に入ってはいるが。

　ジュリアンはあくびをし、今何時だろうと思った。まだ夜は明けていない。十二月は早朝から太陽が顔を出さないでくれることがささやかな喜びだ。真夜中はとっくに過ぎているはずだった。とっくに。妹の催した夜会を去ったのは真夜中前だったが、そのあと〈ホワイツ〉と、白熱した勝負が行われるカード・パーティの一、二箇所――ほんとうに一、二箇所だけだっただろうか？――に顔を出した。そこでは勝負以上の激しさで酒が飲まれていた。

　椅子から立ち上がってベッドに行くべきなのはわかっていたが、その気力がなかった。側仕えを呼び、ベッドに入るのを手伝ってもらわなければならない。けれども、立ち上がって呼び鈴を鳴らす元気すらなかった。いずれにしても眠れないだろう。泥酔したときは、横になるより体を起こしているほうがましなのは経験からわかっていた。

どうしてこれほど深酒をしたのだろう？

自問するまでもなかった。ここまで酔っ払ったのはなぜか、彼ははっきりと覚えていた。酩酊《めいてい》状態になっても忘却は訪れなかった。あの女相続人。ミス・プランケット。違う、レディ・サラ・プランケットだ。なんという名前だろう！　不幸にして、あの小娘は名前にぴったりの顔と気質の持ち主だった。彼女は両親とともに、クリスマスをコンウェイで過ごすことになっている。ジュリアンの末の妹エマが、今朝――いや、もう昨日の朝か――彼のもとに届いた手紙の中でそう書いていた。それを読んだジュリアンは、苦もなく二と二を足して必然的に四という答えをはじき出したのだった。それには算術も演繹《えんえき》法もいらなかった。

その後読んだ父からの手紙は、もっとあからさまだった。プランケット家の娘が両親とともにクリスマスをデア家で過ごすことだけでなく、ジュリアンにサラのご機嫌を取り、彼女に関心を寄せて、父を喜ばせるように、と書かれていたのだ。二十九歳になるのに、ジュリアンは自分で結婚相手を選ぼうという気配すらなかった。父親はそんなジュリアンに対し、かなりの忍耐強さを見せていた。だが、もう若気の至りを卒業して身を固める潮時だ。妹は五人、そのうち三人が未婚で、つまりまだ不安定な状況だった。たったひとりの息子として身を固めるのは彼の義務で……。

フォリングズビー子爵はあいているほうの手でまた髪をすき、無意識のうちに、ただのぼさぼさ頭にしていた。すぐそこにあるブランデーのデカンターに目をやる。途方もなく遠くに思えた。

とてもできない――サラと結婚するなど。まったくわかりきったことだ。だれもジュリアンを無理やり彼女と結婚させることなどできない。たとえ、厳格だが、うっとうしいほど愛情に満ちた父親といえども。大好きな母親も、愛する妹たちでさえ。ジュリアンは顔をしかめた。なぜぼくは、仲がよく愛にあふれた家族に恵まれてしまったのだろう？　そして、どうして母は、伯爵の地位と広大な地所と財産の跡継ぎとなるぼくを第一子として産んだあと、娘ばかりを産んだのだろう？　ジュリアンが跡継ぎを少なくともひとりはもうけなければ、そのほとんどすべてが遠い親戚《しんせき》のものになってしまうのだ。

ジュリアンはいくばくかの決意をこめて、ふたたびブランデーのデカンターに目をやったが、どういうわけか無理に足を動かすほどの強い力を振りしぼることはできなかった。

朝届いた手紙はもう一通あった。差し出し人はバーティだ。バーティことバートランド・ホランダーは、大学までずっとジュリアンの親友であり、共謀者だった。バーティは今、イングランド北部で領地の管理をするのにほとんどの時間を費やしていたが、それでもふたりは親しい付き合いを続けていた。だがバーティには、ノーフォークシャーに狩猟小屋があり、ヨークシャーに愛人がいる。バーティはクリスマスのあいだ、その狩猟小屋と愛人を一度に楽しむつもりだったのだ。そこで家族を避けるために、休暇は友人と狩りをするという口実を作った。詮索《せんさく》好きな目と堅苦しい礼儀から離れたところで愛人のデビーと一週間過ごすというわけだ。パーティは、ジュリアンも愛人を連れて彼の狩猟小屋へ来るよう誘っていた。

ジュリアンには今、囲っている愛人はいない。最後の愛人と別れたのは数カ月前だ。彼女と過ごす夜が、〈オールマックス〉で毎週開催されている舞踏会で夜を過ごす以上に惰性化して退屈なものになったというのが別れた理由だった。それ以来彼は、知り合いの未亡人と互いに満足のいく協定を結んでいる。だが、相手は上流階級の立派な女性なので、ノーフォークシャーでパーティや彼の愛人のデビーとともに気楽な罪の一週間を過ごそうと誘えるわけがなかった。

くそっ！　ぼくは思った以上に酔っ払っている。ジュリアンは唐突に思った。妹エリノアの開いた夜会に行く前にも、実はほかの場所に立ち寄っていた。オペラを見に劇場に行ったのだ。音楽がとくに好きというわけではない――少なくともオペラ音楽は。最近〈ホワイツ〉に通う男たちのあいだで交わされる話題の主を見に行ったのだ。噂《うわさ》では、相当魅力的な踊り子が新しく入ったということだった。ところが、彼女が初めて舞台に立ってから二、三週間がたっても、彼女を誘ったどの男のベッドにもその姿が目撃されることはなかった。最高の値をつけてくれる男を待っているのか、好みの男が現れるのを待っているのか、あるいは貞潔な女なのか。

父の要求とパーティの招待について考えながら、ジュリアンはみんなが何をそれほど騒いでいるのかを確かめるために劇場に行った。

みんなが騒いでいたのは、長く形のいい脚と、細くてしなやかな体と、長い金褐色の髪だった。赤毛ではない。そんな趣味の悪い色ではなく、金褐色だ。そしてエメラルド色の瞳。オペラ上演中にボックス席から彼女の瞳の色が見えたわけではない。幕が下りたあと、楽屋の戸口から単眼鏡を通して見たのだ。

ミス・ブランチ・ヘイワードは、まさしく恋い焦がれる崇拝者たちに取り囲まれて、ちやほやされていた。ジュリアンは楽屋の奥にいる彼女を悠然と単眼鏡越しに見て、目が合うとかすかに頭を下げて会釈した。それから、オペラ歌手のハンナ・ダヴのまわりに集まるもっと大勢の紳士たちに合流した。取り巻きのひとりがその名に似つかわしく鳩《はと》のような歌い方だと称したあの歌手だ。そのおかげで、ジュリアンは上品な微笑《ほほえ》みを受け、手にキスをすることを許された。

そうしてジュリアンは二、三分で楽屋をあとにし、すでに嫁いだ妹の応接間へと向かったのだった。

ブランチ・ヘイワードという、うさんくさい貞節の要塞《ようさい》を攻めてみるのもおもしろいかもしれない、とジュリアンは思った。クリスマスに彼女をパーティの狩猟小屋へ連れていって、一週間の長きにわたる熱い情事を経験するのはもっとおもしろいかもしれない。コンウェイに行っても、人が集まる騒がしくて楽しげなクリスマスと、プランケットの小娘が待っているだけだ。ノーフォークシャーへ行けば……。

ああ、頭が働かない。

そうだ、彼女に決めてもらおう。ジュリアンはそう思った。彼女を誘ってみる。答えがイエスなら、ノーフォークシャーへ行く。これが遊びおさめだ。自由と若気の至りと、その他もろもろの最後を飾るものとなる。プランケット家の娘も顔を出すであろう社交シーズンの春が来たら、義務を果たす。来年のクリスマスまでにはサラのおなかを大きくする。

そう考えたとたん頭痛が始まって、ジュリアンは先ほどまでグラスを持っていた手で頭を押さえた。グラスはどうしただろう？　落としたのだろうか？　ブランデーはグラスに残っていただろうか？　たぶん飲み干したに違いない。そうでなければ、ここに座って、頭の命令にそむく足でどうやってデカンターのところまでたどり着こうかと悩んだりはしなかったはずだ。

彼女が――女相続人ではなく、ブランチが――ノーと言ったら、ジュリアンはコンウェイへ行き、喜んで運命に身をまかせる。この場合、来年のクリスマスまでには育児室に赤ん坊がいることになるだろう。

ジュリアンは頭を押さえていた手を、今度はネッククロスをゆるめるつもりで首もとへ持っていった。だが、すでにだれかの手でネッククロスはゆるめられていた。

くそっ。彼女はすばらしかった。女相続人のことではない。だったら、すばらしかったのはだれだ？　エリノアの夜会で会っただれかだったか？

居間のドアをこするような小さな音がしたかと思うと、そのドアが開き、ジュリアンの側仕えが用心深く慇懃《いんぎん》な顔つきで入ってきた。

「いいときに来てくれた」ジュリアンは言った。「よそ見をしているあいだに、だれかがぼくの両脚から骨を抜き取ってしまったんだ。不自由この上ない」

「おっしゃるとおりですね、だんなさま」側仕えが言い、決然たる足取りでジュリアンに近づいた。「あといくらも時間がたたないうちに、頭の骨もだれかに抜き取ってもらっていればと思われるでしょう。こちらへどうぞ。わたしの肩に腕をまわしてください」

「生意気この上ない」ジュリアンがつぶやく。「酔いがさめたら、おまえをくびにするのを思い出させてくれ」

「かしこまりました、だんなさま」側仕えは明るく言った。

フォリングズビー子爵が居間の暖炉の前で、脚が骨抜きになり、頭がずきずきする状態でだらしなく座っていた数時間前、ミス・ヴェリティ・ユーイングは、ロンドンのあまり評判のよくない通りにある暗い家のドアの鍵《かぎ》をあけ、音をたてないようにそっと中に入った。だれも起こしたくはなかった。ろうそくを灯《とも》さないまま、忍び足で階段を上がることにした。きしむ八段目は踏まないようにしよう。暗がりで服を脱ぎ、チャスティティが目を覚まさないことを祈ろう。妹は眠りの浅いたちだ。

運はヴェリティに味方してくれなかった。まだ階段のいちばん下の段に足をかけてもいないのに、階下の居間のドアが開き、ろうそくの明かりがひと筋廊下にこぼれ出た。

「ヴェリティなの？」

「そうよ、ママ」ヴェリティはひそかにため息をつきながらも、明るい笑みを浮かべた。

「寝ないで待っていることはなかったのに」

「眠れなかったのよ」あとに続いて居間に入ってくるヴェリティに母が言った。母はろうそくを置き、肩のショールをさらに引き寄せた。炉床に火ははいっていない。「帰ってくるまで心配なのよ。知っているでしょう」

「レディ・コールマンがオペラのあと、遅い夕食に招かれたの」ヴェリティは説明した。「わたしもいっしょに行ってほしいと言われたのよ」

「思慮に欠ける人ね」ミセス・ユーイングの口調は少しばかり物悲しげだった。「紳士の娘を毎晩遅くまで拘束して、ご自分の馬車でなく貸し馬車で送り返すなんて軽率だわ」

「貸し馬車を用意してくれるだけでも充分親切よ」ヴェリティは言った。「ママ、体が冷たくなっているじゃないの」炉床に火がはいっていない理由はきくまでもなかった。十時以降に暖炉を使うことは、ユーイング家では考えられないほどの贅沢《ぜいたく》だ。「ベッドに入りましょう。今夜のチャスティティの様子はどうだった？」

「夕方からは、三、四回以上は咳《せき》をしていないわ」ミセス・ユーイングが言った。「長い発作も一度も出ていないの。新しい薬がすごく効いているみたい」

「そうなればいいなと願っていたのよ」ヴェリティは微笑み、ろうそくを手に取った。「行きましょう、ママ」

だが、オペラに関するいつもの質問を、ヴェリティは完全には避けられなかった。レディ・コールマンは何を着ていたのか、いっしょに見た人はだれか、夕食に誘ったのはだれか、何を食べたのか、どんな会話が交わされたのか。ヴェリティはできるだけ簡単に答えたが、雇い主が身に着けていた高価な流行の夜会服については、母のためにくわしく描写してみせた。

「わたしに言えることは」寝室のドアの前まで来たとき、ミセス・ユーイングが小声で言った。「レディ・コールマンはいっぷう変わったレディだということね。レディはふつう、話し相手《コンパニオン》を住み込みで雇って、時間を持てあます日中に呼びつけるものだわ。自宅から通わせたり、社交活動をする夜ばかり呼びつけたりはしないものよ」

「それなら、そういうレディを見つけられて、しかも気に入ってもらえたのは、幸運だったということね」ヴェリティは言った。「住み込みのコンパニオンになっていたら、ママやチャスティティには半日休みのときしか会えなくなるもの。レディ・コールマンは未亡人なのよ、ママ。だから、外出するときには世間体のためにいっしょに行ってくれる人間が必要なの。これ以上楽しい仕事はないわ。お給料もいいほうだし、今より上げてもらえることにもなったの。ちょうど今夜、わたしの仕事ぶりに満足しているから、たっぷり昇給するとレディ・コールマンから言われたばかりよ」

だが母親の顔は、ヴェリティが望んでいたほどうれしそうではなかった。ろうそくを娘の手から受け取りながら、ミセス・ユーイングは首を振った。「ああ、ヴェリティ。わたしの娘が勤め口を探さなければならない日が来るなんて思ってもいなかったわ。あなたのパパのユーイング牧師がわたしたちにほとんど何も遺《のこ》してくれなかったのは事実だけれど、チャスティティの病気がなければ不自由なく暮らすことができたはずよ。それに、間の悪いことにヘクター・ユーイング将軍が和平交渉のためにウィーンに行っていなければ、きっとわたしたちを助けてくれていたわ。あなたとチャスティティは彼の弟の子どもなんですもの」

「そんなに悩まないで、ママ」ヴェリティは母の頬にキスをした。「わたしたち三人はいっしょにいるし、チャスティティは評判のいいお医者さまに診てもらって、いいお薬をいただいたおかげで、よくなってきているじゃないの。大切なのはそれだけよ。おやすみなさい」

一分後、ヴェリティは自分の部屋に入ってドアを閉めた。後ろ手にノブを握り、目を閉じてしばらくドアにもたれる。妹のベッドからは穏やかな規則正しい寝息が聞こえるだけで、あとは静かなものだった。ヴェリティは凍えそうな寒さに震えながら、音をたてないようすばやく服を脱いだ。ベッドにもぐりこむと、横を向き、膝を抱えるように丸くなって、耳までカバーを引き上げた。歯ががちがちと鳴ったが、それは寒さのせいばかりではなかった。

ヴェリティがしているのは危険きわまりない賭《かけ》だった。

賭といっても、それはお遊びなどではない。

レディ・コールマンなど存在しないこと、紳士の娘にふさわしく、かつ楽な仕事などないことを、母が知ってしまうのはいつだろう？　幸いにも、ヴェリティたちが田舎からロンドンへやってきたのはつい最近のことで、生活に窮していたため、友人を作る余裕はほとんどなく、ましてや上流階級の友人はひとりもいなかった。ロンドンに引っ越してきたのは、父が亡くなった直後の昨年の冬、チャスティティが風邪をひき、なかなか治らなかったからだ。地元の医者よりも優秀な医者にかからなければ、チャスティティは助からないかもしれない——それは痛いほどはっきりしていた。チャスティティの病気は肺結核ではないかと恐れていたのだが、ロンドンの医者はそれを否定した。単に胸が弱っているだけで、適切な薬と食餌療法《しょくじ》で完全に快復する可能性があるとのことだった。

ロンドンの医者の診察代と薬代は途方もなく高額で、しかも治療はまだ終わっていない。

家の賃貸料も、みすぼらしいわりに高かった。それに加えて炭、ろうそく、食料、その他の請求書の支払いに常に追われていた。

ヴェリティは必死で品のいい仕事を探した。母には、伯父がイングランドに戻り、自分たちの窮状を話すまでの一時的なことだと言って安心させた。だがそう言いながら、裕福な伯父を少しも当てにしていなかった。父の存命中、なんのかかわりも持たなかった人が助けてくれるとは思えない。ヴェリティの祖父はかつて、願ってもない好条件の縁組を断り、財産も地位もそこそこでしかなかった紳士の娘、つまりヴェリティの母と結婚した末息子を見放したのだった。

今もこの先も、母と妹の世話は自分がするべきだとヴェリティは考えた。だから、家庭教師の口もコンパニオンの口も見つからず、店員やお針子やメイドの仕事すら見つけられなかったとき、見込みはないと知りつつ、劇場の踊り子のオーディションを受けてみた。健康で、踊るのも好きだったからだ。舞踏会でだけでなく、植え込みの陰で、あるいは牧師館の空き部屋で踊るのも好きだった。まさかと思ったが、ヴェリティはオーディションに合格し、踊り子の仕事を手に入れた。

女優、歌手、踊り子――どんな形であっても、人前で舞台に立つことはレディにふさわしい品のいい仕事ではない。実際、大勢の人が踊り子や女優は娼婦《しょうふ》と同義語であると考えている。それは仕事に就く前からヴェリティは重々承知していた。

だからといって、ほかに選択の余地があっただろうか？

こうしてヴェリティの二重生活――秘密の生活が始まった。日中は、稽古《けいこ》がないかぎり家柄のいい聖職者の貧乏な娘であり、有力者ヘクター・ユーイング将軍の姪《めい》のヴェリティ・ユーイングだった。そして夜は、町にいる上流階級の紳士の半数に色目を使われる劇場の踊り子ブランチ・ヘイワードになった。紳士の多くが、そのためだけに劇場に来ていた。

それは危険な賭だった。いつなんどき知人に気づかれるか知れなかった。だが、ロンドンに滞在し、都会の娯楽を味わう習慣のある田舎の隣人はいない。おそらくそれより大きな問題となるのは、万が一伯父が手を差し伸べてくれる決心をしたとき、ヴェリティ自身が上流社会の一員になれない可能性を作ってしまっているということだ。だが、その心配があるとは思えなかった。

今は、それよりも差し迫った、解決しなければならない問題がある。

けれども、踊り子として稼げる金ではまだ充分ではない。

ヴェリティはベッドカバーの下にさらに深くもぐりこみ、両手を両脚にはさんであたためようとした。

「ヴェリティなの？」眠そうな声がたずねた。

ヴェリティはベッドカバーから顔を出した。「そうよ、チャス」そっと言う。「ただいま」

「わたし、眠ってしまったのね」チャスティティが言った。「お姉さまが戻るまで、いつも心配でたまらないわ。夜ひとりで出かけずにすめばいいのに」

「でも、そうしなければならないの」ヴェリティは言った。「出かけた先のすばらしいパーティや、お芝居のことをあなたに話してあげられなくなるわ。オペラのことは——というか、それを見に来ていた人たちのことについては、朝になったら話してあげる。さあ、今は眠りなさい」ヴェリティはやさしく明るい声で言った。

「ヴェリティ」チャスティティが言う。「感謝していないなんて思わないでね。お姉さまがわたしのために払ってくれている犠牲に気づいていないなんて思わないで。いつの日か必ずお返しをするわ。約束する」

ヴェリティはまばたきをして涙をこらえた。「わかっているわ、チャス」ヴェリティは言った。「春になったら、あなたはきっと時季はずれの薔薇《ばら》みたいに頬を染めて、桜草や、らっぱ水仙の中で踊れるようになるわ。そのときには、わたしが今しているささいなことに二倍の——いいえ、十倍以上の——お返しをしてもらうから。ほら、もう寝なさい、おばかさん」

「おやすみなさい」チャスティティは大きなあくびをして、ほんの一、二分後にはふたたび深く規則正しい寝息をたてていた。

踊り子が収入を増やす方法がひとつある。ヴェリティはもう少しでその方法をとろうと考えそうになった。もう一度ベッドカバーの下にもぐりこみ、そのことは忘れようと努めた。その考えはここ一週間以上、ヴェリティの頭に何度も浮かんだ。先ほど母にあんなことを言ったのは、予備知識を与えるためだったかもしれない。〝わたしの仕事ぶりに満足しているから、たっぷり昇給するとレディ・コールマンから言われたばかりよ〟

ヴェリティには、劇場がはねると楽屋を訪ねてくる常連の崇拝者がかなり大勢いた。そんな紳士のふたりがすでに、ヴェリティに対して露骨な申し出をしていた。ひとりは彼女がめまいを起こしそうなほどの金額を口にした。彼女はそんな気にはなれない、と何度も自分自身に言い聞かせた。実際、心は揺れなかった。だが、問題はその気になるかどうかではない。頭で冷静に決めるべき問題だった。

そんなことをするとしたら、ただひとつの理由は、母とチャスティティの安全のためだ。チャスが必要な治療を受けつづけるためには、今以上にたくさんの金が必要になる。ヴェリティの貞操を差し出して、チャスティティの命を得るということだ。

そう考えれば、決断しなければならないことなどありはしないのだと思えてくる。

そのとき、今夜紳士の形で現れた誘惑がヴェリティの頭をよぎった。彼は楽屋の戸口に立ち、一、二分単眼鏡越しに横柄な態度でヴェリティを見つめ、ハンナ・ダヴを取り囲む紳士たちの輪に加わった。そのふるまいで、彼はヴェリティに――いや、ブランチに――

興味を持たなかったのだとわかったが、ヴェリティは彼が楽屋にいるあいだじゅうこちらを見つめているような奇妙な感覚にとらわれた。

　踊り子仲間にあとから聞いた話では、彼はフォリングズビー子爵といって、放蕩者《ほうとう》として有名らしい。いずれにしろ、それくらいのことはヴェリティにも想像がついただろう。なぜなら、彼はその信じられないほどすばらしい容貌《ようぼう》――長身、たくましい体つき、浅黒い肌、刺し貫くようでいて同時に眠たげな目――だけでなく、自分の思いどおりにすることに慣れているような自信と傲慢《ごうまん》さを醸し出していた。それに、耐えがたいほどの官能的な雰囲気もまとっていた。そう、彼は放蕩者だ。間違いなく。

　それなのに、ヴェリティはその瞬間、強く心を揺さぶられ、怖くなった。彼が近づいてきていたら、彼が申し出をしていたら……。

　そのどちらも彼がしないでくれてよかった。

　けれどもいずれ、それも近いうちに、ヴェリティはだれかの申し出をしっかり考え、受け入れなくてはならない。そう！　ヴェリティはついにありのままの事実を認めた。わたしはだれかの愛人になる。いや、それは正確ではない。わたしはだれかの娼婦になるのだ。

　目を閉じていたにもかかわらず、つかの間部屋がぐるぐるまわった。

　チャスティティのためよ。ヴェリティは自分にしっかりと言い聞かせた。チャスティティの命のためなのよ。

2

ジュリアンは、最初に訪れてから二日後にまた楽屋へ行った。四人の紳士がブランチ・ヘイワードと話していた。ハンナ・ダヴの姿は崇拝者たちに囲まれて見えなかった。ジュリアンはそちらに加わり、しばらく愛想よくおしゃべりをした。あまり熱心だと思われたくはなかったからだ。数分後、ジュリアンは金褐色の髪の踊り子にふらりと近づいて会釈した。

「ミス・ヘイワード」彼女の目を見つめながら、物憂げに言う。「今夜のあなたの踊りはすばらしかったと言わせてもらってもいいだろうか?」

「ありがとうございます」彼女の声は低く、音楽のようだった。なんともそそられる声だな、わざとそういうふうに聞こえるようにしているのだろう、とジュリアンは思った。彼を見返すその目には、遠慮のない――抜け目のない?――表情が浮かんでいた。彼女が貞淑な女性だなどと、ジュリアンは一瞬たりとも信じなかった。あるいは彼女の持っている、なけなしの貞淑は貸し出し禁止とも思っていなかった。

「ミス・ヘイワードの才能と優雅さについては、つい今しがたわたしが賞賛したばかりだ、フォリングズビー」ネザフォードが言った。「ああ、彼女が舞踏会に来たら、ほかの女性すべてが恥ずかしい思いをするだろうな。どんな紳士も、彼女以外の女性と踊りたいとは思わないだろうからね、違うかい？　え？」彼は肘でジュリアンの脇腹《わきばら》をつついた。

ブランチを取り巻くほかの紳士たちのあいだに、同意を示すようなくすくす笑いがもれた。

「おやおや」ジュリアンはつぶやいた。「ミス・ヘイワードはそんな……いや、名声を喜ばないのではないかな」

「そんな悪名も」彼女はつかの間の笑みを浮かべた。

「まいったな」ネザフォードが続ける。「だがね、あなたがワルツを踊っている姿には、ほれぼれすると思うよ、ミス・ヘイワード。問題は、その場にいる男たち全員が立ち上がって、あなたの踊る姿を見たがることなんだ。あなた以外の女性と踊る男がだれもいなくなってしまう」この言葉にみながどっと笑った。

単眼鏡を目にあてがったジュリアンは、踊り子の笑みに嘲笑《ちょうしょう》の色が浮かぶのを見た。

「ありがとうございます」ブランチは言った。「そんなお世辞を言ってくださるなんて、おやさしい方ね。申し訳ありませんが、もうくたくたなんです。長い夜でしたから」

彼女はあからさまに崇拝者たちを追い払った。彼らは会釈をし、別れの言葉を言ったあと、すごすごと離れていった。三人は楽屋の外へ出て、ひとりはまだハンナ・ダヴの周囲にいた紳士たちの輪に加わった。ジュリアンはその場に残った。

ブランチ・ヘイワードが物問いたげにジュリアンを見た。「何か？」挑むような響きがあった。

「ときには」単眼鏡を下ろして後ろで手を組む。「静かでゆったりとした食事をすることが、睡眠と同じくらい疲労に効果的な場合がある。ぼくといっしょに食事に行かないか？」

彼女は断りの言葉を言いかけ――ジュリアンには表情からそれがわかった――ためらい、口を閉じた。

「夕食ですか？」彼女が両方の眉を上げる。

「ここから遠くない居酒屋の個室を予約してある」ジュリアンは言った。「ひとりでじゃなく、だれかといっしょに食事をしたかったのでね」そう言いながら、彼は無頓着《むとんちゃく》な表情と身ぶりで、ひとりで食事をしたってかまわないと伝えた。彼女が誘いを受けようと受けまいと、どうでもいいというように。

彼女は目をそらし、自分の手を見下ろした。また断りの言葉を考えているらしい。だが同時に、そそられてもいるようだ。あるいは――ジュリアンはこれこそが今のふるまいのほんとうに意味するところではないかと思ったが――ブランチは彼と同じくらい、自分の伝えたいメッセージを送ることに長《た》けているのかもしれない。この場合、そのメッセージは気乗り薄とある種の無関心だ。だが、最終的には誘いを受けると決めている。ジュリアンは彼女が心を決めやすくしてやった。というより、このゲームの切り札を自分の手に取り戻した。

「ミス・ヘイワード」ジュリアンはわずかに彼女のほうに体をかがめ、声を落とした。「ぼくはきみを食事に誘っているんだよ。ベッドにではなく」

彼女がぱっと視線を上げてジュリアンと目を合わせた。その目に、やられたわという驚きが浮かんだのをジュリアンは見て取った。彼女は中途半端な笑みを浮かべた。

「お受けしますわ。とても空腹なんですもの。外套《がいとう》を着るあいだ、お待ちいただけます？」

ジュリアンが小さくうなずいたので、彼女は立ち上がった。その背の高さに、ジュリアンは驚いた。彼はかなり長身で、たいていの女性を見下ろす格好になる。ところが彼女はジュリアンより頭半分ほど低いだけだった。

よし、まず第一歩を踏み出し、成功をおさめたぞ。ジュリアンは満足げに思った。確かに彼女が同意したのは食事だけだが、このささやかな勝利をノーフォークシャーでの喜悦の一週間へとつなげられなかったとしたら、コンウェイで待ち受けている憂い顔のレディ・サラ・プランケットという運命を受け入れるしかない。

このゲームに負けるつもりはなかった。

それ以上に、ジュリアンは彼女には彼を負かすつもりがないと信じていた。

そこは天井が丸太造りになった四角く広い部屋で、大きな暖炉では火が勢いよく燃えていた。部屋の中央には、ぱりっと糊《のり》のきいた白いクロスのかかったテーブルが置かれ、すばらしい陶磁器とクリスタルがふたり分用意されていた。ピューターの燭台《しょくだい》では二本の長いろうそくに火が灯《とも》っている。

フォリングズビー子爵はわたしがイエスと言うと確信していたんだわ。ヴェリティはそう考えた。彼は無言でヴェリティの外套を脱がせた。彼女は子爵を見ることなく部屋を横切って暖炉のところへ行き、手を火にかざした。これまでにないくらい緊張していた。オーディションのときも、初めて舞台に立ったときも、これほど緊張しなかった。これはそういうものとは違った種類の緊張なのかもしれない。

「今夜は冷えるね」彼が言った。

「ええ」とはいえ、寒さに気づく暇はほとんどなかった。劇場からの短い距離を壮麗な馬車で移動したのだから。馬車の中ではふたりとも何も話さなかった。

彼女はこれが食事だけの招待ではないと思っていた。けれど、いずれ言われるだろうことに、なんと答えるかはまだわからない。娼婦《しょうふ》の世界では、こういう招待を受けたら、よくある方法で感謝の気持ちを示すのが当たり前なのかもしれない。

今夜が終わるまでに、あと戻りできない一歩を踏み出すことになるのだろうか？　どんな感じがするだろう？　ヴェリティの中で突然そんな疑問が浮かんだ。そして朝になったらどんな気がするだろう？

「緑がよく似合うね」フォリングズビー子爵が言った。はっと振り向いたヴェリティは、彼がすぐ後ろにいることに気づいてぎょっとし、そんな自分に腹を立てた。「女性の多くは自分に似合う色の服を選ぶことができない」

ヴェリティは深緑色のシルクのドレスを着ていた。かなり流行遅れだったし、着古してくたびれかけていたが、彼女はこのドレスを昔から気に入っていた。ハイウエストで袖《そで》のまっすぐなシンプルなデザインなので、凝った流行のスタイルのものほど早く飽きることもない。時代に左右されない優雅さがそのドレスにはあった。

「ありがとうございます」

「思うに」フォリングズビー子爵が言う。「きみのその独特の瞳の色を作り出すために、どこかの画家が丹念に色を調合し、最高級の筆を使ったのだろう。かなり珍しい色合いだね」

ヴェリティは躍る炎を見つめたまま微笑《ほほえ》んだ。これまでも大勢の男性からこの瞳についてたっぷりとお世辞を言われてきた。けれど、こんなふうに表現したのは彼が初めてだ。

「アイルランドの血が少し流れているんです」ヴェリティは言った。

「なるほど。エメラルドの島か」彼がそっと言う。「赤毛で激しい気性の美人の土地だ。きみは激しい気性の持ち主なのかな、ミス・ヘイワード？」

「イングランドの血も流れていますわ」ヴェリティは言った。

「ああ、実際的で冷淡なわれわれイングランド人の血か」フォリングズビー子爵がため息をついた。「がっかりだな。テーブルにつこうか」

「癇癪《かんしゃく》持ちの女性がお好きなんですか？」ヴェリティは、彼女を座らせてから向かい側の席につく子爵にたずねた。

「それは相手の女性によるな」フォリングズビー子爵が答える。「相手を服従させることで喜びが得られると思ったら、そう、イエスだ」彼はテーブルにあったワインの栓を開け、まずヴェリティのグラスに注《つ》ぎ、それから自分のグラスに注いだ。

ヴェリティはそのあいだ、劇場をあとにしてから初めてじっくりとフォリングズビー子爵を見た。彼は恐ろしいほどハンサムだ。そのすばらしい容貌《ようぼう》のどこに恐ろしさを感じるのか、彼女には説明しようにもできなかった。できるなら楽屋に戻って、さっきと違った返事をしたいとヴェリティに思わせたのは、彼の容貌というよりも、彼の自信、彼の傲慢《ごうまん》さなのだろう。ふたりの給仕係が無言で料理を運び、テーブルに並べていたが、それでもヴェリティには子爵とふたりきりでいるように感じられた。彼の官能的な魅力と、彼が自分を欲しがっていることを知っているせいで、そんなふうに感じるのかもしれない。

子爵はグラスを高く掲げ、テーブルの真ん中あたりまで手を伸ばした。「新たな知人に」ちらつくろうそくの明かりのもと、彼はまっすぐにヴェリティの目を見つめた。「ぼくたちの仲が深まることを願って」

ヴェリティは微笑み、グラスの縁を彼のグラスにかちりと当てて、ワインを飲んだ。ほっとしたことに手は震えていなかったが、決断が下されたような、契約が結ばれたような気がした。

「食べようか？」給仕係が下がり、ドアが閉じられると、彼は冷肉と温野菜の載った皿、焼きたてのパンの入ったかご、さまざまな果物の入った深皿を示して言った。

ヴェリティは唐突に空腹を感じたが、食べられるかどうかとても不安だった。自分の皿に控えめに料理を取る。

「教えてくれないか、ミス・ヘイワード」ヴェリティがロールパンにバターを塗るのを見ながら、子爵が言った。「きみはいつもこんなにおしゃべりなのかい？」

ヴェリティは手を止め、しぶしぶ目を上げて、もう一度子爵を見た。彼女は上流階級に属する女性として、社交的な会話を難なく交わすことができる。ところが、こういった場にふさわしい話題についてはまったくわからなかった。男性とふたりきりで食事をしたこともなければ、いちどに三十分以上を過ごしたこともない。付き添い役の目の届かないところで会うこともなかった。

「どんな話をすればいいのかしら？」ヴェリティはたずねた。

子爵はおもしろそうな表情を浮かべて、しばらく彼女を見つめていた。「ボンネットについてかな？」彼が言う。「宝石について？　最近した買い物旅行？」

子爵は女性の知性を高く買っていないらしい。あるいは、それは彼女のようなたぐいの女性に対してだけなのか。彼女のようなたぐいの女性。

「あなたはどんな話をしたいのかしら？」パンをひと口食べ、ヴェリティはたずねた。

子爵はさらにおもしろそうな表情を浮かべた。「きみについて」ためらうことなく答える。「きみのことを話してくれ、ミス・ヘイワード。まずは訛《なまり》のことから。どこの訛かよくわからないな。出身はどこ？」

仕事中に使っていた訛はまったくおそまつなものだったらしい。けれども、生まれも育ちもいいことを隠すくらいはうまくいっていたはずだ。

「訛がすぐに身につくたちなんです」ヴェリティは嘘《うそ》をついた。「これまであちこちで暮らしてきたので、いろいろなところの訛がごちゃまぜになっているのかもしれませんね」

「そして、だれかが」子爵が言う。「きみに話術のレッスンをして、ものごとを複雑にした」

「もちろん」ヴェリティは微笑んだ。「踊り子だって、話すたびにひどい英語を使わないよう学ばなければならないんですもの。仕事でもっと上を目指すつもりならば」

子爵はフォークを持った手を口へ運ぶ途中で止め、しばらく無言でヴェリティを見つめていた。彼女は頬が赤くなるのを感じた。わたしがどんな仕事で上を目指していると彼は想像しているのかしら？

「まったくだ」子爵はベルベットのような声でそっと言った。途中で止めていたフォークを口に運ぶ。「あちこちで暮らしてきたというが、それはどこだい？　教えてくれ。きみの家族についても聞きたいな。黙々と食事をするなんてだめだよ。それほど居心地の悪いものはないからね」

ヴェリティの人生は嘘だらけになってしまったようだった。ふたつの世界のどちらにいても、もうひとつの世界についての真実を明かしてはならない。そして、真実を明かさないということは、ときにはただ消極的でいて、何も話さないでいるだけではすまされない。嘘の上に嘘を積み上げていかなくてはならないのだ。ヴェリティが知っている土地は二箇所だけ――二十二年間過ごしたサマセットシャーの村と、暮らして二カ月になるロンドンしかない。だが、ヴェリティはアイルランドについて話した。子どものころに母方の祖母から聞いた話を記憶からたぐり寄せながら。そして、さらに危ない橋を渡ってヨークについても話した。近所の友人がしばらくおじと暮らした場所だ。本で読んだいくつかの場所も描写してみせた。

話した場所について、子爵がくわしく知らないことをヴェリティは心から願った。彼女は架空の家族をでっち上げた。鍛冶屋《かじ》の父、五年前に亡くなったやさしい母、ヴェリティよりかなり年下の三人の弟と三人の妹。

「きみはひと財産作るためにロンドンに来たのかい？」子爵がたずねた。「ほかの場所で踊ったことはなかった？」

ヴェリティはためらった。経験の浅い、操りやすい女だと彼に思われたくなかった。

「あら、もちろんありますわ」ヴェリティは言った。「かれこれ数年といったところかしら」深皿の洋梨《ようなし》に手を伸ばしながら、ヴェリティは子爵の目を見つめて言った。「でも、すべての道はやがてロンドンに通じるというでしょう、あなたもご存じのように」

ヴェリティの手の動きを追っていた子爵の目に、あからさまな欲望がしばし浮かんだのを見て、彼女は驚いた。それはすぐに、気だるげなまぶたと、かすかにばかにするような笑みに隠された。

「もちろん」子爵がそっと言う。「そして、ロンドンで人生の大半を過ごすぼくのような人間は、きみのようにロンドン以外の場所でさまざまな芸術を会得した人たちの経験から恩恵をこうむることに大きな喜びを感じるのさ」

ヴェリティは皮をむいている洋梨から目を上げなかった。洋梨はうろたえてしまうほどみずみずしく、すぐに両手が果汁でべとべとになった。ヴェリティの胸の鼓動が速くなる。

どういうわけか不意に深みにはまってしまったような気がした。ふたりのあいだの空気が急に重苦しくなった。ヴェリティは唇をなめた。なんと答えればいいのかわからなかった。

　ふたたび口を開いた子爵の声の調子はおもしろがっているようだった。「皮をむいたら、今度はそれを食べるんだよ、ミス・ヘイワード。おいしい食べ物を無駄にするのは罪だからね」

　ヴェリティは半分に割った洋梨を口に入れた。果汁が皿に落ちる。彼女のあごにも垂れた。子爵に見られているのを感じていたヴェリティは、決まり悪い思いでナプキンに手を伸ばした。ところが、それよりも早く彼がテーブル越しに手を伸ばし、ヴェリティのドレスにこぼれ落ちそうになったしずくを指ですくった。驚いたヴェリティがはっと目を上げると、子爵は指を口もとに運んでなめた。ずっとヴェリティを見つめたまま。

　刺すような鋭い感覚が、ヴェリティの腹部と脚の付け根を走った。彼女はみるみる顔が赤くなっていくのを感じた。一キロ以上も坂を駆け上ったかのような気がした。

「とても甘い」子爵がつぶやく。

　ヴェリティは膝の裏で椅子を押してさっと立ち上がった。そして、そうしたことを悔やんだ。脚がひどくふらついている。彼女は暖炉へと向かい、暖をとるかのように手をかざした。だが、反対に炎に自分の熱を奪い取ってもらいたいくらいだった。

　沈黙の中、ヴェリティは落ち着こうと深呼吸をした。目の隅で炉床のもう一方の側に子爵が立つのをとらえる。彼は高い炉棚に腕をかけた。子爵はヴェリティを見つめていた。そのときが来たのだわ、とヴェリティは思った。こうなったのも自分のせいだ。すぐにも問いが発せられ、それに答えなければならなくなる。それでもなお、ヴェリティには答えがわからなかった。いや、わかっているのかもしれない。この期に及んで、まだ選択肢があると信じて自分をごまかしているだけなのかもしれない。ヴェリティは楽屋で心を決めたはずだった――いや、決めたのはそれよりも前だ。この居酒屋は宿屋も兼ねている。彼は、食事用の個室を予約しただけでなく、ここの部屋も予約したに違いない。ということは、すぐにも……。

どんな感じがするかしら？　ヴェリティには、何が起こるのかすら、正確にはわかっていなかった。もちろん基本的なことは知っているけれど……。

「ミス・ヘイワード」子爵の声がして、ヴェリティは飛び上がるほど驚いた。「クリスマスはどうするつもりだい？」

ヴェリティは子爵を見た。クリスマス？　あと十日ほどある。もちろん家族といっしょに過ごすつもりだった。故郷から離れて、初めてのクリスマス。昔からの友人や隣人たちのいない初めてのクリスマス。それでも、少なくとも家族三人はいっしょだ。がちょう料理で贅沢《ぜいたく》を味わい、互いに手作りのプレゼントを用意して、クリスマスを特別な日にすると決まっていた。ヴェリティは昔からクリスマスが大好きだった。クリスマスは希望をふたたび与え、人生におけるほんとうに大切なこと――家族と愛と無私の献身を思い出させてくれるものだ。

無私の献身。

「何か予定はあるのかい？」子爵がたずねた。

サマセットシャーで鍛冶屋をしている家族のもとへ帰省するとは言えなかった。ヴェリティは首を横に振った。

「ぼくはノーフォークシャーで静かな一週間を友人とその……恋人と過ごす予定だ」子爵は言った。「ぼくといっしょに来ないか？」

静かな一週間。友人とその恋人。ヴェリティはもちろん、子爵の言葉の意味を、どんなことに招待されているのかを、はっきりと理解した。もしここで招待を受ければ、賽《さい》は投げられたということになる。そこは、いったん足を踏み入れてしまったら戻ることのできない世界なのだ。一度堕落した女は、貞操も名誉も取り戻せはしない。

もし招待を受ければ？

よりによってクリスマスに家を離れることになる。母やチャスティティから離れて。一週間。自分の身を犠牲にすることは言うまでもなく。それほどの犠牲を払う価値のあるものなど存在するのだろうか？

子爵がまるでヴェリティの考えを読んだかのように言った。「五百ポンド出そう、ミス・ヘイワード」穏やかな口調だ。「一週間分として」

五百ポンド？　ヴェリティの口の中がからからになった。途方もない額だった。ヴェリティのような人間にとって五百ポンドがどれだけのものか、彼は知っているのだろうか？　もちろん知っているのだ。抵抗できない誘惑だった。

一週間分の奉仕に対する見返り。七日分の夜。たったひと晩のことを考えただけでも耐えられないのに、七晩もだなんて。けれど、ひと晩耐えてしまえば、あとの六晩はどうということもなくなるかもしれない。

チャスティティをまた医者に診てもらう必要があった。妹にはもっと薬が必要だ。きちんと治療してもらう余裕がなかったというだけの理由で、もしチャスティティが死んでしまったとしたら、わたしはどう感じるだろう。治療を受けられるだけのお金が目の前に差し出されていたのに？　クリスマスのことでついさっき考えていたことはなんだったの？　無私の献身。

ヴェリティは炎に向かって微笑んだ。「楽しみだわ」そして、思ってもいなかった自分の言葉を耳にして驚いた。「前払いでお願いするわ」

子爵がすぐに答えなかったので、ヴェリティは頭を巡らせて彼を見た。彼は炉棚に肘をついたままで、握ったこぶしを口に当てていた。彼の目はおもしろがっていた。

「もちろん、歩み寄りはしないとね」子爵が言う。「出発の前に半分、戻ってから残りの半分というのでどうかな？」

　ヴェリティはうなずいた。ロンドンを発《た》つ前に二百五十ポンド受け取れる。その金を受け取ってしまったら、自分自身を窮地に追いこむことになるだろう。約束を実行しないわけにはいかなくなるのだから。ヴェリティは唾《つば》をのみこもうとしたが、口の中がからからになりすぎていてうまくいかなかった。

「すばらしい」子爵が元気よく言った。「もう遅い時間だ。家まで送ろう」

　今夜は見逃してもらえるの？　ヴェリティの中の一部は、膝から力が抜けるほどほっとした。別の一部はなぜかがっかりしていた。ヴェリティが想像していたとおりに子爵が部屋を予約して、そこに彼女を誘っていたら、最悪の部分は一時間もすれば終わっていただろうに。ヴェリティは最初のときをとても恐れていた。一方では、世間知らずかもしれないが、こうも思っていた。一度既成事実となれば――堕落した女になって、どんな感じなのかがわかってしまえば、それを繰り返すのは簡単だろう。ところが、それはノーフォークシャーへ旅立つまで待たなければならないようだった。

　子爵が外套を肩にかけてくれた。ヴェリティは不意にはっとした。先ほど彼がなんと言ったのか思い出したのだ。

「ありがとうございます」ヴェリティは言った。「でも、送っていただかなくてもけっこうです。貸し馬車を呼んでくださいます？」

子爵はヴェリティを振り向かせて彼女の手をどけると、外套のボタンをとめた。それが終わると、顔を上げてヴェリティを見た。「最後まで逃げを打つ気かい、ミス・ヘイワード？　それとも、ぼくに会わせたくないだれかが家で待っているとか？」

子爵の言いたいことは明らかだった。彼の言葉は正しかった。ただ真実は、彼の思っていることとは少し違っていたが。ヴェリティは子爵に微笑んでみせた。

「あなたに一週間を約束したわ」彼女は言った。「その一週間は今夜から始まるのではないと思っていたのだけれど？」

「そのとおりだ」子爵が言う。「そういうことなら、貸し馬車と秘密はきみのものだ。今年のクリスマスはきっと……いつもより興味深いものになるだろうな」

「そうかもしれませんわね」ヴェリティはできるかぎりの冷静さをかき集めて言い、子爵に先んじてドアに向かった。

3

クリスマスの二日前、たそがれた景色の中にようやくバートランド・ホランダーの狩猟小屋が見えてきたとき、ジュリアンは疲れて寒さに震え、いらいらしていた。あたりは暗く、陰気くさかった。ジュリアンはひとりごちた。中に入って、燃え立つ炎の前で暖を取り、バーティのブランデーを飲みながら、今夜の楽しみのことを考えれば、気分はぐっと明るくなるさ。だが、今この瞬間は、今年のクリスマスが純粋に楽しいものになるということを自分自身に納得させられずにいた。

ジュリアンはロンドンからずっと馬に乗ってきたのだった。快適で、スプリングのきいた旅行用の馬車にはひとりしか乗っていないにもかかわらず。朝のうちは、それがすばらしい考えに思えた。彼女が馬車の窓から、自分が馬に乗っている姿を見ずにはいられないだろうから。そして、午後には彼女といっしょに馬車に乗るのを楽しみにしていた。ところが、昼食と馬の交換のために休憩を取ったとき、ミス・ブランチ・ヘイワードのせいでジュリアンは大いに動揺した。いや、それでは言葉が控えめすぎる。大いにいらだったのだ。

しかも、ただのつまらない安物のちょっとした金《きん》が原因で。

それは、クリスマスに彼女に贈るつもりだったプレゼントだった。一週間分の奉仕代として気前のいい額を支払うのだから、そんなものは必要なかったかもしれない。だが、ジュリアンにとってクリスマスは、昔からプレゼントを贈るときだった。今年はコンウェイと、そこで過ごすいつものあたたかい祝いのひとときを恋しく思うだろう。だからこそ、ミス・ヘイワードのためにプレゼントを買ったのだ。それを選ぶのに、これまで愛人へ贈ったプレゼントよりも、もっと多くの時間をかけた。それに本能的に派手な宝石を避けることもした。

クリスマスまで待たずに、旅の途中で食事に寄った宿の魅力的な個室で渡そう、とジュリアンは衝動的に決心した。ところが彼女は、ジュリアンの差し出した手の中の箱をただ見つめるだけで、受け取ろうとはしなかった。

「それは何？」ミス・ヘイワードはたずねた。その口調にはジュリアンが気づきはじめていた彼女の特徴とも言うべき静かな気高さがこめられていた。

「開けて確かめてみればいい」ジュリアンは言ってみた。「ちょっと早いクリスマス・プレゼントだ」

「そんなことをする必要はないわ」彼女はジュリアンの目を見つめた。「あなたにはたっぷりと支払ってもらうんですもの。わたしが差し出すものと交換に」

彼女の言葉は厄介なことに、ジュリアンの体を刺激した。とはいうものの、彼女がそのつもりで言ったのかどうかは、ジュリアンにもまったくわからなかった。同時に、初めていらだちも感じた。彼女はこのまま食事が冷めるまで、ぼくをこの状態にさせておくつもりなのか？　こんなふうに手を差し出したままでは、まるでばかみたいじゃないか。そのとき、ミス・ヘイワードがゆっくりと手を伸ばし、箱を受け取って開けた。ジュリアンは不安な気持ちで彼女を見つめていた。ダイヤモンドやルビーや、あるいはエメラルドを選ばなかったのは失敗だっただろうか？

彼女は長いあいだ何も言わず、箱の中身に触れようともせず、じっと見つめるだけだった。

「ベツレヘムの星だわ」ようやく彼女は言った。

確かにそれは星だった。金の鎖についた金の星。ジュリアンには、ベツレヘムの星だなどとは思い浮かびもしなかった。だが言われてみれば、その形容はぴったりに思えた。

「そうだよ」ジュリアンは考えもなく次の言葉を言ってしまい、自分を軽蔑《けいべつ》した。「気に入ったかい？」

「これは天空にあるのがふさわしいものだわ」長い沈黙のあと、ミス・ヘイワードが言った。それまで彼女はじっとペンダントを見つめ、ジュリアンのことも周囲のことも忘れてしまったかのようだった。「希望の象徴として。人生の意味を探しているすべての人々への指標、英知を探求する者の到達地として」

なんということだ！　ジュリアンは言葉を失った。

ミス・ヘイワードは顔を上げ、そのすばらしいエメラルド色の瞳でまっすぐにジュリアンを見つめた。「これはお金で買うべきものではないわ。あなたのような人がわたしのような女へ贈るものとしてはふさわしくない」

ジュリアンは片方の眉を上げ、怒りを抑えて見つめ返した。〝あなたのような人〟だって？　何を言いたいんだ？

「きみが言いたいのは、ミス・ヘイワード」ジュリアンは声にできるだけ退屈しているような調子をにじませた。「プレゼントが気に入らなかったということかな？　こんなことなら、召使いにダイヤモンドのブレスレットを選ばせるんだったよ。彼の趣味はひどいというぼくの意見にきみも賛成だと召使いに伝えることになるだろうが」

彼女はさらにしばらくジュリアンの目を見つめていた。その目に、彼の侮辱に対する怒りはなかった。

「ごめんなさい」彼女の言葉にジュリアンは驚いた。「あなたを傷つけてしまったのね。このペンダントはとても美しいし、あなたの趣味もすばらしいわ。ありがとう」彼女は蓋《ふた》を閉め、箱を手提げ袋にしまった。

ふたりはそのまま無言で食事を続けた。ジュリアンは突然、藁《わら》を食べているような気がしてきた。

旅を再開するとき、ジュリアンは馬に乗り、馬車の中の彼女に最高の孤独を与えた。そして残りの道のりのあいだ、ジュリアンは彼女に対するいらだちをつのらせていった。〝あなたのような人が贈るものとしてはふさわしくない〟とはどういう意味だ？　よくもそんなことが言えたものだな！　それに、あの星がほんとうにベツレヘムの星をかたどったものだとして、どうしてそれがふさわしくないんだ？　彼女は、あの星は希望の象徴だと言っていた。英知と人生の意味を探し求める者たちを導くしるしだと。

なんというたわごと！

クリスマスの話に出てくるあの東方の三博士は――彼らが実在したとして、そして彼らが賢かったとして、それにほんとうに三人だったとして――英知と人生の意味がきっと見つかると思いながら、捧《ささ》げものを握りしめ、らくだに乗って砂漠をよろよろと進んでいったのだろうか？　それよりも、プランケット家の娘の聖書時代版と呼ぶべき女性と結婚させようとする、行きすぎなほど愛情豊かな親戚《しんせき》から逃れたというほうがありそうだ。あるいは、疲れた心を満足させる何かが見つかることを期待していたとか。

三博士はいやになるほど裕福だったに違いない。金が底をつく恐怖も抱かずに、おかしな旅に出ることができたのだから。彼らが金《きん》や、持っていた二つの捧げものよりも価値のあるものを見つけられたのは、まったくの偶然だったのだ。だいたい、彼らが幼子イエスに捧げた乳香と没薬《もつやく》とは、いったいなんなのだ？

みじめで、ちょっとした金《きん》を持って旅立ったとはいえ、ジュリアンは三博士のような賢者ではない。旅の終わりに心を満足させるものを見つけたいと思っているのは確かだが。ジュリアンが望んでいるのはそれだけ——パーティと過ごす楽しい日々、そしてミス・ヘイワードとベッドで過ごす精力的な夜だけだった。希望と英知と人生の意味なんてくそ食らえだ。この週が終わったあと、自分の人生がどこへ向かっているのか、ジュリアンはよくわかっていた。レディ・サラ・プランケットと結婚し、跡継ぎと、使い古された言葉だが、跡継ぎに何かあったときのためにもうひとり男の子をもうけるまで、サラを身ごもらせる。そしてジュリアンはその後ずっと立派に暮らしましたとさ、となるのだ。

雪が降りそうだな。厚い雲を見上げながらジュリアンは考えた。ホワイト・クリスマスになるだろう。そう考えても、いつものように気分が晴れなかった。コンウェイでは、二歳以上の子どもから八十歳の大人まであらゆる年齢の人々が空を見上げ、そり遊びや雪合戦、雪だるまコンテストやスケート・パーティを計画していることだろう。ジュリアンはうれしくもない郷愁の念に駆られた。

しかし、もうパーティの狩猟小屋に到着してしまった。それはジュリアンが考えていたような質素な小屋などではなく、小ぶりの邸宅といったものだった。狩猟小屋の中かられうそくの明かりがもれ、煙突からは煙がゆらゆらと立ち上っていて、ふたりを歓迎してくれている。馬から降りたジュリアンは、手足のこわばりを感じて顔をしかめた。そして、馬車のドアを開けて踏み台を置こうとした従僕を、手を振って下がらせた。彼はみずからドアを開けて踏み台を置き、馬車を降りる愛人に手を貸した。

それに、問題はもうひとつある。彼女が手袋をした手をジュリアンの手に預けて馬車を降りるとき、彼は考えた。ミス・ヘイワードは、ジュリアンが田舎へ連れてくることを心に描いていた極楽鳥とは似ても似つかなかった。彼女のいでたちは、グレーのウールのドレス、グレーの長い外套《がいとう》、黒い手袋と黒いハーフブーツという地味なものだった。彼女の髪――みごとな金褐色の長い髪だ――は容赦ないほどきつく後ろにひっつめてあり、これといった飾りもない頑丈そうなボンネットにほとんど隠れていた。化粧っ気はまったくなかったが、それでも充分美しかった。ミス・ヘイワードは娼婦《しょうふ》というよりはレディに見えた。

「ありがとう」彼女は言い、狩猟小屋に目をやった。

「膝かけであたたかくしていられたかい？」

「ええ」彼女はジュリアンに微笑《ほほえ》んだ。

バーティは開け放たれた玄関に立ち、両手をこすり合わせながら歓迎の笑みを浮かべている。彼のほうへミス・ヘイワードとともに向かうジュリアンにとって、ひとつだけはっきりしていることがあった。彼はこのときも、今夜のことを期待していた。今までにないほど大きな喜びとともに。劇場の踊り子であり、ベツレヘムの星の権威であるミス・ブランチ・ヘイワードには、どこかとても興味をそそられるところがあった。

バートランド・ホランダーの狩猟小屋に到着してから最初の一時間、ヴェリティはほかのどんな感情よりもばつの悪さを強く感じていた。そして、かなりの広さがあり、居心地がよく、高価な調度品が備えつけられた狩猟小屋を見まわして、ここを小屋と呼ぶとは、真実からどれほどかけ離れていることか、と思った。この紳士はここを狩猟シーズン中にしか使っていない。それからもちろん、秘密の休暇を愛人と過ごすときと。

ばつの悪い思いをしたのはその考えのせいだった。ミスター・ホランダーは愛すべき紳士のように見えた。ハンサムで感じのいい顔つきをして、気品のある服を身に着けていた。彼はふたりを心をこめて歓迎し、これからの一週間はくつろいで堅苦しい儀礼は忘れるようにと言った。

次にヴェリティの手を取って唇に持っていき、慇懃《いんぎん》に挨拶《あいさつ》した。それから彼女の手を自分の腕に通して狩猟小屋の中へと入りながら、あなたが快適に過ごすためにできることがあれば、いつでも声をかけてくれと言った。

それでも彼の礼儀には、レディとはまったく違う階級の女性と話している紳士としての何か――ある種のなれなれしさ――があった。たとえば、ヴェリティを頭のてっぺんから爪先までじろじろと見つめてから、フォリングズビー子爵ににやりとしてみせたときのような開けっ広げな態度だ。無礼というほどのものではなかった。実際、そこにはかなりの賞賛がこめられていた。だが、相手がレディだったら、そんな目で見ることはなかっただろう。少なくとも、相手のレディが彼を見ているあいだは。それに、相手のレディを名前で呼ぶこともなかったはずだ。だが、ミスター・ホランダーは彼女を名前で呼んだ。

「火が消えないうちに居間へどうぞ、ブランチ」ミスター・ホランダーは言った。「すぐに体があたたまりますよ。デビーにも会ってくれるね」

デビーとはもうひとりの女性、つまりミスター・ホランダーの愛人だ。彼女はブロンドで、かわいらしく、ふっくらしていて、穏やかな感じの女性だった。デビーには強いヨークシャー訛《なまり》があった。ゆったりと座っていた暖炉のそばの椅子から立ち上がりはしなかったが、新たに加わったふたりにやさしく物憂げに微笑んだ。

「そこに座って、ブランチ」デビーは暖炉の反対脇《わき》の椅子を示した。「バーティがお茶を頼んでくれるわ、そうでしょう、あなた？　まあ、凍えそうな顔をしているじゃないの、ジュール。膝にブランチを抱いて座りたいのでなければ、椅子を暖炉に近づけたほうがいいわ」

デビーがフォリングズビー子爵に話しかけているのだと気づき、ヴェリティはいくばくかの衝撃を受けながら、言われた椅子に座って手袋とボンネットを脱いだ。玄関ホールでそれを受け取ってくれる召使いがいなかったのだ。ヴェリティは情夫となったばかりの相手をまっすぐに見つめたが、彼は体をかがめて差し出されたデビーの手を取り、唇に運んでいるところだった。

「お会いできて光栄です」子爵は言った。「ぼくにもお茶を頼んでくれるつもりでなければいいのだが、バーティ」

子爵の友人はどっと笑い、デカンターとグラスが並んだサイドボードに向かった。子爵が自分の椅子を引いてきたので、ヴェリティはほっとした。自分と友人の分の酒のグラスを持って戻ってきたミスター・ホランダーが、デビーに向かって両方の眉をつり上げた。デビーはため息をついて椅子から立ち上がり、ミスター・ホランダーが腰かけると彼の膝に乗った。

ヴェリティは怒りを感じまいとした。そして少しでも非難めいた顔をしないよう努めた。ミスター・ホランダーとフォリングズビー子爵は、愛人を伴ってきたふたりの紳士だ。そしてヴェリティは、みずからの選択で紳士の愛人となった。自宅の引き出しの安全な場所には、二百ポンドがしまってある。すでに前金の一部はチャスティティの診察代と薬代に消えていた。そしてヴェリティの手提げ袋にもほんの少しの額が入っている。たとえ望んだとしても、あと戻りするには遅すぎた。全額を返すことはとてもできない。

だからヴェリティは観念して運命に身を委《ゆだ》ねた。だが、フォリングズビー子爵の申し出を受けてからの数日のあいだに、彼女はある決断をした。これまで自分に許してきた以上の役は演じない、と。ヴェリティはレディとしての育ちを隠すために訛を使った。サマセットトシャーで鍛冶屋《かじ》をしている家族をでっち上げた。けれども、それ以上の嘘《うそ》は重ねない。わざと教養のないふり、ばかなふり、あるいは愛人ならこうするだろうと思っているようなことはしない。

ヴェリティはふだん自宅で着ている服を持ってきた。髪も自宅にいるときのようにまとめている。約束したとおり、彼女はここに来た。クリスマスが終わるまでここにとどまり、フォリングズビー子爵があのことをするのを許し、最後まで約束を守り通す。ヴェリティの心は相変わらず、その細かい部分を考えることに逃げ腰になっていた。そしてそれについてほとんど何も知らないという不安な事実を避けようとしていた。母にはとても相談できなかった。結婚を控え、初夜に不安を抱いていたのなら話は別だっただろうが。

母とチャスティティには、レディ・コールマンが田舎でクリスマスを過ごすことになり、いっしょに来るように言われたのだ、と話してあった。とても気前のいい特別手当をもらえることになっていると伝えたが、五百ポンドという途方もない額は口にしなかった。ふたりはクリスマスにヴェリティと過ごせないと聞いて動揺し、ヴェリティは母と妹とともに涙を流した。それでもふたりは、パーティの客としてヴェリティがすばらしい時間を過ごすだろうと信じて自分たちを慰めたのだった。

「体はあたたまったかい?」フォリングズビー子爵から突然きかれ、ヴェリティの心はミスター・ホランダーの居間に引き戻された。ちょうど召使いがお茶のトレーを運んできたところだった。子爵は身を乗り出し、両手でヴェリティの手を包んだ。彼の手はあたたかく、ヴェリティの手は冷たかった。「やはりきみを膝に乗せたほうがよかったかな」

「暖炉の火とお茶であたたまれると思うわ」ヴェリティは言い、にこやかにふたりを見ているミスター・ホランダーのほうを振り向いた。「このあたりに来たのは初めてなんです。教えてくださいな。ここにはどんな美しい自然があるんですか? それに、すばらしい歴史や建物はあります?」

劇場の踊り子であり、紳士の愛人である女にふさわしい話題は何かと悩んで黙りこむのは、おしまいにしよう。

「ああ、バーティ、あなた」デビーが言った。「裏にとてもきれいな庭があるじゃないの。ブランチに話してあげて。木のぶらんこのことよ」

ヴェリティは木のぶらんこの話を聞きたかったわけではないが、椅子に背を預けて微笑んだ。召使いが彼女にお茶を渡したので、フォリングズビー子爵は彼女の手を放した。

「今だけだよ」子爵はつぶやいた。「あとで、ぼくが暖炉の火とお茶の代わりをさせてもらうからね、ブランチ」

先ほどの自分の言葉に対する返事だということに、ヴェリティはしばらく気づかなかった。気づいたとき、暖炉からもう少し離れて座っていればよかったと思った。頬が炎に焼かれているのかと思うくらい熱く感じられたからだ。

クリスマスが近づいているなんて思えない。ヴェリティの胸にそんな思いが不意に浮かんだ。明日はクリスマス・イブだ。しばらくのあいだ、こみ上げる涙でのどが痛かった。


ここにはかなりの数の寝室があるに違いない。その晩、ブランチと腕を組んで階段を上がりながら、ジュリアンは思った。だがもちろんバーティは、ジュリアンたちにひと部屋だけあてがった。狩猟小屋の裏手に面した、木々に囲まれた小ぶりの庭を見下ろす広い部屋だった。部屋は大きな炉床で燃える薪《まき》であたたかく、枝分かれした燭台《しょくだい》のろうそくに照らされていた。天蓋《てんがい》つきベッドの厚いベルベットのカーテンは引き開けられ、ベッドカバーは折り返されていた。

これまで彼女とそういう関係になっていなくてよかった。ドアを閉め、階段を上がるときに持っていたろうそくの火を消しながら、ジュリアンは考えた。この一週間ほどのあいだに、甘い期待はどんどんつのった。欲望はクレッシェンドでふくらみ、今夜、最高潮を迎えている。初めていっしょに食事をした夜と同じ緑色のシルクのドレスを着た彼女は、慎み深くすら見えた。髪はきつく結っているが、それで魅力が半減するわけでもない。

おまけに彼女は、レディの役割を演じて食事中や食後の居間での会話がとぎれないよう努めていた。ここまでの旅のこと、ロンドンのクリスマスの飾りつけやクリスマス・キャロルの歌い手たちのこと、それに——よりによって——戦いに敗れたナポレオン・ボナパルトがエルバ島に流刑され、その結果ウィーンで今進行中の和平交渉のことを話題にした。彼女はパーティに、クリスマスのお祝いをどうする計画なのかとたずねた。パーティは驚いた顔をし、それからうつろな顔になった。美しくふくよかなデビーとともに楽しむ以外、彼には明らかになんの計画もないようだった。

ふつうでは考えられないのだが、ジュリアンはブランチの慎み深い外見と、レディのようなふるまいに刺激を受けた。そのふたつともが官能的に思えた。彼女には魅力がありすぎて、とても隠しきれていない。

「こっちへおいで」ジュリアンは言った。

彼女は暖炉の前に立っていた。手を火にかざしている。その彼女が振り向いてジュリアンに微笑み、彼の前にやってきた。彼女は頭がいい、とジュリアンは思った。あまり積極的になると、相手の男の気持ちを萎《な》えさせてしまうとわかっているのだろう。彼女がジュリアンほどその気になっていないという可能性もあるにはあるが。なんといっても、これは彼女にとっては仕事なのだから。だとしても、ジュリアンはそれをすぐに変えてみせるつもりだった。彼はブランチの腰に両手を置いて引き寄せた。ふたりの腰から下がぴったったりと合わさった。ジュリアンはブランチの長く細い脚と平らな腹部を感じ、息を荒くした。ブランチは少しばかり笑みを浮かべてジュリアンを見つめた。

「ようやくだ」ジュリアンが言った。

「ええ」ブランチの微笑みは揺るがなかった。彼女の視線も揺るがなかった。

ジュリアンは顔を近づけてキスをした。彼女は唇を閉じたままだ。ジュリアンはからかうように唇を何度も触れ合わせながら、閉じた唇のあいだに舌を軽くゆっくり這《は》わせて開かせようとした。ブランチがはっとして顔を離した。

「何をしているの？」ブランチの息が浅くなっているようだった。

ジュリアンはぽかんとして彼女を見た。だが、このばかげた問いに対する答えを思いつく前に、ブランチの顔からショックが消え、笑みが浮かんだ。そして彼女が両手をジュリアンの肩にかけた。

「許してね」ブランチは言った。「あなたの行動がわたしには少し速すぎたの。もう大丈夫」彼女は今度は軽く開いた震える唇でジュリアンにキスをした。

いったいどうなっているんだ？

ジュリアンの心は疑問を感じて凍りついた。彼はブランチを抱きしめ、いきなり奥深くまで舌を入れた。彼女は逃げようとはしなかったが、しばらくのあいだ手足をこわばらせ、それから今度はぐったりしたように力を抜いた。ジュリアンはゆっくりと両手を上げていき、ブランチの胸をてのひらで包んだ。親指で頂を探り当てる。また一瞬彼女の体がこわばり、それから力が抜けた。

しばらくのち、ジュリアンはなかば閉じた目でブランチを見た。彼の両手は腰に戻っていた。

「さて、ブランチ」ジュリアンがそっと言う。「ファースト・キスは楽しんでもらえたかな?」

「ファースト……」彼女はぽかんとした顔でジュリアンを見た。

「きっと不思議に思えるだろうな。もしも、数分後にあのベッドの上できみが処女ではないとわかったら」

彼女は何も言わなかった。

「どうなんだい?」ジュリアンはたずねた。「ぼくは試してみるべきかな?」ジュリアンが見ていると、ブランチがごくりと唾《つば》をのみこんだ。

「百戦錬磨の娼婦だって」ようやく彼女が口を開いた。「最初は処女だったはずだわ。どんなことでも初めてのときはあるのよ。ひるんだり、泣いたり、あなたがしようとすることを拒んだりしないわ——それを心配しているのなら。あなたからはたっぷりお金をいただいているんですもの。要求されることはなんでもします」

「ほんとうかな?」彼はブランチの腰から手を離して炉床へ行き、足で火の中に薪をさらに押しこんだ。飛び散る火の粉を見つめる。「ぼくは殉教者が苦しむのを見る喜びに金を払ったわけじゃない」

「殉教者を演じていたわけではないわ」ブランチが言い返した。「驚いただけ。知らなかったのよ……。あなたが望むことがなんであれ、わたしはそれを喜んでするつもりよ。申し訳ないけれど、初めはぎこちないかもしれないわ。でも、今夜学べば、明日の夜にはあなたがわたしに何を望んでいるかわかるようになるでしょう。わたし、思うの……たぶんこの状況を考えて、きっとあなたは前金だけでも充分支払ったと考えるでしょうね。わたしは支払ってくれたと思っているわ。だから、それに値する働きをするつもりよ」

ジュリアンはいくばくかの驚きを感じながら、不思議に思った。そのひとことひとことがぼくの欲望に冷水を浴びせているのを、彼女はわかっているのだろうか？　彼の中で驚きが怒りに――いや、激怒に――変わりつつあった。ブランチに対してではない。彼女は自分の経験のことで何ひとつ嘘をつかなかった。そうだろう？　怒りは彼自身に対して、そして彼自身の小賢《こざか》しさに対してだ。自分はパーティの狩猟小屋でブランチと過ごすつもりでいた。違うか？　そのあいだは、期待感を楽しんでいたんだろう？　やがて、考え直すには手遅れになり、本来クリスマスを過ごすべきだったコンウェイには行けなくなった。家族と家名への義務を果たす前に、最後にもう一度だけはめをはずすつもりだったんじゃないか。そうだ、罰が当たって当然なんだ。

故郷から遠く離れた砂漠の真ん中で、三博士は自分たちに悪態をついただろうか？

「ぼくは処女は抱かない」ブランチはぶっきらぼうに言った。

「わかったわ」ブランチが言う。「ブランチ」ジュリアンはぶっきらぼうに言った。「あなたは自分が買ったものを直視したくないのね？」ジュリアンは驚いて両眉を上げ、無言のまましばし肩越しに彼女を見つめた。この女性は鋭い武器を持っていて、それを振るうのをためらわない。「きみが金を必要としているのは個人的な事情か？」ジュリアンは炉床から振り向いてたずねた。「それとも、金を必要としているのはきみの家族か？」たずねてしまってから、ジュリアンは答えを知りたくないことに気づいた。ブランチ・ヘイワードをひとりの人間として知りたくはなかった。彼の望みは、美しく経験豊かで積極的な相手と結婚前の情事を楽しむことだけだった。

「それに答える必要はないと思うわ」ブランチが言った。「ロンドンに戻ったら、お金はあるだけ返します。でも今だって、支払ってもらった分は喜んで働くつもりでいるのよ」

「ぼくの記憶では」ジュリアンは言った。「ある金額と引き換えに一週間いっしょに過ごすという約束だったはずだよ、ブランチ。そのあいだ、きみがぼくのベッドをあたためるという話はひとことも出ていなかった。違うかい？　ぼくたちはここで一週間過ごす。ふたりとも、今からクリスマスの予定を立て直すのは無理だからね。それに、今日の午後の雲はどう見ても雪雲だ。だったら、祝日をできるだけ楽しもうじゃないか。どちらにとっても最悪のクリスマスになるかもしれないが、そうはならないかもしれない。ひょっとしたら、きみの次の……雇い主が真実に気づくのにぼくより長くかかるよう、きみにキスのレッスンを施す気になるかもしれないよ。さあ、服を脱いで、ベッドに入りなさい。そっちにきみの慎みを守る化粧室があるから」

「あなたはどこで眠るの？」ブランチがたずねた。

ジュリアンは床に目をやった。幸いなことにじゅうたん敷きだった。「ここで。バーティには、きみと官能的な至福の夜を過ごしていないことを知られたくないんでね」

「あなたはベッドで寝て」彼女は言った。「わたしが床で寝るわ」

ジュリアンは意外にも愉快な気分になった。「さっきも言ったとおり、殉教者を眺めたいとは思っていないのでね、ブランチ。ぼくが考えを変える前にベッドに入るんだ」
二、三分後、清らかな白いフランネルのナイトガウンを着て化粧室から出てきたとき、ブランチは金褐色の髪を背中に垂らし、頬を赤く染めた顔を毅然《きぜん》と上げていた。ジュリアンはすでに、引き出しの中から見つけた毛布とベッドにあった枕《まくら》で、暖炉の近くの床に間に合わせのベッドを作っていた。彼はブランチをちらりとしか見なかった。そして、彼女がベッドに入り、顔をなかば隠すようにベッドカバーを引き上げるのを待って、ろうそくの明かりを消した。
「おやすみ」暖炉の火を頼りに床の上のベッドへと向かいながらジュリアンが言った。

「おやすみなさい」ブランチが応《こた》える。

ぼくの罪になんと驚くほどぴったりの罰だろう。体を横たえ、床の固さを感じながら、ジュリアンは考えた。だが、ぼくはなぜこんなことをしているのだ？　ブランチはその気になっていたし、金はたっぷり払ってある。ブランチを欲しい気持ちは大きかったし、今でもそれは変わらない。

純潔を奪うことにどうしても気が進まなかったというわけではないな。相手のぎこちなさがいやだったのでも、処女の証《あかし》を見るのがいやだったのでもない。自分が言ったとおりだったのだ。殉教者を見ることが、自分が相手を殉教者にしてしまうことがいやだったのだ。

〝ひるんだり、泣いたり、あなたがしようとすることを拒んだりしないわ〟

これほど官能的でない言葉を思い浮かべることはできなかった。これでは殉教以外の何ものでもないではないか！　ブランチがそれを望みさえすれば、彼のことをあとほんの少し欲しがりさえすれば、彼女が不安だったとしても……。

彼は苦い経験を通して、ミス・ブランチ・ヘイワードがごくふつうの劇場の踊り子ではないことに気づきはじめていた。実際、彼女は大きな頭痛の種になりつつあった。

今年はたいしたクリスマスを迎えられそうだ。ジュリアンはむっつりして、コンウェイとそこでの明日、明後日の楽しみを味わえないことを思った。プランケット家の娘ですら、今この瞬間には少しだけ魅力的に思えた。

「クリスマスには何をしていたの？」まるでジュリアンの考えを読んだかのように、穏やかな声がたずねた。「もしわたしといっしょにここへ来ていなければの話だけど」

ジュリアンはわざとらしく寝息のような深く規則正しい音をたてた。

彼といっしょのベッドで夜を過ごすことは、よだれを垂らしたライオンたちの待ち構える円形闘技場にキリスト教徒が引きずられていくのとはまったく違う経験だ。それを、明日彼女に教えてやるのもいいかもしれない。だが、いつもなら自信たっぷりのジュリアンでも、そううまく遂げられるとは思えなかった。

意外にも彼は眠りに落ちていた。

4

ヴェリティはよく眠れなかった。横たわったまま窓の外を見つめ、カーテンの向こうに夜明けの気配を感じ、少しでも眠ったことに驚きを感じた。

暖炉のほうから深く規則正しい呼吸の音が聞こえる。彼女は耳を澄ました。ドアの向こうからはなんの音も聞こえてこない。まだだれも起きていないということだろうか？　もちろん、ミスター・ホランダーとデビーは夜のあいだじゅう忙しくしていて、さらには朝もしばらくは忙しくしているつもりかもしれない。

今朝にはすべて終わっているはずだったのに、とヴェリティは思った。今ごろは、まぎれもない娼婦《しょうふ》になっているはずだった。それに、彼は間違っている。あのことが受難のように感じられたとは思えない。自分でも、体を押しつけられてどれほど興奮したか、唇を重ねられてどれほどすばらしい気持ちになったか、思い出すと少し恥ずかしくなるほどだ。フォリングズビー子爵の舌が差し入れられたとき、ヴェリティの体じゅうが何かの激しいダンスを踊っていた。不安になるほど親密な体験だった。嫌悪すべきなのに、そんな気持ちはわいてこなかった。

ヴェリティは正直に認めた。そう、わたしはそのすべてを経験してみたいと思った。そして、どんなに否定したくても、真実を知った彼がそれ以上進もうとしなかったことにがっかりした。

クリスマス休暇はまだまだ続くというのに、ふたりはこのばかげた苦しい状況に陥っている。すでに彼が床でひと晩を過ごしてしまった今、どうしたら五百ポンド分の働きをすることができるというのだろう？

クリスマス休暇はまだまだ続く。なんて気が滅入《めい》ることだろう！

そのとき、窓の外の明るさの何かが彼女の気を引いた。ヴェリティはベッドカバーをはねのけ、冷気にさらされて体が震えるのにもかまわず、裸足《はだし》で部屋を横切った。カーテンを開ける。

まあ！

「まあ！」ヴェリティは声に出して言った。眠っている男性のほうを振り向いてじっと見つめる。「ねえ、見て」

子爵が枕《まくら》から頭をもたげた。髪が乱れ、無精髭《ひげ》が生えた彼はとてもすてきだった。彼は顔をしかめていた。

「なんだって？」吠《ほ》えるように言う。「いったい今何時だ？」

「見て」ヴェリティはまた窓の外を見た。「ねえ、見てちょうだい」

シャツとゆうべの膝丈ズボン《ブリーチズ》と長靴下《ストッキング》だけを身に着けた彼がヴェリティの横にやってきた。「こんなことでぼくを寝床から引きずり出したのか?」彼はたずねた。「ゆうべぼくが言っただろう、今日は雪が降りそうだって」

「でも、見て!」ヴェリティが食い下がった。「魔法そのものだわ」

ヴェリティが振り向くと、子爵は、地面をおおい、裸の木の枝を飾っている窓の外の雪ではなく、彼女を見ていた。

「きみは毎朝こんなに元気なのかい?」彼がたずねる。「ぞっとするな!」

ヴェリティは笑った。「クリスマス間近に雪が降ったときだけよ。同時にあとふたつのすばらしいことが起こるところが想像できて?」

「まだほとんど目が覚めていなくて、手足がこわばっているときに、やわらかくてあたたかいベッドを見つけることかな」子爵が言う。

「だったら、わたしのベッドを使って」ヴェリティはまた笑った。「わたしはもう起きるから」

「ぼくが部屋から出たくないと思わせるほどきみを楽しませてはいないと、バーティに思われるだろうな」

「ミスター・ホランダーは」ヴェリティは言った。「お昼まで部屋から出てこないでしょうから、彼には何も知られずにすむわ。ベッドに入って眠ってちょうだい」

フォリングズビー子爵は言われたとおりにした。ヴェリティがいちばんあたたかいウールのドレスを着て化粧室から出てきたときには、彼はゆうべひと晩彼女が寝ていた場所に横たわり、ぐっすり眠っていた。ヴェリティはしばらく彼を見つめていた。わたしがゆうべあんなにぎこちないふるまいさえしなければ……。

彼女は首を振り、背筋を伸ばした。ミスター・ホランダーはクリスマスの準備を何もしていなかった。間違いなく、あの落ち着いたデビーと数日過ごすことが充分なお祝いになると思っているのだろう。そうではないクリスマスの過ごし方もあるのだと教えてあげよう。ヴェリティは期待されていた方法で報酬を得ることが許されていない。それなら、ほかの働きでできるだけ役に立つつもりだった。

ふたりの御者、従僕、馬番、料理人、ミスター・ホランダーの側仕《そばづか》え、そしてもっと立派な家でなら、執事と家政婦とふたりのメイドとでも呼ばれるであろう四人が、階下で朝食の真っ最中だった。ヴェリティが姿を現したとき、二、三人が決まり悪そうにあわてて立ち上がった。立ち上がらない者もいた。ヴェリティをレディとして扱うべきなのかどうか、はっきりわかっていないようだった。その中の料理人は、レディとして扱う必要はないと思っている使用人たちのリーダー的存在のようだった。

ヴェリティは微笑《ほほえ》んだ。「立たなくていいわ。朝食を続けてちょうだい。これから忙しい一日が始まるんでしょうから」

彼らの表情は、そんなことを聞くのは初めてだと伝えていた。

「クリスマスの準備で」ヴェリティは付け加えた。

クリスマスの準備と聞いたときの彼らの無関心な様子は、熱心なヒンドゥー教徒かと思うほどだった。

「ミスター・ホランダーは大騒ぎがお嫌いなんですよ」家政婦とおぼしき女性が言った。「食事の用意と暖炉の火を絶やさないことだけを守れば、あとはわれわれの好きなようにやっていいと言われています」今度は執事らしき人物が言った。

「すばらしいじゃないの」ヴェリティは明るく言った。「ところで、わたしもいっしょに朝食をいただいていいかしら? いいえ、立たないで」だれも立ち上がろうとするそぶりを見せてはいなかった。「自分で用意するわ。いいでしょう?」ヴェリティは言ったとおりに自分で朝食を用意した。「好きなようにやっていいと言われているのなら、クリスマスを祝うのはどうかしら。伝統的なやり方でよ。クリスマスの料理とワッセル酒のお食事をして、クリスマス・キャロルを歌ったりプレゼントを交換したり、ひいらぎや松の枝やこの急場で見つけられるものはなんでも使ってここを飾ったりするのよ。きっとみんなで楽しいときが過ごせるわ」

「わたしの料理するがちょうは」料理人が言った。「ナイフがいらないんです。フォークの先でも鋭すぎるくらい。肉がとろけるほどやわらかくなるんでね」

「ああ、わたし、がちょう料理が大好き」メイドのひとりが遠い目をして言った。「がちょうを手に入れることができたときはいつも、母がクリスマスのごちそうに焼いてくれたものだわ。でも、フォークで切れるほどやわらかくできあがったことはないのよ、ミセス・ライアンズ」あわてて言い足す。

「それに、わたしが作るミンスパイは」メイドが口をはさまなかったかのように、料理人が続けた。「ひと切れ食べたら、みんなやめられなくなるんですよ。みんなです」

「うーん」ヴェリティがため息まじりに言う。「よだれが出そうよ、ミセス・ライアンズ。あなたのパイをひと切れでもいいから食べてみたいわ」

「無理ですよ。作れません」ミセス・ライアンズはきっぱりと言った。「材料がありませんから」

「村で買うことはできないの?」ヴェリティは言ってみた。「昨日ここへ来る途中で村を通ってきたわ。いくつかお店があったみたいだけれど」

「あそこまで行ってくれる人がだれもいないんです」ミセス・ライアンズが答える。「この雪じゃね」

ヴェリティは、家具に溶けこもうと無駄な努力をしている馬番とふたりの御者に微笑みかけた。「だれもいないの？　明日食べる、がちょうとミンスパイとそのほかたくさんのクリスマス料理のためでも？　ノーフォークシャーのどこを探してもこんなに腕のいい料理人はいないと思えるミセス・ライアンズのためでも？」

「まあね、わたしはかなり腕がいいんですよ」ミセス・ライアンズが言う。

「庭には、松の木とひいらぎの茂みがあったわよね？」ヴェリティはだれにともなくたずねた。「宿り木はどこかにないかしら？」若いほうのメイドに視線を向ける。「思いもかけない場所や、とっても捕まえにくい人の頭の上に宿り木がないなんて、クリスマスじゃないわよね？」

　メイドは赤くなり、側仕えは興味をそそられたような顔をした。

「前は古いオークの木にありましたよ」執事が言った。「今年はどうかわかりませんがね」

「キッチンから裏の階段に続くアーチの廊下なんて、宿り木を飾るのにぴったりの場所じゃないかと思うのだけれど」ヴェリティはトーストをかじりながら、その場所をじっくりと見つめた。

　メイドがふたりともくすくす笑い出し、側仕えは咳《せき》払いをした。

　その後、難しい仕事はヴェリティの手を離れたように見えた。クリスマスの計画が、みんなの頭の中にしみ渡ったようだった。ミスター・ホランダーはそのつもりではなかったにせよ、彼は使用人たちに白紙委任状を渡してしまったのだ。今がクリスマスであるという事実、そして好きなだけ盛大に祝ってもいいという事実に、彼らは気づいた。やる気のなさは魔法のように消えた。ヴェリティは卵とトーストを食べ、コーヒーを二杯飲み、キッチンの火で体をあたためながら、召使いたちが生き生きした様子で計画を立てていくのを聞いていた。村へ行こうと言う者がふたりもいた。

「でもね、いちどきに全部やってはだめよ」ようやくヴェリティはふたたび口を開いた。「そうしたいのはやまやまでしょうけれど。枝を集めるのはなしにして、ただ中へ運ぶのを手伝うだけにしてね。枝集めはミスター・ホランダーとフォリングズビー子爵とミス……デビーとわたしでするから」

沈黙とぽかんとした表情が、ヴェリティの言葉に対する反応だった。ついにひとりが忍び笑いをした。馬番だ。

「それは無理ですよ、お嬢さん」馬番が言った。「ブーツが汚れるし、血色も悪くなるから、紳士方が屋外に引きずり出されるはずがありません。それは忘れたほうがいいですよ」

側仕えがまた咳払いをした。先ほどよりもかなり威厳のこもった咳払いだった。「ミスター・ホランダーのことを話すときはもっと敬意をこめるべきだろう、ブロッグズ」側仕えにこう言われた馬番は、叱《しか》られてもまるで平気のようだった。

ヴェリティは微笑んだ。「ミスター・ホランダーとほかの人たちのことはわたしにまかせて。みんなでクリスマスを楽しみましょうよ。あの人たちを仲間はずれにするのはかわいそうよ、そうでしょう？」

これを聞いてテーブルのまわりから陽気な笑いが起こった。ヴェリティはフォリングズビー子爵がひいらぎを集めようとして貴族らしい指を傷めている姿を想像した。彼女は彼がきっとお昼まで眠っているだろうと思ったのだが、それは間違いだった。彼はほんの少したってから、まるでヴェリティの思いに呼び出されたかのように、まだ宿り木の飾られていないアーチの下に姿を現した。側仕えを連れてきていないのに、彼のいでたちは完璧《かんぺき》だった。

「ああ」単眼鏡の柄をいじりながら、フォリングズビー子爵が物憂げに言った。「ここにいたのか、ブランチ。ドアから出た足跡が雪の上に残っていなかったから、羽が生えて飛んでいったのかと思いかけていたところだよ」

「みんなでクリスマスのお祝いを計画していたところなの」ヴェリティは明るい笑顔で答えた。「すべて決まったわ。あなたとわたしは、ミスター・ホランダーやデビーといっしょにあとで庭に出て、家を飾る枝を集めるのよ」

不意に計画のその部分がとてもばかげたことに思えてきた。フォリングズビー子爵が単眼鏡を目にあてがってテーブルを見まわし、そこに座っている共謀者全員をしっかりと観察した。

「ほんとうに？」子爵が力なく言った。「ぼくたちにとってすばらしい一日になりそうじゃないか」

ジュリアンは古いオークの木の枝に落ち着きなく腰を下ろしていた。どうやってここまで登ってきたのかわからなかったし、さらにわからないのは、脚の一本か二本、あるいは首の骨を折らずにどうやって下りるかだった。ブランチが地面から見上げながら、ジュリアンが落ちてきたら受け止めようというつもりなのか両腕を広げていた。ジュリアンのあとほんの少し手の届かないところには、使えそうな宿り木がまとまってあった。オークの木から数メートル離れたところでは、片方の手袋をすぐ近くに放《ほう》り投げたバーティが、ほとんど膝まで雪に埋もれながら、まるで剣で刺し貫かれた男のようにみじめな大声をあげて、指にひいらぎのとげが刺さったと文句を言っている。デビーがその指にキスのおまじないをしていた。

それよりもやや狩猟小屋に近い、木に守られて雪がそれほど深くない場所には、松とひいらぎの枝が悲しいほど小さな山になって積んであった。少なくとも、凍りつくような寒さの中で、風と舞い散る雪を体に受けながら、みんなで一時間以上も外で必死に働いたわりには悲しいほど小さな山だった。厚い雲はまだ雪の荷をからにしきっていないようだった。

「気をつけてね」ジュリアンが宿り木に向かっておそるおそる身を乗り出したのを見て、ブランチが声をかけた。「落ちないようにして」

ジュリアンは動きを止めて、下にいるブランチを見た。彼女の頬は美しい薔薇《ばら》色に染まっていた。鼻も。「ぼくだけなのかな、ブランチ」わざと退屈しきった口調でジュリアンが言った。「ぼくたちを外へ連れ出し、この木に登れとぼくに命令した練兵係軍曹がきみとそっくりの顔をしていたように思っているのは？」

彼女は笑った。いや、違う。くすくす笑いをしたのだ。「あなたが死んだら、碑文に〝崇高な行いを遂行中に死亡〟と書いてあげるわ」

ジュリアンは枝の上を移動してさらに危なげなようすで身を乗り出すと、ブーツに手の施しようのないほどの傷をつけながらも、節くれだった幹の上に足がかりを探し、ついに任務を果たした。宿り木をひとつかみ取ったのだ。地面に下り立つのは厄介だった。というより、下りる道がなかった。ジュリアンは子どものころ、こういう場合にいつもしていたように飛び下りた。

ジュリアンは四つん這《ば》いになって着地した。顔がやわらかな雪にまみれる。

「まあ」ブランチが言った。「どこか傷めた？」ジュリアンが顔を上げると、彼女がまたくすくす笑いをもらした。「雪だるまみたい。威厳を損なわれた雪だるま。宿り木は取れた？」

ジュリアンは立ち上がり、片手でできるだけ雪を払った。ロンドンに戻ったとき、側仕えが主人のブーツをひと目見たら、彼はきっと職を辞するだろう。

「ほら！」彼は雪まみれになった戦利品を差し出した。「おっと、だめだめ」ブランチが手を伸ばしてきたので、そう言った。そして彼女の手が届かないように、さっと宿り木を持った手を上に上げた。「ある行為には、結果がつきものなんだよ。ぼくはきみにそそのかされて、これを取るために命を危険にさらした。ぼくは褒美をもらい、きみは罰せられるべきだ」

ジュリアンがブランチを幹に追いつめて動けなくしたが、彼女はにっこりした。彼はまだ宿り木を手に持っていた。

「ええ、そうね」ブランチが従順に言う。

ジュリアンはゆうべのことを考えてはいなかった。だが、もし考えていたとしたら、キスの最初のレッスンをブランチがしっかり身につけたことに満足感を覚えていたかもしれない。ジュリアンが唇を重ねると、彼女は唇をそっと開いた。彼が舌でブランチの唇をさらに開かせ、その内側を探ると、彼女は静かな喜びの声をもらした。冷たい体と熱い唇の対照は強烈だ。舌を深く差し入れながら、ジュリアンはそう思った。ブランチが彼の舌をやさしく吸う。重ね着した服の上からでも、ジュリアンは踊り子としての彼女の引き締まった体を感じた。どこまでも女らしい。

だれかが口笛を吹いている。バーティだ。そして、デビーがバーティに言っていた。ばかはやめて静かにしなさい、あなた、このひいらぎを見に来て、と。

「さてと」ジュリアンは顔を上げた。軽いめまいを感じ、軽いどころではない興奮を覚えていた。こんなキスになるとは思ってもいなかった。「宿り木はきみの考えだったんだからね、ブランチ」

「そうね」ブランチの鼻はかがり火のように光っていた。彼女は健康で、少女のようで、少しばかり髪が乱れ、実に美しく見えた。「わたしの考えだったわ」

そしてジュリアンは凍えそうに寒く、襟もとから入った雪が解けて背中を濡《ぬ》らしていて、しかもこの上なく幸福だった。そこで状況を思い出した彼は、とにかく今この瞬間は幸福だ、と注意深く自分に言い聞かせた。

背後でだれかが咳払いをしていた。ジュリアンが振り向くと、バーティの馬番だった。馬番はバーティを捜していると言った。自分の名前を聞きつけた当のバーティが、ひいらぎの茂みから顔を出した。

「どうしたんだ、ブロッグズ?」バーティがたずねる。

ブロッグズは、門のすぐ外で溝にはまってほとんど横倒しになっている馬車があること、雪がやんで少しでも解けるくらい気温が上がらないと引っ張り出せる可能性がないことを話した。さらに、どこもかしこも雪が深く積もっていて、今はもう村どころかどこへも歩いていくことはできない、と沈んだ顔で言った。経験者は語る、だ。馬番は村から二時間もかけて狩猟小屋まで戻ってきたのだから。しかも、そのあともずっと、雪は弱まる様子を見せない。

「馬車だって？」バーティが眉をひそめた。「中に人はいるのか、ブロッグズ？」ジュリアンが聞いたこともないほどばかげた質問だった。

「紳士と奥方が乗っていました」ブロッグズが報告した。「それと子どもがふたり。狩猟小屋の中にお連れしました」

「なんてことだ」バーティがジュリアンに向かって顔をしかめた。「クリスマスに予想外の客を迎えることになったようだ」

「くそっ！」ジュリアンはつぶやいた。

「まあ、かわいそうに！」ブランチは叫び、木から離れて雪の中を狩猟小屋に向かった。「その方たちにどんなお世話をしてあげたの、ミスター・ブロッグズ？　子どもがふたりいるって言った？　小さいの？　怪我《けが》をしている人は？　あなたは……」

ブランチの声が遠くなった。おかしいな。ブランチのあとからバーティやデビーといっしょに狩猟小屋に戻りながら、ジュリアンは考えた。話術のレッスンを受けた大半の女性なら、きちんとした話し方をすることができる。だが、意識を集中していないときには訛《なまり》が出たり、ひどい言葉づかいになったりするものだ。どうしてブランチの場合は、その反対なのだろう？　ブランチのあとからブロッグズがよくしつけられた子分のように早足でついていった。まるでブランチが、領地を支配している大公妃であるかのように。奇妙なことに、先ほどのブランチはまさに大公妃であるかのような話しぶりだった。

5

ヘンリー・モファット牧師は、牧師補を務める受け持ちの教区から突然思いがけない休暇をもらい、五十キロほど離れた妻の実家でクリスマスを過ごしたいと考えた。すでに雪が降り出していたし、ふたりの幼い子どもたちの安全を考慮する必要があった。その上、妻が出産間近だったが、それにもかかわらず無謀にも――モファット牧師自身が認めたことだが――彼はその朝のうちに出発しようと決めたのだった。

モファット牧師は自分の愚かさを大いに反省していた。馬車が溝にはまって、ほとんどひっくり返りそうになり、家族をひどい目にあわせてしまったことで悲嘆してもいた。よりによってクリスマス・イブの日に、見知らぬ人の家に家族そろって世話にならざるを得ないことを申し訳なく思った。

「近くに宿はないでしょうか？」

「五キロほど離れた村にありますわ」ヴェリティは言った。「でも、この天候でそこまで行くのは無理でしょうね。ここに泊まってくださらなくては。ミスター・ホランダーもきっとそう言いますわ」

「ミスター・ホランダーはあなたのご主人なのですか？」モファット牧師はたずねた。

「いいえ」ヴェリティが微笑《ほほえ》む。「妻ではなく、わたしも客なんです。ミセス・モファット、どうぞ居間の暖炉で体をあたためてくださいな。ミスター・ブロッグズ、キッチンへ行って、お茶を頼んできてくれないかしら？　ああ、それから子どもたちの飲み物もお願いね。食べるものもいっしょに」ヴェリティは、好奇心をむき出しにして周囲を見ているふたりの幼い男の子に微笑みかけた。小さいほうの子は三歳か四歳くらいで、首に巻いた長いマフラーをほどこうとしていた。ヴェリティはふたりに手を伸ばした。「おなかはすいている？　あら、ばかなことをきいたわね。わたしの経験からいって、小さな男の子はいつだっておなかをすかせているものだわ。あなたがたのママといっしょに居間に行きましょう。料理人がどんな食べ物を用意してくれるか楽しみね」

　そのときミスター・ホランダーが外から戻ってきた。デビーとフォリングズビー子爵もすぐ後ろからやってきた。モファット牧師が自己紹介してから、いきさつを説明し、また詫《わ》びを言った。

「バートランド・ホランダーです」若い紳士は言い、予期せぬ客に右手を差し出した。

「それからこちらは、その、わたしの妻のミセス・ホランダーです。そして、フォリングズビー子爵」

ヴェリティはミセス・モファットと子どもたちを居間へ連れていこうとしていたところだったが、モファット牧師がこの家の主人に家族を紹介できるよう立ち止まった。

「わたしの妻の子爵夫人にはもう会われましたよね？」フォリングズビー子爵がヴェリティの目をしっかりととらえて言った。

「ええ」モファット牧師がヴェリティに会釈した。「奥さまにはとても親切にしていただいています」

また嘘《うそ》を重ねてしまったわ。ヴェリティは思った。彼女の夫となったフォリングズビー子爵は、外に出るときに着ていた服を脱いで、ヴェリティのあとから居間に入った。ヴェリティは妊婦のミセス・モファットと子どもたちを暖炉のそばの椅子に座らせた。子爵はヴェリティの横に立ち、片手を彼女の腰にまわした。忙しいにもかかわらず、ヴェリティは左手をしっかりと握られ、お茶が運ばれ、カップがまわされ、雑談が交わされるのをにこやかに見ながら、フォリングズビー子爵はヴェリティの薬指に何か固いものをすべらせた。

ヴェリティが手を前に戻して見ると、それはフォリングズビー子爵がいつも右手の小指にはめていた印章つきの指輪だった。指輪は少しゆるかったが、気をつけていれば落としてなくしたりせずにすみそうだ。結婚指輪の代わりとしては、なかなかのものだった。デビーを見ると、彼女の左手にも同じような指輪がはめられていた。

フォリングズビー子爵とミスター・ホランダーは生まれながらの陰謀者で、しかもごまかしには数々の経験を積んできたようだ。

「お願いですから、もうこれ以上遠慮はやめにしてください」ミスター・ホランダーが片手を上げ、いつもの明るい口調で言った。「ミセス・ホランダーとわたしは、クリスマスにあなたがた家族を迎えられて喜んでいるんです。友人ふたりと過ごすこともちろん楽しんでいましたが、もっとたくさん客を呼ばなかったことを残念に思っていたところだったんですよ、そうだよね、きみ？ とくに子ども連れの客を呼ばなかったことを。子どもたちのいないクリスマスは、クリスマスのように感じられませんからね」

「親切なお言葉をありがとうございます」ミセス・モファットが大きなおなかに手を置いて言った。

「そうですとも」デビーが言う。「家の中を歩くかわいらしい足音や、かわいいおしゃべりの声があるのは、とても楽しいわ。あなたもおかけになって、くつろいでくださいな、牧師さま。カップはそこのテーブルに置けばいいわ。溝にあんなふうに落ちるなんて、怖かったでしょうね」

「馬車がこんなふうに傾いたんだよ」年上のほうの男の子が両腕を広げて体を一方に大きく傾けた。「ひっくり返ってごろごろ転がっていくんじゃないかと思ったよ。すごくどきどきしたな」

「ぼくは怖くなかったよ」弟がヴェリティを見上げて言い、親指を口に入れると、そのあときっぱりした態度で口から出した。「ぼくはなんにも怖くないんだ」

「もうそれくらいにしなさい、ルパート」父親である牧師が言った。「デイヴィッドも。口を開くのは話しかけられたときだけにしなさい」

ルパートは父親の袖《そで》を引っぱった。「外で遊んできてもいい？」小声で言う。

「あなたたちったら！」ミセス・モファットが笑う。「ふつう、あんなに怖い目にあったあとは、安全な家の中にいられるだけでありがたく思うものですよね？　それに、外は寒くて吹雪《ふぶ》いているし。でも、この子たちは外が大好きなんです」

「だったら、いい考えがありますよ」フォリングズビー子爵が言い、両眉を上げ、単眼鏡の柄をいじった。「家の裏手にクリスマス飾り用の枝が積まれていて、それを中に運んでくれる人が必要なんです。外に置いたままではクリスマスを祝うことができないでしょう？」彼は眉根を寄せながら兄弟を順に見やった。「でも、この子たちにその力はあるかな？　どう思う、バーティ？」

ふた組の目がミスター・ホランダーを心配そうに見つめた。お願い、イエスと言って。兄弟は目で訴えた。口は父親に言われたとおり、しっかり閉じたままだった。

「ぼくがどう思うかって、ジュール？」ミスター・ホランダーは唇をすぼめた。「ぼくが思うに……いや、ちょっと待てよ。上着の袖のかすかなふくらみは筋肉かな、ぼうや？」

年上の男の子は必死の願いをこめて自分の腕を見た。

「うん、筋肉だ」ミスター・ホランダーが言った。

「弟のほうも見てくれよ。こんなに器用そうな指を見たことがあるかい、バーティ?」単眼鏡でじっくり見ながら、フォリングズビー子爵が言う。「きっとこの子たちはある目的のためにここに送られてきたんだよ。もちろんきみたちは、ちゃんとマフラーと帽子と手袋をまたつけるんだよ。それに、ママの許しももらわないとだめだ。だが、それができたら、ぼくについておいで」

冷めてしらけた態度のふたりの放蕩《ほうとう》者が目の前でやさしく寛大なおじさんへと変身するのを、ヴェリティは茫然《ぼうぜん》と見ていた。兄弟は母親の椅子の前で、許しがもらえないのではないかと気をもんでいた。

「ご親切にどうもありがとうございます」ミセス・モファットが言った。「子どもたちに振りまわされて疲れてしまわれますよ」

「大丈夫ですよ」フォリングズビー子爵は言った。「そんなに大きな枝の山ではありませんから」

「そうだわ」ヴェリティは子どもたちに向かって微笑んだ。「枝をすべて中へ運び入れて乾かしたら、それで家を飾るのを手伝ってちょうだい。宿り木とひいらぎと松の枝よ。ミセス・シンプキンズが屋根裏でリボンやベルを見つけてくれたの。デビー——ミセス・ホランダーとわたしで使えるものをより分けるわ。明日のクリスマスまでには、この家は楽しい雰囲気でいっぱいになっているわよ。きっとだれも経験したことのない最高のクリスマスになるわね」

話しながら、ヴェリティの目がフォリングズビー子爵の目と合った。彼は片方の眉を上げ、かすかにばかにするような笑みを浮かべてヴェリティを見ていた。けれども彼女は、もはやそんな表情にはだまされなかった。しらけた皮肉屋の仮面をつけていないときの彼を見たのだから。ここでふたりの男の子たちといるときだけではない。フォリングズビー子爵が少年のように木に登るのも見た。彼がそうしたのは、ヴェリティが頼んだからというだけでなく、木がそこにあったからだ。あのとき彼は目を輝かせ、唇に笑みを浮かべていた。

それに、ヴェリティは――そう、もちろん――彼のキスも受けた。非難するつもりがあったとしても、非難などできないキスだった。彼にはキスをする権利があった。五百ポンドを払うからではない。宿り木を取ってくれたからだ。宿り木の下ではキスをしていいことになっている。されたのは、深く情熱的なキスだったけれども。

「どうやら」ふたりの紳士が元気な子どもたちを連れて部屋を出ると、モファット牧師が言った。「わたしたちは少なくとも明日までここでお世話になるようですね。たまたま来合わせた場所で、すでに歓迎された気分にさせてもらえたなんて、心があたたまります。

ときどき、神の御手《みて》がわたしたちを動かし、会う予定もなかった人に引き合わせ、行く予定もなかった場所へ導いてくださっているような気持ちになることがあります。あなたがたがわれわれの主の誕生をこれほど熱心に祝う準備をされているとは、すばらしいのひとことです」

「わたし、キスの枝を作ってくるわ」今まで以上に生き生きした様子でデビーが言った。「子どものころ、うちではキスの枝でキッチンの天井を半分埋めつくしたことがあるのよ。みんな、キスを逃れられなかったものだわ。こんなこと、今まで忘れていたのに。クリスマスはいつだってすばらしい日だったわ」

「そうですね、ミセス・ホランダー」ミセス・モファットが笑みを浮かべて言った。「クリスマスはいつだってすばらしいものですわ、今年のわたしたちみたいに、一族そろって過ごすことができないときだって。あなたのご主人は子どもたちにとても親切にしてくださったわ。それに、あなたのご主人も」ミセス・モファットは笑顔をヴェリティにも向けた。「あの子たちは一日じゅう馬車の中にいたので、エネルギーがありあまっていたんですよ」

「レディ・フォリングズビー、あなたのおっしゃったことが正しいなら、今夜も明朝も村へ行くことはできないでしょう」モファット牧師が言った。「きっと教会へ行くつもりだったでしょうに、それができなくなりましたね。わたしに少しでも受けたご恩を返させてください。ここでわたしがクリスマスの礼拝を行おうと思うのです。ここでみんないっしょに聖餐《せいさん》をいただきましょう。もちろん、ミスター・ホランダーがいいと言ってくださったらの話ですが」

「なんてすばらしい考えなんでしょう、ヘンリー」ミセス・モファットが言った。

「まあ」デビーは畏怖《いふ》の念に打たれ、ほとんど言葉にならないようだった。

ヴェリティは胸のところで両手を組み、目を閉じた。クリスマス・イブの故郷の教会を不意に思い出したのだ。キリストの出生を知らせる鐘が鳴り、すべてのろうそくに火が灯《とも》って、降誕の場面の彫刻が祭壇の前に慎重に並べられ、最高の法衣をまとった父親が会衆に微笑みかけている。典礼の中でも、ヴェリティがいちばん好きなのがクリスマスだった。

「ああ、牧師さま」ヴェリティは目を開けた。「恩を受けているのはわたしたちのほうですわ。とても大きな恩を」まばたきをして涙をこらえる。「ぜひお願いします。ミスター・ホランダーとフォリー――わたしの夫も同じ気持ちでしょう」

「すばらしいクリスマスになるわね、ブランチ」デビーが言った。「予想もしていなかったのに。こんなふうになるとはね」

「ときにわたしたちは思いもよらない道を通って神の恩恵を受けることがあるのですよ」モファット牧師が言った。

「いろいろなことが自分の手を離れて勝手に急展開している、という印象を受けたことはないかい、ジュール？」食事の少し前、居間でみんなが来るのを待っているとき、パーティはジュリアンにたずねた。ふたりはクリスマスの光景と香りに包まれていた。赤い蝶《ちょう》結びや長いリボン、銀のベルで派手な装いをした枝がそこかしこに飾られている。暖炉の片側の奥まったアルコーブの上には、念入りに作られた巨大なキスの枝が吊《つ》るされている。松の強い香りがする。今この瞬間は、キッチンから漂ってくるたまらなくいいにおいよりも強烈だった。

「それに、きみはこんな印象を受けたことはないかい？」どうせただきいてみただけだろうと思ってパーティの問いに答えもせず、ジュリアンはたずねた。「女性をあるタイプだと決めつけて、彼女がそのとおりにふるまうと思ってはいけないんだって？」二、三分前、ジュリアンが寝室で着替えているあいだ、化粧室で食事のための着替えをしていたブランチが、明るくうれしそうにこう言ったのだった。モファット牧師が食後に居間でクリスマスの礼拝を執り行ってくれることになった、と。そして、召使いたちも出席したいと言っている、と。さらには、明日モファット家の子どもたちにすばらしいクリスマスを体験させてあげるようにしなくてはならない、と。まだ雪がたっぷり残っていたら、みんなで……。

ジュリアンは細かいことすべてを聞いていなかった。劇場の踊り子のミス・ブランチ・

ヘイワードがもし男だったら、最高の練兵係軍曹になっていただろう、と考えていた。実際、彼女がひとり残らずみんなを飾りつけに駆り出したことを見てみればいい。彼らは全員、ブランチの命令に従って走りまわり、よじ登り、よろめき、角度を調整したではないか。頬を染めて目を輝かせる彼女は美しかった。

総じて考えれば、彼女が男でなくてよかった、とジュリアンは考え直した。

「それに、三年も四年も使っていた料理人がだ、ジュール」バーティが続ける。「料理がうまいと突然わかったなんて経験があるか？　いやもちろん、まだその料理を味わったわけではないが、このにおいから判断して……なあ、どう思う？」

階上でみなが忙しくしていたように、階下では使用人たちが忙しくしていたようだ。だが、その忙しさも同じ扇動者のせいだった。ミス・ブランチ・ヘイワードだ。ジュリアンは、彼女が牧師とその家族を吹雪の中から呪文《じゅもん》で呼び出したのではないかとすら思った。そして、そんな連想をする自分に彼はぎょっとした。

「なあ」彼は言った。「女性たちの指に急に指輪が現れたことにだれか気づいたと思うかい、バーティ？」

そのときドアが開き、愛人たちが入ってきた。いっしょに階段を下りてきたらしい。デビーが舌を鳴らした。

「せっかく一生懸命キスの枝を作ったっていうのに、枝はあそこでただぶら下がり、あなたがた男性はここに立っているだけなの？」デビーが言う。「さっさと枝の下に行ってちょうだい、バーティ。そしてキスを受けるのよ」

「またかい？」バーティはにやにやして眉を上げ下げし、すぐにデビーの言葉に従った。

彼らはみな、キスの枝を吊るしたあと、その下ですでにキスを試していたのだった。モファット牧師ですら、ユーモアたっぷりの愛情をこめて妻にキスをし、デビーとブランチにも礼儀正しく頰にキスをした。

「ブランチ」ジュリアンが彼女の頭の先から爪先までじっくりと見た。ブランチはまた緑色のシルクのドレスを着ていた。髪は頭の後ろできれいにまとめてある。おもしろみのない、さえない女性に見えてもよさそうだったが、そうは見えなかった。「楽しんでいるかい？」

ジュリアンを見返すブランチの目から輝きが薄れた。「ここにいる理由を忘れているときだけは」彼女は答えた。「あなたからすでに大金をもらっているのに、それに見合ったことをまだ何ひとつしていないわ」

「それを判断するのはぼくじゃないかな」ジュリアンは言った。

「今夜少し埋め合わせができるかもしれないわ。一日いっしょに過ごして、だんだんあなたに慣れてきたの。まだぎこちないかもしれないけれど――どうなるのか何も知らないのだから、きっとそうなると思うけれど――怖がったりしないし、殉教者ぶったりしないわ。

それどころか、きっと楽しめるとすら思うの。それに、もらったお金に見合った働きをようやくしたと思えば、ほっとするし」

この家にいるのが、召使いたちを除いて、キスの枝の下で子どものように笑い浮かれているバーティとデビーだけだったなら、食事を辞退し、ごちゃごちゃ言わずに彼女をベッドに連れていくのに。金のことをまた言われたが、ジュリアンは彼女の言葉に興奮を覚えた。彼女に興奮を覚えた。だが、ここにはほかの客がいる。それに実のところ、客がいなくても行動に移したかどうかはわからなかった。

ノーフォークシャー滞在が計画どおりに進んでいたら、ゆうべはブランチとともにほとんど眠れない夜を楽しんでいたはずだ。今日だって、昼まで、あるいは昼過ぎまでベッドにいただろう。午後の大半もベッドの中で過ごしたかもしれない。今ごろは、あといく晩元気でいられるかと考えていたに違いない。それでも、明日一日を楽しみにしていただろう。ベッドで過ごす一日を。

そんな期待は先週からゆうべまで続いていた。いや、それよりも長い間だ。ゆうべはひと晩じゅう、裏切られたような気持ちになって不機嫌だった。今朝起きたときもだ。というより、夜のあいだに雪が降ったことを知って興奮した彼女に起こされたとき、と言うべきか。

だが意外にも、ジュリアンは今日一日の展開を楽しんだ。オークの木の下でのキスには、彼女とベッドをともにしたかのような奇妙な満足感があった。あのキスには笑いと欲望があった。性的な経験の要素として、笑いが望ましいなどとは思ったこともなかったが。

「わたしに失望しているのね」ブランチが言った。「ごめんなさい」

「とんでもない」ジュリアンは背後で両手を組んだ。「失望なんかするはずがないだろう？　そうだな。夜は床で眠った。凍えそうに寒い早朝に起こされて雪を見た。吹雪の中を外に出て木に登り、ブーツをだめにしたあげく、首の骨を折るかもしれない危険を冒した。牧師一家が客としてやってきた。ふたりの元気な男の子たちの相手を一時間した。家具の上に乗って枝を飾り、ほんの一センチずれているからと言われてつけ直した。居間で行われる礼拝を楽しみにしている。いったいクリスマスにこれ以上何を望めるというんだい、親愛なるミス・ヘイワード？」

ブランチは笑っていた。「なんだか妙だけれど」彼女が言う。「あなたは今日一日を楽しんだみたいな気がしてきたわ」

ジュリアンは単眼鏡を目にあてがってブランチを見た。「そして、きみは今夜を楽しめるかもしれない。そのときが来たらわかるだろう、ブランチ。だが、まずはパーティの客だ。デビーの詩的表現を借りれば、かわいらしい足音とかわいいおしゃべりの声が聞こえてきたよ。どうやら両親だけでなく、あの子たちの相手もしなくちゃならないようだ。ここには育児室も子守りもいないからね」

「そんな声と表情にはだまされませんからね」ブランチが言った。「あなたはあの子たちが好きなのよ。そうでしょう?」

「まいったな」ジュリアンが弱々しい声で言ったとき、居間のドアが開いた。

居間の片隅には小型ピアノ《スピネット》があった。日中ヴェリティは何度かそれに焦がれるような目をやっていた。けれど、蓋《ふた》には鍵《かぎ》がかかっていた。食後、モファット牧師が部屋をクリスマスの礼拝用に整えているあいだ、牧師の妻がスピネットのことをたずねた。ミスター・ホランダーは、スピネットなどまるで初めて見たかのような驚いた顔をした。彼は鍵がどこにあるかまったく知らなかった。鍵があったところで、弾ける人間がいなければどうにもならないが。

短い沈黙があった。

「わたしが弾けるわ」ヴェリティが言った。

「すばらしい!」モファット牧師が笑顔になった。「礼拝のときに音楽も入れられますね、レディ・フォリングズビー。歌のほうはわたしが音頭をとってもいいのですが、実は嘆かわしいほどの音痴なんですよ。そうだろう、イーディ? 賛美歌の初めより終わりのほうが、音程がかなり低くなってしまうと思いますよ」牧師は心から笑った。

ミスター・ホランダーが鍵を捜しに行った。いや、鍵のありかを知っていそうな召使いを捜しに行った。

「どこでスピネットの演奏を習ったの、ブランチ?」デビーがたずねた。

「牧師館よ」ヴェリティは微笑み、それから舌を噛《か》んでしまいたくなった。「教区牧師の奥さんが教えてくれたの」あわてて付け加える。少なくとも、それは嘘ではなかった。

ミスター・ホランダーが鍵を高く掲げて得意そうに戻ってきた。残念なことに、スピネットの音は狂っていた。とはいえ、弾けないほどではない。楽譜はなかったが、ヴェリティには必要なかった。大好きな賛美歌などは、子どものころからすっかり頭に入っていたからだ。

テーブルが祭壇に変えられた。メイドのひとりが丁寧にアイロンをかけたおかげでぱりっとした白い布がかけられ、その上にろうそくの立っている銀の燭台《しょくだい》が置かれていた。聖体皿と聖杯に見立てた美しい皿とカップもある。家政婦が地下室で見つけ、もうひとりのメイドが磨いたのだ。執事がミスター・ホランダーの最上のワインを出してきた。料理人はなんとか時間を作り、オーブンの場所をあけて発酵させていない丸パンを焼いた。持参していた法衣をまとったモファット牧師は、急にとても若々しくなり、威厳がある神聖な存在に見えた。

あたりを見まわしたヴェリティは、居間が聖なる場所である教会に姿を変えたと思った。子どもたちを含めて全員が、本物の教会にいるかのように静まり返り、礼拝が始まるのを待っていた。ヴェリティは待たずにお気に入りのクリスマスの賛美歌をそっと弾きはじめた。

クリスマスなんだわ。ヴェリティは唾《つば》をのみこみ、目をしばたたいた。今年は醜悪な自己犠牲の形でしかクリスマスはやってこないと思っていた。だが、あらゆる嘘やごまかしにもかかわらず――自分の手を見るたび、偽りの結婚指輪が目に入る――クリスマスはやってきた。そう、やってきたのよ。ヴェリティは自分に言い聞かせた。自分にそう思い出させるのは、罪人の証《あかし》だった。ミスター・ホランダー、デビー、フォリングズビー子爵、そしてヴェリティ。彼らは全員が罪人だった。だが、クリスマスは彼らを見つけてくれた。吹雪に立ち往生した牧師とその家族という形で。そしてクリスマスは、パンとワインの形で、彼らに限りない愛と許しを差し出してくれている。今のところはまだ、ただのパンとワインでしかないが。

千八百年以上も前の今夜、ひとりの子どもがこの世に生を享《う》け、それ以来毎年行われているように、そしてこれからもきっと毎年行われるように、ふたたび生まれようとしている。不変の誕生。不変の希望。不変の愛。

「わたしの親愛なる友人たちよ」牧師の声は穏やかで澄みきって、堂々としていた。お茶や食事のときのモファット牧師とはまったく別人のようだった。彼はみんなに順に微笑みかけ、彼らをあたたかさと平和とクリスマスの神秘で満たした――満たしたように思えた。

そして礼拝が始まった。

一時間以上が過ぎ、楽しい賛美歌を歌って礼拝は終わりとなった。自分も含めて全員が大きな声で歌っていることに、ヴェリティは気づいた。御者のひとりはひどい音痴だったし、家政婦は激しくビブラートをかけて歌っていた。ミスター・ホランダーはしっかりしたテノールだ。デビーはヨークシャー訛《なまり》で歌っている。デイヴィッド・モファットは好き勝手な音程で大声で歌っていた。彼らは立派な聖歌隊にはなれないかもしれないが、そんなことはかまわなかった。みんなが陽気に歌っていた。クリスマスを祝って。

そして、モファット牧師が礼拝の最後の言葉を述べ、楽しいクリスマスを、と挨拶《あいさつ》した直後、ミセス・モファットが口を開いた。

「ホランダーご夫妻、申し訳ありません。また迷惑をおかけすることになりそうですわ。ヘンリー、この子はクリスマス生まれになりそうよ」

6

ヘンリー・モファットはこの数時間、ほとんどずっと部屋をうろうろと歩きつづけていた。

「三人目ともなれば、すっかり慣れていると思われるでしょうが」つかの間立ち止まり、青白い顔と心配そうな目で、暖炉の両側で同じように青白い顔をして座っているジュリアンとバーティを見やった。「だが、慣れるなんてことはありません。赤ん坊が――自分の子が、この世への危険な旅をしているのです。それに、自分の肉、自分の心である連れ合いも痛みに耐え、すべての危険にひとりで立ち向かっているのです。無力で、卑小で、恐ろしいほど自分のせいだという気持ちでいっぱいですよ。そして、神の計画にもっと信用を置かなかったという罪悪感。三人目は女の子が欲しいと思っていたことなど、つまらない考えに思えてきます」

牧師は当てのない旅を再開し、部屋の一方の隅から別の隅へと行ったり来たりした。

「永遠に終わらないのでしょうか？」

ジュリアンは分娩《ぶんべん》中の女性のいる家に居合わせた経験がなかった。そのことを考えたとき、階上で起こりつつあることを考えたとき――考えずにいられるわけがなかった――耳鳴りがし、鼻孔が冷たくなり、出産中の妻を持つ夫でもないのに、恥ずかしくも失神する恐ろしい場面を想像した。そして、ほんの二、三日前には、次のクリスマスかそのすぐあとに、育児室に自分の子どもがいるようにと計画していたことを思い出した。控えめすぎる表現だろうが。耐えられないほどの痛みなんだろうな、とジュリアンは思った。控えめすぎる表現だろうが。

村には医者がいなかった。産婆はいたが、家政婦の話では村の向こう側からさらに一キロ半ほど行ったところに住んでいるらしい。産婆を迎えに行くのは無理な話だった。今まさに生まれようとしている子どもの出産に間に合うよう産婆を説得して連れ戻るのはさらに不可能だった。

幸運なことに、ミセス・モファットは見せかけだけの勇気でしかないに違いない穏やかな笑みを浮かべてこう言った。二回の出産経験があるし、ほかの人の出産に立ち会ったこともある、と。そして家政婦がいくつか必要なものを準備してくれれば、あとはひとりで大丈夫だと付け加えた。もう遅い時間になりつつあった。彼女はみんなに寝室に下がるよう言い、大声を出して迷惑をかけないと約束した。

ジュリアンはすぐに、苦痛に叫ぶ人の姿を想像してしまった。

デビーは目を真ん丸にしてバーティを見た。

「あなたがほんとうにそれでいいと言うのなら」バーティはシャツの留め紐《ひも》のように血の気のない顔だった。

「さあ、ヘンリー」ミセス・モファットが言った。「まずふたりで子どもたちを寝かしつけましょう。そのあとここで少し会えますね、ミセス・シンプキンズ」

家政婦のミセス・シンプキンズはほんの少し青い顔をしていた。

ブランチが口を開いたのはそのときだった。

「ひとりでなんて無理よ」きっぱりとミセス・モファットに言う。「陣痛の痛みに耐えるだけで精いっぱいになるわ。あとのことはわたしたちにまかせてくださいな、ミセス・モファット」そして牧師に向き直った。「今夜はあなたおひとりで子どもたちを寝かしつけてくださいますか？　子どもたちはママにキスをして。朝になったら、すばらしい驚きが待っているわよ。早く眠れば、それだけ早くそれが何かわかるわ。ミセス・ライアンズ、大きな鍋《なべ》にお湯を沸かして準備してくれます？　ミセス・シンプキンズ、きれいな布をできるだけたくさん集めてくださいね。デビー、あなたは――」

「あの、ブランチ」デビーが逆らう。「無理よ」

「あなたが必要なの」ブランチは笑顔で言った。「ミセス・モファットは汗をかくでしょうから、それを冷たい濡《ぬ》れタオルで拭《ふ》いてもらうだけ。それならできるでしょう？　ほかのことはすべてわたしがやるわ」

ほかのことはすべて。赤ん坊を取り上げることとか。ジュリアンは劇場の踊り子に見入り、魅了されていた。

「前にやった経験があるのかい？」彼はたずねた。

「もちろんあるわ」ブランチはきびきびと言った。「牧師館で。あの……ときどき牧師の奥さんの手伝いをしたのよ。何をすればいいか、ちゃんとわかっているから、だれもなんの心配もいらないわ」

そのとき、全員がブランチを見つめていた。ジュリアンは今、それを思い出していた。みんなが彼女の言葉に、命令にすがりついた。ひとり残らず彼女の強さと自信に頼ったのだ。

いったい彼女は何者だ？　鍛冶屋《かじ》の娘がなんだって牧師館にしょっちゅう出入りしていたのだろう？　楽譜もなしに小型ピアノ《スピネット》を弾けることや、赤ん坊を取り上げることはおいておくとしても。

みんながブランチの命令に従った。いくらもしないうちに三人の男たち——三人の役立たずたち——が居間に取り残され、恐怖と吐き気と気ふさぎの発作と闘うはめになった。

ドアが開いた。恐怖に満ちた青白い三つの顔がそちらを向く。

デビーは赤い顔をしていた。服は乱れ、大きすぎるエプロンをつけている。ブロンドの髪のひと房が肩にかかり、汗で濡れているようだ。彼女は晴れやかな顔をして、実に美しく見えた。

「終わりましたよ」デビーはモファット牧師に向かって言った。「元気な……赤ちゃんです。どちらだったか、わたしからは言ってはいけないの。奥さんがお待ちです」

三人の子の父親となった牧師はしばらくのあいだ突っ立ったままだったが、やがて何も言わずに居間を出ていった。

「バーティ」デビーは涙でいっぱいの目を彼に向けた。「あなたもあそこにいたらよかったのに。いきなりブランチの両手に落ちてきたのよ。小さくてつるつるすべって、怒って泣きわめいていて……一人前なの。ああ、バーティ、いとしい人」デビーは彼の腕の中に飛びこみ、大声で泣いた。

バーティはなだめる言葉をかけながら、ジュリアンに向かって両眉を上げた。「こんなにほっとしたことはないな。でも、あの場にいなくてすんだことがありがたいよ、デビー。さあ、もうやすんだほうがいい。きみは手伝わなくていいんだろう？」

「ブランチから、もうやすんでいいと言われたわ」デビーが言った。「あとはすべてブランチがやってくれるんですって。彼女、どんな産婆さんより立派だったわ。おびえているわたしとミセス・シンプキンズを落ち着かせるために、ずっと静かに話しかけてくれたのよ。ミセス・モファットは落ち着いたものだったわ。ずっと恐縮していたの。そんなこと、気にしなくていいのに。こんなに……こんなに光栄に思うのは初めてだわ、バーティ。わたしが、ただの地味で正直な娼婦《しょうふ》のデビー・マークルが、あんなものを見せてもらうことができたなんて」

「おいで、デビー」バーティはデビーの体に腕をまわし、ベッドに連れていった。

二、三分後、ジュリアンも彼らと同じように階上に行った。今が何時かまったくわからなかった。朝のとんでもない時間だろう。ろうそくを持ってこなかったし、だれも彼の寝室のろうそくを灯《とも》しておいてくれていなかった。だが、階下のだれかが忙しく働いていたようだ。炉床では入れられて間もない火が燃えていた。ジュリアンは窓のところへ行って外を見た。

雪はやみ、空は晴れていた。視線を上げたジュリアンは、ひと目で自分が間違っていたことを知った。朝のとんでもない時間などではなかった。

数分後、寝室のドアが開いたとき、彼女はデビーよりさらにひどいありさまだった。服は汚れ、疲れきり、そして美しかった。

「起きて待っていなくてよかったのに」ブランチが言った。

「おいで」ジュリアンは彼女を手招きした。

ブランチがやってきて、ジュリアンが腕をまわすと、ぐったりともたれかかった。彼女が深くため息をつく。

「見てごらん」ジュリアンは指さした。

ブランチは長いあいだ何も言わなかった。ジュリアンも無言だった。言葉はいらなかった。クリスマスの星が彼らに向かって輝いていた。希望の象徴、英知と人生の意味を探し求めるすべての者たちを導くしるしが。自分たちふたりが今年のクリスマスから何を学んだのか、ジュリアンにははっきりとはわからなかったが、何かがあった。この瞬間は言葉に表せないものが――道理では説明できないものが。だが、何かを学んだことは確かだった。何かを得たのだ。

「クリスマスだわ」ついにブランチがそっと言った。彼女の言葉の奥深くにはたくさんの意味がこめられていた。

「そうだね」ジュリアンは乱れた金褐色の髪のてっぺんにキスをした。「そう、クリスマスだ。彼らは娘に恵まれた?」

「ええ。あんなに幸せそうな夫婦は見たことがないわ。クリスマスの朝なのよ。これ以上尊い贈り物があって?」

「ないだろうな」ジュリアンはつかの間目を閉じた。

「赤ちゃんを抱かせてもらったの」ブランチがささやくように言った。「何よりの贈り物だったわ」

「ブランチ」しばらくして、ジュリアンはたずねた。「きみの話に出てくる牧師館はどこにあるんだい？　鍛冶屋の近く？」

「そうよ」ブランチが答える。

「学校もそこから通っていたんだよね。そして、スピネットの演奏と赤ん坊を取り上げるレッスンを受けた」

「え、ええ」彼女にはためらうだけの慎みがあった。

「ブランチ」ジュリアンは言った。「きみはぼくの知り合いの中でも、もっともひどい嘘《うそ》つきだという、奇妙な気がするんだが」

彼女は何も言わなかった。

「ベッドに入る支度をして」ジュリアンは言った。「もう遅いと言うべきか、まだ早いと言うべきか、わからないけどね」

ブランチは顔を上げて彼を見た。「わかりました」勇敢な殉教者といった口調だった。

あの清楚《せいそ》なナイトガウンを着て、髪を下ろした彼女が化粧室から出てきたとき、ジュリアンはすでにベッドに入っていた。消えかけの明かりの中、ジュリアンはなおも勇敢に見えるブランチを目にした。彼女はためらうことなくベッドに近づいてきた。

「入って」ジュリアンはベッドカバーをめくり、もう一方の腕を彼女の枕《まくら》の下に伸ばした。

「はい」

彼女が横になると、ジュリアンは彼女があたたかくなるよう引き寄せた。しっかりとベッドカバーをかけてやる。それからゆっくり、たっぷりキスをした。

「さあ、もうおやすみ」キスが終わるとジュリアンは言った。

それを聞いて彼女の目がぱっと開かれた。「でも——」

「〝でも〟はなしだ」ジュリアンが言う。「きみは疲れ果てているんだよ、ブランチ。きみもぼくも楽しむことなどとうてい無理だ。いいから寝なさい」

「でも——」彼女はまた言いかけたが、ジュリアンのキスに黙らされてしまった。

「五百ポンドのことや、それに見合った働きのことは聞きたくない」ジュリアンは言った。

「きみは一週間ぼくのものになり、ぼくの意思に従うと約束した。今夜のぼくの指示はこれだ。寝なさい」

ジュリアンは彼女がまた逆らうのではないかと待った。ところが彼が聞いたのは、静かでほとんど聞こえないくらいのため息と、深く完全にくつろいでいる息づかいだった。彼女は眠ったのだ。

おかしなことに、ほっそりしてスタイルのいい女性の体が爪先から額までぴったり押しつけられているというのに、ジュリアンは欲望を感じることもなければ、がっかりしてもいなかった。それどころか、その反対だった。あたたかく、くつろぎ、眠かった。愛を交わさなかった男というよりは、愛の行為を堪能《たんのう》した男のようだった。

ジュリアンも眠りに落ちた。

翌朝ヴェリティはいつもより遅く目を覚ました。あたたかいベッドの中へもう一度もぐりこもうとして、ひとりなのに気づき、眠気が吹き飛んだ。目を開ける。フォリングズビー子爵はいなかった。見まわしてみると、部屋にもいない。

クリスマスの朝だった。

彼はゆうべヴェリティといっしょに寝た。それだけ。いっしょに眠った、、ただけだ。彼はいっしょのベッドで寝て、彼女を抱き、眠りなさいと言った。ヴェリティがその言葉に従うのに長くはかからなかった。彼の腕とキスにはやさしさがなかったかしら？　わたしが勝手な想像をしただけ？　間違いなく、怒りはなかった。

ベッドカバーをはねのけて化粧室に向かいながら、ヴェリティは唐突に、彼は好ましい人だ、と思った。それは驚くべき実感だった。彼のことは最初から、信じられないほど魅力的な男性だと思っていた。けれど、好ましい人と思うようになるとは意外だった。まさか、親切な人だなんて思ってもいなかった。

洗面台のぬるま湯で顔を洗い、父の喪が明けたら着ようと思って秋に自分で作った白いウールのドレスを着る。襟ぐりはつまり、長い袖《そで》はまっすぐなラインで、胸の下からフレアになっているシンプルな形のドレスだった。ヴェリティはそのシンプルさが気に入っていた。髪をとかし、頭の後ろでいつものようにまとめる。最後にもう一度鏡に自分の姿を映し、ためらった。

これでいいかしら？　ヴェリティはあっさりした襟ぐりを見つめた。

持ち物のほとんどをしまってあった引き出しを開け、箱をじっと見つめたあと、それを取り出して蓋《ふた》を開けた。ほんとうに美しいものだった。きっととても高かったのだろう。とはいっても、その魅力が値段にあるわけではなかった。細工がすばらしくて趣がある。鎖は細く繊細だ。ヴェリティが持っているものの中では、文句なくもっとも美しい。彼女は星にそっと触れ、手を引っこめ、もうしばらくためらってからシルクの台座から鎖を持ち上げた。留め金をはずし、頭を下げて両腕を上げる。

「ぼくにやらせてくれ」背後から声がして、手がヴェリティの手を包んだかと思うと、鎖を取り上げた。

彼が留め金をとめるまで、ヴェリティはうつむいたままでいた。

「ありがとう」ヴェリティは顔を上げて鏡を見た。

彼はヴェリティの肩に手を置いていた。そして、いつものように完璧《かんぺき》に優雅ないでたちだった。

「これ、きれいだわ」ヴェリティは言った。ほんとうに、彼女のドレスにぴったりのアクセサリーだった。

「そうだね」フォリングズビー子爵がヴェリティを振り向かせた。「きみの瞳に見えるのは悲しみかな、ブランチ？　これはふさわしい持ち主のところにあるんだよ。きみは胸にクリスマスの星をつける権利をちゃんと手に入れたんだ」

ヴェリティは微笑《ほほえ》み、ペンダントに手をやった。「すばらしい贈り物よ。わたしもあなたに差し上げるものがあるの」

ヴェリティは衝動的に言っていた。ロンドンを発《た》ったときは、クリスマス・プレゼントのことなどまったく考えていなかった。彼のことはただの雇い主としか考えていなかったのだ。彼女の体を好きなように使うために金を払う人としか。彼が……そう、ある意味で友だちになるとは思ってもいなかった。自分が好意を持つ人になるとは。こちらに好意を示してくれる人になるとは。

ヴェリティは引き出しに向き直り、奥に手を差し入れた。あんなに大切にしていたものを人にあげようとしているなんて、しかもよりによって彼にあげようとしているなんて、ヴェリティには自分が信じられなかった。それでも、そうしたい気持ちははっきりしていた。そうするのが正しいとも思っていた。丹精して作られたものでも、高いものでもない。けれど、それは父親のものだった。

「どうぞ」ヴェリティはそれをてのひらにのせて差し出した。きれいに包まれてすらいなかった。「わたしにとっては大切なものなの。父のものだったのよ。家を出るときに父がくれたの。あなたに持っていてもらいたいわ」それは四角くたたまれたただのハンカチだった。最上のリンネルではあったが、それでもただのハンカチであることに変わりはない。

彼はハンカチを自分のてのひらに取り、ヴェリティの目をのぞいた。「きみの贈り物のほうがうんと価値があるよ、ブランチ。ぼくの贈り物は金で買ったものだ。だが、きみはきみ自身の一部をぼくにくれた。ありがとう。大切にするよ」

「幸福なクリスマスを」ヴェリティは言った。

「きみにも」彼が顔を近づけ、やさしく、胸が痛くなるほどの甘いキスをした。「幸福なクリスマスを、ブランチ」

ヴェリティは幸せな気分になった。母やチャスティティが自分抜きに祝っていることが思い浮かびはしたが。それでも、彼らにはお互いがいて、ヴェリティには……。

「赤ちゃんはどうしているかしら?」ヴェリティは熱をこめて言った。「赤ちゃんを早くもう一度見たいわ。ちゃんと眠ったかしらね? ミセス・モファットも眠れたかしら? 男の子たちは生まれたばかりの妹に会った? お父さんのモファット牧師は今日子どもたちといっしょに過ごす時間が持てるかしらね? だって、今日はクリスマスなのよ。子どもたちにとってはとても大切な日でしょう。ひょっとしたら——」

「ひょっとしたら、ブランチ」フォリングズビー子爵は突然以前のしらけた皮肉屋の口調に戻って言った。「きみは昨日と同じように、またみんなを喜ばせる名案を考え出すんじゃないかな。きみの命令に従ったあとは、子どもたちもぼくたちも疲れてへとへとになっているだろう」

「でも、あなたは昨日という日を楽しまなかったの？」ヴェリティはたずねた。「きっと楽しんでくれたはず。「クリスマスなのよ。それなのに、ミスター・ホランダーはお祝いの計画を何も立てていなかったわ。ほかにどうすればよかったというの？　かわいそうなミスター・ホランダー。きっと彼は、お母さまや親戚《しんせき》にいつも祝日の計画を立ててもらっていたのね」

「そのとおりだよ」フォリングズビー子爵が吐息をつく。「だから、今年はそういう計画から逃げることにしたんだ、ブランチ。そして、自分の選んだ女性と静かな一週間を過ごすことにした。吹雪の中を枝集めに奔走したりするんじゃなくて、あたたかいベッドの中で愛を交わすことにしたんだ。家じゅうをクリスマスの歓声や楽しげなクリスマス・キャロルの歌声で満たし、元気な男の子たちの相手をし、赤ん坊を取り上げたりするんじゃなくて……そう、あたたかいベッドで愛を交わすつもりだった」

「あなたにとって、昨日は少しも楽しくなかったのね」ヴェリティは困惑して言った。

「それに、やっぱりがっかりしているんだわ。わたしがあなたを失望させたのね。ミスター・ホランダーの祝日も台なしにしてしまったわ。そして――」フォリングズビー子爵が二本の指でヴェリティの唇をしっかりと押さえた。

「赤ん坊は夜通しぐっすり眠っていたよ」彼が言う。「今になってようやくぐずりはじめたところだ。ミセス・モファット牧師は二、三時間眠って、今朝は気分もいいし、元気だと言っている。モファット牧師は有頂天で、娘を授かった自分はこの世でいちばん幸運な男だと言っている。きっとこの世でいちばん有能な男だとも思っているんだろうな。男の子たちはプレゼントをもらい、妹にも会った。まあ、彼らは父親ほど感動していなかったけれどね。兄弟は居間で騒ぎまくっている。父親から、いいと言われるまで居間を出るなと言われたからだ。料理人はキッチンで気合いを入れて働いているし、ほかの召使いたちもきびきびと動きまわっている。バーティとデビーはまだ部屋から出てきていない。きっとあたたかいベッドの中で愛を交わしているんだろう。そしてきみはどんな女性もそんなに美しくあるべきではないというくらい美しい。清楚な白が、きみには似合うね」

「あなたの思っていたようなクリスマスにならなくて残念だったわね」ヴェリティは言った。

「きみは残念がっているのかい？」子爵が気だるげに微笑む。「ぼくはわからないんだよ、ブランチ。残念がっているかどうかということだが。少なくとも、興味深いクリスマスではある。それに、まだ終わったわけじゃない。きみはぼくたちのために何か計画を立てているのかい?」

ヴェリティは頬が赤らむのを感じた。「とにかく、ここには子どもたちがいて、お母さんは動けないわけだし、お父さんはお母さんといっしょに過ごしたいだろうし……それに、雪はやんだけれど、積もった雪は解けていないし……わたしたちには丸一日あるというのに、これといった計画もないから……」ヴェリティの頬がさらに赤くなった。

「あたたかいベッドで愛を交わす以外に?」フォリングズビー子爵が言う。

「そう、それ以外には。わたしたち……というか、あなたがほかのことをするほうがいいというのでなければ、それもいいかなって。わたしはそちらでもいいの。だって、わたしはそのためにここへ来たんですもの」

彼はにやにやしていた。「外で遊ぼう。バーティとデビーはどう思うかな?」

「そうね」ヴェリティは言った。「彼らだって、一日じゅうベッドで過ごすことはできないんじゃないかしら? 牧師さまとミセス・モファットに失礼になるもの」

フォリングズビー子爵はただくすりと笑っただけだった。「一日を始めよう」ヴェリティに腕を差し出す。「何があったって、こんな機会を逃す手はない。たとえ世界じゅうのあたたかいベッドを差し出されてもね」

7

ジュリアンは一日じゅう決心を変えなかった。とはいえ、クリスマスが終わる前にブランチが全員をへとへとにさせるだろうという予想は、大げさでもなんでもなかった。

朝食が終わるとすぐに、彼らは子どもたちを連れて外で雪遊びをした。〝彼ら〟とはジュリアンとブランチで、あとからバーティとデビーが加わった。雪の中で遊んだのはほんの数分だと思っていたが、どうやら数時間たっていたようだった。ブロッグズが、クリスマス料理の準備ができたと呼びに出てきたからだ。ブロッグズの表情から、すぐに食事の席につかなければ、料理人に雷を落とされそうだということもわかった。

そのずいぶん前、彼らは精力的に雪合戦をした。ジュリアンの目にはあまりに不公平な雪合戦に映ったし、そのことで大いに文句も言った。彼とバーティは、男の子と女性陣の組と戦わされたからだ。つまり、二対四だ。デビーがライフル連隊の一員であったなら、フランスに心臓に穴の開いていないフランス人はひとりもいなかっただろう。デビーの狙《ねら》いは恐ろしいほど正確で、彼女が雪玉を投げると、彼女自身と仲間が必ず歓声をあげる結果となった。

それから雪だるまを作った。少なくとも、ジュリアンとバーティは作った。子どもたちはまわりではしゃぎながら〝手伝い〟をし、デビーはキッチンで薪《まき》の燃えかすと人参《にんじん》と古い麦藁《むぎわら》帽子をもらってきた。ブランチは雪だまりにもたれかかり、審判員はいちばん大変な仕事なのだと高らかに言った。彼女は残った一本の人参をバーティとデイヴィッドに褒美として与えた。

積もった新雪の上に寝て天使の人型を作ることもしたが、途中でルパートがうんざりした様子でこんなのは女の子の遊びだ、と言い出した。ブランチとデビーがおかまいなしに天使を作りつづけるあいだ、男性陣はゆるやかな斜面に長いすべり台を作り、首の骨を折る危険もかえりみずにすべって遊んだ。最後にはジュリアンはなぜか肩にデイヴィッドを乗せていた。デイヴィッドはジュリアンの帽子では頼りにならないとばかり、髪をしっかりと握り、恐怖と歓喜がないまぜになった叫び声をあげた。

デビーが木のぶらんこを見つけ出し、ぶらんこの上や足もとの雪を払ってから、みんなを呼んだ。ひとりで乗ったり、ふたりで乗ったりして、全員が子どものように浮かれ騒いだ。モファット牧師が出てきたのを見て、子どもたちが父親を首まで雪に埋もれさせようと去ったあとも、大人たちは木のぶらんこを楽しんだ。

「雪が解けはじめたわ」食事のために家に向かうとき、ブランチが物悲しげに言った。

「寂しいわね」

「雪は解けるものじゃないか」ジュリアンはブランチの腰に片手をまわした。「時がたつのも同じだ。だからこそ、ぼくたちには思い出というものがあるんだよ」

「子どもたちはすばらしい朝のひとときを過ごしたわよね？」幸せそうな笑みを浮かべながら、ブランチが彼を見る。

「どの子どもたちのことを言っているんだい？」ジュリアンは彼女の赤くなった冷たい鼻にキスをした。「小さい子どもたちのこと？　それともぼくたちのことかな？　ぼくは、燃え盛る暖炉の火の前で足を上げてやすみたいよ」

　ブランチは笑うだけだった。

　クリスマス・ディナーは比べものにならないほどすばらしかった。みな、おなかがいっぱいになるまで食べ、そのあとパーティが料理人を呼んで大げさなくらいの褒め言葉を述べた。

　けれども、ブランチにはそれだけでは充分ではなかった。彼女は言った。ミスター・ホランダーはとてもやさしい人だから、使用人全員を居間に呼んですばらしいワッセル酒をふるまってくれるのではないかしら、と。それに、彼女としても、すばらしいクリスマスをみんなに楽しんでもらおうと一生懸命働いた全員にお礼を言いたい、と。

「わたしもまったく同感です、レディ・フォリングズビー」モファット牧師が言った。

「とはいえ、わたしが見たところ、一生懸命に働いたのは使用人たちだけではないようですが。妻とわたしはここで受けたあたたかい歓迎と、子どもたちをあれこれ楽しませてもらったことを決して忘れないでしょう。それに、ゆうべのことではいくら感謝してもしきれません、レディ・フォリングズビー、そしてミセス・ホランダー。親切心からしてくださったことでしょうから、お返しをしようとするのは控えますが。ふたりのレディからの贈り物をありがたくいただいておくことにします」

デビーがはなをすすり、バーティから手渡されたハンカチではなをかんだ。「今まで言われたなかで、いちばんすばらしい言葉だわ」デビーは言った。「でも、何もかもやってくれたのはブランチよ」

使用人たちは居間でケーキやミンスパイを食べ、ワッセル酒を飲み、雇い主とジュリアンとモファット牧師からクリスマスのボーナスをもらい、最高のときを過ごした。振り返ってみても、またクリスマス・キャロルを歌おうと言い出したのがだれだったか、ジュリアンにはわからなかった。きっとブランチだったのだろう。彼らはブランチの弾く小型ピアノ《スピネット》の伴奏に合わせ、あたたかく感傷的な気持ちでクリスマス・キャロルを歌った。

使用人たちが階下に戻ったあと、ミセス・モファットが赤ん坊を連れて姿を現し、みなを驚かせた。

ジュリアンは昔から子どもが好きだった。そうでなければやっていけなかったはずだ。

家族の集まりのときには、子どもも好きでなければげんなりするほど子どもたちがいたのだから。そんな彼も、乳児や新生児は女性たちの領分で、授乳され、あやされ、子守歌を歌われ、おむつを替えられるだけの存在だと思っていた。

だが、モファット家の長女に関しては独占欲とも呼べるような興味を抱いていることに彼は気づいた。どういうわけか彼女の誕生が、ジュリアンにとってこれまでにないほど生き生きしたクリスマスを運んできてくれた。そして、その彼女を取り上げたのがブランチだ。ブランチは今赤ん坊を抱き、ジュリアンがまぶしいとさえ思うようなやさしい顔で赤ん坊を見つめていた。シンプルな気品のあるドレスをまとい、健康と生命力と思いやりで輝いている彼女が赤ん坊を抱いているのは、とてもふさわしい姿に見えた。

あれが彼女の子なら。ぼくの子なら……。

ジュリアンははっとして危険な白昼夢から飛びのいたが、ふと気づくとブランチの目をじっと見つめていた。ブランチは彼に微笑《ほほえ》んだ。

ああ、ブランチ。ほんの一週間前には彼女のことを、望ましいベッドの相手としてしか見ていなかったことなど信じられない。彼女の美しさ――長く形のいい脚、ほっそりした引き締まった体、みごとな髪と麗しい顔――を目にしてはいたが、彼女の内面については何も考えていなかったのだ。

きれいな外見の下にはすばらしい女性がいた。その内面は、ブランチという女性が持つその体よりもおそらくもっと美しい。

ぼくは彼女を愛している。ジュリアンは驚きとともに認めた。これまで女性を愛したことはなかった。女性に欲望を感じたことは数えきれないほどあったし、もっと若かったころは、それを愛と呼んだときもあったが、ひとりの女性にこれほど強い切望の痛みを感じた覚えはなかった。彼女とベッドをともにしたいだけではない。もちろんベッドはともにしたいが、ジュリアンの気持ちはそれ以上のものだった。彼はブランチの一部に、彼女の人生の一部になりたかった。彼女の体を一時的に自分のものにするだけではなく。

ジュリアンは少しばかり自信なさそうに彼女に微笑んだ。

「わたしの印象では」ふたりが微笑みを交わしたことに気づいたのだろう、ミセス・モファットが言った。「あなたたちはまだ新婚なのでしょうね」結婚してから、子どもを授かるほどまだ長くはたっていないだろう、という意味だ。

「そうなんです」ジュリアンが言った。

数時間後、ブランチとモファット牧師が子どもたちを含めたみんなを楽しませようと行った室内のゲームを楽しく終えたあと、ジュリアンはクリスマスにコンウェイに行かなくてよかったと思った。それまで彼は朝から晩まで、時折コンウェイのことを考えては家族に会えない寂しさを感じていた。今になって思うのだが、もしクリスマスが計画どおりに進んでいたら、きっとこの狩猟小屋に来ようと決めたことを後悔していただろう。彼が計画していたことは、クリスマスの祝いとはかけ離れていた。だが、こういう事態になって、彼はクリスマスに人々が見出《みいだ》すにふさわしいものすべてを見出したのに気づいた。愛、歓待、陽気な集い、やさしさ、分かち合い、寛大さ……。挙げていったらきりがないほどだ。

人はときに知らず知らずのうちに何かによって、探していると思ってもいないものへと導かれるのかもしれない。導いてくれるのは星かもしれない。導かれる先はベツレヘムの馬小屋かもしれない。今この瞬間、初めて気づいたのだが、彼は東方三博士と共通点があるのかもしれない。

あくびをしながら文句を言っていた子どもたちが、ずっと以前からの知り合いのように〝おじさん〟たちと〝おばさん〟たちを抱きしめたあと、ついに父親にベッドへと連れられていった。

「ぼくたちもそろそろやすもうか、デビー」バーティが大きくあくびをした。「クリスマスを楽しんだかい？」

「ええ、あなた」デビーが言う。「家を出てから初めてのすばらしいクリスマスだったわ。いいえ、これまででいちばんすばらしかったかも。牧師さまはとても親切だし、子どもたちはとてもかわいいわ。それに赤ちゃん！　最高のクリスマスだったわ」

子どもたちを寝かせたら、先に寝室に下がった妻と赤ん坊とともにやすむつもりだと牧師が言っていたのでもう遠慮はいらないと思ったのか、バーティがデビーを膝に乗せて言った。「楽しかったこの二日間のことは、きみのおかげだね、ブランチ」

「そんな」ブランチは言った。「やめてちょうだい。クリスマスは、だれの手も借りずにいろいろなことが起きるものなのよ」

「ばかな」ジュリアンが言う。「山腹から羊飼いたちを動かすには、大勢の天使の力が必要だったのに、似たような巡礼へとぼくたちを動かしたのは、たったひとりの天使だった」

「わたしのこと?」ブランチは顔を赤らめた。「だとしたら、変わった天使ね。薄汚れた羽を持つ天使だもの」

ジュリアンは立ち上がり、彼女に手を差し伸べた。「長い一日だった。それに、きみはゆうべ二、三時間しか眠っていない。もうやすんだほうがいい」

ブランチはジュリアンの手を取りながら目を合わせた。彼女の目に殉教者の表情はまったくなかった。

「おやすみなさい、ミスター・ホランダー」同じように部屋に下がろうとしていたふたりに言う。「おやすみなさい、デビー。こんなにすばらしいクリスマスにする手伝いをしてくれて、ありがとう」

ヴェリティが化粧室から出てきたとき、ジュリアンは窓辺に立っていた。彼は寝巻きを着ていた。部屋は赤々と燃える暖炉の火であたたかかった。

「まだあの星は出ている？」ジュリアンの横へ行き、空を見上げて彼女は言った。

「いや」彼が答える。「だが、雲に隠れているだけかもしれない。外はずいぶんあたたかくなってきた。明日には雪が解けてしまうだろう」

「ああ」ブランチはため息をついた。「クリスマスは終わってしまったのね」

「まだだよ」ジュリアンが腕をまわすと、ヴェリティは彼の肩に頭を預けた。そうするのがとても自然に思えた。奇妙にも、彼といるととても心が休まる。まるで、ふたりはいっしょにいる運命だという絵空事も信じられそうな気がした。今日の午後、階下にいるときも、生まれたばかりの赤ん坊が自分のもの、ジュリアンとふたりのものであると想像したりした。「ブランチ」ジュリアンがそっと言う。

ふたりは抱き合い、情熱をこめてキスをしていた。まさにひとつになったかのように、ふたつの異なる存在ではないかのように、こういうふうにいっしょにいるだけで、すべてが――幸福と平和が見つかるとでもいうように。

「ブランチ」ジュリアンはヴェリティのこめかみ、あご、のどへとキスをしていき、また唇に戻った。「ああ、ぼくの大切な人」

唇で、舌で、腕で、手で彼に触れるだけでは物足りなかった。ヴェリティは胸で、腰で、腹部で、腿で彼に触れた。彼女は求めていた……そう、もっともっと求めていた。彼の体はあたたかく、引き締まっていた。麝香《じゃこう》と男性の香りがした。そして、安全で、強固で、頼もしかった。ジュリアンは、彼女がどうしても必要としている彼女自身の一部のようだった。彼が欲しかった。すべてが欲しかった。

ナイトガウンの前ボタンがいつの間にはずされたのか、彼女にはわからなかった。そんなことはどうでもよかった。ただ、ジュリアンをもっと近くに感じたかった。胸に彼の手を、彼の唇を感じたかった。感じたい……ああ、そうよ。

「そうよ」彼女はのどの奥から声をもらし、ジュリアンの髪に指をからませ、頭をのけぞらせた。彼は胸にキスをし、やさしく吸い、舌でくすぐった。ヴェリティの脚のあいだから、のどへ、鼻へと痛みに似た感覚が走った。「ああ、そうよ。お願い」彼女の膝は感覚がなくなっていた。

「おいで、いとしい人」ジュリアンが彼女の口もとでささやき、抱き上げた。「ベッドへ」

ジュリアンは彼女をベッドに下ろして自分の寝巻きを頭から脱ぐと、今度は彼女のナイトガウンを足のほうにすべらせながら脱がせていった。ヴェリティはなかば目を閉じて、ちらつく暖炉の火を頼りにジュリアンを見つめた。彼は美しかった。とても。

「来て」彼に向かって腕を広げる。「来て」

彼は両手と口でヴェリティの体をあがめ、彼女に興奮をもたらした。ヴェリティも彼に触れ、彼の体を探り、その手ざわりに、その熱さに喜びを感じた。けれど、どんなに強く意識するようになっても、彼のあの部分にだけは触れることができなかった。ジュリアンは、ヴェリティが人の手で——指で触れられることなど想像もしていなかった場所に触れた。痛みと喜びが奇妙に混じり合った強いうずきを彼女は感じた。濡《ぬ》れたような音がして恥ずかしくなる。

もう待てない、と思った。何を待てずにいるのかはわからなかったが。

「お願い」別人かと思う声でヴェリティは懇願した。「お願いよ」

「ああ」ジュリアンは広げられたヴェリティの腕の中に入り、彼女の両脚を自分の脚で押し広げ、裸の彼女の上に重く、あたたかく、激しくおおいかぶさった。「ああ、いとしい人、わかっている」

最初ヴェリティはそんなことが可能だとはとても信じられなかった。ジュリアンはぴったり体を押しつけながら、秘められた場所を探り当て、どんどん奥へと進む。自分の体はよく知っていたはずなのに、彼女は驚きさえ覚えた。

「硬くならないで」ジュリアンが彼女の耳もとでささやいた。「力を抜いて。ああ、ぼくの大切な人。きみを痛い目にあわせたくはない」

けれども痛い目にはあわなかった。それほどには。彼女はただ驚き、不思議な気持ちになった。もうこれ以上は無理だろうと思った瞬間、さらに彼が深く入ってきて、つかの間恐怖に襲われただけだった。予期していた痛みのような感覚があったあと、彼はもっと奥深くに進んだ。ヴェリティは両脚を上げて彼の体に巻きつけた。ジュリアンがうめく。

これで恍惚《こうこつ》の境地に達したのだと思ってヴェリティがとうとう力を抜いたちょうどそのとき、ジュリアンが動いた。彼は体を離そうとしているらしい。

「いや」彼女はつぶやいた。

ジュリアンは頭をもたげ、ヴェリティの顔を見つめてキスをした。「大丈夫。こうするものなんだ」そして彼はふたたび彼女に身を沈めた。

数分後か数時間後か――時間はもはやなんの意味も持たなくなっていた――最後の恍惚感が訪れた。甘く力強いリズムで体と喜びを分かち合い、溶け合ったあと、耐えられないほどの欲求が高まった。体の内側が自然と引き締まり、自分というものがついに捨て去られ、結ばれる力をようやく信頼したとき、その瞬間はやってきた。体の震えと脱力と、静かな平和と分かち合う言葉が続いた。

「ぼくの命」ジュリアンがささやく。「ぼくの大切な天使」

「わたしのあなた」彼女は自分がささやく声を聞いた。「大切な愛するあなた」

ジュリアンが体を離して横向きになり、ヴェリティをしっかりと抱き寄せた。しばらくすると、彼女は眠りに落ちた。ジュリアンがベッドカバーを彼女にかけてやったあとで。

ジュリアンは長いあいだ心地よくぼんやりとしたまま眠らずにいた。満たされていた。

そして心から幸福を感じていた。

彼は幸せについてなどたいして考えたこともなかった。大人になってからずっと、すべてのエネルギーをさまざまな喜びや感謝に費やしてきたのを考えると、奇妙な感じだった。彼は幸福といったものをほとんど信じたことがなかったのだ。自分自身が幸福になることなど、期待もしていなければ望みもしていなかった。

思うに、幸福とは正しいという感覚であり、その存在を信じきれないまま、あまり乗り気でないにしても、ずっと探し求めていた場所についに到達したという感覚なのだ。ずっと意識はしていないにしても、見つけられないだろうと思いながらいつも夢見てきた人とともに得られる感覚。幸福とは、人生そして全世界に対して心が穏やかになる瞬間、自分の存在意義を見つけたと感じる瞬間なのだ。そして、それは一瞬では終わらない。これから先の人生の方向づけであり、おとぎばなしのように、めでたしめでたしにはもちろんならないにしても、生きていく価値が充分あるという確信につながるものなのだ。

ジュリアンはロマンチックな愛を心から信じたことがなかった。

その彼がブランチ・ヘイワードに心を奪われた。

いや、それだけではない。それだけなら今ですら自分自身を笑っていただろう。心を奪われたどころではない。ジュリアンはブランチを愛していた。ほんの数日のあいだに――彼気持ちの上では、生まれる前からずっと彼女を知っているような感じがしていたが――彼女はジュリアンにとって、生きていくために必要な空気のように、なくてはならない存在になっていた。

夢のようなことは考えるな。気をつけていなければ、ブランチの左眉について詩を書きはじめるかもしれない。ジュリアンは自分を嘲笑《ちょうしょう》しながら、眠っているブランチの顔から髪を払ってやり、首と肩のあいだのくぼみに彼女の頭を引き寄せた。二、三日彼女にじらされ、ようやく満足のいく愛の行為をしただけじゃないか。ロンドンに戻り、愛人として囲って二、三週間もたてば、すぐに彼女に飽きるだろう。これまでどの愛人にもあっという間に飽きた。

ジュリアンはブランチの眉と唇にキスをした。彼女は小さく文句を言うような声を発したが、目を覚ましはしなかった。

いや、そうではない。そうだったらいいのに。ジュリアンは思った。ブランチは鍛冶屋《かじ》の娘で劇場の踊り子だ。かたや彼は子爵で、伯爵を継承する身だ。ふたりの関係は後援者と愛人以外にありえない。それ以外の道は……。

だが、暖炉の残り火だけの暗闇《くらやみ》を見つめながら、自分にはひとつだけどうしてもできないことがあるのが、ジュリアンにはわかっていた。それはほかの女性と結婚することだけは不可能だということだった。父に対して、次の世代を確保する義務があるのはわかっていた。それに、母と妹たちの将来を保障する必要があるのもわかっている。彼は家柄と育ちと身分に対して、責任があるのだから。

ブランチと結婚できないのであれば、だれとも結婚しない。彼女と結婚できるわけがないのはわかっているが。

うまくすると、ものごとを違った目で見られるようになるかもしれない。明日になれば。来週になれば。来年になれば。自信はなかったが。今わかっているのは、自分が恋をしていて、幸せで、本でときどきお目にかかるような、人生をまったく変えてしまう、天地をひっくり返すような経験をしたことだ。

あとでブランチを起こし、ゆっくりと気だるい愛を交わそう、とジュリアンは心に決めた。そのあとで眠ってしまわなければ、思いきってこの気持ちを彼女に打ち明けよう。大きな賭《かけ》ではないと彼は思った。ブランチも同じ気持ちだからだ。これこそ奇跡の一部だった。彼はブランチにふさわしい男ではないのに、彼女は同じ気持ちでいてくれる。ジュリアンがブランチを愛したとき、彼女は〝大切な愛するあなた〟と何度も言ってくれた。たとえそれを声に出していなかったとしても、ブランチの体がそう言っていた。そして、ふたりの心と魂が体と同じようにからみ合った。

あとで彼女をまた愛そう。しばらくのあいだ、ジュリアンはもうひと眠りした。

目を覚ましたとき、ヴェリティは何もかもはっきりと思い出した。そして、幻想をまったく抱かなかった。

彼女はクリスマスを取り巻く純真さと情熱と感傷に身をまかせた。経験豊かな女たらしに身をまかせたのだ。とはいえ、そのときに真実に気づいたとしても、あらがいはしなかっただろう。そんなことはしなかったはずだ。真実がわかっていても、素直に自分の体を捧《ささ》げたはずだ。ロンドンで交わした彼との約束を守るためでもあった。けれども、心は守りを固めておくつもりだった。偶然の愛だなんて、ばかみたいに想像したりしないはずだった。

彼はただ愛人の体を抱いただけだ。

ヴェリティは支払ってもらった金に見合う働きをした女にすぎない。

そして今、ヴェリティはだれが見ても堕落した女だった。娼婦《しょうふ》だ。これはチャスティティのためにしたことなのだ。奇妙な皮肉ではないか。しかし理由はどうあれ、ヴェリティは娼婦で、これからもずっとそうありつづけることになる。

朝、ジュリアンと顔を合わせるなんてできない。訳知り顔をした彼の勝ち誇った目を見るなど、そして娼婦の役を演じるなどとても耐えられない。彼の愛人となり、彼に飽きられて捨てられるまで、都合のいいように使われるのはいやだ。この休暇を最後までやり通すことすらできそうになかった。これが終われば、ヴェリティしだいでこれ以上の関係を絶つことができるとしても。

この休暇が終わるころには、そうする強さすらなくなっているかもしれない。朝になって、ジュリアンの態度から、ふたりの出会いがほとんどなんの意味も持っていないことを思い知らされるなんて我慢できない。

だがヴェリティには、この休暇をなんとか最後までやり通すしか道はなかった。今ここを去ることができたとしても、残りの二百五十ポンドを稼がなくてはならない。それに、すでに同額の前金を払ってもらっている。二、三時間前にここで起こったことで、その分に見合う働きはできたのだろうか？　それに最初のふた晩、その気になっていたことに対しては？　それで二百五十ポンド分になった？　住み込みの家庭教師をやっていたら、運がよくてもそれだけの金額を受け取るまで四年はかかるだろう。

ここを去る方法がひとつある。五キロほど離れたところに村があり、毎日早朝、その村に駅馬車が立ち寄る。使用人たちがそう言っていた。けれども、外には雪が積もっている。それに、クリスマスの翌日にも駅馬車は走っているのだろうか？　でも雪は昨日の午後から解けはじめている。ゆうべは曇っていたから、少しあたたかかったかもしれない。駅馬車が走っていてもおかしくない。

ベッドを出ようとしたら――服を着てこっそり立ち去ろうとしたら、きっと彼は目を覚ましてしまうだろう。

ところが、正気の沙汰《ざた》でないその無謀な考えは、頭に居座ったまま消えてくれなかった。

朝、彼と顔を合わせることはできない。彼に対してなんの感情も持っていなければ、できるだけ明るい顔で彼と対峙《たいじ》できただろう。結局のところ、この仕事がどういうものか、何をするべきかを知りながら引き受けたのだから。先ほど彼としたことを、彼が望むだけ何度でもする心の準備はできている。ヴェリティが尻込みしたのはそのことではなかった。うぶな彼女は、自分の感情がからんでくるかもしれないことなど気づいてもいなかったのだ。男性と親密な数日を過ごすことで、その相手をひとりの人間として見るようになるとは、その相手を好ましく、魅力的で、愛すべき人物であると感じるようになるとは思ってもいなかった。その相手に思いを寄せることになるとは、一瞬たりとも考えなかった。いや、それよりもひどい。ヴェリティは彼を愛してしまったのだ。そして、この先もずっと彼を愛しつづけるだろう。

ヴェリティがジュリアンの腕から抜け出したとき、彼は眠たげにうめいたが、目を覚まさなかった。彼女はそっとベッドから出た。部屋は寒かった。ヴェリティは裸で、しかも体がこわばっていた。床の上にあったナイトガウンを静かに取り、忍び足で化粧室に入る。化粧室のドアは幸運なことに少しだけ開いていた。体をすべりこませ、慎重にドアを閉める。しっかり手入れされている蝶番《ちょうつがい》は、なんの音もたてなかった。

ヴェリティはろうそくを一本灯《とも》し、氷のように冷たい水で顔を洗い、いちばんあたたかいドレスを着てから、荷物を詰めた。幸運が続いて、だれにも知られないままここを出られるだろうか。

彼女はすべてを荷物に詰めなかった。彼の印章つき指輪を洗面台の上に置いた。そして、もうひとつ。ヴェリティはしばらく貴重な時間を費やして、前夜にチェストの上に置いたそれを見つめた。持っていくべきだろうか？　そうしたくてたまらなかった。たったひとつの記念の品になるだろう。けれど、記念の品など必要ない。それに、あまりにも高価すぎる贈り物だった。状況が状況だけに。

ヴェリティは鎖に通された金《きん》の星に軽く指先で触れてからそこに置いた。寝室には戻らなかった。化粧室には廊下へ直接出られるドアがあった。

慎重に階段を下りて玄関から出ながら、〝心が痛む〟という表現をいつも少しばかりばかげていると考えていたのを思い出した。どうなったら〝心が痛む〟というのだろう？　けれども今朝はその言葉がばかげているとは思えなかった。ヴェリティは車まわしを抜け、公道へと急いだ。モファット牧師の馬車はまだ溝にはまったままだった。村までたいした苦労をせずに歩いていける程度に雪が解けているのを見て、彼女はほっとした。

ヴェリティの心は、手の中におさまるほどの小さな金の星と鎖を――今年すばらしい喜びと希望を運び、自分をとてつもなく愚かな道へと誘ったクリスマスの星を思って痛んだ。さらに、ほんの三十分前までいっしょに過ごし、できればまだ眠っていてほしいと願いながらベッドに残してきた男性を思って痛んだ。

駅馬車に間に合えば、もう決して彼に会うこともないだろう。〝決して〟という言葉は、ときには恐ろしい響きを帯びる。

ヴェリティは永遠に彼を愛するだろう。

8

ジュリアンが彼女を見つけるまで三カ月かかった。そのときですら、ちらりと姿を見かけただけで、またすぐに見失ってしまった。ちょうどクリスマスの夜と同じように。

彼は夜明けに目覚め、ベッドにも部屋の中にも彼女の姿がないことになかばおもしろがり、なかばいらだった。顔を洗い、髭《ひげ》を剃《そ》り、着替えが終わるまでに彼女が戻ることを願いながら、ゆったりした服をまとい、それから彼女を捜しに行ったのだ。彼女がどの部屋にも見当たらず、キッチンにもいないことがわかっても、さらにはドアの外をのぞいて彼女の歩いている姿が見えなくても、ジュリアンはあわてなかった。残っているたったひとつの部屋、ミセス・モファットの部屋で赤ん坊に見とれていると思いこんでいた。

ジュリアンが真実を知ったころには、一日が始まってからすでにかなりたっていた。ヴェリティも、彼女の持ち物も、金《きん》の星のペンダントと印章つきの指輪を除いてすべては姿を消していた。ジュリアンはペンダントを握りしめ、天を仰いで心の中で苦痛にうめいた。

彼女はぼくを置いて、行ってしまった。

どうしてだ？

ジュリアンは、パーティ、デビー、モファット家の人たちに対してまた新たな嘘《うそ》をでっち上げ、その日のうちにロンドンに戻った。それからブランチを捜す日々が始まった。彼女はだれにも何も言わずに踊り子の仕事を辞めていた。ほかの劇場にも姿を現していなかった。ジュリアンはすべての劇場を当たってみた。それに、ブランチの仕事仲間のだれも、彼女の居場所を知らなかった。クリスマス前から、彼女を見た者も彼女から連絡をもらった者もいなかった。

最後にはジュリアンも劇場の支配人を買収して彼女の住所を探り出したのだが、その住所は偽りだった。女家主にきいたところ、ブランチ・ヘイワードという名前の人間も、彼女に似た人間も住んではいないということだった。以前間借りしていたミス・ユーイングは背が高かったらしいが、彼女にしても、それ以外の女性の間借り人も劇場の踊り子ではなかったという。踊り子だなんて！　女家主はジュリアンをにらみつけた。やけになった彼は、彼女の実家の鍛冶屋《かじ》を捜しにサマセットシャーまで行こうかと思ったほどだった。だが、サマセットシャーにいったい何軒の鍛冶屋があるだろう？

ブランチが見つけられたいと思っていないのは明らかだった。

ジュリアンは彼女を忘れようとした。クリスマスはブランチのおかげでいつになく楽しい幕間《まくあい》となった。そして彼女とベッドをともにしたことは、すでに充分おいしいケーキのおまけの飾りだった。だが実のところ、それだけのものでしかない。結局、人は年じゅうクリスマスを祝っているわけにはいかない。日々の平凡な生活に戻らなくてはならないのだ。

ジュリアンは一月末に三日間コンウェイを訪れた。両親からは愛情のこもった歓迎を受け、末の妹からは小言を言われ、彼は打ち明ける勇気をなくしかけた。だがある日の午後、父親とふたりきりで書斎にいたとき、彼は勇気をふるい起こし、断固とした口調で、レディ・サラ・プランケットとは結婚しません、と言った。そして父親が、それならだれと結婚するつもりなのだとたずねる前に――それをたずねられるのは明らかだった――ジュリアンはこう続けた。結婚を考えられる相手はこの世にたったひとりしかいないが、相手は自分と結婚する気がないし、いずれにしろ彼女はふさわしくないのだと。

「ふさわしくない？」父が両眉を上げた。

「鍛冶屋の娘なんです」息子は答えた。

「鍛冶屋の娘か」父は唇をすぼめた。「そして、彼女のほうはおまえと結婚しようとしないんだな、ジュリアン？　おまえより、彼女のほうが分別があるな」

「彼女を愛しているんです」ジュリアンは言った。

「ふむ」父が言ったのはそれだけだった。それだけで充分だと思ったのかもしれない。結婚が現実となる危険はなさそうだったから。

ロンドンに戻ったジュリアンは、希望も当てもなくブランチを捜した。そして三月のある午後、混雑したオックスフォード通りで彼女を見かけたのだった。彼女は通りの反対側にある婦人帽子店から出てきたところだった。ジュリアンは不意に立ち止まった。自分の目が信じられなかった。そのときブランチと目が合い、見間違いなどではないことがはっきりした。彼がそちらへ行こうとすると、ブランチはいきなりくるりと背を向けて歩道を急いで行ってしまった。

折しも、ある紳士の二輪馬車と小売商の荷馬車が、どちらに優先通行権があるかでもめはじめた。その通りは、荷物をいっぱい持った乗客を乗せようとしている大きな馬車が、道をほとんどふさいでいた。二輪馬車と荷馬車は互いに反対側から進んできて、少しも譲ろうとしなかった。

小売商はひどい悪態をつき、紳士もそれより少しだけましな悪態をついた。大勢の見物人がどちらかの肩を持ったり、ただけんかを楽しんだりするために集まり、そのせいでジュリアンは数秒だけよけいな時間を取られた。一分もしないうちに通りを渡ったのだが、その短いあいだにブランチ・ヘイワードは完全に姿を消していた。ジュリアンは彼女が向かった方向へと急ぎ、店や路地をすべてのぞいていった。だが、ブランチを見つけることはできなかった。ブランチといっしょにいた若い女性の姿も見つけられなかった。

ひとつだけ、はっきりしていた。バーティの狩猟小屋から逃げ出したことをたとえブランチが後悔したとしても、今は後悔していない。彼女は見つけられたくないのだ。支払いの残り半分の要求すらしたくないらしい。

結局彼女は、あの晩大変な勇気を出して殉教者を演じたのだ。それなのに、ジュリアンはブランチの演技に気づきもしなかった。愚かかもしれないが、ジュリアンはブランチが自分と同じ気持ちでいてくれると思いこんでいた。奉仕に対して金を払った放蕩者《ほうとう》に純潔を奪われることを彼女が楽しんだと思ったのだ。なんてばかだったのだろう！

ジュリアンはブランチを捜すのをあきらめた。彼女に心穏やかな暮らしを与えてやろう。ただ、何に使ったか知らないが、あの二百五十ポンドが、ジュリアンの申し出を受ける気にさせた鍛冶屋の入り用に充分な額で、ブランチの手に少しでも金が残っていることを願うばかりだった。

ところが、四月にいちばん上の妹の大夜会に出席したとき、ジュリアンの決心は崩れた。ジュリアンと腕を組んでまわっていた妹がこう言った。大夜会のために開放した応接間とふたつの客間はうれしいことに客でいっぱいだわ。社交シーズンのために、新しい家族が毎日のようにロンドンに到着しているのよ。そのとき、ジュリアンが急に妹を立ち止まらせた。

「あれはだれだい？」ジュリアンがあごで示した先には、年配の女性とヘクター・ユーイング将軍夫妻と、ほっそりした若く美しい女性がいた。

「将軍のこと?」妹がたずねる。「ジュリアン、彼を知らないの? 彼は――」

「彼といっしょにいる若い女性だ」

妹はいたずらっぽい目でジュリアンを見、そして微笑《ほほえ》んだ。「美しいでしょう? 彼女は将軍の姪《めい》ごさんのミス・チャスティティ・ユーイングよ」

ユーイング。ユーイングだって? ブランチ・ヘイワードが劇場の支配人に教えた偽りの住所に住んでいたという長身のレディの名前じゃないか。しかも、ミス・チャスティティ・ユーイングは、オックスフォード通りでブランチといっしょにいた若いレディだった。

「ぼくは将軍とは顔見知りだ、エリノア」彼は言った。「だが、それほど親しいわけではない。できればぼくをミス・ユーイングに紹介してくれないか」

「ひと目ぼれしたのね」妹が笑って言った。「とても興味深いことだわ、ジュリアン。さあ、いらっしゃいな」

「だれですって?」ヴェリティは弱々しくたずねた。夜も更けていたが――そして今は同じ部屋に寝てはいなかったが、それでもヴェリティはチャスティティの帰りを寝ずに待っていたのだった。彼女は今、妹のベッドに座っていた。

「フォリングズビー子爵よ」チャスティティが言う。「たしかそういう名前だったと思うわ。レディ・ブランチフォードのお兄さんなの。彼ってとってもハンサムで、とっても魅力的だわ、ヴェリティ」

ヴェリティの頭の中でかすかにうなるような音がした。もちろん、ほとんど避けようのないことだった。彼がロンドンにいるのは、この目で見たのだからヴェリティも知っていたし、ロンドンにいるなら彼が上流階級の催しに参加するだろうと思っていた。とくに今は社交シーズンが始まったばかりなのだから。あのクリスマスの翌週おじがウィーンから戻り、ヴェリティたち三人を彼のもとに呼び寄せた。病を克服したチャスティティを社交界に紹介する役も引き受けてくれた。チャスティティがジュリアンと同じ舞踏会やパーティに出席する機会があるのは当然だった。チャスティティは美しくて健康だが、フォリングズビー子爵の気を引くには少しばかり若すぎることを、ヴェリティは願っていたのだ。

「そうなの？」チャスティティの言葉に応《こた》えてヴェリティは言った。

チャスティティはひどくいたずらっぽい笑みを浮かべ、夜会服姿のままベッドの姉の隣に座った。「そうに決まっているでしょう」チャスティティが言う。「知っているくせに、ヴェリティ」

ヴェリティの心臓がひっくり返りそうになった。「え？　そうなの？」

チャスティティは明るく笑い、手をたたいた。「知っているじゃないの。それに、お姉さまのその後ろめたそうな顔を見たら、彼のことをとてもよく覚えているのがわかるわ。彼から聞いたわ。クリスマスのことよ」

ヴェリティは頭から血が引いていくのを感じた。肌は冷たくじっとりして、めまいがする。

冷えきって感覚のなくなった彼女の手をチャスティティが取った。「大切なヴェリティ。お姉さまはきっと彼が好意を持っていないと思って自分自身を納得させたのね。でも、遅かれ早かれこうなることが、わたしにはわかっていたわ。そう言ったでしょう? お姉さまを見て、その美しさとお姉さま自身に惹《ひ》かれない紳士なんているわけがないって」

「ママは知っているの?」ヴェリティはささやくような声で言った。

「もちろんよ」チャスティティが上機嫌で笑う。「ママもわたしとおじさまといっしょにいたんですもの」

「おじさまも知っているの?」明日にはわたしたちみんな路上に放《ほう》り出されてしまうわ、とヴェリティは思った。放り出すならわたしだけにして、と伯父を説得することはできるだろうか? ヴェリティはすでに伯父の不興を買ってしまっていた。そんなに若くないと理由をつけて、社交シーズンの催しに参加することをいっさい拒んだのだ。母とチャスティティは救われるだろうか?

「レディ・コールマンがクリスマスの翌日にスコットランドに発《た》ったことを、子爵はご存じだったわ」チャスティティが言う。「彼はお姉さまもレディ・コールマンといっしょに行ったと思っていたのね。そうではなく、お姉さまはこのロンドンに戻ったと知ったときの子爵の驚きと喜びを想像してみて」

「なんですって?」レディ・コールマンなど実在しないし、彼はヴェリティ・ユーイングとしてのわたしを知らないはずなのに。

「ああ、ヴェリティ、お姉さまっておばかさんね」チャスティティは姉の手を自分の頬に当てた。「お姉さまがレディの話し相手《コンパニオン》でしかないからといって、彼が好意を寄せないとでも思ったの? またお姉さまに会いたがらないと思った? 子爵はママに、お姉さまがレディ・コールマンだけでなく、みんなのクリスマスを安らぎがあって楽しいものにしてくれたと話したのよ。牧師さまの一家が立ち往生したことも、お姉さまが赤ちゃんを取り上げたことも話してくれたわ。ああ、ヴェリティ、どうして言ってくれなかったの? そうそう、彼はキスの枝の下でお姉さまにキスしたってママに打ち明けたわよ」

「まあ」ヴェリティは言った。

「彼がお姉さまを忘れると思った?」チャスティティが続ける。「子爵は忘れていないわよ。お姉さまを訪ねてもいいか、とママにきいていたわ。それに、おじさまと内密に話したいと言って、ふたりで出ていったわ。ヴェリティ、彼はとてもすばらしい男性だわ。お姉さまにふさわしいと思うの。フォリングズビー子爵夫人。いいじゃない」チャスティティはまた笑った。「しっくりしているわ。絶対よ。お姉さまが社交界の催しに顔を出そうとしなかったのも、今わかった。彼に出くわすのが怖かったんでしょう。彼が覚えてくれていないかもしれないと思って。おばかさんね！」

ヴェリティはただ妹の手にすがりつき、大きく見開いた目で見つめるだけだった。彼はわたしの正体を知ってしまったんだわ！　ママかチャスティティがレディ・コールマンの名前を出し、彼はそれに話を合わせたのだろう。彼はわたしに会いたがっているという。なぜだろう？　残金を支払うため？　けれども、わたしはそれに見合う働きをしなかった。それなら、前金を返せと言うためかしら？　皮肉なのは、ヴェリティの犠牲が必要なかったことだ。ヴェリティがロンドンに戻って二日もしないうちに、伯父が彼女たち一家とチャスティティの医療費を負担してくれたからだ。

彼はすでに払った分を、ヴェリティを働かせて取り戻したいのかもしれない。このロンドンで彼女を愛人として囲いたいのかもしれない。だが彼は、ヴェリティがヘクター・ユーイング将軍の姪であることを知ってしまった。

ヴェリティは彼に会いたくなかった。彼に会うと考えただけで恐慌状態に陥ってしまう。あの日の午後、オックスフォード通りで偶然出くわしたときのように。

四カ月がたつというのに、心の痛みは少しも和らいでいなかった。その反対にどんどんひどくなっていくような気がする。あのときのひと晩が実を結ばなかったとわかったとき、ヴェリティはひざから力が抜けるほどほっとしたと同時に、ひどくがっかりもしたのだった。

「ヴェリティ」チャスティティの瞳はやさしく輝いていた。「子爵を覚えているんでしょう。彼を愛しているのね。わたしをごまかそうなんて思わないで。なんてすばらしいのかしら。とてもロマンチックだわ。まるでおとぎばなしのよう」

ヴェリティはさっと手を引き、立ち上がった。「おばかさんはあなたよ。もうとっくに眠っていなくてはいけない時間でしょう。元気になったとはいえ、まだ少し細すぎるし、無理は禁物よ。さあ、ベッドに入るのよ。後ろを向いて。ボタンをはずしてあげる」

けれど、チャスティティはそう簡単には話をそらさせなかった。彼女も立ち上がると、姉を抱きしめた。チャスティティの目は涙で光っていた。「わたしが健康を取り戻せたのは、お姉さまが犠牲を払ってくれたおかげよ。このご恩は決して、決して忘れないわ。ありがとう、ヴェリティ。でも、お姉さまが報われるときが来たの。レディ・コールマンのところで働いていなかったら――そしてクリスマスを家族と過ごすことをあきらめてレディに付き添っていかなかったら、子爵に会うこともなかったのよ。だから、ほら、これはご褒美なの。わたし、あまりにうれしすぎて涙が出そうよ」

「ベッドに入って眠りなさい」ヴェリティは断固とした口調で言った。「今夜のフォリングズビー子爵の礼儀正しい態度から、多くを想像しすぎよ。それに、わたしは子爵のことをそれほど好きではないわ」

ヴェリティが部屋を出ていくとき、チャスティティは静かに笑っていた。

ヴェリティは自分の部屋に入ると、目をきつく閉じて、ドアにもたれかかった。

彼に見つかってしまった。わたしは見つけてもらいたかったのだろうか？　ひょっとしたら、最後には見つけられる必要があったのかもしれない。彼女の人生には大きな虚無感があった。何かが決着していない、終わっていないという感じがあった。ひょっとするとそれが消えるのかもしれない。子爵がなぜ会いたがるのかヴェリティにはわからなかったが、きちんとそれを知る必要があるのかもしれない。チャスティティが想像したことはどれも当てはまらないに決まっている。もう一度彼に会えば、彼が自分に何を望んでいるのかがわかれば、過去のあのエピソードに終止符を打ち、未来へと進んでいけるかもしれない。

ひょっとしたら彼を愛するのをやめられるかもしれない。

昨夜ジュリアンは、ヴェリティの伯父と話をした。翌朝も、細かいことを決めるために会った。今日の午後になり、彼女の母親と話した。ミセス・ユーイングは、娘に客間へ行くようにと伝えに行った。今ジュリアンは、その客間で待っているのだった。人生で初めてというくらい緊張しながら。

ドアが開き、静かに閉まった。ヴェリティは手を後ろにまわした姿勢でドアにもたれた。まだノブを握ったままなのかもしれない。彼女は薄緑色のシンプルなデザインのドレスを着ていた。髪もシンプルな形にまとめてある。少し痩《や》せて顔色が悪いようだ。だが、すべてをもっとシンプルにしてみたところで、とても美しい女性であるという事実を隠せはしない。ジュリアンはとても優雅にお辞儀をした。

「ミス・ユーイング？」

彼女はしばらくジュリアンを見つめたあと、ノブから手を離して膝を曲げて挨拶《あいさつ》した。

「子爵さま」

「ミス・ヴェ、ヴェ、ヴェリティ・ユーイング」彼は言った。「違う名前だと思っていた」

ヴェリティには何も言えなかった。

「ヴェリティ」ジュリアンは言った。

「手もとに残っているのは二百ポンドです」ヴェリティが口を開いた。あごを上げ、背筋を伸ばし、静かな声で。「結局、必要なかったの。お返しするわ。足りない五十ポンドのことは忘れてくださるといいのだけれど。それくらいの働きはしたと思うから」

妹が病気だったのだ。ヴェリティ・ユーイングは診察代と薬代のために職に就いた。レディ・コールマンのコンパニオンとして。彼女は妹のために犠牲を払った。

「きみの純潔は五十ポンドの価値があったと思うよ」ジュリアンは言った。「残りはどこに？」

「ここよ」

ジュリアンは、彼女が手提げ袋を持っていることに気づいた。ヴェリティは手提げ袋を開け、束ねた紙幣を取り出した。ヴェリティは紙幣を持った手を差し出したが、ジュリアンが動こうとしないのを見て彼に近づいた。彼は片手で紙幣を、もう片方の手で手提げ袋を取り上げ、横の椅子に置いた。

「満足したか？」ジュリアンはたずねた。「これですべて終わりか？」

ヴェリティはうなずいたが、金を見つめたまま顔を上げない。「もっと前にお返しすべきだったわ。でも、どうすればいいのかわからなかったの。ごめんなさい」

「ヴェリティ」ジュリアンがそっと言う。「ぼくのいとしい人」

ヴェリティは目を閉じた。「やめて。もう終わったの。わたしはあなたの愛人にはならない。わたしはこの先一生……堕落した女だけれど、あなたの愛人にはならないわ。もう帰って。母と妹に、そして伯父にもほんとうのことを話さないでくれてありがとう」

「いとしい人」ジュリアンにはまったく自信がなかった。経験から、ヴェリティ・ユーイング、別名ブランチ・ヘイワードは、強い意志と断固とした性格の持ち主だとわかっている。「ぼくは行かなくてはならないのかい？　それとも、いてかまわないのかな……永遠に？　ぼくと結婚してくれないか？」

ヴェリティはずっと閉じたままだった目を開け、ジュリアンのあごのところまで視線を上げた。そして微笑む。「まあ。そうよね。わたしは紳士の娘だし、あなたは紳士ですもの。でも、答えはノーよ。ああいうことがあったからって、責任を感じる必要はないわ。あなたが黙っていてくれたように、わたしもしゃべらないから」

「きみは初めてだった」ジュリアンは言った。「きみに理解してもらえるとは思っていなかった。きみには経験がなかったのだから。ふつう、体の関係に金を払うのは、ただ喜びのためだけだ。少なくとも、男の側の。あの晩は、ふたりとも楽しめただろう？　だが、それ以上だった。ある意味では、ぼくにとっても初めてだったんだ。ぼくはそれまでだれとも愛を交わしたことがなかった。あの晩交わされたのは愛だったんだよ、ヴェリティ。愛を交わしているときは体で、そのあとは心で、きみがぼくの呼吸する空気になったこと、ぼくの生きている人生になったこと、ぼくがいつくしむ魂になったことを知った。きみも同じ気持ちだと思った。きみがいなくなったとわかるまで、きみが同じ気持ちでないことなど考えもしなかった。あの日、きみはぼくと同じくらいつらい思いをしただろうか？　あんなにひどい苦しみを味わったのは、ぼくは初めてだったよ」

「わたしは鍛冶屋の娘だったのよ」ヴェリティは言った。「踊り子で、娼婦《しょうふ》だったの。あのときだったら、あなたは結婚ではない申し出しかしなかったでしょうね。わたしは変わっていないわ。牧師の娘だけれど、娼婦であることに変わりはないもの。あなたの愛人になるつもりも、妻になるつもりもありません」

ジュリアンはヴェリティの両手を取った。彼女の手は氷のように冷たかった。「金をかき集めるんだ」きつい口調だった。「五十ポンド。一ペニー残らず。全額返してほしい。そのあとで、きみがきみ自身を呼ぶあの醜い名前を取り消してもらう。教えてくれ。ほんとうのことを、ヴェリティ。どうしてあの晩ぼくにきみを抱かせた？　あのときのきみは、金に見合った働きをする娼婦だったのか？　それとも、金のことなど考えもせずに愛を与え、そして受け取る女性だったのか？　どっちだ？　ぼくを見るんだ」

ヴェリティは顔を上げて彼の目を見た。

「教えてくれ」気がつくと、ジュリアンはささやいていた。彼の未来のすべてが、彼の幸福のすべてが彼女の答えにかかっていた。どうなるのか、彼にはまったくわからなかった。

「あなたを愛さずにいられるわけがないでしょう？」ヴェリティは言った。「あれは魔法の日々だったわ。わたしは足もとをすくわれてしまった。わたしはあそこへ皮肉屋で傲慢《ごうまん》な放蕩者といっしょに行ったの。そしてあたたかくて、やさしくて楽しいことが大好きな、思いやりのある男性を見つけたわ。わたしにはああいう状況での経験がなかった。体と心とわたしのすべてであなたを愛さずにはいられなかった。あれが起きているとき、自分が娼婦になりつつあるなどという考えはこれっぽっちも浮かばなかったわ」

「きみは娼婦なんかじゃない」ジュリアンは言った。「あのとき、きみはぼくのものになり、ぼくはきみのものになったんだ。ぼくたちのしたことは間違っていた。結婚もせずにあんなことをしてはいけなかったんだ。だが、あれよりもひどい罪だって許されることがあると思っている。もう一度きみに懇願する前に、あとひとつ言わせてくれ。クリスマスのあと、ぼくはコンウェイ・ホールに父を訪ねた。父はグランサム伯爵だ。そのことは知っていたかい？　ぼくは彼の跡継ぎなんだ。父はここのところ、ぼくを結婚させて次の跡継ぎを作らせようと躍起になっている。息子はぼくしかいないから。ぼくは父を愛している、ヴェリティ。それに、父やぼくの身分に対する義務を理解している。だがぼくは、きみ以外のだれとも結婚することはできない、と父に言った。まだきみのことを鍛冶屋の娘で劇場の踊り子だと思っているときに。きみのことを娼婦だなどとは一度も考えたことはない。ぼくたちがベッドでいっしょに経験したのは愛なんだ、仕事ではなく」

「それで、お父さまはなんとおっしゃったの？」ヴェリティはたずねた。

ジュリアンがヴェリティに微笑む。「父はぼくを愛しているんだ、ヴェリティ。ぼくの幸福は父にとって大切なんだよ。ぼくの家では、いつだって義務よりも愛のほうが数段大切なものだった。父はきっと、多少しぶしぶであったとしても、ぼくが鍛冶屋の娘と結婚することを祝福してくれただろう」

ヴェリティは視線を下げ、つないだふたりの手を見た。彼女の手をきつく握ったジュリアンの心臓は、痛いほど激しく鼓動していた。

「いとしい人。ヴェリティ。ミス・ユーイング。ぼくと結婚してくれませんか？」

ヴェリティは顔を上げなかった。「クリスマスだったのよ。クリスマスには、すべてのものが違って見えるものだわ。いつもより明るく、ふさわしく、すばらしく見えるの。これは間違いだわ。あなたは来てはいけなかったのよ。どうやってわたしの正体を知ったのかわからない」

「ぼくが思うに」ジュリアンは言った。「間違いを犯したのはみんなだ。ぼくたちは、クリスマスが一年に一度だけのもののように、平和と希望と幸福がそのときにしか存在できないかのようにふるまってしまう。ほんとうはそうじゃないんだ。ベツレヘムで起こったことすべては、一年に一度だけ世界に喜びをもたらすためのものだったのだろうか？　ぼくらは自分たちの信仰をずいぶん信用していないことになる――ほとんど何も期待していないし、何かをしようとも思っていないとしたら。今日がぼくときみにとってのクリスマスでなぜいけない？」

「クリスマスではないから」ヴェリティは答えた。

ジュリアンはヴェリティの手を放し、上着の内ポケットに手を入れた。「クリスマスさ。そうなる。これはどうだい？」彼のてのひらにはヴェリティがプレゼントしたリンネルのハンカチがあった。ジュリアンが慎重にたたんだハンカチを開いていくと、なかから鎖に下がった金の星が出てきた。

「まあ」ヴェリティが小さく言った。

「これを渡したとき、きみがなんと言ったか覚えている？」ジュリアンがたずねる。

ヴェリティはかぶりを振った。「わたしはあなたを傷つけたわ」

「そうだ」ジュリアンが言う。「きみはぼくを傷つけた。ベツレヘムの星は希望を与え、信者を英知と人生の意味へと導くために天空にあるべきだときみは言った。きみに同意しない神がいたのかもしれないね。だってほら、この星はここに、ぼくたちのあいだにあるじゃないか。クリスマスにふたりはこれを追っていたとぼくは信じているんだ、ヴェリティ。おそらくはぼくたちも東方の三博士と同じように、どこへ、そして何へと導かれているのかはっきりとはわからないままにね。この星はぼくたちを互いへと――希望と愛へと導いてくれた。そしてぼくたちが最後までついていく気があるのなら、絆《きずな》と愛と幸福のある未来へ連れていってくれるだろう。ぼくと行こう。ずっと先まで。大切な一歩を踏み出そう。頼む」

ジュリアンの目を見つめたヴェリティの瞳には涙があふれていた。「今日もクリスマスになるの？　毎日がクリスマスでもいいの？」

「でも、魔法とは関係ないよ。ぼくたちが毎日をクリスマスにするんだ。一生懸命努力して。毎日の奇跡を忘れず」

「ああ、子爵さま」ヴェリティは言った。

「ジュリアンだ」

「ジュリアン」ヴェリティが彼の目を見つめた。彼女の顔にゆっくりと微笑みが浮かぶのを見て、ジュリアンは不安が消えていくのを感じた。

「結婚してくれ」ジュリアンはささやいた。

ヴェリティが両手を上げ、その手でジュリアンの顔を包んだ。「自分の頭より心を信頼すべきだったわ。わたしの心は愛を分かち合ったのだと言っていたの。でも、頭はわたしをばかだと言っていたわ。ジュリアン」ヴェリティは彼の首の後ろで両手を結んだ。「ああ、ジュリアン。いとしい人。ええ、いいわ。あなたが本気なら。でも、あなたが本気なのはわかっているの。わたしも同じよ。あれほど苦しみ、あれほどあこがれていたときから、ほとんど何も信じられなかったときから、あなたをずっと愛していたの。あなたを愛しているわ」

ジュリアンはヴェリティの言葉をキスで封じた。ヴェリティに腕をまわし、きつく抱く。人生でもっともいとしいすべてをその手に抱きながら、絶対に彼女を離さないと心に誓った。砂漠にいた彼をひとつの星を追うように導いてくれた、奇妙で身に余るほどのすばらしい機会を、一瞬たりとも忘れるつもりはなかった。彼はそうして見知らぬ道を抜け、見知らぬ目的地にたどり着いたのだ。しらけきった皮肉屋の傲慢な自分が、平和と救済と愛へと導かれたことにはほんとうに驚かされる。

ふたりは心をこめて、喜びに満ちた情熱的なキスを交わした。彼女の背中にまわされたジュリアンの手には、ヴェリティの父親の大切な形見のリンネルのハンカチと、金の星が握られていた。ジュリアンはあとでそれをヴェリティの首にかけてやるつもりだった。

クリスマスの贈り物を。

愛の贈り物を。

不埒な贈り物

コートニー・ミラン

■主要登場人物

ラビニア（ビニー）・スペンサー……貸本店経営者。
ジェームズ・アレン・スペンサー……ラビニアの弟。
ウィリアム・ホワイト……侯爵家の資産管理事務所の事務員。
アダム・シャーロッド……ウィリアムの亡父の友人。故人。
ブレイクリー侯爵……ウィリアムの雇い主。
ガレス・カーハート……ブレイクリー侯爵の孫。ウィンドルトン子爵。

1

ロンドン、一八二二年

クリスマスまであと四日、家族で経営する会員制の貸本屋が閉店する時刻まであと四分。ラビニア・スペンサーは貸し出し帳を広げた机の奥に座って閉店時刻を待っていた。もうすぐ売り上げ金のなかからまた一ペニー銅貨を五枚とりのけることができる。夏から毎日、ラビニアは売り上げ金から一ペニー銅貨を何枚かずつとりのけて貯《た》めてきた。銅貨は布袋に入れて机の引き出しに隠してある。そこなら、誰かに見つかって盗まれるという可能性はまずない。ここ数週間で袋はずいぶん大きくふくらんできていた。二ポンド近く貯まっているはずだ。

ほかの人から見れば、袋の中身は単に二ポンド分の小さな冷たい銅貨だ。でも、ラビニアにとっては、そのお金はパイを意味していた。パイと一緒に飲む、香料と砂糖を加えて温めたワインも。それに、市場を根気よく見てまわれば、小さめの鵞鳥《がちょう》の蒸し焼きとつけあわせの蕪《かぶ》も手に入れられるかもしれない。ラビニアの二ポンドには、父親が起きあがってほほえむようなクリスマスの祝宴ができるという意味があるのだ。半年がかりの計画だったが、その努力は報われる。なぜなら、かつて母親が準備していたのとそっくり同じ祝いの食事を準備できるのだから。

今日はほんとうに客の多い一日だった。帳簿の計算を終えたラビニアは、ひとり満足げにうなずいた。計算間違いをしていなければ、今日は六ペンスとりのけてもよさそうだ。これで、安い鶏肉《とりにく》のシチューではなく鵞鳥の蒸し焼きを食卓に並べられる確率がますます高くなった。ラビニアは大きく息を吸った。革表紙とインクのにおいが混じりあって漂う店内に、鵞鳥の蒸し焼きの香りがしたような気がした。ラビニアの脳裏では、砂糖や香料を入れて温めた赤ワインがマグカップのなかで揺れていた。そして、ようやく頬に血の気の戻った父が、背筋をぴんとのばして椅子に座っていた。

ラビニアは現金入れの箱に手をのばして、硬貨を数えはじめた。

閉店時刻まであと一分というとき、ドアにとりつけた鈴が鳴った。冬の風が吹きこむ。ラビニアはうんざりした気分で顔を上げた。が、入ってきた人物を見て、はっと息をのんだ。

〝彼〟だった。ミスター・ウィリアム・Q・ホワイト。そのQがどんな名前の頭文字なのか知りたいと思う日がくるとは、彼が入会の申しこみに訪れたときにはラビニアは予想もしていなかった。でも、彼の名前はすっと口から出る。ウィリアム・Q・ホワイト。彼のことを考えるとき、ラビニアの頭にはその簡単な姓だけでなく、必ずフルネームで名前が浮かんでくる。この一年というもの、数えきれないほど何度も彼の名前が自然に口をついて出てきた。

彼は戸口で足を止めて帽子と手袋を脱ぎ、濡《ぬ》れたグレーの外套《がいとう》から水滴を払った。ウィリアム・Q・ホワイトは長身で、焦げ茶色の髪をとても短くしている。よく戸口でぐずぐずして雨を店内に吹きこませてしまう客がいるが、彼はそんなことはしなかった。けっして慌てるそぶりを見せず、すばやく的確に行動する。冷たい冬の外気が入らないようにドアを閉めて、彼が店内に歩み入るまで、ほんとうにあっという間だった。わずかな時間しかかかっていないのに、泥のついた足跡を残すこともなかった。

深みを帯びたマホガニー色の瞳がラビニアの目と合った。ラビニアは唇を噛《か》んで、スツールの脚に片足を巻きつけた。彼はほとんど口をきくことがないが、たまに——

「こんにちは、ミス・スペンサー」彼が帽子を持った手を胸にあてて挨拶《あいさつ》した。

なんでもない挨拶の言葉なのに、ラビニアの爪先にぎゅっと力が入った。響きのいいバリトンの声。彼の声は、最上級のチョコレートの飲み物のように、こくがある。でも、ラビニアの手のひらにぞくぞくするような感覚が走るのは、彼の言葉のどこか野性味の感じられるアクセントのせいだった。労働者階級が使う耳障りなロンドン訛《コックニー》とは違うし、完璧《かんぺき》だが無味乾燥な上流階級の言葉遣いとも違う。彼の英語はとても端正で上品だ――でも、ロンドンからはずいぶん離れた地域の出身らしい。R《アール》の発音にわずかな巻き舌の癖が感じられ、母音をゆったり引きのばすので洗練された二重母音に聞こえる。彼が〝ミス・スペンサー〟と口にするたびに、その異国情緒あふれる発音が〝ぼくはこれまでいろいろな国に行ったんです〟とラビニアにささやきかけているように思える。

そして、ラビニアの空想のなかで、彼はつけくわえる。〝あなたもご一緒にいかがですか?〟

彼女は答える。〝ええ、ぜひ〟と。ラビニアは、母音を引きのばして話す男性が好きなのだ。

そう、ラビニアは自分がミスター・ウィリアム・Q・ホワイトにすっかりのぼせていることを自覚していた。でも、十九歳の娘が男性にのぼせあがってはいけないとしたら、いったいいつならのぼせてもいいというの? 二十四時間ずっと深刻なことばかり考えてはいられない。とくに、あまりにも深刻なできごとばかりが周囲にあふれているときには。

そこでラビニアは思いきって言ってみた。「メリー・クリスマス、ミスター・ホワイト」

その声で、彼は本棚に向けていた目をこちらに向けた。その視線がラビニアの腰のあたりから顔へと上がっていく。ラビニアは赤くなった顔を隠そうとしてぱっと下を向き、目の前のペニー銅貨の山に目をやった。

彼に話しかけられなくても、見つめられるだけでラビニアの気持ちは天まで舞いあがってしまった。胸が熱くなり、一瞬ラビニアは彼が話しかけようとしているような気配を感じた。わずかにこちらに足を踏みだしたようにさえ見えた。ラビニアの両手がぎゅっと机の端をつかむ。けれど、彼はうなずいただけで、すぐ本棚に視線を戻してしまった。

残念。今日はだめだ。いいえ、いつまでたってもこのままかもしれない。とにかく今日もまたミスター・ウィリアム・Q・ホワイトに話しかけてはもらえなかったのだから、そろそろ空想はおしまいにして現実に目を向けなくては。ラビニアは現金箱の硬貨を数えて十二枚ずつ積みあげはじめた。隣同士の硬貨の山の高さがぴったりそろっていることをちゃんと確認してから、次の山にとりかかる。

ラビニアは自分の金銭管理能力に誇りを持っていた。ミスのない完璧な計算を続けた記録は、十月をまるまる含む三十七日間だ。十一月四日に計算が一ペニー合わなくて、その記録はとだえた。でも、ラビニアはその記録で満足するつもりはなかった。最後のミスをした日から、もう二十二日たった。今日が二十三日目になるはずだ。

ラビニアは客がひとり帰るたびに売り上げ金をきちんと確認してきた。それも、二度ずつ。もし半ペニーでも足りなかったら、ミスター・ウィリアム・Q・ホワイトの濡れた帽子を食べてみせてもいい。ラビニアの手がすばやく動いて、硬貨の山を築いていく。四つ、六つ、八つ、そして半端な硬貨が何枚か。全部で七シリング四ペンスと半ペニー。思っていたより少ない。ラビニアは唇を噛んで帳簿の数字に目をやった。

下腹に戦慄《せんりつ》が走った。帳簿に書きこまれた今日の最終売り上げ高。十シリング四ペンスと半ペニー。

半ペニーどころか、まるまる三シリング足りない。

ラビニアは硬貨を数えなおしたが、間違いはなかった。もちろんあるはずがない。硬貨を数えるときには絶対にミスをしない自信がある。帳簿と硬貨が合わないからといって、誰かに咎《とが》められるわけではない。父親は病気で帳簿に目を通すどころではないし、弟はすっかり彼女に任せきりだ。

それでも、ラビニア自身が納得できなかった。どうしてこんなとんでもないミスをしでかしてしまったのだろう？　軽い目眩《めまい》に襲われた。帳簿を中心にして店がまわりだしたような気がする。

やるべきことはわかっていた。でも、胸が痛む……ああ、ほんとうにつらい。三シリングという金額で、小さくても鵞鳥のローストが買えるか、全然買えないかの差ができてしまう。だが、借金のとり立ては厳しいし、父の薬代はほぼ月ごとに増えていく。売り上げ金のなかから貯金することのできる金額は、一日数ペニーが限度だった。ラビニアは引き出しを開けて、だいじなクリスマス用の貯《たくわ》えから、足りなくなった分の硬貨をとり出すことにした。

袋はいつも同じ場所においてある――引き出しのなかほどの左端。なのに今日は、硬貨でごつごつとふくらんだベルベットの袋に指先が触れない。ラビニアは息をのんだ。引き出しの底板が見えるだけで、なにも入っていない。息もできないまま、彼女は引き出しの奥をのぞきこんだ。ひびの入ったインク壺《つぼ》があるのみだった。インク壺のなかまでのぞいてみたが、青っぽい染みがついているだけでなにもない。

「なんたること！」それが、ラビニアが思いついたなかでいちばん汚いののしりの言葉だった。彼女はそれを小さく口のなかでつぶやいた。そうでもしなければ、叫びだしてしまいそうだった。

なくなったのは数シリングではなかった。まるまる二ポンドなくなってしまったのだ。クリスマスの祝宴は幻となって消えた。柊《ひいらぎ》の葉の飾り物も、練りに練って考えたお祝いのメニューも。

「ビニー？」こわごわ問いかけるような声が、背後から聞こえた。

それをきっかけに、ラビニアの胸のなかでふくれあがっていた不安の波が砕け散り、ひとつの確信が生まれた。だいじな二ポンドがどこへ消えたか、彼女にはわかった。

ラビニアは両手を腰にあてた。はやる気持ちを抑えて、わざとゆっくりふりむく。まだ外套を着たままの弟が、懇願するように両手を上げながら弱々しいほほえみを浮かべた。外套からしたたり落ちる水滴が床に染みをつけていく。

ジェームズはラビニアより四歳年下だが、男の精神年齢は実年齢より十歳下だというのが母の口癖だった。ジェームズを見るかぎり、母の信条は間違っていなかったと思わざるをえない。

「そうか」ジェームズはラビニアの背後に目をやってつぶやいた。机の上にきちんと整列した硬貨の山と開けられたままの引き出し。彼の唇がゆがんだ。「ええと、もう計算しちゃったんだね」

「ジェームズ・アレン・スペンサー」ラビニアは手をのばして弟の耳をつかんだ。

ジェームズは顔をしかめたが、姉の手から逃れようともしなかったし、文句も言わなかった。罪を認めたしるしだ。

ラビニアは厳しい声で言った。「わたしの二ポンドをなにに使ったの？」

　貸本屋のなかは暖かかったが、ウィリアム・ホワイトの体の芯《しん》にはまだ冷たさが残っていた。ポケットのなかの手が、一枚の紙幣を握りつぶした。くしゃくしゃになった紙幣が手のひらに痛い。誰かにクリスマスの挨拶をされたのは十年ぶりだった。こんな日に、しかもラビニア・スペンサーの口からクリスマスの挨拶の言葉を聞くとは、なんという皮肉なタイミングだろう。

　クリスマスというのは金持ちのぜいたくだ。でなければ、若くて無垢《むく》な人間の幻想だ。

十年前の冬の夕方に、それまで送っていた快適な生活から切り離されてしまったときから、ウィリアムは金持ちでもなければ無垢な若者でもなくなった。

ウィリアムは目の前に並んでいる本をぼんやり見つめた。なめらかな革で装丁された背表紙の文字がかすむ。なにもかもが、ぼうっとした霧におおわれたように白く見えた。

今夜、ついに事務弁護士《ソリスター》がウィリアムに会いに来た。ウィリアムの勤め先はある貴族の個人資産を管理する事務所だが、四半期に四ポンド十ペンスという安い給料をもらうために、今日もまたいつもと同じ単調な仕事を終えて事務所から出たところで、ウィリアムはいやに口のなめらかな男につかまったのだ。

弁護士の自己紹介を聞きながら、一瞬ウィリアムの頭のなかを彼らしくない楽天的な空想が駆けめぐった。ミスター・シャーロッドはちゃんと約束をおぼえていたのだ。これで故郷に帰ることができる。事務員などというみじめな仕事はもうしなくていい。働いて、眠って、孤独に耐えるだけの陰鬱《いんうつ》な日々から解放される。

だが、そうではなかった。アダム・シャーロッドはそれほど度量の大きな男ではなかった。彼は死んだのだ。

彼の遺言書の遺産相続人のなかにウィリアムの名前があったという――相続するのは、なんと十ポンド。ウィリアムの幸福な生活と子ども時代と、そして父親を奪った見返りの十ポンド。あのときミスター・シャーロッドはとても真剣な顔でウィリアムの面倒を見ると誓ったのだから、十ポンドぐらいは当然だ。ただ、十ポンド必要だったのはもう十年も前のクリスマスのときだったのに、当時ミスター・シャーロッドは指一本動かそうとしなかった。

ミスター・シャーロッドに金を要求する法的権利はウィリアムにはない。あの男が一方的に約束した言葉の記憶以外には、なにもないのだ。だが、ウィリアムはちゃんとおぼえていた。

つらい日々に自分を励ますためにこしらえあげた手のこんだ夢のひとつが、これで儚《はかな》く消えてしまった。もう二度とレスターに帰ることはない。結局ウィリアムは、父の過ちを乗りこえることはできないのだ。同僚の事務員より出世することなど、けっしてできないだろう。残りの人生もこれまでと同じ貧しさのなかで生きていかなくてはならないと、今夜彼は運命づけられたのだ。もう救いはどこにもない。

遺産の額はきっと妥当なところなのだろう。貧しい子どもだったディック・ホイッティントンがロンドンに出てきて市長にまでのぼりつめるなど、二度と起こりえない夢物語だ。現実には、年に十六ポンドも稼げれば幸運というものなのだ。

そう、だから、クリスマスは若い人たちのものだ。青い目をした天使ミス・ラビニア・スペンサーのように、人生の醜い部分などけっして見ることのない人のためのもの。幸せではない祝日をすごす人間がいることなど想像もできず、〝メリー・クリスマス〟と無邪気に客に声をかけることのできる女性のためのものだ。クリスマスは、その日ふたつの夢のうちのひとつが砕け散ってしまった男のためのものではない。

ウィリアムの足をここへ向けさせたのは、ふたつのうちの、もうひとつの夢だった。ミス・スペンサーはほっそりして快活な娘だ。話すとき、ひらひら両手を動かす癖がある。しょっちゅうほほえみを浮かべる。ちょっとしたことですぐ頬が赤くなる。そして、ピンからこぼれ落ちた髪がシナモン色の波のようにいつも首筋にかかっている。些細《ささい》なことまでこと細かに記憶しているタイプだ。顧客の名前、猫の名前、そして知り合いの配偶者の健康状態まで。

約束どおり、あの男が一万ポンドもの莫大《ばくだい》な財産の何分の一かでも遺《のこ》してくれれば……。そう、それは、寒く孤独な夜に何度もくりかえした空想だった。それというのも、どうすれば彼女を自分のベッドに入れられるか、くりかえし考えていたのだ。

ウィリアムは本の背に手をのせたまま動きを止め、脳裏に浮かんだ妄想を追いはらおうとした。外套の襟元をとめている紐《ひも》を解くミス・ラビニア・スペンサー。外套は床に落ち、シナモン色の髪が乱れ落ちる。そんなことを考えてはいけない。いまはだめだ。ここでは。だがその妄想を追いはらったのは、彼の意志の力ではなく、人の声だった。

「ビニー、お願いだから怒らないでよ」いくつもの本棚にさえぎられながらも、ミス・スペンサーの弟が懇願している声がかろうじて聞こえてきた。

この一年のあいだに父親のミスター・スペンサーが店に出る回数はどんどん減って、いまでは顔を見せることもない。代わりにミス・スペンサーが店を仕切るようになったことに、ウィリアムはあまりいい感情を持っていなかった。彼女は客の応対をし、配達も引き受ける。弟のジェームズはほとんど姿を見せず、役に立っているとはとても思えない。

「一時的に借りただけなんだよ。彼は債権者に知られないように在庫品を持ちだすために、見張りに少し金を払わなくちゃならなかったんだ」ジェームズが愚痴っぽい口調で言った。あまりにあからさまに主張すると反論されるとでも思っているみたいに。

「つまり、見張りを〝買収した〟ということ?」今度の声はミス・スペンサーだった。もちろん、けっして買収なんかされない女性だ。ささやきに近い声だが、店内が静まりかえっているので、本棚のあいだで反響する声がウィリアムの耳にもはっきり聞こえた。

「だって、ミスター・クロスが十パーセントくれるって約束したんだよ! おまけに正式な共同経営の契約書まで作ってくれたんだ。姉さんがこの店を手伝わせてくれないから、ぼくはぼくで父さんの借金を少しでも返せる方法はないかと考えたんだよ。それに、姉さんにクリスマス・プレゼントを買ってあげるつもりだった。姉さんは新しいドレスなんて、もうずいぶん長いあいだ買ってないだろう?」

「ドレスより二ポンドを返してほしいわ。とうとうあなたは、わたしに断りもなくお金を持っていくようになってしまったのね」

「姉さんが気づく前に、こっそり返しておけると思っていたんだ。だって、ミスター・クロスの倉庫には三千キロの紅茶の葉とインディゴ藍《あい》の染料が数箱あったんだよ。利益の十パーセントなら一財産になる」

不満を示す沈黙が落ちた。「なるほどね。で、あなたが金貨の山に押しつぶされそうになっていないところを見ると、どうやら商売はうまくいかなかったようね」

ゆっくりと歩く靴音が聞こえた。「二ポンド渡したあとで、物品税を払うためにもう五十ポンド必要だと言われたんだ」

「なるほどね」

同じような話を、ウィリアムは耳にしたことがあった。楽して儲《もう》けたいと思う人間を狙《ねら》う詐欺の手口で、わずかな金を出せばすぐに大金が手に入ると約束するのだ。はじめはほんの数シリング。次に、賄賂《わいろ》のためといって三ポンドほど要求され、それから関税を払うからという理由で五十ポンド要求される。そうやって、詐欺の標的にされた人間のふところに一ペニーの金もなくなってしまうまで、延々と続くのだ。

「もちろん、そう言われたときには、ぼくはあの男の正体に気づいたよ」若いスペンサーは話を続けた。「ぼくはあの男に詐欺だと言ってやった。そしたらあいつは、約束証書を履行しなかった罪でぼくを訴えると言ったんだ」

「どういうことなの?」

「ええとね」ジェームズが口ごもった。彼のためらいの声が店内にこだまする。「共同経営の契約書を作ったって言っただろう？」

「ええ……」なんとも元気のない声が答えた。

「その契約書っていうのが、ぼくがあの男に十ポンド払うという約束証書だったんだ」

ミス・スペンサーの口からもれたくぐもった抗議の悲鳴は、いつもの天使のような声とはほど遠かった。ウィリアムは本棚の陰からそっとのぞいてみた。ミス・スペンサーはいつものスツールに座って、両手に顔を埋《うず》めていた。彼女が前後に体を揺らすと、スツールも不安定に揺れた。やがて彼女は両手に顔を埋めたまま言った。「よく読みもしないで署名したの？」

「誠実な人だと思っていたんだよ」

スレートの床をこする音を響かせてミス・スペンサーがスツールをずらし、立ちあがった。彼女の視線がこちらに向く前に、ウィリアムはさっと本棚の陰に身を引いた。

「まったく、冗談じゃないわ」怒りに満ちた声で、ミス・スペンサーが言った。「賄賂を使って品物を手に入れる計画を立てるような人間を前にして、あなたはその人の誠実さを疑いもしなかったというの？」

「うん。おかしいかな？」

そのあとに続いた沈黙は、息をするのもはばかられるようなものだった。

やがて、またジェームズが口を開いた。「ビニー、もし下級判事のところへ出頭しなくちゃいけなくなったら、ぼくの主張は――」

「静かにして」ミス・スペンサーがぴしゃりと言った。「いま考えてるんだから」

ウィリアムも考えていた。利口な詐欺師は、裁判の申し立てでも非常に口がうまい。ふつうの人間は、負けるかもしれない裁判に自ら乗りだしたりはしない。ウィリアムには、けっしてジェームズと同じ立場に立ちたいとは思えなかった。ジェームズが勝てる可能性は五分五分といったところだろう。

「いいえ」まるでウィリアムの考えを読みとり、その間違いを正そうとでもいうように、ミス・スペンサーが言った。「きっと勝てるわ。でも、法廷弁護士《バリスター》を雇うのよ。あなたが下級判事のところへ出頭するんじゃなくて」

「ビニー、十ポンド、なんとかならない？　それを払ってあの男を追いはらってしまえばいいんだよ」

「無理よ。薬代を払わなくてはいけないもの」

冷え冷えとした沈黙が落ちた。ミス・スペンサーはウィリアムが店内にいることをすっかり忘れてしまっているらしい。ほんとうは、もう少し前にウィリアムが紳士らしく非礼を詫《わ》びて出ていくべきだったのだ。

「ほかに選択肢がないわけじゃないわ」ミス・スペンサーが言った。

選択肢。どんな選択肢があるのか、ウィリアムにははっきり想像できた。その選択肢の数は、この貸本屋にしょっちゅう顔を見せる独身男の数と同じだろう——いや、ひょっとしたら妻帯者も数のうちに入るかもしれない。ロンドンの読書好きの男は、当然ながらちゃんと目が見えるし、まぬけでもない。したがって、かなりの数の男たちがミス・スペンサーに熱い思いを抱いていることは、ウィリアムもちゃんと知っていた。実際のところ、ミス・スペンサーがほんの少しでも誘うようなそぶりを見せれば、裕福な精肉店の主人ミスター・ベローズはすぐにもプロポーズするだろう。あの男にとって、十ポンドという金はたいした金額ではない。そして、その後は……。

ウィリアムはそれ以上考えるのをやめた。あの歯のない太った男に組みしかれているミス・スペンサーの姿を想像するのは耐えられなかった。清廉潔白なミス・スペンサーはいま、賄賂や盗みにかかわった弟を叱《しか》りつけている。たとえ夫の歯が何本抜けていようと、彼女は妻としての義務から逃げだすような女性ではない。だから、いったん彼女が結婚してしまえば、もうウィリアムはいつか彼女を自分のものにできるという期待を抱くことはできなくなるのだ——たとえ夜がどんなに暗く寂しくても。

今日はずいぶんたくさんの夢がこなごなに壊れてしまった。

「計画がまとまったわ」ミス・スペンサーの声には断固とした響きがあった。「うまくやらなくちゃ」

「ぼくはなにをすればいい?」すぐにジェームズが訊《き》いた。

少し間をおいて、ミス・スペンサーが静かに言った。「あなたはもう、やるだけのことをやったわ。あとはわたしがやる。その男の居場所だけ教えて」

沈黙が続き、気づまりな空気が流れた。やがて、とうとうジェームズはため息をついた。

「わかった。ありがとう、ビニー」

能なしの臆病《おくびょう》者にふさわしく、結局弟は姉の言葉にしたがった。ペン先が紙をこする音が聞こえた。ジェームズは姉にどんな計画かと訊きもしなければ、自分で事態を収拾すると言い張りもしなかった。自分のために姉がなにを犠牲にしようと、ジェームズは気にかけてすらいないのだ。

ポケットのなかで、ウィリアムの手が十ポンド紙幣をぎゅっと握りしめた。紳士なら、さっさとミス・スペンサーにこの十ポンドを渡して彼女の悩みを解決してやるべきだ。

でも、十四歳のときから、ウィリアムは紳士らしい生活とは縁がなかった。

そうだ。子ども時代から贈られた最後のささやかな遺産――この十ポンドで、ひとつだけ残った夢を買おう。ミス・スペンサーが自らを犠牲にするつもりなら、その相手がこのぼくであってもいいはずだ。彼女はさっき〝メリー・クリスマス〟と声をかけてくれた。

そう。だから、きっと彼女はぼくに楽しいクリスマスをプレゼントしてくれるだろう。

弟の書いた文字のインクがまだ乾かないうちに、ラビニアのもの思いは破られた。

「あなたは〝ビニー〟と呼ばれているんですね」

顔を上げたラビニアの頬がぱっと赤くなった。ミスター・ウィリアム・Q・ホワイトが本棚に寄りかかって立っていた。こんなときに、よりによって彼に話しかけられるなんて。ジェームズとは声をひそめて話したつもりでいた。そして、ミスター・ウィリアム・Q・ホワイトは本棚五つをへだてた経済関係の本の前にいるものとばかり思っていた。でも、どうやら違っていたらしい。

話はどこまで聞かれてしまったのかしら? このまじめな男性の前であんなとんでもない内輪話をくりひろげてしまうなんて、ほんとうに恥ずかしいったらないわ。なにかばかなことを言わなかったかしら。それにしても、なんだかずいぶん不条理な気がする。だって、この三十分ほどのあいだにとんでもないことがわかったというのに、ミスター・ウィリアム・Q・ホワイトにまともに話しかけられたというだけで、こんなに心臓がどきどきするんだもの。

不安になったときの癖で、ラビニアはぺらぺらしゃべりだした。「ええ、弟はわたしのこと、ビニーって呼ぶんです。わたしの名前が――」

「あなたの名前は知っています、ミス・スペンサー」彼はラビニアの目から視線をはずさなかった。それどころかどんどん近づいてきて、机のうしろにまわりこんだ。彼は近すぎるほどラビニアに近づいて足を止めた。もし彼女がふつうの椅子に座っていたなら、必死に首をつりあげなくてはならないところだ。足が床につかないほど高いスツールに座っていても、ずいぶん仰向かなければ彼の目を見ることができなかった。

　彼がほほえんだ。ゆっくりと。目眩がするほどの興奮に、ラビニアは吐き気さえおぼえた。唇の描く危険な曲線が、彼に新たな表情を与えていた。ほんとうに、初めて目にする表情だ。この表情は、一度見たら絶対に忘れない。ラビニアの喉がごくっと鳴った。

　ラビニアの手に、彼がゆっくり手を重ねた。

　手を引き抜くべきだというのはわかっていた。引き抜いて、無礼なふるまいの罰として頬をひっぱたいてやるべきだ。でも、弟のせいで体は冷たくなっていたし、彼の手はとても温かかった。それに、ほんの一瞬ちらっとラビニアに視線を向けるだけだった一年間のあとで、ミスター・ウィリアム・Q・ホワイトが少々無礼なふるまいに出たとしても、彼女としては異議を唱える気にはなれなかった。

「ビニーがどんな名前の愛称かはわかっています。ただ、ぼくはラビニアのほうが好きなんだ」彼がラビニアの上に身をかがめた。

　彼の言い方は、ラビニアという名前が好きというより、ラビニアその人が好きと言っているように聞こえた。彼女は胸が苦しくなった。幅広のネクタイ《クラバット》の糊《のり》のにおいがする。彼はキスをしようとしているんだわ。コルセットのなかで胸の先が痛いほど尖《とが》っていく。彼の親指がラビニアの手首から指先までなぞるように動く。彼女の唇が知らず知らずのうちに開いていく。わずかに体が彼ににじり寄ったような気さえする。視線は、目の前にある彼の唇に向けられたままだった。

彼はキスするつもりだわ。そして、わたしはそれを許そうとしている。

けれど、彼は手を放してしまった。ラビニアの手の甲にまだ指の感触が残っているうちに、彼は一歩後ずさった。

「ミス・スペンサー、明日お話ししましょう」彼はほほえんだ。明日は日曜日だから店は休みだと指摘する間もなく、彼は帽子を軽く持ちあげて別れの挨拶をし、ふたたびその帽子を頭にのせた。「一時に会いに来てください」

そして、ミスター・ウィリアム・Q・ホワイトは上着の裾《すそ》をひらめかせて去っていった。ドアにとりつけた鈴が鳴った。ドアが閉まる。ラビニアは燃えるように熱い手を上げて、キスされなかった唇に触れ、それからふと視線を下に向けた。

そのとき初めてラビニアは、彼がキスをしようとして身をかがめたわけではなかったことに気づいた。

彼は、ジェームズをだました男の住所が書かれたメモ用紙を持っていったのだった。

2

ラビニアが目覚めたとき、あたりは濃い煙に包まれていた。一瞬、預かり物が半分の、階下にある本が燃えてしまうと思って、ラビニアはパニックに襲われた。が、すぐに意識がはっきりしてきて、煙の原因となっているにおいのもとを正確に嗅《か》ぎわけた。

それは、火事などよりもっと日常的な――そして、ある意味ではもっと不快な――挽《ポ》き割《リ》り穀《ッ》物《ジ》のかゆの焦げるにおいだった。

ラビニアは顔をしかめてネグリジェの上にローブをはおり、よろよろとキッチンへ向かった。

両手を煤《すす》で真っ黒にしたジェームズが、危なっかしい手つきで鍋《なべ》を持っている。鍋からはもくもくと灰色の煙が噴きだし、側面が黒い筋で汚れている。

「あっ」ジェームズが弱々しいほほえみを浮かべて言った。「ビニー！　朝食の用意をしてあげたよ」

ラビニアは返事をするどころか、眉を動かす気にさえなれなかった。

ジェームズが鍋をのぞきこんで顔をしかめた。「焦げてないところがちょっとだけ残ってるよ。ポリッジって、焦げると黄色くなるんだね。変なの。焦げたものって黒くなるんだと思ってたよ」彼は鍋の中身をスプーンでつついてみてから、肩をすくめて顔を上げた。「食べる?」

十五年以上前から、ラビニアと弟が話をするときには、外国語並みに翻訳の必要な〝弟語〟とでもいうべきものが使われるようになっていた。弟語の翻訳はなかなか難しい。というのも、耳にしたかぎりでは、ふつうの英語と同じように聞こえるからだ。たとえば、ラビニア以外の者の耳には、いまのジェームズの言葉は焦げたポリッジを姉に勧めているようにしか聞こえないかもしれない。でも、ほんとうにジェームズが言いたいのは、〝お金を盗んでごめんなさい。お詫《わ》びに朝食を作ったよ。許してくれるよね?〟ということなのだ。

ラビニアはため息をついて手を差しだした。「お皿に入れてちょうだい」その返事もやはり弟語で、〝あなたの作ったポリッジは大失敗だけど、それでもわたしはあなたが大好きよ〟という意味なのだ。

暗黙の了解のうちに、ふたりは父親の朝食を用意した。ジェームズがパンを切り、ラビニアがそれをパン焼き用の網にのせる。病気で苦しんでいる父親に、わざわざジェームズの犯した悪事や失敗した朝食のことを知らせてよけいな心配をかける必要はない。

きっとこれが愛というものの本質なんだわ――そんなことを思いながら、ラビニアはべたべたするまずいかたまりを喉に流しこんだ。愛は理屈じゃない。いいところを褒めたたえるものでもない。関係のない人には理解不能でなんの意味もないさまざまな行動の集合体で成り立っている独自の言語。それが愛だ。

そうだ、理解不能の言語といえば、昨夜《ゆうべ》のミスター・ウィリアム・Q・ホワイトのとっぴな行動はどういう意味だったのだろう？

〝会いに来てください〟と彼は言っていた。ラビニアがよく空想のなかで聞いているのとそっくりの言葉。

だけど、まさかあれは、入会申しこみのときに書いた住所を調べろという意味ではないはずだ。まさかラビニアに、彼の住まいを訪ねてこいと言ったわけではないだろう。操をたいせつにする娘なら、男性の住まいを訪ねるなんてありえない。たとえその男性がすてきな目と、魅力的な甘い声の持ち主であっても。というより、そういう人物なら、なおさら訪ねてはいけないのだ。これまでの十九年間、ラビニアはそういう方面での間違いは犯さずに生きてきた。

〝ぼくはラビニアのほうが好きなんだ〟〝会いに来てください〟

彼の熱い視線を思いだすまでもなく、その言葉が軽いおしゃべりをするだけの無邪気な訪問を意味しているのではないことはわかっていた。

でも考えてみれば、間違いを犯さないように生きてきた日々はわたしになにを与えてくれただろう? 何カ月も勤勉に計算し続けた結果、なにが残ったというの? 硬貨は消え、なにひとつごちそうのない祝日が待っていると思うと、手のひらが冷たくなっていく。

そんな、なんとも怪しげな理由づけをして、ラビニアはノリッジコート十二番地の黒っぽい堂々たるドアの前に立った。まだ昼の一時にもなっていない時刻だったが、濃い灰色の雲が空をおおって弱々しい日差しを完全にさえぎってしまっていた。強風が通りを吹き抜け、どこかの広場に残っていた落ち葉と冬の地面のにおいを運んでくる。ラビニアは陰《いん》鬱《うつ》な気分で外套《がいとう》を体に引き寄せた。

陰気な路地という程度の幅しかないこの住宅地の通りには、オレンジ色の猫が一匹いるだけだった。灰色の建物の並ぶなかで、その猫だけが唯一鮮やかな色彩を放っている。あと一時間もたたないうちに、ラビニアの人生は大きく変わってしまうはずだ。根底から考えなおす時間を作りたくなくて、彼女は断固としてノッカーをつかみ、ドアを叩《たた》いた。手首の脈がどくどく音をたてるのがわかる。

そして、ラビニアは待った。今日の訪問には、危険なことも不穏当なこともなにひとつないと必死に自分に思いこませる。入会申しこみ書の記載によれば、ミスター・ウィリアム・Q・ホワイトはミセス・ジェーン・エントホイッスル所有の家の三階の一部屋を借りている。ミセス・エントホイッスルは初老の陽気な未亡人で、ときどきゴシック小説を借りに店を訪れる。ラビニアが頼めば、きっと付き添い人の役を務めてくれるだろう。ひょっとしたら、見て見ぬふりさえしてくれるかもしれない。

ドアが開いた。

「こんにちは、ミセス・エントホイッスル」ラビニアは勢いこんでしゃべりはじめたが、すぐに口を閉じた。

ドアを開けたのは元気いっぱいのミセス・エントホイッスルでもなければ、彼女の愚痴の種になっているメイドのメアリ・リー・エバンスでもなかった。

ドアの内側に立っていたのは、シャツ姿のミスター・ウィリアム・Q・ホワイトだった。顔に、愕然《がくぜん》とした表情が浮かんでいる。白いシャツの上から、肩のたくましさと筋肉のなめらかさがわかる。袖《そで》がまくりあげられて、細い毛におおわれた腕が見える。ラビニアは彼の背後に目をやった。礼儀正しいミセス・エントホイッスルがこんなだらしない格好を許しておくとは思えなかった。

未亡人の姿はなかった。

ラビニアは通りを見まわした。猫が三軒向こうの家の前の階段に座って毛繕いをしている。

「ミセス・エントホイッスルは孫娘とクリスマスをすごすために一週間留守にしているんです」彼が視線を上げてラビニアを見た。寒さのせいで、口を開くたびに白い息がもれる。

でも、彼の視線は熱かった。そして、ふいにラビニアは自分の視線も熱を帯びていくのを感じた。

「メアリ・リーは？」ラビニアはかすれた声で訊《き》いた。

「一週間の休暇中です。さあ、凍えないうちになかに入って」

一瞬ラビニアは、〝凍えないうちになかに入って〟という言葉が妙な意味を持っているような錯覚をおぼえた。きっと、彼の独特のアクセントのせいだろう。どこの訛《なまり》かわからないが、軽く弾むようなアクセント。本人はなにげなく言った言葉なのだろうが、そのせいで口には出せないような想像がラビニアの脳裏に浮かんだ。

いや、でも、それはラビニアの錯覚のせいだけとは言えない。若い男性ひとりしかいない家のなかに女性が入るのは、きわめて不道徳な行動だ。しかも、その魅力的な――とても魅力的な男性はちゃんとした服装さえしていない。相手は大胆な行動に出るかもしれないのだ。とても大胆な行動に出るかもしれない。

彼がほほえんだ。いたずらっぽく顔をほころばせる。でも、今度もまたラビニアの錯覚かもしれないが、その笑いは彼の目にまでは届いていないように見えた。

「入るわけにはいきません。礼儀作法に反しますから」

「名誉にかけて約束しますよ」彼の言葉は慎重だった。「あなたの許しがなければ、けっしてなにもしないと」

確実に安全を約束しているとは感じられない言葉だった。

「紳士としてお誓いになるんですね？」

彼の唇がかすかにゆがんだ。「ぼくは紳士と言える身分じゃない」

なるほど。「では、〝あなたの許しがなければ〟というのはどういう意味でしょうか？　わたしはべつに――」

ラビニアは途中で言葉を切った。無意識のうちに心の内をさらけだしそうになった自分に困惑したのも理由のひとつだったが、それだけではなく、彼にどこまで許すか考えたとき、礼節を持って口説かれたら、頬に軽いキスを受ける以上のことでも受け入れてしまうだろうと思ったからだった。いま彼はラビニアからほんの数センチしか離れていないところに立っている。ラビニアがなにを言いかけたのか、彼は理解したようだった。彼の瞳孔《どうこう》が大きくなった。視線が愛撫《あいぶ》するようにあからさまにラビニアの体をさまよう。彼の喉《のど》仏《ぼとけ》が一度ごくりと音をたてた。

それでも、彼はなにも言わなかった。〝メリー・クリスマス〟と声をかけても、返却するアダム・スミスの著書の感想を訊いても、いつもそっぽを向かれた。でも、キスしてほしいと認めたのに彼がなにも言わないというのは、それとはまったく次元の違う話だった。

「なにか言ってください」ラビニアは懇願するように言った。「なんでもいいから」

彼がさらにラビニアに体を寄せた。「ぼくと一緒に家に入ろう」彼の声はビロードのように温かくラビニアを包みこんだ。そして、じっと彼女の目をのぞきこんでいたふたつの黒い目が、やがて唇を見つめた。

だめだ。ラビニアはもうそれ以上自分をごまかすことができなかった。さっきのミスター・ウィリアム・Q・ホワイトの言葉がなにを意味していたにせよ、ラビニアは彼のあとについて家のなかに入るだろう。濃密なキスも許してしまうだろう。そうなるということは、とっくにわかっていたのだ。ひょっとしたら、わかっていたからこそ、ここへ来たのかもしれない。ラビニアがずっと空想し続けてきた言葉を、さっき彼は現実に口にした。

〝ぼくと一緒に家に入ろう〟

きっと彼はキスをするだろう。あたりには人影もなく、堕落の道に踏みこもうとしているラビニアを見ている者はいない。猫さえ姿を消してしまった。もうすぐクリスマスだが、今年はプレゼントなどひとつももらえないだろう。ラビニアの体は凍え、彼の息は温かかった。

ラビニアはボンネットの紐《ひも》を解くと、彼のあとについて家のなかに入った。

玄関ホールは寒々として薄暗く、がらんとしていた。ミスター・ホワイトは足を止めてラビニアの外套を受けとろうとはせず、そのまま階段を上がった。三階には、階下を占領している女性好みのやわらかさのある家具はおかれていなかった。いっさい飾り気がなく、まるで軍隊の施設のようだ。水漆喰《しっくい》の壁は長い年月のあいだにすっかり黄ばんでしまっている。

ミスター・ホワイトはちらっとラビニアを見て唇を噛《か》み、物音ひとつしない廊下を奥の部屋に向かった。部屋には、簡素な木製の家具がおかれていた。天井と裾板《すそいた》のあいだの質素な壁には、彩りと呼べるものはいっさいなかった。白い洗面台に白い水差し。そして、ここがあきらかに男性の部屋であることを示す、黒い柄のかみそり。ひとつだけの窓の向こうには、陰気な裏庭が見える。その裏庭のまんなかに、葉の枯れ落ちた木が一本だけ立っていた。

部屋を見まわしていたラビニアは隅のベッドに気づいた。部屋全体と同じく、寒々として近寄りがたい雰囲気のあるベッドは、白いリネンにしわひとつ見あたらないほど完璧《かんぺき》に整えられていた。

ベッド。この訪問はまさに不道徳な方向へ進もうとしている。

ミスター・ホワイトが部屋に一脚だけある椅子をラビニアのために引いた。まっすぐな背もたれのついた木の椅子に、ラビニアは腰を下ろした。

彼は小さなテーブルに歩み寄って、そこから一枚の紙をとりあげた。

「あなたの弟さんの約束証書を買いとってきました」彼がぎこちない口調で言った。

それはラビニアの予想外の言葉だった。「まさか十ポンドまるまるお支払いになったんじゃないでしょうね。どうしてそんなことをなさったんですか?」

彼はベッドに座って、まくりあげた袖口をいじりだした。手首に青く血管が浮いて見える。ラビニアの空想のなかで、彼の長い指がラビニアの頬を軽くとんとんと叩いた。いま自分の手のひらを軽く叩いているのとそっくり同じ動きで。ミセス・エントホイッスルはよく孫に会いに行くのだろうか？　そうだとしたら、ミスター・ホワイトはしょっちゅうこうやって女性を部屋に招き入れているのだろうか？

いや、そうとは思えない。いまのミスター・ホワイトはひどく居心地が悪そうな顔をしている。女性を誘惑することに慣れている男なら、ブランデーを勧めるはずだ。そして、楽しい話をして相手を笑わせようとするだろう。こんな固くて座り心地の悪い椅子に女性を座らせはしないし、もっと流暢《りゅうちょう》に話をするだろう。

「ぼくが弟さんではなくてあなたと話をしたいと望んだのはなぜか、わかりますか？」

「わたしのほうが弟より分別があるからですか？」

「いや」彼はそわそわした口調で言いながら、ラビニアの目を避けるように視線を動かした。「あなたを――というより、あなたの体を手に入れられるという望みがなければ、あの十ポンドを手放す気にはならなかったでしょう」

彼の言葉の意味を解明するのに、少し時間がかかった。彼が望んでいるのは感謝のキスではないのだ。しかも、目的を隠してさりげなく誘惑しようとさえしない。あからさまにラビニアを服従させようとしている。いつも顔を合わせるとき、ラビニアは彼の視線にはなにか不思議なものがひそんでいると感じていた。彼の視線が、ふたりだけの秘密の世界を見せてくれているように思えたのだ。そして、その世界のなかでは、家族の崩壊を食いとめるために必死に頑張らなくてはならない現実を忘れることができた。彼と顔を合わせる一瞬だけは、なにひとつ心配ごとのない若い娘、魅力的な青年に求められているひとりの娘になりきることができた。

でも、ラビニアの望みなど、彼にとってはどうでもいいものだったのだ。彼がこんなふうにラビニアに服従を強いるのは、ふたりだけに通じる秘密の世界があるなんて考えてもいない証拠だ。ふいにラビニアは目眩《めまい》をおぼえた。部屋がまわりだし、床がどこかへ消えていく。まるでふたりのあいだに帳簿がおかれていて、その数字を全部足した合計額が彼の持っている硬貨の額と一致しなかったとわかったような気分だった。

ラビニアは冷たい自分の体を抱きしめるように腕をまわした。

「ミスター・ウィリアム・Q・ホワイト」彼女は静かに言った。「あなたは見さげはてた卑怯者《ひきょう》者だわ」

自分が見さげはてた卑怯者だということくらい自覚していた。結婚できないとわかっていて、女性の体を要求するなんて、最低の人間のすることだ。でも、それでもかまわないと思うほど、ウィリアムは彼女が欲しかった。

「あなたはぼくに弟さんの借金を帳消しにしてやってほしいと思っているんでしょうね」ウィリアムの耳に、そう言っている自分の声が聞こえた。

「ええ」

「で、そうしてあげたとき、ぼくにはなにか得るものがあるんでしょうか?」

ラビニアが視線を落とした。「あの子はまだ二十一になっていないんですよ」

そんなことでぼくの気持ちが揺れるとでも思っているのだろうか。彼女の弟はあきらかに十四歳以上のはずだ。なくなった。それ以来、生きるために必死に働き続けてきたのだ。彼には、なにひとつなかった——一ペニーの金も、誰かの優しい言葉も、そしてもちろん、あらゆる災厄から守ってくれる姉も。

「あなたにもすぐにわかりますよ」意図した以上に険しい声が出てしまった。「ただではなにひとつ手に入らないということが」陰気な下宿屋で石炭と毛布を使えば、代金を払わなくてはならない。目を酷使した徒弟生活の代償に、彼は若さを失った。何年ものあいだ、彼は薪の燃えるほのかな明かりの下で夜遅くまで商取引と農業に関する本を読んですごしてきた。興味とか娯楽のためではなく、いつか農場の経営をしてくれと請われる日がくるという儚《はかな》い夢を見続けていたかったからだ。その農場は彼のものになるはずだった。しかしミスター・シャーロッドの遺書は、その夢までも彼から奪ってしまった。そう、あらゆるものに代償がつきまとうということを、ウィリアムはよくわかっていた。

ラビニアの頬に赤みが差した。もしウィリアムが自己欺瞞《ぎまん》におぼれるタイプの人間だったら、その赤みは欲望を示すものだと思いこんだかもしれない。けれど、ラビニアの胸を大きく上下させているのは、恐怖の感情だ。彼が近くにいることへの恐怖だ。計画的にふたりきりになり、熱烈な目でじっと見つめてくる男への恐怖。

でも、ラビニアは怯《ひる》んだようすは見せなかった。彼が立ちあがって彼女のほうへ歩きだしたときにも。そして、ラビニアの体に触れそうなほど近くで足を止めたときにも、彼女はたじろぎはしなかった。彼がかがんで彼女の澄んだ青い目をのぞきこんだときにも、怖《お》じ気づいたようすはなかった。

それどころか、ラビニアは憤慨した口調で言い放った。「わたしの言った意味を誤解なさったようですね。貸したお金は分割払いで回収するのが、あなたにとっていちばん得なはずです。結局のところ……」

ラビニアの声はかすれていた。ウィリアムの唇に、彼女の息がかかる。ラビニアの香りがウィリアムの血管に入りこみ、脈動とともに全身に送られていく。

「ぼくにとって得?」ウィリアムの声は静かだった。「言っておくが、ぼくが興味を持っているのは損得ではなくて、あなたの体なんです」

ラビニアの目が大きくなった。唇が開く。なめらかな肌に包まれた喉がごくりと動いた。

るラビニアを見たことがあったが、これほど近くで見たのは初めてだった。ラビニアは左手の手袋の指先を少しずつひっぱってゆるめてから、くるくる巻くようにして脱いだ。呆然《ほうぜん》と見ていたウィリアムは、手袋の人差し指の先に小さな穴があいているのに気づいた。彼女の指は信じられないほどほっそりしていた。

「いいわ」ラビニアが言った。「わかりました」

ほんとうに夢が現実になるなんて、ウィリアムは心の底では信じていなかった。昨夜ラビニアの弟の約束証書をとりかえしてから、ウィリアムは激しい欲望の興奮のなかで一夜をすごした。けれど、いまこの瞬間まで、彼はラビニアがさっさと立ち去るだろうと思っていたのだ。立ち去って、最後の夢も彼から奪ってしまうのだろうと。でも、いま彼女は右手の手袋も脱いでいた。左手のときと同じようにゆっくり脱ぎ、ふたつをきっちりそろえて外套の上においた。ウィリアムの喉がごくりと鳴った。ラビニアが髪からピンを引き抜き、豊かなシナモン色の巻き髪が背中に流れ落ちたとき、彼はいま自分がほんとうに彼女を抱こうとしているのだと気づいた。なぜか、このとんでもない計画がうまくいってしまったのだ。

紳士ならすぐにこんなことはやめて、彼女を送りだすべきだ。

ラビニアが彼に背中を向けた。だが、顔を隠すためではなかった。そう、ラビニアは怯えてはいなかった。彼女は豊かな髪を持ちあげて、ウィリアムにドレスの紐をほどかせようとしていた。

　ラビニアの姿勢のせいで、その背中がよく見えた。ほっそりした背中だった。背骨の繊細な形までちゃんとわかった。いまの時点では、実際にはなにひとつ起こっていない。すべてはウィリアムの頭のなかだけのことだ。でも、いったん彼女に触れてしまえば――ドレスの背中の紐を解いてしまえば、もう引きかえせなくなる。ウィリアムが強い人間なら、きっと彼女に触れずに送りだすだろう。でも、いまの彼には、そんな強さはなかった。強さは沸き立ち、体内を駆けめぐる血のなかに溶けこんで消えてしまった。もし彼に意志というものがあったとしても、それは至福の瞬間を手に入れたいという思いに引きずられてしまっていた。一年ものあいだ彼の夢のなかに出没し続けた天使によってもたらされる至福の瞬間を、どうしても手に入れたかった。

　彼女の体を奪えば、きっと一生、罪の意識に苦しむことになるだろう。でも、どうせこの十年の生活も地獄のようなものだったのだ。彼にとっての唯一の楽園はラビニアだ。だからいまウィリアムは彼女のウエストに手をおいて、永遠の罪に身を投じることを選んだ。

　手のひらに触れる彼女の肌は温かかった。ああ、他人の肌に触れたのは、いったいいつ以来だろう。彼はラビニアの首筋に唇をつけた。レモンの石鹸《せっけん》の味がする。ウィリアムの腕が彼女に巻きつき、ぎゅっと抱き寄せた。彼の欲望の高まりに、彼女の体が触れる。そして、ああ、彼女は頼みを聞き入れてくれた。ラビニアは怯えなかった。それどころか、まるで彼の感触を楽しむかのように、ゆっくり息を吐いて、彼の腕に身を任せた。

「ミス・スペンサー」ウィリアムは彼女の耳元でささやいた。

「ラビニアと呼んでくださったほうがいいわ」

ウィリアムの指がドレスの紐を探り、慎重にほどいていく。そして、ドレスを肩からすべらせるように下げていく。なめらかな肩と真っ白な腕があらわになった。やがてドレスが床に落ちると、彼女はウィリアムの腕のなかでくるりと体の向きを変えた。残っているのはコルセットとシュミーズだけだ。ウィリアムの手に触れる肌は熱く、しなやかな体が彼の体に寄りそう。ラビニアの唇が開いた。きらきら光る目がウィリアムを見つめる。その目は、体の関係を無理強いする男ではなく、恋人でも見つめているようだった。昨夜のラビニアもこんな目で彼を見ていた。でも、まさか昨夜の彼女がキスを待ち受けていたはずはない。

ウィリアムはこんなチャンスを二度も逃すほど愚かではなかった。彼は激しく唇を押しつけ、ラビニアの唇の感触を味わった。その唇は、過酷な労働の一日を終えたあとの一杯の水のように甘く、暗い冬に差しこむ日差しのように優しかった。ウィリアムの両腕が荒々しく彼女を抱きしめた。舌が彼女の唇を割ろうとすると、ラビニアはびくっと体を震わせたが、経験のなさを補ってあまりあるほどの熱烈さで唇を開いた。

彼女が進んでやっているわけではない、怯えないでほしいと頼んだからこうしているだけだ、と彼はあらためて自分に言い聞かせた。ラビニアが安心しきったように身を寄せてくるなんてありえない。彼女の両手がぼくの腰を引き寄せるなんて、絶対にありえない。彼女がすっかり身を預けてくるなんて、ほんとうにありえない。すべては、強要によって手に入れた欺瞞なのだ。

けれど、たとえ欺瞞でも、その優しさに甘えずにはいられないほど、ウィリアムの心は疲れきっていた。

ラビニアが体を離した。が、それはコルセットをはずすためだった。ちょうど彼女が両腕を頭上に上げたとき、窓から一条の光が差しこみ、シュミーズが透けて脚の形がくっきり浮かびあがった。コルセットが床に落ちる。ラビニアは顔を上げなかった。シュミーズの上からでも胸の先の色づきが見えると気づいて、ふいに恥ずかしさをおぼえたようだった。ウィリアムの全身がかっと熱くなった。もう我慢できなかった。

なにも考えず、彼はラビニアに近づいた。両手が彼女の脇腹《わきばら》に触れる。肌と肌をへだてているのは、薄い布地一枚だけだ。抱き寄せられると、ラビニアの体が震えた。ウィリアムはかがんで彼女の胸を唇にふくんだ。シュミーズの上からでも、胸の先が硬くなるのがわかった。

「ああ！」反射的に、ラビニアの手が彼の腕をぎゅっとつかんだ。

その反応を許諾のしるしと受けとって、ウィリアムは彼女の胸の先を舐《な》めた。彼女を楽しませることができれば、絶頂に導くことができれば、ひょっとしたら彼女に許してもらえるかもしれない。そうすれば、この欺瞞だらけの行動のなかにも、少しは真実を見つけられるかもしれない。ウィリアムはラビニアの体に唇を這《は》わせながら、彼女の腿のあいだに片脚を差し入れた。すると、彼女はその脚に体をこすりつけるように腰をまわした。絶対に怯えたようすは見せないと決心した名女優が演技しているか、でなければ本心から彼を求めているとしか思えないような行動だった。

ウィリアムはシュミーズの裾を手探りした。少しずつその裾を持ちあげていくと、やがて彼女の腿のつけ根に指が触れた。

演技ではなかった。腿のつけ根がしっとりと潤っている。ラビニアも欲望を感じているという奇跡を噛みしめる余裕は、ウィリアムにはなかった。彼は夢中で彼女の脚のあいだへ指をすべりこませた。すると、彼女の体がさらに弓なりにそった。彼女を壁に押しつけてその体を味わい、愛撫する。やがてラビニアの体が震えだし、息が荒くなった。愛撫がますます激しくなり、ラビニアを絶頂の縁へと導いていく。

やがて彼女は絶頂に達し、悲鳴のような声をあげた。

ラビニアがウィリアムを見あげたとき、彼の頭に少しだけ理性が戻ってきた。彼女の息は荒く、肌は紅潮していた。シュミーズがウエストのあたりまでまくりあげられている。ラビニアがぎゅっと体をウィリアムに押しつけた。彼の胸に彼女の鼓動が伝わり、呼吸のたびに胸が上下するのがわかった。

ウィリアムはまだ服を着たままだった。体はすっかり硬くなり、彼女のなかに入りこみたいと訴えている。

「ウィリアム？」

もうだめだ。これ以上自分をごまかすことはできない。いまここにいるのは、家族へのあふれるほどの愛情ゆえにやむなくウィリアムの欲情を受け入れようとしている、いたいけな生娘ではなかった。これはラビニアだ。強くて、誰にもけっして壊されることのない娘。いま彼女は演技などしていなかった。理由はわからないが、彼女はウィリアムを求めている。

でも、彼女を抱いてはいけない。こんなふうに抱いてはいけない……。

けれどウィリアムが身を引いても、ラビニアは離れようとしなかった。彼がためらっているあいだに、ラビニアの両手が彼のシャツの下に入りこんだ。下腹から胸へと、彼女の指が動いていく。ウィリアムの頭に浮かびかけていた高潔な考えは、たちまち燃えあがった炎にのみこまれて消えてしまった。そしてその炎のなかに、地獄へと続く道が浮かびあがった。ウィリアムはシャツを脱ぎ捨てた。空気は冷たいが、ラビニアの肌は温かかった。彼女の両手がウィリアムの胴を撫《な》でた。唇が彼の唇をとらえる。ウィリアムはもうラビニアをしっかり抱き寄せることしか考えられなくなった。彼は下着を脱ぎ捨てて、ラビニアの体をベッドへと押しやった。

ベッドに座ると、ラビニアは彼を見あげた。時間の流れがひどく遅く感じられるなかで、彼女がシュミーズを脱いだ。これまでのウィリアムの妄想のすべてが、いまこの瞬間に凝縮されていた。ラビニア・スペンサーが裸で彼のベッドにいる。唇を半開きにし、目をきらきらさせて。ウィリアムは両手で彼女の膝を開かせて、その上にのしかかった。数えきれないほど何度もこの瞬間を空想してきたが、実際のチャンスはこの一度だけだ。ウィリアムは彼女の腿の熱く潤った部分に自分の下半身をあてた。

待ち受ける快感への期待のほかには、なにも考えてはいけないはずだった。けれど、ラビニアがじっと彼の目をのぞきこんできた。あまりにも澄みきって一点の曇りもないその瞳を見たとき、最後の最後でウィリアムの動きが止まった。

〝こんなことをしてはいけない〟

その声がどこから聞こえてきたのかはわからなかった。ひょっとしたら、とっくに消滅したはずの善悪の観念がまだどこかに残っていて、息を吹きかえしたのかもしれなかった。彼の体は濡れたラビニアの体にぴたりとくっついていた。胸の先を薔薇色に硬く尖《とが》らせ、両脚を広げて、ラビニアは彼の下に横たわっていた。

次の段階に進むのは簡単なはずだった。

彼が手に入れようとしているのはラビニアの純潔だけではない。彼女の美しさは、肩に乱れ落ちる髪や曲線を描く胸という外面だけのものではなかった。まるで生け贄のように体を開いて横たわっているいまでさえ、彼女は内から発する光で輝いていた。彼女の魅力は、周囲の人間に対する無邪気な信頼感、すべての者を慈しみのほほえみで迎える純真さと大いに関係している。こんなふうに彼女を抱けば、彼女の世の中に対する信頼感を壊してしまうだろう。男の心の奥には悪魔が隠れているということ、他人の罪に対して世間はけっして寛容ではないということを、これからラビニアに教えようとしているのだ。

〝こんなことをしてはいけない〟

だが、実際に男はみな悪魔だ。そして、世間はけっして寛容ではない。ウィリアムはこれまで一度たりとも寛容な扱いを受けたことはなかった。

やってはいけないと思いながら、結局ウィリアムは突き進んだ。いっきにラビニアのなかに入りこむ。空想と寸分違《たが》わぬすばらしい感覚だった。熱く濡れた体にきつく締めつけられる感覚は最高だった。最も根源的な意味で、いまラビニアは彼のものになっている。そう思うと、最高の気分だった。しかし同時に、恐ろしくてたまらなかった。この瞬間に自分がなにを壊したかがわかっていたからだ。ラビニアの両手がふたりの体のあいだに入りこんだのを感じて、ウィリアムはぎくりとして動きを止めた。

「ウィリアム」ラビニアがためらうようにそっと彼の肩に触れた。まるで、なぐさめを必要としているのは彼のほうだとでもいうように。こんなふうに体をつらぬかれても、まだ世の中への信頼感をすっかり失ってはいないとでもいうように。いまウィリアムは彼女のなかに入りこんでいた。彼女の体がウィリアムをぎゅっと締めつける。そして彼に向かって腰を突きあげた。熱い脈動が彼をさらに強く締めつけ、彼女の口から叫び声がもれた。ありえないことだ。ラビニアが絶頂を迎えるはずはない。でも、たしかに彼女は絶頂に達していた。ウィリアムの腰が激しく動き、彼女の奥に生命の源をそそぎこんだ。そして、彼の口からも、かすれた叫び声がもれた。

快感が引いていき、欲情から解放されると、ウィリアムは自分の卑劣さをいやというほど自覚した。まるで動物のようにラビニアを抱いてしまった。いや、彼女が同意したのはたしかだが、彼女にはほかの選択肢は残されていなかった。自分がやめるべきだったのだ。ラビニアをさっさと帰すべきだった。なのに欲望のことで頭がいっぱいで、彼女のことまで考えられなかった。ウィリアムは心の底から後悔をおぼえた。

ラビニアから体を離すと、ウィリアムは彼女に背を向けてベッドの端に座った。マットレスが揺れて、ラビニアが体勢を変えるのがわかった。「ウィリアム」

彼は怖くてふりむくことができなかった。彼女の目には、信頼を裏切られたという思いが浮かんでいるのだろうか？

「ウィリアム。こっちを見てちょうだい。話したいことがあるの」

自分がどんなに卑しい人間か、ウィリアムにはよくわかっていた。ラビニアの純潔を奪い、その瞬間を楽しんだ。だが、どんなものにも代償は必要だ。そして快楽の代償は、彼女の冷たい非難の視線と言葉だろう。いっそ、その言葉がぼくの肉体を細かく切り刻んでくれればいいのに、とウィリアムは願った。もっとひどい仕打ちを受けてもしかたのないようなことをしたのだから。ウィリアムは彼女のほうに顔を向けた。

ラビニアの目に非難の色はなく、ただ穏やかだった。底知れないほど静かな目だった。

「弟はまだ二十一歳になっていないと言ったのは、あなたの同情を引こうとしたわけではないんです。法的には未成年だと言いたかっただけなの。彼はまだ正式な契約を結ぶことはできないわ。あの約束証書には法的な拘束力はないんです」

ウィリアムの頭は真っ白になった。頭のなかが、光の差さない湖底の冷たい水で満たされてしまったような気がする。

「わたしには、あなたになにかを無理強いされるような理由はなかったんです」と、ラビニアは言葉を続けた。「あなたはわたしに無理強いなんてできなかったわけです。どんな裁判官も、弟にあんな借金の支払いを命じることなんてできないのだから」

ラビニアの言葉は水面を跳ね飛ぶ小石のように、彼の思考の外側で跳ねて通りすぎていった。無理強いされたわけじゃない、だと？　いや、たしかに無理強いした。だから、彼女に非難されるべきなのだ。非難してほしいのだ。

たったいま火を消されたろうそくの芯《しん》のように、ウィリアムはひどくうつろだった。

「そうか」彼は言った。そのひと言だけでは足りないような気がして、もう一言つけくわえた。「わかった」ほかにもさまざまな言葉が脳裏をよぎったが、どれもみな短い一言だけで、しかもきちんとした女性の前で口にできるような言葉ではなかった。たったいまのひどい行為こそ、きちんとした女性に対してしてはいけないものだったけれど。

情欲と愛情とは、まったく違うものだ。ウィリアムにこんな行動をとらせたのは情欲――彼女の体への激しい欲望だった。情欲は、女性の純潔など気にかけない。情欲は、女性の心が傷つこうがどうしようが気にかけない。情欲はただ荒れ狂い、満たされることだけを要求する。成就までの過程など一顧だにしない。情欲は野獣だ。恨みだけを抱いて生きてきた十年のあいだに、ウィリアムはその野獣を大きく育ててしまったのだ。

彼は自分の生活に思いをめぐらせた。四半期に四ポンド十ペンスの俸給――一年間つらい仕事に耐えて、やっと十六ポンド。そしてこれから先の長い年月、評価と推薦をこつこつ積み重ねてたどりつくのは……一年に二十三ポンドの俸給か? ラビニアの手袋の穴のことを思い、彼女の弟の言葉を思いだす。〝姉さんは新しいドレスなんて、もうずいぶん長いあいだ買ってないだろう?〟

「ラビニア」彼は慎重に言葉を選んだ。「ぼくには、そんな贈り物をもらう資格はない」

「贈り物をもらうのに、資格なんてないわ」ラビニアは立ちあがって、シュミーズのしわをのばした。「贈り物はね、その人にあげたいと思う人がいるからもらえるのよ」

ラビニアは抗議しているわけではなかった。非難もしていなかった。泣いてもいなかったし、とり乱してもいなかった。もしラビニアがそういう行動をとっていれば、ウィリアムはなんとか耐えられただろう。でも、いま彼女のまとっている穏やかで冷静な空気は、ウィリアムの理解の範囲を超えるものだった。

「ぼくには妻を養うだけの財力はないんだ」彼は言った。「たとえ財力があったとしても、ぼくはきみにはふさわしくない男なんだよ、ラビニア」

ラビニアはドレスに手をのばした。「あなたがわたしをベッドに連れこもうとしたときから、そんなことはわかっていたわ」

ウィリアムは視線を動かして、ラビニアの背後にある細い窓の外に見える枯れ木を見つめた。「それじゃ、なぜきみは承知したんだ？　そんな必要はなかったのに」

ウィリアムが威嚇したときも、恐ろしい取り引きを申しでたときも、彼女は怯えたようすを見せなかった。体を要求したときでさえ、ラビニアは震えなかった。でも、ドレスをきちんと着て外套に手をのばしたとき、その手はかすかに震えていた。

「そんな必要はなかった、ですって？　あなたは、手に入れる価値のあるものには必ず代償を支払わなくてはならないと言ったわ。でも、それは間違いよ。あなたは完全に間違った情報を鵜呑《うの》みにしているのよ。ほんとうに価値のあるものは――」ラビニアは言った。

「すべて無償なの」

「無償？」

「それは〝与えられるもの〟なのよ。見返りなんかいっさい期待されることなく」ラビニアは視線を上げてウィリアムを見た。彼女の目が激しい感情を宿してきらきら光った。

「わたしはそのことをあなたに教えてあげたかったの」

彼女の目には、世の中への信頼感がまだ失われずにちゃんと残っていた。ウィリアムは彼女の純潔を奪った。なのに、どうして彼女は清純さを保ち続けていられるのだろう？

「ぼくは愛というものがどんなものか知らないんだよ」ウィリアムはうろたえそうになりながら言った。「全然わからないんだ」

ラビニアが外套を手にとって広げた。外套は肩の上でふわりと舞いあがってからすとんと落ちて、ついさっきまであれほどあらわに見えていた彼女の体を厚いウール地で包みこんで隠してしまった。「そう。でも、いつかあなたにもわかる日がきっとくるわ」

そして、ラビニアは彼の横をすり抜けて出ていった。ウィリアムは身動きもできず、彼女が階段を下りていく音を聞いていた。その足音は階段を下り、そのままウィリアムの人生からも出ていった。

3

　ラビニアが重い足どりで階段を上がって貸本屋の上にある自宅に戻ったのは、午後も遅くなってからだった。全身が痛かった。すべての筋肉が、一瞬も休むことなくずきずき痛み続けていた。

「ラビニア?」父親の弱々しい声がした。「おまえか?」

「そうよ、父さん」ラビニアは外套《がいとう》を脱いでドアの横の釘《くぎ》にかけた。続いて短いブーツを脱ぐ。「礼拝のあと、運動のために少し散歩してきたの。手を洗ったらすぐ行くわ」

　ラビニアは自分の部屋に飛びこんだ。

　基本的には、彼女の小さな部屋もウィリアムの部屋とあまり変わらない。壁には水漆喰《しっくい》が塗られ、家具も簡素で、彼の部屋にあったものとほとんど同じだ。洗面台、ベッド、椅子、チェスト。ラビニアは水差しの水を洗面台にそそいだ。手を洗いながら、鏡に映った自分の顔を点検する。

　どんな顔が映るか、覚悟はできていた。破滅した娘の顔、節操のない女の顔が映るのだ。

でも、鏡のなかからラビニアを見かえしたのは、朝とまったく同じ顔だった。額に大きく〝ふしだらな娘〟と非難する文字は書かれていなかった。目が悪魔のように真っ赤になっているわけでもなければ、狂気を宿してうっすらピンク色に染まっていることもなかった。そして、体はいまもちゃんと自分の体だと感じられた。たしかに痛みはある。経験したことのない痛みでひりひりする。でも、確実に自分のものだと感じられる。ひょっとしたら、以前よりももっと。

彼はラビニアを愛していない。

そう。でも、だからってどうだというの？　数時間前にラビニアを襲った無鉄砲な情熱は、いまははるかに複雑で……とらえどころのないものに変わっていた。彼女の魂の奥深くに宿った感情が愛なのかどうか確信はなかった。愛というよりは、あこがれに近いような気がした。そう、きっとずっとあこがれていたのだ。初めて貸本屋に姿を見せたときからずっと、彼はラビニアを見つめていた。でも最近の彼はいつも目をそらしていた。体を要求されたとき、ラビニアはそのあまりの卑劣さに愕然《がくぜん》とした。でも、なぜ彼があれほど無礼な方法で彼女の体を手に入れようとしたのか、ラビニアはすぐにわかったのだ。彼は心底不幸な人なのだと、はっきり気づいたのだった。

表面的には、ラビニアの部屋とウィリアムの部屋にはたいした差はないように見える。でも、よく見れば……。ラビニアの部屋には、十九年間の思い出がつまっていた。父からプレゼントされた青いマフラーがチェストの側面にたれている。鏡の横には、二年前ジェームズがくれた、いびつなデイジーの絵がかかっている。ナイトテーブルの上の松材の箱のなかには装身具――金のチェーンと亡くなった母の形見の結婚指輪。それらは単なる〝もの〟ではない。思い出だ。ラビニアが生きてきた十九年間を具現化するものだ。それらは、彼女を愛してくれる人がいるという証明だ。弟の部屋にも同じようなものがある――何年も前にブライトンの海岸で拾った石、いつかはジェームズの妻のものになる母の形見の真珠のペンダント、ラビニアが少しずつ貯《た》めたお金で買ってあげたポケットナイフ。

ウィリアムの思い出の品はどこにしまってあるのだろう？　あの部屋にはなにも見あたらなかった。押し花ひとつなかった。これまでの人生で彼が誰かとつながりを持っていたことを示すものは、なにひとつなかった。きっと思い出はすべて、彼という人間の内部にしまいこまれているのだろう。

思い出をしまっておくには、そこはあまりにも寂しすぎる場所のような気がする。〝もの〟には情緒的な付加価値というものがある。数えきれないほどいい思い出があるからという理由で、記念となるものをすべて破棄してしまう人がいるとは思えない。ラビニアがあんなにウィリアムにのぼせあがっていたのに、彼は脅しという手を使わなくてはならないと感じた。それはつまり、彼がラビニアをどう見ているかということではなく、彼が彼自身をどう見ているかということを示しているのだ。口では冷酷な言葉を吐きながら、彼彼の手はたいせつな宝物でも扱うようにラビニアに触れた。優しく愛撫《あいぶ》し、抱きしめ、手足が震えるほどの快感を彼女に与えてくれた。愛がどんなものなのか知らないと口では言いながら、ラビニアの気持ちをたしかめるように、彼女が手をのばすまで待っていた。

「ビニー?」ジェームズがノックもせずにドアを開けた。

幸運なことに、姉のプライバシーに対する配慮も忘れるほど気もそぞろのジェームズは、ラビニアのドレスがひどくしわくちゃになっていることには気づかなかった。そして彼女の目を見ようとしなかったので、その目にいつもと違う光があることにも気づかなかった。

「ビニー」彼はもう一度言った。「ぼくの証書のことは、もう始末がついた? ええと、その……ぼくも手伝ったほうがいいかなと思って」

なんと答えればいい? ラビニアはなにもしなかった。でも、あの約束証書に関して、ジェームズはもう二度と頭を悩ませる必要はない。ウィリアムのことは……。

ラビニアは作り物のほほえみを顔に貼《は》りつけた。「なにも心配しなくていいわ」彼女は言った。「もう大丈夫よ。ちゃんと話がついたから」

あるいは、もうすぐ話がつくから。

自分で自分がすっかりいやになったのに、翌朝もこれまでと同じ生活が続くなんて、ウィリアムにはとうてい信じられなかった。それでも夜はすぎていった。ロンドンの町が目覚めはじめ、商人たちが市場へ急ぐざわざわした気配が伝わってくる。時計はきちんと時を刻み続けただけでなく、容赦なく月曜の朝を連れてきた。まるで運命が陰で彼をあざ笑っているかのように。

月曜日。ウィリアムが文明社会の掟《おきて》を破り、してはならないことをしてしまったのに、月曜の朝などというつまらないものがまだ存在しているのはおかしい。ウィリアムの心がそう叫んでも、やはり月曜日はやってきた。

一歩通りへ出たウィリアムは外套のなかで身を縮め、帽子を目深にかぶりなおした。けれど、彼がピーター・ストリートを歩きだしても、誰も非難の声をあげる者はいなかった。〝止まれ！　卑劣なやつめ！〟という声が彼を追ってくることはなかった。昨日ウィリアムは卑劣きわまりない手段を使って、無垢《むく》な女性をベッドへと誘いこんだ。今日、そんなウィリアムに目をとめる者さえいない。

チャンサリー・レーンの向かい側にある灰色の石造りの建物のなかにある職場に着くころには、これまで幾度となくくりかえしてきたほかの月曜日と変わりのない一日になりそうな気がしていた。陰鬱《いんうつ》でわびしいが、どうしてもやりすごさなくてはならない一日。けれど、事務所のドアを開けた瞬間、いつもの月曜日とは違う一日が待っているとわかった。

いつもより、さらにひどい一日になるだろう。支配人のミスター・ダニングから使い走りのジミーまで、全員が体を硬くして座っていた。冗談どころか会話ひとつ聞こえない。

ウィリアムの同僚の事務員デイビッド・ホールダーがかすかに頭を左に傾けた。

彼らの雇い主であるブレイクリー侯爵が立っていた。がっしりした侯爵の体は、年齢のせいでわずかに背中が丸くなっている。外見だけなら、使用人がこの主《あるじ》のためなら一生懸命働こうと思うようなりっぱな雇い主に見える。この事務所で働くことになったとき、ウィリアムは自分の明晰《めいせき》な頭脳と入念な仕事ぶりが侯爵に認められるだろうと夢想した。夢の世界では、彼は昇進して給料も高くなった。そして周囲の人々の尊敬を集めた。

だが、その夢はあまりにも早く消えてしまった。夢を見ていられたのは、仕事に就いてからほんの一週間だけだった。一週間後に、この侯爵に会ったのだ。

老侯爵は専制君主だった。彼の考えでは、彼は使用人の仕事に対して俸給を払っているのではない。とりまきの子分にしぶしぶ金を分け与えてやっているのだ。侯爵が要求するのは服従と敬意だけではない。媚《こ》びへつらうことを要求するのだ。そして、雇い人の力量と勤務態度を見て昇進させるどころか、ときどきひとりの雇い人に的を絞って、ミスを見つけるまで徹底的にその人物のした仕事を調べあげる。どんなに慎重な人間でも、完璧《かんぺき》ということはありえない。つまりは、その人間は解雇されることになる。ウィリアムも同僚たちも、毎朝、朝食代わりに不安をのみこんで職場に来ていた。

今朝のウィリアムは腹も心もからっぽで、不安さえも入っていなかった。灰色の眉の下から老侯爵の目に見すえられて、ウィリアムの足が凍りついた。

「ほう」年はとっていても、侯爵の視線は揺るがなかった。一瞬たりとも。当然、先に目を伏せたのはウィリアムだった。嫌悪感をおぼえながらも卑屈に頭を下げる。そして、慌てて頭から帽子をとった。長いあいだ、老侯爵はただじっとウィリアムを見つめていた。非礼と知りつつ侯爵に背中を向けて帽子をかければいいのか、それとも帽子を手に握りしめたままその場に凍りついているべきなのか、ウィリアムにはよくわからなかった。

侯爵が首を曲げ、顔をななめにしてウィリアムを見つめた。その格好と長い灰色の髪の毛が、薄汚れた白い毛をした猛禽《もうきん》を思わせる。自分がその猛禽に狙《ねら》われる毛虫になったような気分でなければ、そんな連想もさほど気にはならなかっただろう。

侯爵が視線をはずし、ウィリアムはほっと安堵《あんど》の息をついた。が、侯爵はほかの者に意識を向けたのではなく、ポケットから時計を出しただけだった。

「おまえが誰かは知らんが」侯爵は言った。「席に着くのが一分遅れているぞ」

〝あなたがぼくをにらみつけなければ、ちゃんと時間どおりに座っていたはずです〟ウィリアムは心のなかでそう答えたが、声にして言いはしなかった。仕事をなくすわけにはいかない。「申し訳ございません、御前様。二度といたしません」

「ふむ。二度としないんだな」侯爵の言葉には、どこか不吉な響きがあった。「たしか、ブライトだったたな?」

「いいえ、ホワイトです、御前様。ウィリアム・ホワイトです」

訂正などしてはならなかったのだ。ブレイクリー侯爵の目がすうっと細くなった。

「ああ、そうか。ビル・ブライトだな」

ウィリアムが三年もここで働いてきたという事実は、侯爵にとってはどうでもいいことのようだった。雇い人には名前の代わりに白い紙がついていて、侯爵が好きなときに好きな文字をその紙に書きつけていけばいいと思っているようだった。

「奥の部屋へ来い」侯爵が静かに言った。「この二年間におまえがつけた帳簿を持ってくるんだ」

奥の部屋へ呼ばれることは、死の宣告を意味していた。ウィリアムは長いあいだ虚空を見つめたまま、同じ場所に立ちつくしていたような気がした。だが、泣いたり叫んだりしてもどうにもならない。粛々と侯爵の命令どおりにすれば、首になったとき、ひょっとしたらミスター・ダニングが次の仕事を紹介してくれるかもしれない。

あの十ポンドをあれほど軽率に使ってしまうとは、なんという皮肉だろう。あれがあれば当座はしのげたのに。いや、これは皮肉ではない。皮肉の対極にあるものだ。

侯爵がウィリアムを選んだのは、おそらく妥当な選択だったのだ。結局のところ、ウィリアムはまともな社会にはふさわしくない人間なのだ。ラビニアにあんなことをしてしまったのだから。どうしたら彼女に償いができるのだろう? ウィリアムは朝からずっと厳しい罰が下るときを待ち受けていたが、ひょっとしたらこれがその罰なのかもしれない。

たとえこれからなにが起きようと、当然の義務としてそれを受け入れよう。

ウィリアムが奥の部屋に入ると、侯爵は帳簿のなかから適当に一冊をとりあげた。ゆっくりページをめくっていく。侯爵の太い指はしょっちゅうページの上で止まり、次に進むまでに長い時間がかかった。ウィリアムは侯爵の頭の向こうに視線を据えていた。部屋は侯爵自身と同じくらい古びていた。壁紙はすっかり茶色っぽく変色し、端が乾ききって剥《は》がれかけている。

やっと侯爵が顔を上げた。「いい仕事をしているようだな」老ブレイクリー卿《きよう》は言った。ほかの誰かがそう言ったとしたら、それは褒め言葉だろう。だが、ウィリアムの雇い主の口はその言葉をねじ曲げ、語尾の〝ようだな〟を微妙に強調していた。ぎらりと光った侯爵の目が、口には出さない警告を発していた。〝見かけの有能さにだまされるほど、わたしはばかじゃないぞ〟と。「ひとつ訊《き》きたい」侯爵が言葉を続けた。「一八二一年九月十六日、おまえはケントの農場に関する三つの取り引きの記録を書いている。その取り引きについて具体的に話を聞かせてくれ」

十五カ月前。侯爵は十五カ月も前の取り引きに注目したというのか？　一年以上も前の取り引きの詳細など、思いだせるわけがないではないか？　帳簿をつけておくのは、取り引きの記録を書いた人間を威嚇するためではないはずだ。

だが、ブレイクリー侯爵には、その理屈は通じないらしい。

「ひとつめは二ポンド六ペンスの――」

背後で部屋のドアが静かに開いて、ウィリアムの言葉を邪魔した。

老侯爵が視線を上げた。目が大きくなり、手がぎゅっと帳簿を握りしめる。彼が立ちあがったのは、無分別にもこの処刑の儀式を邪魔した愚か者を叱責《しっせき》するためだろう。自分の処刑が延期されたことを確信して、ウィリアムは大きく息を吸いこんだ。きっとウィリアムの代わりに、この侵入者が罰を受けるだろう――しっかりした重々しい足どりで入ってくる人物がいったい誰なのかはともかく。恥ずかしさと安堵が入りまじってウィリアムを襲った。たしかに自分は首をまぬがれるかもしれない。だが、鮫《さめ》がほかの魚をのみこんだせいで自分の命が助かるのを喜ぶなんて、人として恥ずかしいことだ。しかも、犠牲になるのが一緒に働いてきた同僚だとわかっているのだから、なおさら恥ずかしい。自分こそ、まさに罰を受けるにふさわしい人間なのに。

だが、ウィリアムの椅子の横で足を止めた若い男は、ウィリアムの同僚でもなければ事務所の支配人でもなかった。老侯爵といえども、その男を首にすることはできない。入ってきたのは、侯爵のいちばん年長の孫だった。ウィリアムはたった一度、それもずいぶん遠くからちらっと見たことがあるだけだった。でも、この三年間、ウィリアムはこの若者の財産を詳細に記録し続けてきた。ガレス・カーハートという名前で、いまの身分はウィンドルトン子爵。ウィリアムより二、三歳若い。ハロー校からケンブリッジ大学へ進んだ。自分の財産をたっぷり持っているうえに、祖父からも相当な額の小遣いをもらっている。そして、いずれは侯爵の地位を相続する。ウィリアムはこの孫をよく知っているような気がした。そして、自分はこの恵まれた若者に嫌悪感を抱いていると確信した。

若い子爵には、命令どおりに動かせる召使いがたくさんいるはずだった。なのに、どういうわけか、彼は自分で旅行鞄《かばん》を持っていた。その鞄を床に下ろして、子爵は祖父の机に静かに両手をついた。

音も声もたてず、彼の行動のどこにも不作法なところはなかった。これほど近くにいなければ、ウィリアムは子爵の手の甲が緊張で硬くなっていることに気づかなかっただろう。

「お礼を言わせてもらいますよ」子爵の声は静かだった。でも、無感情というわけではなく、平坦《へいたん》で抑揚のない口調でなければ表現できない軽蔑《けいべつ》の念がこもっていた。「あなたは御者に、ぼくをハンプシャーへ乗せていくなと命じたんですね。賄賂《わいろ》を使うなんて、まったくもっておみごとだ。いったいいくら使ったんです？　おそらくロンドンじゅうの貸馬車屋に、すでに手がまわっているんでしょうね。だが、ハンプシャーの貸馬車屋まで、しかもクリスマスの五日前にすべて買収してしまうなんて、あなたはまさに天才ですね」

「そうとも」老ブレイクリー卿は自慢げに答えて、爪の一本一本を子細に眺めはじめた。もちろん指先には汚れひとつなかったが、それでも侯爵は目に見えない汚れをブラシで払い落とした。「わたしの頭のよさを認めるとは、おまえもなかなか、かわいげがあるな。

ばかげた科学の研究をあきらめるまであの女には会わせないと言ったはずだ。わたしの言葉が本気だったということが、これでおまえにもわかっただろう」

交わされる皮肉の洪水のなかで、ウィリアムは溺《おぼ》れてしまいそうだった。ふたりはウィリアムの存在など気にかけてもいないらしい。そう、彼のような使用人は、しょせん透明人間なのだ。ふたりにとって、ウィリアムは剥がれかけた壁紙に描かれた絵も同然なのかもしれなかった。

若い子爵がぐっとあごを上げた。「〝あの女〟とあなたは言うが――」彼はゆっくりした口調で言った。「ぼくの母なんですよ」

ウィリアムはかすかな満足感をおぼえた。他人の心の痛みを喜ぶべきではないのだろうが、どんなに財産があっても自由は買えないとわかると、なんだかとてもいい気分だった。

「ぼくは行きます」ウィンドルトン子爵が言った。

「だめだ。行ってはならん。おまえはキャンディを欲しがる子どもみたいに、癇癪《かんしゃく》を起こしているだけだ。自然科学などという愚にもつかないものはあきらめて、貴族らしく財産管理の方法を学ばなくてはならない時期がもうとっくにきているんだぞ」

「いまだって、帳簿ぐらい読めます」

「たしかにな。だが、あちこちにある十七の所有地の管理ができるか？　おおぜいの役立たずで怠け者の雇い人に、ちゃんと仕事をさせることができるか？」

子爵がちらっとウィリアムに視線を走らせた。ウィリアムは観察され、分類されたあとで、速やかに子爵の記憶から抹殺されるのを感じた。道端に落ちている甲虫の死骸《しがい》のように、無意味でなんの価値もないものとして。

「それのどこがそんなに難しいんですか？」

「ビル・ブライト、わたしの孫に、わたしがいまなにをしようとしていたか教えてやってくれ」

「なにかひとつでもミスが見つかるまで、わたしのつけた帳簿を徹底的にお調べになるつもりでいらしたと思います、御前様」〝そして、ぼくを首にするつもりだった〟

「ブライト、わたしのほんとうの目的を話してやれと言っているんだ」

ウィリアムは唇を噛《か》んだ。「ほかの者への見せしめにするために、わたしを解雇なさるおつもりだったと思います」

ここまで大胆で傍若無人な言葉を口にしたら、ふつうなら耳をつかまれて部屋の外に放《ほう》りだされていたはずだ。

だが、侯爵はにやりと笑った。「まさにそのとおりだ。ウィンドルトン卿、わたしがどうやって今朝のおまえの不幸への旅を邪魔したと思う？　言っておくが、ロンドンじゅうの御者を買収して歩く必要はなかったよ。わたしの言いなりになる連中はたくさんいる。つまり、その連中がわたしの命令を忠実に実行するんだ。たとえ、それがどんなに高くついても」

子爵の鼻息が荒くなった。

「おまえは侯爵という地位をずいぶん軽く考えているようだな。違うか？」ブレイクリー侯爵がぱちんと指を鳴らした。「旅行鞄を持て。二日間わたしのそばですごして、わたしの言うとおりにやってみろ。そうすれば侯爵のすべき仕事というものが少しは理解できるだろう。いつかはわたしに公然と反抗できるようになるかもしれんぞ。いや、充分な財産が手に入れば、きっとすぐにも反抗するだろうな」

それでもウィンドルトン子爵は動かなかった。ウィリアムの横に立ったまま、腕をこわばらせ、指をかぎ爪のように曲げて机の端をぎゅっとつかんでいた。

「ついてこい」侯爵が言った。「手とり足とり教える必要はないだろう。わたしの言うことを聞けば、クリスマス・イブの夜には馬車を使わせてやる」老人は立ちあがってドアに向かった。ふりかえることはなかった。

結局ただの人間にできるのは、命令をひたすら遂行することだけというわけか。ウィリアムは心のなかで苦々しくつぶやいた。そのとたん、隣に立っている若者への同情心が芽生えそうになった。子爵がゆっくり体を起こした。

「どうもわからないのですが」ウィリアムは静かに言った。「どうしてあなたはご自分の馬車をお買いにならないのですか？」

　ウィンドルトン子爵がウィリアムに顔を向けた。間近で見ると、子爵の金茶色の目に捕食動物のような鋭い光があるのがわかった。いまはまだ未熟だとしても、いずれは一人前の捕食動物になるのだろう。罠《わな》につかまった狼《おおかみ》の子どもが、近づくものすべてに怒りのうなり声をあげるように、子爵もウィリアムに噛みついた。

「祖父に財布の紐《ひも》を握られているからに決まっているだろう、ばかだな」子爵は服の袖《そで》に手をこすりつけて拭《ふ》いた。「で、祖父はきみを首にしようとしているのか？」

「そのようです」

　ウィンドルトン子爵ガレス・カーハートは旅行鞄を持ちあげた。短くうなずく。「すばらしい」そう言い残して、彼は部屋を出ていった。


　終業時刻になっても、ブレイクリー卿と孫は戻ってこなかった。つまり、ウィリアムははっきり首だと言いわたされたわけではないということだ。

　帰り道、冬の寒さは容赦なく外套の生地を刺しつらぬいた。侯爵のやり方はわかっていた。ウィリアムは執行猶予を与えられた。ほんのつかの間とはいえ、いったん誰かに狙いをつけたら、けっしてあきらめない。今日ウィリアムは生きのびた。でも、明日は……。今夜もまた冷たく寂しい夜がくる。これからずっと、死ぬまで同じような冷たく寂しい夜が続くのだ。

「ミスター・ホワイト」

その声に、ウィリアムはふりむいた。でっぷりした体に毒々しい黄色のチョッキを身につけ、髪をポマードでてかてかに光らせて立っていたのは、ミスター・シャーロッドの事務弁護士《ソリスター》だった。ウィリアムの唇の端が勝手にめくれあがり、無意識のうちにうなり声をあげそうになる。

「あなたの依頼人だった故人の遺志で、まだなにかぼくをばかにしに来たんですか？」ウィリアムは外套の襟を寄せると、やたらに愛想のいい男のかたわらをすり抜けて歩き去ろうとした。「悪いのですが、先を急ぐので」

事務弁護士の手がさっとのびて、ウィリアムの手首をつかんだ。「いやいや、冗談じゃない、ミスター・ホワイト。じつは、あることに気づいたんだよ。金儲《かねもう》けのチャンスだということにね。それで……きみにも金儲けをさせてあげたいと思うんだよ」

ウィリアムは自分の袖口をつかんでいるぽっちゃりした指をじっと見つめてから、一本ずつゆっくり引きはがした。手袋越しにも、その指が脂ぎっているのがわかった。

相手が勝手にしゃべりだした。「アダム・シャーロッドの遺言状には、財産のほとんどを非常に堅物の奥さんに譲ると書かれていた。だが、彼がきみのお父さんと非公式に交わしていた約束を考えれば、土地の譲渡に関して、きみが異議を申し立ててもいいんじゃないかと思うんだ。じつのところ、ぼくはきみがそうしてくれればいいと願っていた。なのに、あのときみは驚くべき寛大さで自分の運命を受け入れてしまった」

「遺言状の内容をひっくりかえすことなんかできるんですか？　彼の遺言状は合法的なもので、証人の署名もあるんでしょう？　それに、父とあの人との約束は、しょせんは私的な口約束にすぎない。そういう言い訳をいやになるほど何回も聞かされましたよ」

「ふうむ」事務弁護士は視線をそむけて唇を撫《な》でた。「率直に言わせてもらえば、きみは彼の精神状態が正常ではなかったと主張できるんだよ。結婚するまでは、彼は約束を守るつもりでいた。当時の遺言状には、財産の半分である五千ポンドをきみに遺《のこ》すと書かれていたんだ。彼が正気ではなかったと主張するのは簡単だ。結局のところ、彼はあの女と結婚した。最後の遺言状が不当だと認められれば、きみは大金を手に入れられるんだよ」

　ウィリアムの経験によれば、〝率直に言わせてもらえば〟という言葉を口にする人間がほんとうに率直に話をすることはまずない。だいいち、アダム・シャーロッドは単に見さげはてた人間というだけで、頭がおかしかったわけではない。まあ、そういう些細《ささい》なことはべつにしても、この事務弁護士の提案は彼のポマードだらけの頭と同じくらい汚らしい感じがする。なぜ落ちつかない気分になるのか、ウィリアムがその理由に気づくまでに少し時間がかかった。

「あなたはあの人に雇われていた事務弁護士だ」ウィリアムは非難の口調で言った。「彼の財産の管財人はあなたでしょう？　いまのあなたの提案は財産の保全のためとは言えない。なぜこんなことをするんです？」

相手は唇を舐《な》めた。「ミスター・ホワイト、訊くまでもないだろう？　正直な若者が本来受けとるべきはずのものをとりあげられるのを、黙って見ていられないんだよ。良心が咎《とが》めてね」

事務弁護士はそっくりかえってあごをぐっと突きだした。正義の観念という重いものを背負っているとは思えない態度だった。ウィリアムは黙ったままじっと相手を見つめた。弁護士が落ちつかないようすで首の後ろを撫で、もぞもぞ左右の足を動かした。

その態度が罪悪感を示すものだと、ウィリアムにはよくわかっていた。彼も同じような落ちつきのなさをずっと感じてきた。とりかえしのつかない間違いを犯したという意識が、一日じゅう彼の胸の奥に巣くっていた。ラビニアにしたことは非道な行為だと、ちゃんとわかっていた。わかっていながら、結局思いとどまることができなかったのだ。

「弁護士修業期間のどの時点で、あなたは良心というものを手に入れたんですか？　で、初めてその良心を裏切ったのはいつですか？」

「いやいや。裏切りなどというおおげさなものじゃなくて……まあ、言ってみれば、再交渉だな。どうしても知りたいというなら話すが、きみが大法院に遺産相続の権利を申し立ててくれれば、審議のあいだに管財人にはかなりの額の管財費が入るんだ。もちろん、形式上、ぼくは異議を唱える。そしてきみは、十四歳のきみを道端に放りだした男に公然と一撃を与えることができるんだよ。彼は頭がおかしかったんだと主張して、名誉を汚してやることができるんだ」

なんともいやな男だが、ウィリアムの心を動かす方法はたしかに知っているらしい。ウィリアムの父親が破滅させられたように、ミスター・シャーロッドの名声を汚してやれば、それこそ溜飲《りゅういん》が下がるというものだ。

「で、そのあとは？」ウィリアムはなおも追及した。

「そうだな。まあ、大法院の審査に多少は時間をとられるが――いやいや、問題にもならないくらいごくわずかな時間だよ。それで、そのあと、きみは五千ポンドを手に入れることになる」

「問題にもならないくらいわずかな時間、ですか」ウィリアムは平坦な口調で言った。「なるほど。大法院は敏速さで知られていますからね。金額は、五千ポンドから審議のためのごくわずかな期間に生じる管財費用を引いた額ということですよね？」

事務弁護士は軽く頭を下げた。「まさに、そのとおり」

そんなに簡単にすむはずがない。裁判には何年もかかるかもしれない。でも、ウィリアムにとって、その金額は魅力的だった。五千ポンド。堅実に四パーセントの信託財産にすれば、年に二百ポンドの利子が入ってくる。

ウィリアムの心の揺れを見透かしたように、弁護士が言葉を続けた。「大金が手に入るんだよ。家だって買える。あくせく働く必要もなくなるんだ。新しい外套も買えるぞ」

弁護士の手がウィリアムのほうにのび、着古しててかてか光っている外套の袖を軽く叩《たた》いた。ウィリアムはぎくりとして後ずさった。

「ミスター・ホワイト、きみはもう二度と寒い思いをしなくてもよくなるんだよ」

弁護士はウィリアムの心が揺れた原因を誤解しているようだった。ウィリアムは自分のために新しい服が欲しいわけではなかった。そうではなくて、ラビニアにしてあげられることを考えて、息も止まりそうになったのだ。すべては彼女のためだ。身なりを整えて、紳士のようにりっぱになることができる。彼女に尊敬してもらえるような人間になれるのだ。哀れみから純潔を捧《ささ》げてもらうようなみじめな男ではなく。

もう二度と寒い思いをせずにすむ。

だが、きっと落とし穴がある。なんにでも落とし穴があるものだし、それに、この男にはどうも裏がありそうで、ウィリアムの気に障る。このつかみどころのない男と共謀しなくてはならないのだ。法廷で嘘《うそ》をつかなくてはならない。アダム・シャーロッドの未亡人をだますことになる――未亡人に罪はないのに。そして、彼女の受けとるべき遺産を減らすことになる。

名誉などという些細なことにこだわってどうなるというのだ？　ラビニアを手に入れるために必要なら、祖母だって喜んで地獄の番犬の前に差しだすだろうに。

首の宣告はしばしまぬがれることができた。そしていま、こんな提案を受けている。少々いんちきくさくて汚い提案。だが、すでに大きな罪を犯してしまったのだから、少しぐらい不正な行為をつけ足しても、いまさらどうということはないではないか？

事務弁護士がウィリアムの肩を軽く押した。「長く迷っている時間はないんだよ。きみの居場所を捜しあてるのにずいぶんかかったんだ。異議申し立てのできる期間はもうすぐ終わってしまう。明日の朝、ぼくの事務所に来てくれ。詳しい相談をしよう」

ウィリアムの口が開いて、もう少しで〝やる〟と言いそうになった。その言葉は、悪臭を放つラードのように口いっぱいに広がったが、唇の外へ出ることはなかった。〝やってやるさ〟と、彼は心のなかでつぶやいた。〝やってやる〟

ウィリアムはラビニアのことを思いうかべた。けれど、大金を約束しようがしまいが、彼女が許してくれるとは思えなかった。しかも、その大金の出所は……。もしこの提案を受け入れたら、ウィリアムの肌にこの汚らしい事務弁護士の放つ悪臭が染みついて一生消えないに違いない。自分で自分を許せないとしたら、いったいどうやってラビニアの許しを請えばいいのだ？

でも、この捨て鉢な賭《かけ》をあきらめるとしたら、そもそもラビニアを手に入れることなどできないではないか？

結局ウィリアムは言った。「明日。明日までに決めます」

月曜日の夕方、店は客でにぎやかだった。六人の客のうち誰ひとりとして、自分だけで本を探そうとする者はいなかったので、ラビニアはてんてこまいだった。背のびして、入荷したばかりのバイロンの詩集に手をのばしたとき、表のドアの開く音が聞こえた。一陣の冷たい風とともに、新たな客が入ってきた。だが、ラビニアの体に鳥肌が立ったのは、風の冷たさのせいではなかった。顔を向けなくても、誰が入ってきたのかわかった。手を頭上にのばしたまま、彼女の体が凍りついた。鼓動がとてつもなく速くなる。でも、この店のなかで、客がおおぜいいる前で、おかしな反応を見せるわけにはいかなかった。だからラビニアは革表紙の詩集をとってミスター・エイドリアン・ベローズに渡してから、やっとドアのほうへ顔を向けた。

ミスター・ウィリアム・Q・ホワイトは相変わらず長身で寡黙だった。今日の彼はラビニアと目が合うと、顔を赤らめて頭を下げた。

ああ、すっかり立場が逆になってしまった。二日前まで、赤くなって視線をそらすのはラビニアのほうだったのに。二日前まで、彼女はうわついた空想のなかで彼にどう思われているかしらと考えるだけだった。

でも昨日、ふたりは体を合わせた。肌と肌を合わせた。ラビニアは彼のものになり、彼はラビニアのものになった。

いま彼女の頭に浮かんでいる疑問は、〝わたしは彼のことをどう思っているのか〟ということだった。

簡単に答えの出る問いではなかった。彼が店内をぶらぶらしているあいだに、客はぽつぽつとひとりずつ帰っていった。誰もいなくなっても、彼はラビニアに近づこうとはしなかった。ギリシャ・ローマの歴史の棚の前でじっと本を見つめている。本の背表紙に宇宙の神秘が隠されているとでもいうように。ラビニアのほうから近づいていくと、彼はすっと背中を向けた。外套におもりでもついているみたいに、肩が落ち、背中が丸くなっている。

そう、きっと彼は重いおもりを抱えているのだ。

「すまない」彼は相変わらず顔をそむけたまま言った。「ぼくはここへ来るべきじゃなかったかもしれない。ぼくの顔を見るのもいやなら、そう言ってくれ。すぐ出ていくよ」

「わたしは簡単に人のことをいやになったりしないわ」ラビニアはできるだけ穏やかで平静な声を保った。

彼がやっとふりむき、ラビニアの言葉がほんとうかどうかたしかめたいとでもいうように、じっと彼女の顔を見つめた。「大丈夫か？」彼の声は低く、いつもの独特のアクセントがついていた。「ぼくは眠れなかった。きみにしてしまったことを考えて」

ラビニアも眠れなかった。彼の行為を思いかえし、彼に触れられた場所に自分で触れてみたりしてすごした。でも、いま彼の顔を見ると、彼のすごした一夜はラビニアのそれよりもはるかにつらい一夜だったらしいことがわかった。

「わたしは大丈夫よ」ラビニアは言った。だが、彼が目に苦悩をにじませて視線をそらすのを見て、つけくわえた。「気にかけてくれてありがとう」

ふたりのあいだに起こったことを考えれば、礼儀正しい応対など必要ないような気もしたが、こんなときどんなふうにふるまうべきなのか、ラビニアにはよくわからなかった。

「ミス・スペンサー、許してもらおうなどと望んではいけないことはよくわかっているんだ。ぼくはきみを汚して――」

「あら、変だわ」ラビニアは彼の言葉をさえぎって言った。「べつにわたしは汚されたような気はしてないのに」

彼は当惑したように顔をしかめてから、あらためてしゃべりだした。「ぼくはきみを破滅させて――」

「破滅させた？　ごらんのとおり、わたしは今日もこうして店で仕事をしています。たった一度楽しい午後をすごしたからといって、娼婦《しょうふ》への道をたどるわけじゃないわ。結婚のことも心配いりません。だって……ねえ、ウィリアム、ほんとうに夫にする価値のある男性なら、たった一度軽率なふるまいをしたからという理由でわたしを拒絶するかしら？」

「きみを拒絶する？」彼の視線がラビニアの胸から腰へと動き、それからゆっくり顔へと上がった。「いや。きみと結婚できるのなら、たとえなにがあっても結婚すると思う」

たとえどんなに愚かで衝動的な行為だったとしても、ラビニアは彼に純潔を捧げたことを少しも後悔していなかった。

「わたしもそう思うの」ラビニアは慎重に言葉を選んだ。「あなたが罪悪感をおぼえているのは、わたしを強引にベッドに連れこむつもりだったからでしょう。そして、無理強いしていると思いこんだまま、あなたはわたしを自分のものにした」

ウィリアムはぎょっとしたように、また視線をそらした。「そうだ。そのことについて、ぼくは――」

「わたしは無理強いなんかされなかったし、あなたはわたしを汚しもしなかったのよ」

「でも――」

「でも」ラビニアは指を一本立ててウィリアムをさえぎった。「あなたはわたしに無理強いしたと信じこんだ。つまり、あなたはあなた自身を侮辱したのよ」

ウィリアムの表情が凍りついた。目をつぶり、両手で顔をおおう。指の隙間《すきま》から、震えるような低い声がもれた。「ああ」それは納得や同意のつぶやきではなく、絶望のつぶやきだった。「きみはなんて鋭いんだ」

それ以上なにも言うことはなかったが、ウィリアムがあまりに哀れに見えて、ラビニアは思わず手をのばして彼の手に重ねた。

「やめてくれ」ウィリアムはぎゅっと手を握りしめてこぶしを作ったが、ラビニアの手から引き離そうとはしなかった。

どうやら〝やめてくれ〟という言葉は、ウィリアム・Q・ホワイトのなかでは〝そのままでいてくれ〟という意味らしい。ラビニアは熱くほてっている彼のこぶしにぴたりと手のひらを押しつけた。

「教えてほしい」ウィリアムが言った。「このあいだ弟さんと話しているとき、きみは彼に、なんとかすると言った。どうしてあの場で、弟さんには法的責任がないことを教えてやらなかったんだ?」

ウィリアムの問いを理解するのに少し時間がかかった。そうか、ジェームズが初めて自分の愚かな行為を白状したときのことだ。

「あの子に話す必要はないでしょう? わたしがちゃんと始末するつもりだったんですから。あの子に細かいことまで教える必要はないわ。段取りを決めればいいだけのことだったし」

「ひとりでなにもかも始末するつもりだったのか? 誰の手も借りずに?」

一年前に母が亡くなってから、ラビニアはみんなに手を貸してばかりだった。まず父親の貸本屋を手伝った。でも、すぐに父の病気が重くなって、手伝いどころかラビニアが中心になって店を切りまわすようになった。家事もラビニアの肩にかかっていた。弟の勉強を見てやり、よく男の子が陥りがちな面倒ごとから彼を救いだしてやった。そんな生活に、ラビニアは一度も文句を言ったことはなかった。彼女がそうしてきたのは、家族を愛していたからなのだ。

自分が誰かに手を貸してもらうなんて、考えたこともなかった。

ラビニアは彼のこぶしにあてた手に力をこめて、彼の肌の温かさを自分のなかにとりこもうとした。「もちろん、ひとりでちゃんと始末できたはずよ」

「もうひとつ聞かせてくれ」ウィリアムの声がさらに低くなり、ラビニアは顔を近づけるようにして耳をそばだてた。「もしあのとき、ぼくが手を貸すと申しでていたら、きみはそうさせてくれたかい？」

ラビニアは彼の目をのぞきこんだ。見かえす彼の目に浮かんでいる表情に、彼女は気づいた――欲望と、いまにもあふれだしそうなほど深く暗い絶望。彼の問いには、ただの好奇心以上のものが秘められているのだ。

「でも、あなたは言わなかったわ。手を貸したいなんて言わなかった」

ウィリアムが目を閉じた。

そのとき、ふいにドアが開き、ウィリアムははじかれたように彼女の手から手を引きはがした。ラビニアもさっと手を背中にまわして飛びすさった。

飛びこんできたのはジェームズで、その顔にはひどく興奮した表情が浮かんでいた。それでも彼の目は、悪さしているところを見つけられた子どもみたいにラビニアがウィリアムからぱっと離れたのをちゃんと見てとっていた。ラビニアは弟のことをまだまだ子どもだと思っていた。けれど、ラビニアからウィリアムへと視線を移しながら唇をきっと結んだジェームズを見て、彼女は弟がもうそれほど子どもではないことに気づいたのだった。

「もう閉店です」ジェームズが冷たい声で言った。「どなたか知りませんが、出ていってください」

ラビニアが口をはさむ前に、ウィリアムが歩きだしてドアに向かった。

ジェームズはラビニアに視線を向けた。赤くなった頬を見つめだあと、背中にまわしたせいでかえって秘密を暴露してしまっている両手に視線を移す。それからジェームズは、ウィリアムの背中に軽蔑に満ちた視線を投げた。「ぼくも出かける」ジェームズはそう言うと、ウィリアムのあとから外の寒さのなかに出ていった。

4

ラビニアの弟は細い棒きれみたいだな、とウィリアムは思った。頭のてっぺんに麦わらの束をつけたら、けっこう使える箒《ほうき》になりそうだ。上流社会なら、付き添い役としておおいに役に立ちそうだ。ただ見ているだけではなくて、もう少し難しい仕事もこなす付き添い役。どうやらこのひょろひょろした少年は、姉の純潔を脅かす男から自分が姉を守ってみせると思っているらしい。まったく、とんでもない勘違いをしたものだ。凍えそうな寒さのなか、ジェームズは店の前の歩道に股を開いて腕を組んでいた。その体勢のせいで、彼の痩《や》せて華奢《きゃしゃ》な肩がよけいに強調されて見えた。

ふとウィリアムの頭に、〝狼《おおかみ》がむしゃぶりつくしたあとで牛飼いが来る〟ということわざが浮かんだ。ただし、牛は一度食べられてしまえば終わりなのだから、いまの場合、そのことわざはあまり適切ではないような気もする。ウィリアムは二度と彼女に触れはしないと心に誓っていたのに、彼女の手を感じたとたん、またむしゃぶりつきそうになってしまったのだ。

ジェームズが顔をしかめて、足を落ちつきなく動かした。「姉さんにキスしたのか?」

いかにも未熟な青二才の考えつきそうな、毒にも薬にもならない愚問だ。

「したよ」ウィリアムは言った。説明しようと頑張るよりは、こう答えるほうが簡単だった。

ジェームズは疑わしげにじっとウィリアムを見つめた。まるで彼の外套《がいとう》に継ぎが当たっていないかどうか、たしかめようとするみたいに。「これからどうするつもりだ?」

「ぼくはとても妻を養えそうにない。たとえ結婚したいと思っても。それに、いまは、結婚するつもりはない」

ラビニアの弟が息をのんだ。この少年は、結婚する気もないのにキスをするのは極悪非道な所行だと考えているのかもしれない。だとしたら、彼には絶対に真実を知られてはならない。

「結婚する気がないなら」ラビニアの弟はぞっとしたように言った。「どうして姉さんにキスなんかしたんだ?」

以前からそうではないかと疑っていたが、いまウィリアムははっきり確信した。ラビニアの弟は精神的な発達が少し遅れているにちがいない。

「ミスター・スペンサー」ウィリアムは少年の鈍い頭にもちゃんとわかるような言葉を探しながら、ゆっくり話しだした。「キスというのは楽しい行為なんだよ。キスする相手の女性が美人なら、さらに楽しくなる。きみのお姉さんはロンドンでいちばんの美人だ。きみは、なぜぼくが彼女にキスをしたと思う?」

「ぼくの姉さんに?」

「そんなにいやな顔をしなくてもいいさ。女性がいる上品な集まりで話題にするようなことじゃないが、きみとぼくは男同士だ」少なくとも、いずれはジェームズもおとなの男になる。「だから、ぼくの気持ちがわかるだろう?」

「わからない」ジェームズが信じられないというように目を細くして言った。「ぼくの姉さんにキスしたいって?　そんなこと、絶対に――」

「それじゃ、そろそろそういうことも考えてみたほうがいいぞ。男はみんなきみのお姉さんにキスしたいと思っているんだ。なのに、きみはお姉さんを守ろうとしているか?　ちっとも守ってないじゃないか」

「いま、こうやって守ってるよ!」

「きみはいつもお姉さんをひとりぼっちで店においている。もしお姉さんが助けを呼びたいと思っても、家にいるのは病気のお父さんだけじゃないか。それに、きみはお姉さんをひとりで悪名高いごろつきのところへやった。やつらの住んでいる場所は、船乗りがうろうろしている波止場のすぐ近くじゃないか。お姉さんを守っているなんて、偉そうに言うんじゃない。きみのお姉さんがひとりで店番をしているのを、ぼくは何度も見たぞ。きみは考えたことがあるか？　ぼくは彼女にどんなことでもできたんだぞ」

自分が怒っていることに、ウィリアムは気づいていた。彼女からいちばんたいせつなものを奪ってしまった自分に、猛烈に腹を立てていた。そして、誰も――ラビニアさえも、彼を厳しく非難しようとしないことに、さらに腹を立てていた。

「ぼくは彼女にキス以上のことだってできたんだぞ」ウィリアムは言った。「簡単にできたんだ」

ジェームズが青ざめた。「そんなことない。できるはずないよ」

いや、できたのだ。そして、もう一度、と望んでいる。

自分がどんなに卑劣な人間かを告白すると、少し気分が楽になった。たとえその告白が、仮定法というものの陰に隠れた安全なものだとしても。「ドアに鍵《かぎ》をかけてしまえば、なんだってできるんだ」ウィリアムは言った。「どんなことだって――」

ジェームズのこぶしがウィリアムのみぞおちにめりこんだ。貧弱な体型のわりに、力強い一撃だった。息がつまって、ウィリアムの体がふたつ折りになった。やっと罰を受けた。ラビニアの純潔を奪ってから、初めて彼の体に実際に下された罰だった。でも彼には、もっと重い罰がふさわしい。

呼吸ができるようになり、足のふらつきがおさまると、ウィリアムは顔を上げた。「こんなことぐらいで、お姉さんを守っているなんて大口叩《たた》くなよ。きみはなにもかもお姉さんに押しつけている。家族みんなの世話を焼かせているくせに、お姉さんにはなにひとつしてあげようとしない。ぼくはずっと彼女を見てきた。きみのしていることはちゃんとわかっているんだよ」

ジェームズがウィリアムを見おろして訊《き》いた。「あんたがほんとうにそんなひどいことをする男だとしたら、なぜぼくにこんなことを言うんだ?」

「ラビニアがぼくよりひどい男にキスをする前に、きっとぼくは破滅してしまうからだ」

ジェームズが動きを止めて首をかしげた。その一瞬、ウィリアムには、少年とラビニアが重なって見えた。それはきっと、ウィリアムの皮膚をつらぬきとおすようなジェームズの目の表情のせいだったのだろう。ふいにウィリアムは、なにもかも少年に見透かされているような気がした。愚かしい望みもラビニアへの恋情も、すべてがきれいに一列に並んで、少年の査察を受けているような気がした。ウィリアムはそんな自分の感情を目にしたくはなかった。この少年に、自分の感情に対する評価を下されたくはなかった。

ウィリアムは首をふった。「やめろ」

少年はなにも言わなかったが、無言のうちに突きつけられたものを、ウィリアムはどうしても拒否せずにはいられなかった。「そんな目でぼくを見るな。ぼくは彼女を守ってやることはできないんだ。だから、きみがちゃんと守ってやれ」

ほんの数分のあいだに背がのびるなんてことはありえないとわかっていたが、それでも、ぐっとあごを上げたジェームズはひとまわり体が大きくなったように見えた。「心配しなくていい」ジェームズが静かに言った。「ちゃんと守る」

ラビニアの耳に、住居につながる階段をのぼってくる弟の重たげな足音が聞こえた。ジェームズはラビニアが知らない男と抱きあっているのを見てしまった。そして、そのままウィリアムに続いて外に出ていったのが三十分前。いま帰ってきた弟になにか訊かれたら、ラビニアはどう答えていいかわからなかった。今夜は貞操に関してあれこれ言い訳したくなかった。それでラビニアは目の前の帳簿をにらみつけた。仕事に没頭している姿勢を見せれば、突っこんだ質問は避けられるはずだ。

ラビニアは目の前の数字に集中しようとした。五、足す六、足す十三で、二十四……。きしむ音をたててドアが開き、また閉じた。

二十四、足す十二、足す十七は、五十三。

ジェームズが近づいてきて、ラビニアの真後ろで足を止めた。ふうっと静かにため息をつく音が聞こえた。それでもラビニアは気づかないふりを続けた。そう、そういうことだ。彼女は帳簿の計算に没頭しているので、弟がすぐ後ろに立ってため息をついても気づかないのだ。

五十三、足す十五で、六十八。

「ビニー」ジェームズが静かに言った。「いつも姉さんひとりが帳簿つけに追われているのはおかしいと思うんだ。そろそろぼくが代わってもいいんじゃないかな?」

非難の言葉ではなかった。ジェームズに嘘《うそ》をつくことができれば、話はもっと簡単なのに。ラビニアはゆっくりペンをおいて、弟のほうをふりむいた。ジェームズの大きな目に浮かんでいるのは非難の色ではなく、責任感の重みだった。これまでずっとラビニアは、弟の肩にそんな重みをかけたくないと思ってきたのだ。

「まあ、ジェームズ」ラビニアは弟の湿った上着の襟を直してやりながら言った。「あなたはほんとうに優しい子ね」

「優しいんじゃない。そうする必要があるんだ。姉さんがいなくても店をやっていけるようにならなくちゃいけないんだ」

〝どうして? わたしのほうがうまくやれるのに〟

声にする寸前で、ラビニアは言葉をのみこんだ。これまで何度ジェームズが彼なりの不器用なやり方で手伝いを申しでたことか。そして、何度ラビニアは彼の言葉を拒絶してきたことか。もう数えきれないほど何度もくりかえしてきた。

「だってさ」ジェームズが言いにくそうに言葉を続けた。「姉さんはいつか結婚するかもしれないだろ」

「わたしは結婚なんかしないわ」異様なほどのすばやさで否定の言葉が口から出た。軽い口調がなんともわざとらしく響く。ジェームズは、ラビニアがウィリアムと一緒にいるところを見た。実際にキスしていたわけではないにしても、ずいぶん親密なようすで両手を握りあっていた。結婚するつもりのない男性を相手にそういうことをしていたわけを、なんと言って弟に説明すればいいのだ？　話題を変えたほうがいい。

けれど、ラビニアがぎこちなくほかの話題を持ちだす前に、ジェームズがゆっくり息を吐いた。「それでもさ。ぼくは手伝っちゃいけないの？」

いったいウィリアムはジェームズになにを言ったのだろう？　ああ、神様。ひょっとしたら、なにもかも話してしまったの？　弟の上着に触れているラビニアの手がかすかに震えだした。「そうね。あなたにもできる仕事がきっとあると思うわ。なにか簡単な仕事を考えてみる」

ジェームズが不満そうな顔になって、腕組みをした。「仕事から引退できたら、姉さんは喜ぶと思っていたのに」

引退ですって？　引退！　そんなことをしたら破滅だわ。ジェームズは本の貸し主を相手に歩合金支払いの有利な期日を交渉する術《すべ》も知らないし、店内の本をどんなふうに並べたらいいかも知らない。もしジェームズに店を任せたら、あっちで半ペニー、こっちで半ペニーなくして、最後には店の運転資金もすっかりなくしてしまうだろう。貸本屋は傾いて倒産してしまう。これまでラビニアが築いてきたものが、すべて無に帰してしまうのだ。

ジェームズは自分の提案が破滅をもたらすものだということには気づいていないらしい。彼はいっぱしの分別を持った人間みたいな口調で言葉を続けた。「ぼくはうまく店をやっていけると思うんだ。もうすぐ十六歳だからね」

「ジェームズ」ラビニアの耳に、平坦《へいたん》で感情のない自分の声が聞こえた。「わたしは引退なんてできないわ。おぼえなくてはならないことが、びっくりするほどたくさんあるのよ」

「それじゃ、まずなにをすればいいのか、ちゃんとぼくに教えてよ」

「なにもかも教えることなんてできないわよ！　クリスマスのごちそうを用意するために、毎日少しずつペニー硬貨をとりのけておこうなんて、あなたは思いつける？　薬屋さんと交渉して、新しく入荷した本を優先的に貸すから薬代を少し安くしてもらおうって、あなたは考えたことがある？」

ジェームズのすばらしい計画が崩れていき、張りきっていた気持ちが揺らぐのがわかった。彼はがっかりした顔で言った。「ぼくがひとつかふたつミスを犯すかもしれないのが、そんなにたいへんなことなの？　ぼくはただ自分の役目を果たしたいだけなんだよ」

ラビニアはぱたんと帳簿を閉じた。「あなたがおかしなことをしなければ――」しゃべりだすと、声が震えた。「ちゃんとクリスマスのごちそうが用意できたのよ。母さんが生きていたころみたいに。きっと母さんがいないことも忘れられたと思うわ。でも、もうなにも用意できない。わたしがなぜ帳簿とにらめっこしてると思っているの？　あなたがなくした硬貨の分を少しでも穴埋めしたいからなのよ」

ジェームズの顔が困惑と怒りで赤くなった。「もう謝ったじゃないか。これ以上どうすればいいんだよ？　姉さんはぼくの母親じゃない。母親ぶるのはやめてくれ」

「そんな言い方はないでしょう。わたしはただあなたを幸せにしたいと思っているだけなのに」知らず知らずのうちに声が大きくなり、両手がぎゅっとこぶしを作っていた。

弟が首をふった。「へえ、ずいぶんごりっぱな仕事ぶりだな。これまでのところ、姉さんがやったのはぼくをみじめにすることだけだよ」そして、ジェームズは背を向けて足音も荒く歩きだした。といっても、狭いアパートのなかでは、それほど遠くに行けるはずもなかった。彼は自分の部屋の角でいったん足を止めてふりむいた。「姉さんなんか大っ嫌いだ」二秒後、彼の部屋のドアが音をたてて閉まった。アパートじゅうの壁が揺れた。

ラビニアは自分を抱きしめるように体に両腕をまわした。ジェームズはラビニアを嫌ってなどいない。みじめでもない。ただ……ちょっと動揺しているだけだ。

「いつか」と、ラビニアは小さな声でつぶやいた。「自分がどんなにのんきな子ども時代をすごしたか、きっとあなたにもわかるわ。あなたには心配ごとなんかなにもない。だって、心配ごとはみんなわたしが引き受けてあげてきたんだもの」

ラビニアは革表紙が手のひらに食いこむほどきつく帳簿を握りしめた。それから、そっとその帳簿を開いて、やりかけていた計算の続きにとりかかった。

五十三、足す十五で、六十……。

その夜ラビニアは一時間ごとに目を覚まし、狭いベッドで寝返りを打ちながら、自分がウィリアムに言った言葉を思いかえした。〝あなたはわたしに無理強いしたと信じこんだ。つまり、あなたはあなた自身を侮辱したのよ〟彼が自分の愚かな行為の意味をやっと理解したときに浮かべた自嘲《じちょう》の笑みを、ラビニアはまざまざと思いだすことができた。ラビニアはウィリアムの心の傷を軽くしてあげたかったのに、かえって傷を深くしてしまっただけだった。

〝姉さんがやったのはぼくをみじめにすることだけだよ〟そう言ったのはジェームズだったが、ウィリアムの場合にも当てはまるような気がした。

違う、違う、違う。ラビニアはベッドから出て窓に近づいた。外には濃い霧が立ちこめていた。もう夜中の十二時をすぎている。ということは、クリスマス・イブだ。でも、夜明けにはまだずいぶん遠い。夜の霧はあまりにも深く、たいまつを操る曲芸師の集団さえも闇《やみ》のなかにのみこんでしまいそうだ。人目を忍ぶ十九歳の娘の姿ぐらい、きっと簡単に隠してくれるだろう。行って、ウィリアムの気持ちを楽にしてあげよう。そうしなくてはいけないのだ。

ラビニアはそっと寝室のドアを開けた。足音を忍ばせて居間に入り、かけ釘《くぎ》から外套をはずす。爪先でブーツを探りあててから、しゃがんで手にとった。できるだけきしむ音をたてないように静かに階段を下り、店内を横切る。そして、外に出た。冷たい霧にたちまち包みこまれる。

ラビニアは心を決め、ブーツをはいて歩きだした。クリスマス前の数日間は、音楽組合から送りだされた演奏家たちが、夜の闇のなかで音楽を奏でる習慣がある。もちろんこのあたりには演奏家など来ないが、夜明け前の静かな時間帯のせいか、遠くから二本のリコーダーの音がとぎれとぎれに聞こえてきた。まるで妖精《ようせい》の奏でる音楽のように、霧の向こうから響いてくる音。一瞬、ラビニアはメロディを聞きとったような気がしたが、なんの歌かわかる前に、リコーダーの音はまだ来ないクリスマスの影のように霧のなかへとけこんで消えてしまった。

深い霧のなかを歩いていくにつれてリコーダーの音はますますかすかになり、ノリッジコートに着くころにはすっかり消えてしまっていた。

ウィリアムの住む家の前に着いたとき、ラビニアは鍵がないことに初めて気づいた。ノックの音を聞きつけるには、三階のウィリアムの部屋はあまりにも遠すぎる。

けれど、ラビニアはそんな些細《ささい》なことであきらめるような娘ではなかった。

窓から入れないかと試しはじめたとき、玄関のドアの開くかすかな音が聞こえた。

「ラビニア?」彼の声だった。

ラビニアはふりむいた。ウィリアムの唇から発せられた自分の名前を耳にすると、期待で胸がざわついた。ウィリアムはほんの数歩しか離れていないところに立っていたが、濃い霧のせいでわずかに輪郭が見えるだけだった。ラビニアは危なっかしい格好でしがみついていた窓枠から手を離して地面に飛びおりた。そのままウィリアムの腕のなかに飛びこんでもよかったのだが――彼はラビニアが近づくのを断固拒否するかのように腕を胸の前で組んでしまった。それで、ラビニアは心臓がどきどきするのを感じながら、ゆっくりウィリアムに歩み寄った。

「体が凍えているだろう」ウィリアムの声には、非難の響きがあった。「眠れなくて起きていてよかったよ。ここに来る途中で、誰にも会わなくてほんとうによかった。もしきみがぼくの――」

そう言いかけて、一瞬ウィリアムは顔をゆがめた。そばまで来ていたラビニアには、その表情がはっきりと見えた。ウィリアムはそのまま口を閉じて、ドアに向かって歩きだした。

ラビニアは彼のあとを追った。「もしわたしがあなたの妻なら」彼女はウィリアムの背中に向かって言葉を投げつけた。「あなたに会うためだけに、こんな霧のなかを歩く危険を冒す必要はなかったでしょうよ」

ウィリアムの返事はなかった。でも、彼は玄関のドアを開けてラビニアを待ち、彼女は家のなかに入った。今夜のウィリアムは自室への階段をのぼろうとはしなかった。ごちゃごちゃとものおかれた狭い廊下に足を進め、家の奥へと向かった。ラビニアはため息をついて表のドアを閉めた。

ラビニアはウィリアムの妻ではない。恋人という単純ではっきりした立場でさえない。彼女はただウィリアムの人生をみじめにするだけの存在だ。それでも、彼女はウィリアムのあとについていった。狭い廊下は、奥の小さなキッチンに続いていた。ラビニアを見ようとはせずに、ウィリアムは木製の狭いテーブルの下から椅子を引きだして暖炉の前においた。ラビニアが座ると、ウィリアムは火をかきたてて火格子の上にケトルをのせた。

ずいぶん長いあいだ、ウィリアムはちろちろのびるオレンジ色の炎をただじっと見つめていた。揺らめく火明かりが、彼の横顔をきらきら光る黄色に染める。彼の唇はぎゅっと結ばれ、目は伏せられていた。やがて彼は首をふり、火かき棒で石炭をつついた。ぱっと火花が飛び散った。

「もしきみがぼくの妻なら」とうとう彼は口を開いた。「いつもこんなぜいたくはできないんだ——明け方から石炭をたっぷり使って部屋を暖めるなんて」ウィリアムはまた首をふって火かき棒をおき、顔をそむけた。ひとり暮らしに慣れたようすで狭いキッチンを動きまわる。ポットとカップを用意してから、彼はまたラビニアに視線を向けた。「もしきみがぼくの妻なら、バターをつけずにパンを食べなくてはならないんだよ。手袋を三度も四度も五度も繕って、もう生地が見えなくなって繕い跡だらけになるまで使わなくちゃいけない。そしてもし赤ん坊ができたら、この狭くてぞっとする部屋にも住めなくなって、もっと治安の悪いひどい場所へ移らなくちゃいけなくなるんだ」

「赤ん坊ができるのはいつ?」その言葉を口にすると、ラビニアの体に幸せな興奮が走った。

ウィリアムはまた炎をじっと見つめた。「赤ん坊ができるかもしれない可能性に目をつぶるほど、ぼくはばかじゃないよ。ラビニア、もしきみがぼくの妻なら、すぐ赤ん坊が生まれるさ。次々とね。ぼくはきみに触れずにはいられなかった。いまぼくは、今夜はそうならないようにと祈っているんだ」

ラビニアの体を震わせたのは、霧で濡《ぬ》れた外套の冷たさではなかった。話しながら、ウィリアムが彼女の体に両手をかけていたせいだった。幸せのかけらも感じられない苦い飲み物でも飲むような顔で。

「それだけの価値はあるわ、きっと」ラビニアは静かに言った。「手袋も、パンも、あなたの手に触れられる瞬間と引き替えにできるなら、わたしはそれでいいの」

「だから、きみはこんな早朝にここへ来たのか?」ウィリアムの声も、ラビニアの声と同じくらい静かだった。「きみがここへ来たのは、ぼくに触れられたいからなのか?」

〝そうよ〟あるいは、自分から彼に触れるため——とんでもないことをしてしまったと思っている彼を救うため、と言ってもいいかもしれない。ウィリアムは愛がどんなものか知らないと口にしていた。だからラビニアは、愛がどんなものか彼に教えたかったのだ。

「きみはぼくがきみの唇にキスするだろうと予想して、ここに来たのか？　外套を脱がせてきみの肌に両手をすべらせると予想していたのか？」

ウィリアムの言葉に応《こた》えたのは、ラビニアの体だった。暖炉の炎から発する熱が彼女の首筋をくすぐっていた。その温かさがウィリアムの手のぬくもりのような気がしてくる。ラビニアの頭のなかで、ウィリアムの両手が彼女の頬を撫《な》で、胸の丸みを温かく包みこんだ。想像のなかで愛撫《あいぶ》されて、胸の先が硬く尖《とが》っていく。ウィリアムの一言一言に、体が痛いほどに反応した。やがて、ラビニアの息が荒くなった。

ウィリアムがラビニアの前の床に片膝をついた。氷のように冷たく、ほとんど傲慢《ごうまん》といってもいいような表情のせいで、その格好はまるでたちの悪いプロポーズのまねごとのように見えた。

「きみを初めて見たときからずっと、ぼくはきみがぼくの前に体を投げだす瞬間を何千回も空想してきた。放埒《ほうらつ》な夢のなかなら、いますぐぼくはきみを抱くだろう。この椅子の上で。きみの脚を開かせ、腿の奥へと少しずつ進んでいく。きみのなかへ入りこむんだ。そして、きみの体を堪能《たんのう》したあとなら、膝の打ち身の痛みさえ、神への感謝のもとになるだろう」

　ウィリアムが話しているあいだに、ラビニアの膝が開いていった。体の芯《しん》がひりひりする。ラビニアの呼吸に呼応するように、ウィリアムの呼吸も荒くなった。〝いいわ。そうしてちょうだい。お願い〟

　ウィリアムの手がのびて、ラビニアの膝に触れた。ここへ来てから初めて彼に触れられ、みだらな期待にラビニアの全身が震えた。体が前のめりになる。ほんの一瞬なのに、永遠にも思える時間がすぎた。男らしさを感じさせる熱い息が、ラビニアの舌の先を刺激する。彼に向かって、ラビニアの首がのびた。が、唇と唇が触れる寸前に、ウィリアムが立ちあがった。

「ラビニア」彼の声には非難の響きがあった。「ぼくはきみに恥辱を味わわせることはできない。きみに貧しい暮らしをさせることもできない。だから、きみと結婚するわけにはいかないんだ」

　ラビニアは彼の目を見あげた。濃い褐色の目はどこか遠くを見つめ、ひどく冷たい光を浮かべていた。なんとかしなくてはいけない。そう思ったが、ラビニアが口を開く前に、彼女の左側からしゅうっという音が聞こえて、ウィリアムはそちらに顔を向けてしまった。

　火にかけたケトルが、この場にそぐわない陽気な音をたてて湯気を噴きだしていた。ウィリアムは布巾《ふきん》を手にした。ラビニアに背を向けて、ケトルの湯をティーポットにそそぐ。

やがて彼は両手でカップを持ってラビニアのほうに向きなおった。

「これがまさに貧しさの象徴さ。このお茶の葉を使うのはこれで五度めなんだ。でも、まだ少しは香りが出ていると思う」そう言いながら、ウィリアムは彼女にカップを差しだした。「砂糖はないよ。砂糖なんて、いままで一度も入れたことがない」

ラビニアはカップを受けとった。ウィリアムがさっと手を引っこめたので、カップと一緒に彼の手を握りしめることはできなかった。砕けたお茶の葉のかけらが、小さな黒い点となってカップのなかで揺れていた。

「あなたの話し方は下層階級の人とは違うわ」ラビニアは視線を上げて彼の顔を見つめた。

「読むものだって、下層階級の人とは違う。マルサス。スミス。クレーグ。それに『農業年鑑』」

ウィリアムは視線をそらして自分のカップにお茶をついだ。でも、飲みはしなかった。

「ぼくが十四歳のとき、野心的な商人だった父は少々リスクの高い投機をした。友人に誘われたんだ。その友人は、万一投機が失敗しても、ぼくが学業を終えるまではちゃんと面倒を見るし、ぼくにはそれなりの財産が残るようにすると約束していたんだ」ウィリアムはカップを口に運んだ。だが、唇をうるおすこともなく話を続けた。「投機は、もののみごとに失敗した。父は銃で自殺した。そして、父の友人は――」〝友人〟という言葉を口にするとき、彼の唇がゆがんだ。「自殺した男と交わした約束なんか守る必要はないと考えたんだ。当局によって父の死が自殺だと断定されると、わずかに残っていた財産も罰金として没収されてしまった。それでぼくは、なんとか仕事を見つけようとロンドンに出てきたんだ」

「そのころはどこに住んでいたの？」

「レスターだよ。まだ少しだけ訛《なまり》が残っているだろう。直そうと努力したんだが……」

ウィリアムは視線を下に向けて、静かにカップをまわした。なんだかお茶の葉で占いでもしているみたいだ。でも、きっとほんとうはラビニアの視線を避けているのだろう。

「で、見てのとおり、いまのぼくは最下層の人間だ。自殺者の息子なんだ。一年にもらえる給料はたったの十六ポンド。以前は、経済学の本のなかで生活保護対象貧民と呼ばれる哀れな人間のひとりだった。きみを――結婚できない女性をベッドに入れてしまったあとでは、保護してもらう資格もなくなった。たとえきみを妻にできるだけのお金があったとしても、そんな無分別なことはぼくにはできない」

ラビニアは立ちあがった。どうやらウィリアムの頭に力ずくで分別を叩きこむ必要がありそうだ。

だが、もうカップをおいていたウィリアムはすっと彼女から離れた。

「そろそろ夜が明ける。家まで送っていくよ」そう言うと、彼はラビニアをおいてさっさと廊下へ出ていった。

5

ウィリアムは表のドアに向かって廊下を歩き続けた。あえて単純な方法をとったのだ。ラビニアは反論したがっていた——彼女の目の表情で、それはわかっていた。でも、彼女の言葉がウィリアムを興奮させてしまうかもしれなかった。それでなくても、全身の細胞が彼女を求めているのに、反論する彼女に触れることもできず、ただじっと見ていなくてはならないなんて、とても耐えられそうになかった。ウィリアムが単純明快な行動をとるかぎり、ラビニアが異議を唱える余地はなくなる。だから、彼は単純な行動をとることで、自分の気持ちを隠しとおそうとした。外套《がいとう》を着る。ドアに近づく。そしてドアを開け、ラビニアがキッチンから出てくるまで黙って待った。

それでも彼女はいったんウィリアムのかたわらで足を止めて、彼の顔を見あげた。青い目が、ウィリアムの魂の奥まで見透かしているかのようだった。だが、こんなみじめな魂の値踏みをされたからといって、どうということはない。結局のところ、ウィリアムが自分から彼女の前にさらけだしてみせたのだから。もう修繕のきかないほどぼろぼろになった魂を。

外に出ると、早朝の寒さがウィリアムを迎えた。続いてラビニアも外に出る。彼女の目はうるみ、肌はまるで発光しているみたいに白い霧のなかで輝いて見えた。あと十五分も彼女と一緒にいることに耐えられるかどうか、ウィリアムは自信がなかった。けれど、どんなに卑しい人間になりさがってしまったとしても、この深い霧のなかに女性をひとりで送りだしてしまうところまで落ちきってはいなかった。しかも、ここにいるのはラビニアだ。

ノリッジコートは物音ひとつしない霧の海のなかに沈んでいた。霧の白い触手が、角のガス灯の柱に巻きつき、絡みあった木々の枝の細い隙間《すきま》に入りこんでいる。ラビニアがウィリアムに追いついた。霧のなかから、彼女の体の温かさが伝わってくる。手をのばせば届きそうだ。なのに、これまでにないほど遠く感じられる。

「思うんだけど」ラビニアが口を開いた。「あなたに資格があるかどうかは、わたしが決めるべきじゃないかしら」

ウィリアムはさらに肩を丸めて外套の襟を引き寄せた。「いまはその話はしたくない」

「いまはいやなのね。わかったわ」

ラビニアが彼の宣言をあっさり受け入れたことに、ウィリアムは驚くと同時にかすかな落胆を感じた。沈黙がふたりを包みこんだ。闇《やみ》のなかを歩き続ける。ウィリアムが心のなかで二歩ごとに一、二と数を数えて三十までいったとき、ラビニアがまた口を開いた。

「で、いまはどう?」

無視したほうがいい。そう考えて、ウィリアムはひたすら前方を見つめ続けた。けれど、早朝の霧のなかでは、見えるものなどほとんどなかった。ベーカリーがちょうど仕事を始めたところで、窓からもれる明かりが霧のなかで金色の光を放っていた。ベーカリーの前を通ると、シナモン入りのパンを焼くにおいが漂ってきた。

でも、熱いオーブンからもれるそのにおいはすぐ遠ざかり、渦巻く霧のなかにはまたなにも見えなくなった。ウィリアムはあごがぴくぴく引きつるのを感じた。

「わかったわ」ラビニアが言った。「あなたはなにも言わなくていいわ」

あごの引きつりがさらに激しくなった。

「わたしが一人二役で話をするから。わたし、けっこううまいのよ」

その宣言にさして驚きをおぼえなかったことは認めざるをえなかった。

「それに」彼女はいたずらっぽくつけくわえた。「黙っているときのあなたは、とてもすてきですもの」

そんな言葉で喜んではいけないのはわかっていた。ラビニアを見てもいけないのはわかっていた。でも、どうしようもなかった。ウィリアムはうれしかった。そして、彼女のほうに顔を向けかけ――はっとわれに返って、首をふったように見せかけた。

すかさずラビニアが言った。「いまの行動をウィリアム・Q・ホワイトふうの言葉にすると、〝やれやれ、たいそうなお世辞だな！　噛《か》みつかれる前にさっさと逃げだしたほうがよさそうだ！〟という感じかしら」

意に反してもれそうになった笑いを、ウィリアムは断固として噛み殺した。

「だけど、あなたは本心では〝ありがとう、ラビニア〟と言いたいんだと思うわ」

ウィリアムはぐっとあごを上げた。頑固に前方だけを見すえて歩く。

「で、その冷たい石のような表情を」ラビニアが言葉を続けた。「ウィリアム・Q・ホワイトふうの言葉にすると、〝ぼくは笑ってはいけないんだ。もし笑えば、ぼくが言葉にしないことを、きっと彼女が正確に読みとってしまうだろうから〟ねえ、ウィリアム、こうやって黙ったまままわたしを家まで送りとどけるのが、あなたにとっては最善の方策なの？もう言うべきことは全部言ってしまって、わたしを困らせるような質問のひとつも残っていないの？」

ラビニアの家はもうすぐそこだった。ウィリアムは足を止めて彼女に顔を向けた。そして目をのぞきこんだが、それが間違いだった。彼女がほほえんだとたん、ウィリアムの血がスムーズに流れることを拒否して血管のなかで暴れはじめたのだ。全身の血がどくどく音をたてて、ウィリアムに行動を迫った。彼はラビニアのあごの曲線、まつげの一本一本に触れてみたくてたまらなくなった。彼女の頬に手をすべらせて、肌の感触を記憶のなかに完全に閉じこめてしまいたかった。

「じつは、ひとつだけ訊《き》きたいことがあるんだ、ミス・スペンサー」

口を開くべきではなかった。ラビニアの目が、希望にきらきらと輝いたのだ。ウィリアムが口を閉じたままでいれば、彼にはなにひとつラビニアに与えてやれるものがないのだと、きっと彼女も悟っただろうに。そう、彼にあるのは、年に十六ポンドの給金だけなのだ。しかもそれだって、ブレイクリー卿《きょう》の独断と気まぐれで、いつどうなるかわからない。

けれどいま、ラビニアの唇が期待をこめて動きだしてしまった。「訊いてちょうだい。さあ、どうぞ」

訊くべきではない。なにも言ってはいけない。でも、ウィリアムは訊いてしまった。

「どうしてきみはぼくのことを、ウィリアム・Q・ホワイトと呼ぶんだ?」

ラビニアの目が丸くなった。驚いたように口がぽかんと開く。あきらかに、まるで予期せぬ質問だったらしい。息を吸いこんでから、彼女はしゃべりだした。「あの、なれなれしすぎるということはよくわかってます。そう呼んでいいって、あなたからちゃんと言われたわけじゃないし。ほんとうは、ミスター・ホワイトと呼ばなくてはいけないのよね。でも、その、なんていうか……よそよそしい呼び方は、なんだか変な気がして。だって……ええと、わたしたちは、あの……」ラビニアは言葉を切り、いったん大きく息を吸いこんでから、いっきに言った。「ベッドをともにしたんですもの」

なんということだ。ラビニアは、親しげに名前を呼ぶことにぼくが異議を唱えていると思ったか？「ばかばかしい」

「ええ、そうね。ばかげて聞こえるのはわかっているの。ほんとうにばかみたいよね。あなたに見つめられていると、頭が働かなくなってしまうの。あなたと一緒にいると、ただのおばかさんになってしまうの」

彼女の言葉でわき起こった興奮を、ウィリアムは必死に押し殺した。

「ぼくが不思議に思ったのは、親しげな呼び方のことじゃないんだよ」彼はゆっくり言った。「不思議なのは、きみがぼくの名前と姓のあいだに必ず〝Q〟という文字を入れることなんだ」

「だって、Qがなんの頭文字か知らないんですもの。クインシーかしら？」

きっと当惑がそのままウィリアムの表情に表れていたのだろう。ラビニアは思いつく名前を次々に並べ立てはじめた。

「クワッケンブッシュ？　クウィンタス？　ねえ、ちゃんと教えてちょうだい」

やっとのことで、ウィリアムは当惑の中身を言葉にした。「そのQというのは、いったいなんのことだい？」

「あなたのミドルネームのイニシャルよ。ほかに、ウィリアムとホワイトのあいだに、どんなQが入るというの？」

ウィリアムは相変わらず困惑したまま彼女を見つめた。「でも、ぼくにはミドルネームなんかないよ」

「いいえ、あるって言ったわ。入会の申しこみに来たとき、わたしが名前を訊いたら、あなたはウィリアム・Q・ホワイトと答えたのよ。いくらわたしがそそっかしくて、しかもあなたに見つめられるとぼうっとしてしまうといっても、まったくのでたらめで頭文字をこしらえあげたりはしないわ」

自然に記憶がよみがえってきた。貸本屋の入会金を貯《た》めるのに二年かかった。初めてハイ・ホルボーンの〈スペンサー貸本店〉に足を踏み入れたとき、ウィリアムの頭にあったのは、本を読んで自分を向上させたいということだけだった。ところが、そこで彼は魅力的でかわいらしくてきぱき仕事をする彼女に会った。そして、感じたのだ——これから自分は、いままで考えていた以上にたくさんの本を読むことになるだろう、と。ほんとうにあの日の自分はどうかしていたのだ。

いや、あの日だけでなく、あれからずっとおかしいままだ。

「ああ、すっかり忘れていたよ。あのQか」ウィリアムは弱々しくほほえんで顔をそむけた。

「だめよ。このままにするなんて。ちゃんとQのこと、話してちょうだい。体じゅう耳にして聞くから」

ウィリアムがラビニアに視線を戻した。「体じゅうを耳にして？　いや、どちらかというと、きみは耳より口のほうが大きいみたいだけどな」このとき彼がラビニアに向けたほほえみは、とても自然なものだった。「入会の申しこみに行ったとき、きみはぼくの名前を訊いた。それでぼくは〝ウィリアム・ホワイト〟と答えた」

「違うわ。あなたは――」

ウィリアムは手を上げてラビニアの言葉をさえぎった。「いや、ぼくはそう言ったんだよ。きみは顔を上げもしなかった。座って紙を見つめたまま、〝ウィリアム・ホワイト。それだけ？〟って訊いたんだ」ウィリアムは腕組みをして、自信たっぷりにうなずいた。

今度はラビニアの顔に困惑の表情が浮かんだ。その説明だけではまだよくわからないというように。

「それであなたは、ただ〝そうだ〟と言えばいいのに、わざわざミドルネームのイニシャルを考えだしたというの？」ラビニアは顔をしかめた。「要するに、頭がおかしいのはわたしじゃないってことね。あなたのほうなんだわ」

「そのとおりだ」ウィリアムの声は低かった。「きみは、自分の言葉が宣戦布告の意味を持っていたということに気づいていないのか？　きみはとても魅力的な女性だ。男に対して〝それだけ？〟などという言葉を投げつけてはいけないんだよ。それなりの自負を持った男なら、その問いに答えるべき言葉はひとつしかない。それだけ？　いや、冗談じゃない。もっとあるさ。もっともっとあるさ」

ラビニアがうれしそうに笑いだした。「ミスター・ウィリアム・Q・ホワイト」彼女は人差し指を立ててふりながら言った。「あなたってほんとうにずるい人ね。あのときからずっとわたしは、その〝もっと〟の部分を知りたいと思っていたのよ」

ラビニアの家はもうすぐそこだった。ウィリアムは毎日彼女の笑い声を聞けたらいいのに、と願わずにはいられなかった。思わず彼は、いまの幸せな空気を寄せつけまいとでもするように両手を上げた。

「いや、ラビニア、〝もっと〟の部分なんてないんだよ。ぼくは一生かかってもきみに借りを返すことができない。返しきれないほど大きなものを、きみはぼくに与えてくれたんだ」

ラビニアの顔からほほえみが消えて、無表情になった。「わたしたちのあいだに起こったできごとを、あなたはそんなふうに見ているの？　まるでなにかの取り引きみたいに、お金に換算できるものだと思っているの？」

「ぼくはきみの純潔を奪った」ウィリアムはあえてはっきり口にした。「きみにはほかの選択肢はないと信じて――」

「やめて！」ラビニアが彼の脚を蹴《け》った。

それほど強く蹴ったわけではなく、ウィリアムはほとんど痛さを感じなかったが、ラビニアのほうが爪先に痛みを感じたというように、何度か軽く片足で跳びはねた。

「選択肢がなかった？　もしあの約束証書に法的拘束力があったとしても、わたしにはちゃんとほかにも選択肢があったわ。母の形見の婚約指輪を質に入れてお金を作ることもできた。ジェームズが裁判官の前でちゃんと証言すれば、相手を刑務所に入れられたかもしれない。それに、わたしは結婚することだってできたわ。十ポンドくらいのお金はぽんと出してくれるようなお金持ちの紳士が何人もプロポーズしてくれていたんだから。わたしのことを、なにひとつ選択肢を持たないかわいそうな娘だなんて思わないでちょうだい。わたしはあなたという選択肢を選んだのよ。これからも、何度でもあなたを選ぶわ」

彼女の言葉を耳にし、燃えるような目をのぞきこんだまま、彼女を抱き寄せることもできずに立っているのは、まさに拷問だった。

「それに、貸し借りを問題にするなら」ラビニアが陰鬱《いんうつ》な声で言った。「わたしの借りはどうなるの？」

「きみの借りって？」

「十ポンドよ。あなたが十ポンド払ってくれたおかげで、わたしはほかの不愉快な選択肢を選ぶ必要がなくなった。あのお金を払ったのは、わたしを強制的にベッドに連れこむためだったなんて言わないでね。だって、もしわたしがいやだと言えば、あなたはけっしてそれ以上強制することはなかった。それは、あなたもわたしもちゃんとわかっているわ。だから、わたしはあなたに借りがあるの」

「くだらない。そんなの、どうでもいいことだ」

「どうでもいい？　パンにつけるバターもないのに？　香りもなにもないほど何度も同じお茶の葉を使っているのに？　十ポンドくらいどうでもいいなんて言わないで、ウィリアム。そんな嘘《うそ》、もうわたしには通用しないわ。思いがけなく舞いこんできたあのお金には、ほかにいろいろな使い道があったはずよ。なのに、わたしのために使ってしまうことに一瞬の迷いも感じなかったと言えるの？」

「ほんとうに気にするほどのことじゃないんだ」ウィリアムは言い張った。「たかがお金だ。きみがぼくに与えてくれたものに比べれば、どうってことはないものなんだ」

「だから、わたしはあなたになんの借りもないと言いたいのね。だけど、あなたのほうはわたしに、一生かけても払いきれないほど莫大《ばくだい》な借りがあるって？　愛というのはね、数えられるものじゃないの。帳簿に書きつけておけるようなものじゃないのよ。借入金額を帳簿につけておいて、あとでまとめて清算するというわけにはいかないの。たとえどんなに慎重に計画した贈り物でも行動でも硬貨の山でも、愛を清算することはできないの。愛には愛でしか返せないのよ、ウィリアム」

ラビニアが期待をこめてウィリアムを見つめた。あとはただ彼が一歩前に出て、彼女との距離を埋めるだけでいいはずだった。そうすれば、彼の手はラビニアの手に触れ、彼女の唇はごく自然にウィリアムのほうに向けられるだろう。そして、彼女はウィリアムのものになる。彼の伴侶《はんりょ》となる。だが、〝いいときも悪いときも、病めるときも健やかなるときも……〟と神に誓ったとしても、そのあとウィリアムが彼女に与えられるのは貧しさに次ぐ貧しさだけだ。一生貧しいままだ。

　もしラビニアがロマンティックな空想のなかでふたりの未来を作りあげているのだとしたら、そんなものはさっさと消し去ってやったほうがいい。

「くだらない」ウィリアムは言った。「ぼくはきみを愛してなんかいないんだから」彼はあえてラビニアの目をのぞきこみ、彼女の顔に傷ついた表情が広がるのを確認しようとした。彼女を傷つけ、彼女から拒絶されることが、ウィリアムの償いなのだ。いま一度だけ傷つけるほうが、はてしない貧しさのなかに彼女を引きずりこむよりはましだろう。

　でも、ラビニアは怯《ひる》まなかった。その目が涙で曇ることはなかった。代わりに、彼女はひどくゆっくり首をふった。ウィリアムの背筋に震えが走った。ラビニアが爪先立ちになって、両手をウィリアムの腕においた。温かさが伝わってくるほど、彼女の唇がウィリアムの間近まで迫った。ほんの一瞬あれば、そのやわらかな唇がウィリアムの唇に触れるだろう。もしいまキスをすれば、彼の言葉が嘘だと、彼女にきっとわかってしまうだろう。

「ウィリアム」ラビニアの優しい声がした。この世でいちばん甘いシナモンのような息が、ウィリアムの唇にかかった。「あなたは、わたしがあなたのばかげた主張を信じるほどまぬけだと思っているの？　これだけいろいろなことがあったあとなのに」

「え？」声にすることができたのは、その一語だけだった。ラビニアの唇があまりに間近に迫りすぎていて、ウィリアムは呼吸をするのもやっとだった。

「そうよ」ラビニアがきっぱり言いきった。「あなたはどうしようもないくらいわたしを愛しているのよ」

ウィリアムはずっと逃げようとしてきた。自分の本心に気づかないふりをしてきた。なのにいまラビニアは、明白な事実だというようにはっきり彼の本心を宣言してしまった。まるで朝刊に載っている綿花の値段を読みあげるみたいに。彼女の言葉は正しかった。でも、それを声に出して認めることはできない。ウィリアムはうつむいてラビニアの額に額をつけ、暗黙のうちに彼女の言葉を認めた。〝そう、ぼくはどうしようもないほどきみを愛している〟

それでなにかが変わったわけではなかった。

ラビニアが後ずさりしてウィリアムの腕から手を放した。彼女の感触が消えると、ウィリアムは下腹を殴られたようなショックを感じた。

ラビニアが静かに言った。「わかったわ。わたしにはあなたの絶望を癒《いや》してあげることはできないのね」

ラビニアを自分のものにできないのはわかっていた。それでも、彼女の拒絶の言葉を耳にすると、ウィリアムは、脚ではなくもっと上の部分を蹴られたような衝撃を受けた。

「ラビニア、ぼくにはできな――」

「できない」ラビニアの声が震えた。「それは人を思いどおりに操ろうとする言葉よ、ウィリアム。できない。そうしてほしい。あなたがわたしの贈り物を受けとれないというのなら、わたしもあなたの贈り物は受けとれないわ。そして、きっとあなたは、わたしがどうやって十ポンドのお金の都合をつけるか、絶対に、ほんとうに〝絶対に〟、知りたくないと思うでしょうよ」


ラビニアがそっと階段を上がったのは早朝のことだったが、なんだかもう三日ぐらいすぎたような気分だった。下りたときと同じように、ブーツは手に持っていた。けれど、二階に着いたとき、起きていたのはラビニアだけではなかったことがわかった。ジェームズがちゃんと服を着て、キッチンのテーブルに向かって座っていた。帰ってきたラビニアを、ジェームズはじっと見つめた。外套をかけ釘《くぎ》にかけ、ブーツを床におく姉を黙って見守る。どこへ行っていたのかと訊きはしなかった。非難の言葉を口にすることはなかった。そんな必要はなかったのだ。ラビニアが自分で自分を非難していたのだから。

彼女はすっかり途方に暮れた気分だった。視線がキッチンのあちこちをさまよい、ふと帳簿に止まった。いったい何度あの帳簿とにらめっこしてきただろう。黒字にしようとして、どれだけ悪戦苦闘してきたことだろう。帳簿が黒字になって、なにもかもうまくいきますように、といったい何度祈ったことだろう。

ラビニアは少しずつ節約してジェームズにマフラーを買ってやるつもりでいた。やわらかくて暖かなマフラーを買ってあげたかった。弟を暖かく包みこみ、守ってあげたいと思っていた。けれど実際には、彼をがんじがらめに縛りつけて、なにひとつ自分ではできない子にしてしまっただけだった。

弟に、安心ではなく、無力感だけを与えることになってしまった。精神的に安定した子にしてやることができなかったばかりか、世間の荒海を生き抜く能力を奪ってしまった。愛情を押しつけて息苦しい思いをさせてしまったのだ。

ラビニアは喉をふさぐかたまりをのみこみ、ジェームズから遠ざかるように歩きだした。机の上には、昨夜開いたままにしていた帳簿があった。ていねいに書きこまれた数字がラビニアを見あげる。ついさっき自分が口にした言葉が脳裏によみがえった。

愛というのは帳簿に書きつけられるものじゃない。愛には愛でしか返せない。

ラビニアは静かに帳簿を閉じて、大きい帳簿を下にして二冊を重ねた。こんなときでさえ、二冊の帳簿の大きさが少しだけ違っていて、ぴったり重ならないことに苛立《いらだ》ちをおぼえた。それでも彼女は二冊一緒に胸に抱えて、座っているジェームズに歩み寄った。

ジェームズはなにも言わなかった。ラビニアは弟の隣に腰を下ろして、分厚い帳簿をテーブルの上においた。

それでもジェームズはなにも言わなかった。

とうとうラビニアはこれまでさんざん心を悩ませてきた疑惑を追いはらって、帳簿を弟の前に押しやった。「はい、これ」彼女はつっけんどんに言った。

どうやら異国の言語を話すのは、弟だけの専売特許ではなかったらしい。知らない人が見たら、ラビニアがただ弟に分厚いノートを渡しただけに見えるだろう。でも、ジェームズには、ラビニアの言いたいことが正確に伝わっていた。それは、訊かなくてもちゃんとわかった。

〝わたしが間違っていたわ。正しいのはあなたよ。ごめんなさい。あなたを信用するわ〟

前に一度ラビニアは、故郷には雨を表す言葉が百もあるというスコットランド人の自慢を聞いたことがあった。こぬか雨、霧雨は外套の表面をおおって濡《ぬ》らすし、ふつうの雨はしとしとと落ちてくる。暗く陰鬱な日は、土砂降りの雨が降りそそぐ。年じゅう空から水滴が落ちてくる気候の土地で暮らしていれば、微妙に違う雨の降り方のそれぞれに自然に名前をつけてしまうものだ。

弟の言語とか姉の言語というのはないのかもしれない。あるのは家族としての言語なのだ。生まれたときから一緒に暮らしてきたからこそわかる言語。身ぶりとそっけない言葉で形成されているその言語は、家族以外の者には理解できないだろう。でも、家族は簡単にその言語を英語に翻訳できるのだ。

〝愛してる〟

ジェームズはなにも言わなかった。ただ姉の体に腕を巻きつけてぎゅっと抱きしめた。姉は弟の髪をくしゃくしゃにした。これまでに交わされたいくつもの聞き苦しい言葉が、たったひとつの言葉に集約されていく。〝愛してる〟

ウィリアムはミスター・シャーロッドの事務弁護士《ソリスター》の申し出を拒絶すると決めたつもりだった。けれど、ラビニアの言葉のせいで、ウィリアムのなかに迷いが生まれていた。彼女があの不誠実な汚い行為を許してくれるのなら、彼のほうも多少は泥水を飲む覚悟を決めるべきではないのだろうか？

クリスマス・イブの朝、ウィリアムは職場に行く前にミスター・シャーロッドの弁護士に会いに行った。約束の場所は、フリート・ストリートから少しはずれたところにある陰気な建物の二階だった。弁護士はなんともすさまじい衣装に身を包んでいた。赤のストライプの入った紫色――あるいは、紫色のストライプの入った赤――という、ぞっとするようなチョッキの上に、青のてかてかする安っぽい生地の上着とズボン。椅子には、けばけばしい金めっきの握りのついたステッキが立てかけられていた。

「よかった」弁護士は机の上の書類の山をかきまわしながら言った。てきぱきした事務的な口調だった。「どうやら、わかってもらえたようだな。きみはミスター・シャーロッドが正気をなくしていたという理由で、彼の遺書の無効と弁償を大法院に申し立てる。わたしは、多少彼の頭が弱くなっていたとしても、それは年齢による衰えの範囲内だったと抗弁する」

「そうすれば、ぼくは金を手に入れられるんですね？」二週間前のウィリアムにとって五千ポンドという財産は、つらい仕事からの解放、冷たい世界からの脱出を意味していた。暖かい火と、新鮮な肉と、広々とした快適な住まいを意味していた。でも、いまの彼が欲しいのはたったひとつだけだった。五千ポンドはラビニアを意味していた。たとえ利己的だと言われようと、彼女にプロポーズできることを意味していた。五千ポンドあれば、彼はちゃんと顔を上げてラビニアの顔を見ることができる。彼女にふさわしいものを与えてやれる。なにひとつ不足のない生活をさせてやれる。彼女は最高のものだけを手にするだろう。

いや。なにもかもが最高というわけじゃない。結婚相手だけは、彼女にふさわしくない卑しい男だ。

「そうだな」弁護士の口調が曖昧《あいまい》なものになった。「すぐには無理かもしれない。大法院の審理が終わるまで待たなくてはならないだろうな。たぶん一回か……二回、聴聞会が開かれると思う。だが、それがすめば、きみは確実に彼の財産を手にできるさ」

ラビニアは、ウィリアムが彼女のためにどんなチャンスでもつかむことを望むはずだ。違うだろうか？　未来に希望のある男のほうがいいはずだ。そうじゃないのか？

ウィリアムは口のなかに広がった苦いものをのみくだした。「ぼくは裁判所でなにを言えばいいんですか？」

「簡単さ。ミスター・シャーロッドは頭がおかしくなっていたと言えばいいんだ。うまく話をこしらえるんだよ。目の前にないものが見えたと言ったとか、妖精《ようせい》と話をしていたとか。で、それがほんとうだと証言してくれる人間を見つければいい。簡単なことさ。金さえ払えば――いや、つまり、証人を何人か見つければ、すぐ終わる」

「それじゃ、嘘をつけ、ということですね？」

「おいおい、わたしは偽証しろと言っているわけじゃないぞ。きみにはぜひ真実を語ってほしいと思っているよ」弁護士は片目をつぶってみせて、その言葉の裏にあるものをほのめかした。「真実を、真実のみを語ってくれたまえ。だが、多少の誇張は許容範囲内だ。つまり、法廷というのは、婦人のゆったりしたガウンのようなものだと考えればいいんだよ。あまり見せたくない部分は隠してしまって、胸だけを強調してみんなの目を引きつけるというわけだな」弁護士は自分の胸を指さした。「ちょうどいぐあいに誇張して、裁判官を納得させるんだよ。わかるか？」

この調子のいい弁護士がなにを言おうと、成功の確率はほんのわずかしかないとウィリアムは確信した。証言してくれる人間が見つからないかもしれない。裁判官はウィリアムの主張を信じないかもしれない。シャーロッドの未亡人は確実に反対の主張をするだろう。だが、たとえわずかしか成功の見こみはないとしても、チャンスはチャンスだ。

いまウィリアムが感じているのは、なんとしてもやりとげなくてはならないという陰鬱な決意だった。それが希望というものなのだろうか？　縄のように巻きついて彼の喉を締めつけるこの思いが、希望というものなのか？　このよく口のまわる男と手を組むのだと思うと、自分の体のなかに底なし沼ができていくような気がしてくる。彼は、それを受け入れなくてはならないのだろうか？

〝そうだ〟

ウィリアムは口を開き、了承の言葉を告げようとした。

だがその瞬間、またあの声が聞こえた。

〝こんなことをしてはいけない〟

いや、そうじゃない。しなくてはならないのだ。今日職場に行ったら、なにもかもなくしてしまうかもしれない。ウィリアムは仕事を失い、ラビニアは妊娠しているかもしれない。どんなに可能性が小さくても、金を手に入れるチャンスはつかまなくてはならないのだ。

〝いや、違う。こんなことをしてはいけないんだ〟

このとき、やっとウィリアムはその言葉がどこから聞こえてくるのか気づいた。外からの声ではなかった。その言葉を発しているのはウィリアム自身だった。どんなに否定しようと、そして、たとえ彼自身は気づいていなかったとしても、彼のなかにはまだ誇りがちゃんと残っていたのだ。消えてはいなかった。誇りはずっと彼のなかにあって、ただ彼がそれに気づくのを待っていたのだ。

長いあいだウィリアムは、自分が社会の最底辺に沈みきってしまって二度と浮かびあがることなどできないと信じていた。そう、まさに彼は自分自身を侮辱してきたのだ。だが、誰かの赦《ゆる》しを求めることでは、誇りは回復できない。ただじっとして、ラビニアかほかの誰かが彼を罪から解放してくれるまで待っていてもだめなのだ。

ほんとうに誇り高い人間になりたいのなら、自分で自尊心をとりもどすしかないのだ。

弁護士はウィリアムのためらいを見てとったようだった。

「いいか、きみのお父さんを破滅させた男に復讐《ふくしゅう》してやれるんだぞ」

この十年間、ウィリアムは復讐という暗い思いを抱いて生きてきた。だが、自分が不誠実な扱いを受けたからといって、その相手を寛大な心で赦すことができないとしたら、どうしてウィリアム自身の罪の赦しを期待できるだろう？

五千ポンドはあきらめるべきだ。それはすなわち、ラビニアをあきらめることにつながる。けれど、ラビニアが希望を持てと言ったのは、なにも彼女のためになにかを願えという意味ではなかった。

彼女はウィリアムに、自分自身の未来に希望を持てと言ったのだ。

「やめておきます」ウィリアムは言った。自分が清廉潔白な道を選んだと自覚できるのは、なんともいい気分だった。その代償がどんなものか、ちゃんとわかっていても。

弁護士の顔に困惑が浮かんだ。「やめておく？　いったいそれはどういう意味だ？」

「ぼくは事実を誇張したりしません。嘘もつきません。復讐を試みて、あなたにお金儲《もう》けさせることもしません。ぼくはそういう人間じゃないんだ」一度はそうなりかけていた。でも、もう違う。

「きみが嘘をついているなんて、誰にもわかりはしないんだぞ！」

ウィリアムは肩をすくめた。「ぼくにはわかります」

「ふん」弁護士は嘲笑《ちょうしょう》をもらした。「まあ、いいさ。好きにするがいい。おまえは一生貧乏から抜けだせないぞ」

ウィリアムはじっと立っていた。自分の魂がなんの価値もないところまで下がりきってしまっていたことを思う。不思議にも、彼はそのことに少しも気づいていなかった。でも、それはウィリアム自身が選んだ結果だったのだ。

事務所を出るウィリアムの背中を、弁護士の声が追ってきた。「せいぜいひとりで楽しくやるんだな。これからずっとおまえはひとりぼっちだぞ」

以前とは違って、その言葉はもうのろいの言葉には聞こえなかった。

クリスマス・イブの朝、ラビニアは弟と一緒に店に出た。たしかに店は狭いが、弟とふたりでいるだけでは、こんなに息苦しい気持ちになるはずはなかった。小さな店内に千五百冊近い本がつめこまれていて、本棚はほぼ人の背と同じか、それ以上の高さがある。でも、これまではどんなに客がたくさん入っても、閉じこめられているような気分になったことはなかった。それなのに今日は本がみなラビニアの上にのしかかってくるようで、さまざまな思い出が彼女の息をつまらせていた。

机に向かって座ったまま顔を上げれば、ひどく落ちつかない顔で入会したいと告げたウィリアムの姿が浮かんでくる。棚に本を戻せば、まさにその場所に立って本を探していたウィリアムの姿が浮かんでくる。彼はいつもそっと優しく革表紙に指をすべらせていた。そのようすを見て、ラビニアは本に嫉妬《しっと》をおぼえていたくらいだ。でも、彼は本に対する以上の畏敬《いけい》の念をこめてラビニアに触れてくれた。

そのことがなにを意味しているのか、わたしにわからないはずはないのに。彼の指先は、何度もくりかえし〝愛している〟と告げてきた。彼はわたしを愛しているから、出がらしの葉を使った味も香りもない紅茶をいれたのだ。愛しているからこそ、欲望のままに触れようとはせず、パンにつけるバターもない生活をすることになると警告してくれたのだ。彼はわたしを愛している。

それなのに、ラビニアは幸せではなく絶望を彼にもたらしてしまった。ふたり一緒なら、罪悪感を分かちあうことができる。彼と一緒なら、きっとどんな貧しさも苦にはならない。でも、彼は愛する人を貧しい暮らしに引きずりこめるような人間ではないのだ。

入り口近くの小さなテーブルのそばで、ラビニアは貸し出し帳に記入するジェームズのようすを見ていた。彼は現金入れの箱に二ペンスを入れてから、本を包んで差しだし、ミスター・ビロウを送りだした。貸し出し記録をつけるあいだ、ジェームズは姉の視線に気づかないふりをしていた。そんな彼の態度にはかまわず、ラビニアはまるで客のように真正面から弟に近づいていった。ジェームズが顔をしかめた。

「ちゃんと言われたとおりにやったよ」ジェームズは小さな声で言った。「それとも、なにか間違えてた？　ああ、いやになるな。ぼくは、姉さんが帳簿を調べなくてもわかるほどひどい間違いをしてしまったんだね」彼は両手で頭を抱えこんだ。

「あなたはとってもよくやっているわ」ラビニアは帳簿をこちら向きにして目を通したいという衝動をぐっとこらえた。「完璧《かんぺき》よ」だめ。ちらっとでも見てはだめよ。「あなたがとてもよくやってくれているから、わたしはちょっと二階に上がって休ませてもらおうと思うの」

ジェームズが顔を上げた。その目がうれしそうにきらきら光っている。「全部ぼくがちゃんとやるよ」そう言ってから、彼は少し間をおいてつけくわえた。「でも、閉店の前の一、二時間だけ替わってもらってもいいかな？　夕方、ちょっとやりたいことがあるんだ」

ラビニアは弟の手を軽く叩《たた》いてほほえんだ。「わかったわ」

彼女は二階に上がった。貧しい暮らしなんか気にしない。でも、ウィリアムは……。もしラビニアが穴のあいた手袋をしていれば、ウィリアムの手は申し訳なさで凍えてしまうだろう。彼女にバターもつけない茶色いパンを食べさせることになれば、彼の口は苦さしか感じないだろう。

ラビニアが彼に与えたのは絶望だった。彼をみじめにしてしまっただけだった。ほんとうに彼を愛しているなら、彼から遠ざかるべきなのかもしれない。

6

二十四時間前にこの事務所にいたときのウィリアムは、職を失うかもしれないという不安に怯《おび》えていた。しかし今日、事務所に入っていったときの彼は不安のかけらも感じていなかった。

どうしてあんなに怯えていたのだろう？　ぼくはまだ若い。能力もある。もし首になったとしても、必ずほかの仕事が見つかるはずだ。まるで溝に落ちたごみのような扱いを受ける職場を首になるのは、恐れることでもなんでもない。むしろ祝福すべきことだ。

九時すぎに表のドアが開いて、不機嫌そうな顔の孫をしたがえたブレイクリー卿《きょう》が入ってきたとき、ウィリアムは勝利をおさめたような気がした。

職を失えば、たちまち経済的に行きづまるだろう。次の仕事が見つかるまでに何週間もかかるかもしれない。収入も減ってしまうかもしれない。不安を感じるべきなのはわかっていた。でも、この陰気で憂鬱《ゆううつ》なオフィスから解放されるのは、ちっとも悪いことじゃない。それはチャンスなのだ。

事務所の主《あるじ》と孫は奥の部屋へ入っていった。数分後、ミスター・ダニングがウィリアムに近づいてきて、奥の部屋からお呼びがかかっているとささやいた。ピクニックの昼食に呼んでくれているわけではなさそうだ。ウィリアムが立ちあがろうとしたとき、ミスター・ダニングが片手で軽くウィリアムの肩を叩《たた》いた。その手には同情がこめられていたが、それは現実にはなんの役にも立たないものだった。

ウィリアムはほほえんで、静かに立ちあがった。〝さっさと首にしてくれ。頼む〟奥の部屋のようすは昨日とまったく同じだろうと、ウィリアムは予想していた。けれど、彼が奥の部屋に入ったとき、ひとつだけ小さな変化が起こっていた。ブレイクリー卿は相変わらず白いもじゃもじゃの眉の下からウィリアムをにらみつけ、まるで珍しい昆虫でも見るみたいにじろじろ観察した。が、彼は机のうしろのいつもの玉座には座っていなかった。代わりに、孫をその権力の座に着かせていた。ウィンドルトン卿はそわそわしたようすだった。無理に抑えつけた激しい怒りが胸のなかでくすぶっているらしく、指先が落ちつきなく机を叩いている。ウィリアムは、そのうち机の表面に指先の跡が焦げ目となって残りそうだなと考えた。

ウィリアムが何年も励んできた仕事のほんの一部を示す三冊の帳簿が、机の端に積み重ねられていた。

老侯爵がぞんざいにそのなかの一冊をとりあげ、ページをめくった。「一月から」と言って、彼はいったん言葉を切り、三冊目の帳簿の最後をちらっと見て、また言葉を続けた。「四月までのあいだで、このビル・ブライトはミスを犯している」

ウィリアムは仕事も俸給もなくしてかまわなかった。ただこれ以上、人間としての尊厳を傷つけられるのはいやだった。「御前様、わたしの名前はウィリアム・ホワイトです」

当然のことながら、ブレイクリー卿はなんの関心も見せなかった。「ビル・ブライトはミスを犯している。それを見つけて、この男を首にしろ。この男のミスを見つけだしたら、おまえがロンドンを発《た》つのを許してやろう」

ウィンドルトン卿は重いため息をもらしながらも、帳簿に手をのばした。開いて最初のページに熱心に目をこらす。しばらくのあいだ老侯爵は、数字に目を通す若い子爵を黙って見つめていた。だが、やがて首をふって出ていってしまい、部屋には若者ふたりだけが残された。表のドアの閉まる音が聞こえ、ほどなく馬車の走り去る音がした。

ふたりきりになるとすぐ、若い子爵は顔を上げた。「きみは一月から四月のあいだにミスを犯したのか？」

ウィリアムは相手をにらみつけた。「はい」

「それじゃ、そのミスした部分を教えてくれ。一日じゅう、こんなことをしているわけにはいかない」

「わたしにはわかりませんよ。一月から四月のあいだには、四千以上もの取り引き記録を書いているはずです。それだけの量があれば、きっとどこかでミスのひとつぐらいしているでしょう。ひとつもミスしないなんて不可能です。あなたのお祖父《じい》様にほんの少しでも理性があれば、どうでもいいようなミスを理由に雇い人を首になどしないはずです」

侯爵への批判を口にしてしまったのだから、いよいよこれで運命が決まったも同然だった。

「ふうむ。四千以上の取り引き記録か」ウィンドルトン子爵はウィリアムを見あげて、そんなに勤勉に仕事をするほうが悪いとでも言いたげに首をふった。「まったく、やっかいな話だな」

そして子爵はまたうつむいて帳簿に視線を向けてしまった。時間がすぎていく。ゆっくりと縦に数字の列を追い、やがて隣へ、そしてまた隣へと移っていく。ページをめくり、やがてまためくる。十ページ目がめくられたとき、ウィリアムはふうっと息を吐いて、許しも得ずに椅子に座ってしまった。

老侯爵なら、その行動ひとつで即座にウィリアムを首にしていたかもしれない。でも、孫のほうは気にするようすもなかった。

十二ページ目になると、ウィリアムは自分の几帳面《きちょうめん》さを恨んだ。一ページ目で一シリングでも計算間違いをしていれば、その時点でここから出ていくことができただろうに。

二十七ページ目。ウィンドルトン卿が大きなため息をついた。「もううんざりだよ」彼はつぶやいた。

やれやれ。これでウィンドルトン卿との共通点が見つかった。そろそろはっきり解雇だと宣言してもらわなくては。

ウィリアムはもうすっかりうんざりしていた。そして、失うものなどなにもなかった。

「あなたは科学研究に興味をお持ちだそうですね」

ウィンドルトン子爵の視線は、ひたすら目の前の数字の列を追っていた。彼の片手だけがひらひら動いた。無意識に動いたのかもしれないが、ひょっとしたらウィリアムの言葉を肯定するつもりで動かしたのかもしれない。

ウィリアムは肯定のしるしだと受けとることにした。「なるほど。では、あなたは数字を見るのが楽しいのでしょうね」

ウィンドルトン卿は肩をすくめたが、視線を上げることはなかった。帳簿の紙面をぽんと指ではじいてから、二十六ページ目に戻る。ウィリアムは、この青年がこのまま彼の言葉を無視するのだろうと思った。

が、子爵は顔を上げないまま口を開いた。「たしかに数字は好きだ。だが、ぼくの好きなのは、分布記号や座標軸と結びついている数字だけさ。いわゆる確率計算というやつだな」口調はなめらかで、なんの感情もこもっていない平坦《へいたん》な声だった。「単純計算は嫌いなんだよ。財産管理なんて退屈すぎる。発見すべき規則というものがない。あるのは、間違いを犯す可能性だけだ」

「ほう」ウィリアムは言った。「微積法はお好きですか?」

ウィンドルトン卿がため息をついて二十七ページ目をめくった。そして顔を上げたが、視線をウィリアムに向けたわけではなかった。ウィンドルトン卿はそのまま椅子の背に頭をもたせかけて、天井を見つめた。「ぼくが嫌いなものを教えてやるよ。まず、わかりにくいミスをする雇い人が大嫌いだ。そいつのせいで、クリスマス・イブの朝だというのに、ぼくは何時間も汚い帳簿を眺めてすごさなくちゃならないんだから。で、その雇い人がぺちゃくちゃおしゃべりして、帳簿を調べるぼくの気を散らそうとするときには、もっと嫌いになる。というわけで、ぼくはきみが大嫌いだよ、ビル」

「なるほど。では、お互いさまというわけですね。ぼくは財産を無駄遣いする人間が嫌いですから。あなたはもう少し頭を使ったらどうですか? クリスマス・イブにたった五十キロの旅もできないなんて。こんなところで帳簿をにらみつけていないで、さっさと馬の競売場に駆けつけていちばん速い馬を手に入れればいいでしょう」

「祖父に財産を管理されていなければ、とっくにそうしていたさ」

子爵は腹を立てていた。そして、大まじめだった。

思わずウィリアムはまじまじと子爵を見つめた。彼自身の怒りはどこかへ消えていった。

「あなたはほんとうに財産管理が嫌いなんですね」やがてウィリアムは言った。「お祖父様はあなたの財産を管理などしていませんよ」

「ふん」ウィンドルトン卿は、たった一言でウィリアムの言葉を否定した。

「ミスを犯したのはぼくじゃなくて、侯爵のほうだ」ウィリアムは言った。

「静かにしてくれ」

「侯爵はぼくたちをふたりきりにしてはいけなかったんですよ」

　ウィンドルトン卿が叩きつけるようにペンをおいた。「いいかげんにしろ」彼は机を見つめて、つぶやくように言った。「いったいきみはなにがしたいんだ？　ぼくがうんざりして死ぬまでいやがらせをする気か？」

「いいですか。ぼくはここに勤めたときからずっと、毎月あなた名義の信託財産の利子を記録してきました。あなたが成年に達したときから、それらの預金のすべてはあなた自身が自由に使えるようになっているんですよ」

　ウィンドルトン子爵はちょっと首をかしげた。そのしぐさは祖父にそっくりだったが、餌食《えじき》を探しているというよりは、熱心に耳をかたむけているみたいに見えた。視線は動かず、目が金茶色に光っている。数秒間、子爵は口をわずかに開けたまま、じっとウィリアムを見つめていた。

　その表情がなにを意味するか、ウィリアムにはよくわかっていた。彼の胸に、希望が生まれているのだ。だが、やがて子爵はふうっと息を吐いて首をふった。「いや、だめだ。

たしかにその信託財産の利子は、成人したらぼくの自由になるはずだった。でも、六年前、ぼくと祖父はある契約を結んだ。ぼくは、成人したあとも財産を祖父の管理に任せるという契約書に署名したんだ。その交換条件として――いや、まあ、それはいい。とにかく、きみの情報は役には立たないな」

ウィンドルトン卿は言葉を切って、ペンの軸で軽く手首を叩いた。「今度なにか言いたいことがあるときは、はっきり直接的に話してほしいものだな。まるで猫が獲物をいたぶるような遠まわしな話し方は認めない。言いたいことがあるなら、さっさと言ってくれ」

一瞬、ウィリアムは若い子爵が叱責《しっせき》の言葉で話を締めくくるのかと思った。しかし、ウィンドルトン子爵はすぐ顔を上げて、また口を開いた。「でも、とにかく、ありがとう。きみは善意で言ってくれたんだろうから」

どうやら、たとえ最初の印象が似ていても、孫は祖父とは違うということらしい。ウィリアムの怒りから始まった会話が、なにか違うものに変質してきていた。ただ、なにに変質したのか、ウィリアムにもよくわからなかった。

彼は立ちあがった。「ぼくは口座収支報告書をずっと見てきました。預金残高の記録もつけてきました。細かいところまで、ちゃんと知っています。預金はすべてあなたの名義になっているんですよ」

「ありえない。きみは法律上の微妙な処理をなにか見逃しているんだ。ブレイクリーの人間はとても几帳面なんだ。ぼくはたしかに契約書に署名したんだから、即刻その契約が実行に移されたことは間違いない。祖父はぼくの自由を奪う機会を逃すような人じゃないさ」

「あなたが契約書に署名したのは六年前なんですね?」ウィリアムの首筋の毛が逆立った。平静ではいられなかった。ことの重大さに気づいて、肩が緊張でこわばっていく。「で、いまあなたは二十二歳なんですね?」

ウィンドルトン卿はもう話は終わりだというように手をひとふりして、帳簿に視線を戻した。「こんな話をしていても、母の家に近づけるわけじゃない」

ウィリアムは机に近づいて、ウィンドルトン卿が見ているページの上にばんと片手をついた。「よく聞いてください。その契約は実行には移されていません。なぜなら、不可能だったからです。六年前、あなたは未成年でした。契約は無効だったんですよ。なにかと引き換えに財産の権利を放棄させるなんて、あなたの後見人の横暴きわまる行為と言わざるをえませんね。どうせ、そのなにかというのも……あなたに正当な権利のあるものだったんでしょう」

ウィンドルトン子爵がゆっくり息を吐いた。「その話には確証があるのか?」

「証明できますよ」ウィリアムは言った。「表の部屋に行って、ぼくの帳簿の数字が正確かどうか、ほかの帳簿と照合しなくてはならないと言えばいいんです。すぐにほかの帳簿を渡してくれるでしょう」

子爵がうなずくのを見て、ウィリアムは表の部屋に向かった。四十五分後、机の上に何冊も帳簿を広げたウィンドルトン卿はやっと納得したようだった。彼は顔を上げた。

「きみはごく下っ端の事務員じゃないのか？　契約書が合法かどうかなんて、ふつうは知らないような細かいことを、なぜ知っているんだ？」

ウィリアムはかすかにほほえんだ。〝きれいな娘を抱いたからです〟という答えでは、とても子爵に満足してもらえそうにない。「本を読んで勉強したんです」結局彼はそう答えた。嘘《うそ》ではない。ただ完全な真実とも言えないが。「いつか土地を持つときのために準備しているんです」

「遺産を相続するあてでもあるのか？」

「いいえ、なにもありません。ただ……」ウィリアムはこくんと一度首をふった。「そうなればいいなという希望です」

ウィンドルトン卿がこつこつと指先で机を叩いた。「思いどおりにできたら」と、彼は静かに言った。「ぼくはとっくにイギリスを離れていただろう。ずっと前からアメリカに行きたかったんだが、資金がないから、もちろんここにいるしかなかった。いまなら望みがかなう。だが、信頼できる人間をイギリスに残しておく必要がある。アメリカで金が必要になったとき、確実に送金してくれる人間が必要だからな。祖父に買収されない人間でなくてはならない。有能で、しかも財産管理の好きな人間なら、なお適任だ。一月から四月のあいだに些細《ささい》なミスを犯すぐらいは大目に見るさ。あとは――」ウィンドルトン卿は椅子の背にもたれて天井を見あげた。「ぼくの知り合いのなかに、そんな人間がいるかどうかだな」

子爵はぶっきらぼうで傲慢《ごうまん》で居丈高だ。だが、彼の祖父ほどの専制君主ではない。それに侯爵と違って、基本的には公平な考え方を持っている。ウィリアムは肩をすくめて言った。「先ほどあなたは、遠まわしな言い方は嫌いだとおっしゃいましたよ」

「ふむ。で、きみは職を探す必要に迫られているのかな?」

「ええ、偶然にも。ただ非常に残念なのですが、ぼくの前の雇い主に問いあわせても、その方はぼくに対してあまりいい評価は下さないと思います。なにしろ彼のお孫さんの財産の秘密を暴露してしまいましたので。まったくもって残念な気の迷いだったとしか言いようがありません」

ウィンドルトン卿は口をすぼめてうなずいた。「残念な気の迷いか。きみを信用してもいいのかな、ミスター・ホワイト?」

「もちろんです」緊張に息がつまりそうになりながら、ウィリアムは言った。「俸給は年七十五ポンドということにしていただきましょう」

子爵は椅子の背に体を預けた。「ほう?」

ウィリアムはわざととんでもなく高い金額を口にしたのだった。これから子爵との交渉が始まって、最終的には妥当なところ――そう、三十ポンドか、うまくいけば四十ポンドで話がつくだろう。四十ポンド。年に四十ポンド手に入れば、そこそこ治安のいい場所に部屋を借りて夫婦で暮らせるはずだ。養えるかどうかなどと心配せずに子どもを持つこともできる。年四十ポンドの俸給は、彼にとってラビニアを意味するものだった。ウィリアムが自分から口を開いて俸給の引きさげを申しでようとしたとき、若い子爵が言った。

「年に七十五ポンドか」その口調には、どこかおもしろがっているような響きがあった。「きみにとっては、それがかなりの大金ということか？」

「ご冗談を。当然ですよ」

子爵はどうでもいいというように片手をふった。「ぼくの母と妹はオールダーショットで暮らしている。祖父に気づかれる前にぼくをロンドンから脱出させてくれたら」彼は静かな声で言った。「その三倍払おう」

ウィリアムが呆然《ぼうぜん》としているあいだに、子爵は立ちあがった。

「さあ、行動に移ってくれ。きみはまず辞表を出さなくちゃいけないだろう」

午後二時には、老侯爵が孫名義の資産に手を出せないように法的手続きをすませた。子爵の最初の買い物は四頭立ての馬車だった。そして、当座の費用を引きだすと、ウィリアムの新しい雇い主は旅の途に着いた。ウィリアムは〈スペンサー貸本店〉に向かった。

着いたのは三時だった。店には、ほの暗い明かりが灯っていた。ドアに手をかけると、鍵《かぎ》はかかっていなかった。よかった。クリスマス・イブだが、まだ早仕舞いしてはいなかったのだ。

ドアを開けた。ラビニアはいつものスツールに座って、もつれた髪を指で梳《す》いていた。指が上がる。そして、下がる。もうすぐ、あの髪を梳くのはぼくの指になるのだ。彼女の手がそっと自分の頬を撫《な》でた。どこかもの悲しさを感じさせる動きだった。

視線を上げたラビニアがウィリアムに気づいたが、その顔は明るくならなかった。それどころか、まったくの無表情になった。店に入ってくる者みんなにいつも笑顔を見せるラビニアが、いまはぎゅっと唇を噛《か》んでそっぽを向いてしまった。あまり幸先《さいさき》のいいスタートではない。

ウィリアムはラビニアに近づいた。

先に口を開いたのは彼女だった。「あなたにあげるクリスマス・プレゼントがあるの」彼女の目は机に向けられたままだった。手のひらを机の表面に平らにぎゅっと押しつけている。指先が白くなるほど力が入っていた。

「プレゼントはいらないよ、ラビニア」

それでもまだ彼女はウィリアムを見ようとしなかった。代わりに、木と木のこすれあう音を響かせながら机の引き出しを開けて、なかをかきまわした。そして、見つけた捜し物をウィリアムのほうに軽く放《ほう》った。相変わらず視線をそむけたままなので、方向がかなり狂っていた。ウィリアムは腕をのばして、それをつかんだ。彼の手のひらほどの大きさもない布袋だった。ずいぶん軽い。まるでなにも入っていないみたいに軽い。

「わたし、言ったわよね」ラビニアが自分の手を見つめたまま言った。「あなたに十ポンド返すために、わたしがなにをするか、あなたはきっと知りたくないと思うだろうって」

ウィリアムの心臓が止まりそうになった。「きみから十ポンドをもらうつもりはない」

ついにラビニアがぐっとあごを上げてウィリアムの目を見かえした。「わかっているわ。でも、わたしはあなたに受けとってほしいの」彼女はささやくような声で言った。

ラビニアの目の縁が、わずかに赤くなっていた。布袋をつかんでいるウィリアムの手がこわばった。彼女にはいくつかの選択肢があった。でも、ウィリアムの十ポンドは結局消えてしまった。だから……。いや、違う。彼女がほかの男との結婚を承諾するはずがない。そんなことはありえない。

それとも……？　ラビニアは体をこわばらせ、青ざめた顔で座っている。ひどくみじめな表情で。

「だめだ、ラビニア。ぼくを選ぶんだ。話があるんだよ。きみはぼくに希望を持てと言ってくれた。ぼくは新しい仕事に就いたんだよ。前よりずっといい仕事に。だから、きみを養えるようになったんだ」

ラビニアがまるで殴られでもしたみたいに、びくんと身を引いた。「わたしを〝養えるようになった〟ですって？　あなたは無理やりわたしをベッドに連れこんだわ。わたしに嘘をついて、愛していないと言った。それなのに、あなたがわたしを買うためのお金を都合してくるまで、わたしがじっと待ってると思っていたの？」

ウィリアムは唇を噛んだ。もしもっとましな男だったら、もしはじめから彼女にふさわしい男だったら、もし無理やり体を奪ったりせず、しかもそのあと一度ならず二度までも彼女をしりぞけて傷つけるようなことをしなければ、ひょっとしたら彼女と結婚できたかもしれない。今朝ウィリアムはラビニアに、希望を捨てろというのも同然の仕打ちをしたのだ。そして、彼女はそのとおりにした。

「悪かった」ウィリアムはそうひと言だけ口にした。

ラビニアがあごを上げた。「謝ってほしいなんて思っていないわ」

「わかっている。だが、ぼくにできるのはそれだけなんだ」

ラビニアはなにも言わなかった。ただ唇を噛んで視線をそらした。前に一度ウィリアムはラビニアから選択の機会を奪ってしまった。二度も同じことをしてはならない。彼はふうっと息を吐いた。

「楽しいクリスマスを」ウィリアムはささやいた。

なんとかドアにたどりつくことができた。なんとか取っ手をまわしてドアを開け、それほどぎこちなさを感じさせない動作で外に出る。足元がふらつきながらも、ちゃんと階段を下りることさえできた。交差点まで半分ほどのところまで来たとき、ウィリアムはまだ自分が手に布袋を持っていることに気づいた。彼女が投げてよこした布袋。十ポンドの入った布袋。ウィリアムは布袋を丸めてぎゅっと握りつぶした。そして、その場に立ちつくした。

意識して考えたわけではなかったが、布袋の軽さと大きさから見て、なかには四つ折りにした十ポンド紙幣が一枚入っているのだろうと漠然と判断していた。けれど、握りつぶしたとき手のひらに触れたのは、たたんだ紙幣の感触ではなく、固くて丸いものだった。丸いもの？　十ポンド硬貨などというものは存在しない。それに布の上からさわってみると、まんなかがうつろになっている。そんな硬貨があるはずはない。そして直径は六ペンス硬貨より小さそうなのに、厚さはその三倍ぐらいある。

息をつめて、ウィリアムは布袋を開け、なかのものをとりだした。それは素朴な円い形をした金の指輪だった。どう見ても、男性用にしては小さすぎる。ウィリアムは凍りついたようにじっと指輪を見つめた。そう、ほかの男と結婚する以外にも、彼女には選択肢があったのだ。〝母の形見の結婚指輪を質に入れてお金を作ることもできた〟

でも、彼女は質に入れなかった。ウィリアムに渡したのだ。

ラビニアはウィリアムが出ていったドアを見つめていた。

彼女に残された選択肢はわずかしかなかった。恥を忍んでウィリアムのあとを追うべきだろうか？　せめてもう少しだけ待ってから、彼を追いかけてキスをすべきだろうか？　それとも、腹立ちまぎれに机の脚を蹴《け》って、結局ミスター・Q・ホワイトは財産の多少に関係なく純粋に愛情というものを表現することはできない人だとあきらめるべきだろうか？

ラビニアは机に向かって座ったまま両手に顔を埋《うず》めた。泣かない。いま、ここでは。もうすぐ二階の父親のようすを見に行かなくてはならないのだから。今夜はクリスマス・イブなのだから、笑ってすごさなくてはならない。温めたワインや鵞鳥《がちょう》の蒸し焼きがなくても、ちゃんとクリスマスの雰囲気を演出しなくてはならない。ひとりの男の強情さのせいで泣いているわけにはいかないのだ。

入店を知らせる鈴が鳴った。

ドアが開く。

ラビニアは両手に伏せていた顔を上げた。心臓が飛びだしそうになった。暗い夜を背景に、戸口に立っていたのはウィリアムだった。粉雪がうっすら外套《がいとう》の襟をおおい、帽子の縁を飾っている。彼は外套を脱いでたたむと、右側にある低いテーブルにおいた。それからドアを閉めた。鍵をかける音が聞こえて、ラビニアをどきりとさせる。彼はなにも言わず、ただラビニアの全身をゆっくり眺めまわした。

「きみのうしろのドアにも鍵はついているかい？」

ラビニアは首をふった。

「それは残念だ」ウィリアムは椅子を持ってラビニアのかたわらを通りすぎた。

「なにをしているの？」

「家具の配置を変えているんだ」彼は椅子を傾けてドアの取っ手の下に押しこみ、取っ手が動かないようにした。

「これでいい。今度は弟に邪魔されずにすむぞ」ウィリアムはラビニアに顔を向けた。彼女はまだスツールに座ったままだった。近づいてくるウィリアムを見ると、靴のなかで爪先がきゅっと丸くなる。彼はラビニアの目の前で足を止めた。それから、かがんで彼女を抱きあげた。彼の腕は温かく力強かった。

ドアは開かない。だから、誰もラビニアを救いに来ることはない。小さな窓の前には本が積みあげられているから、誰にもこの場所は見えない。よかった。ラビニアは安心して彼の腕に身を任せた。

ウィリアムが体を起こした。彼の温かい腕に抱かれていられたのはほんの数秒だけで、ラビニアはすぐに机の上に下ろされた。でも、ウィリアムが彼女から離れることはなかった。彼はラビニアに腿を開かせて、そのあいだに体を入れた。ラビニアはじっと彼の目を見つめていた。ウィリアムが額を合わせると、彼女は目を閉じた。

「ぼくが思うに」ウィリアムが彼女の頬に手をあてながら言った。「きみはぼくが指輪を返しに来ると期待していたんだろう？」

ラビニアは返事をしようと口を開いた。が、口から出たのは、意味のないかすれた音だけだった。しかたなくラビニアは黙ってうなずいた。

「返さないよ」ウィリアムの視線がラビニアの胸を突き刺した。彼の指がラビニアの頬をなぞるようにそっと動いて、あごで止まった。そして彼はラビニアの顔を上向かせた。

「返さない」彼はくりかえした。「ただし、ぼくとの結婚のしるしにつけてくれるなら、話はべつだ」

ラビニアはまたうなずいた。

「もうひとつ思ったんだが、ここに入ってきたとき、ぼくはもっとなにかべつの言葉を言うべきだったかもしれないな。たとえば……」

ウィリアムが前かがみになった。

「たとえば、なに？」ラビニアが先をうながす。

彼の唇がラビニアの唇に触れた。

ウィリアムの唇はシナモンとクローブの味がした。まるでクリスマスそのものだ。そしてラビニアはもうクリスマスが怖くはなかった。彼の手がラビニアの首筋からウエストへと下りていく。ラビニアは彼の肩をつかんで引き寄せた。彼女の体が炎となって燃えあがり、彼を焼きつくそうとする。ラビニアの両手が彼のシルクのような髪のなかに分け入って、彼の頭を自分のほうへ引き寄せた。だが、唇と唇がどんなに親密に触れあっても、彼の欲望のしるしがスカートの上からどんなに強く押しつけられても、彼の両手は頑固にラビニアのウエストから動こうとしなかった。

ウィリアムが体を離した。ラビニアの手ですっかり髪をくしゃくしゃにされたウィリアムはとても魅力的だった。

「さあ、これでいい」彼はほほえみながらささやいた。

「ミスター・ウィリアム・Q・ホワイト、あなたの意図を教えていただきたいわ」

「ぼくは、きみにふさわしい愛し方をしたいんだよ」

「始まりとしてはなかなかよかったわ。でも、わたしはもっと愛されたいの」

ウィリアムはまた身をかがめて軽く優しいキスをしたが、ラビニアが欲しいのはもっと熱いキスだった。

「だが、きみが訊《き》いたのはぼくの意図だろう？　ぼくはこれからきみのお父さんに会って、結婚の許可をもらうつもりなんだ」

ウィリアムの体はすぐそばにあったし、彼の手がまだウエストにおかれたままだったので、ラビニアは彼の体がわずかに緊張するのを感じた。まるで、彼女がなんと答えるか不安に思っているとでもいうように。まるで、すでに彼女のほうから結婚してほしいと口にした事実などなかったかのように。

ラビニアは軽く舌打ちして首をふった。ウィリアムはますます不安そうな顔になって、さらに少しだけ彼女から体を離した。ラビニアは彼の頬に手をのばした。髭《ひげ》がのびかけてざらざらしている。「ドアに鍵をかけたのは、ただ軽いキスをするためだけだったの？ほんとうのことを言って、ウィリアム。これだけなの？」

ウィリアムの顔にゆっくりとほほえみが広がった。彼の両手がラビニアのウエストから腰へと下りていき、焼けつくような熱い感覚を残す。

「これだけかって？　いいや、とんでもない」彼の両手はじりじりとラビニアの腿に向かった。「もっとだよ。もっとたくさん」

そして、ふたたびウィリアムの唇がラビニアの唇をふさいだ。今度の彼の行動には、なんの抑制もなかった。体を押しつけ、両手で彼女を抱き寄せる。首筋に唇をつけると、彼女が頭をのけぞらせ、ウィリアムはその肌に舌を這《は》わせて火をつけていった。温かな唇が鎖骨をなぞっていく。ドレスの襟首にそって、熱い息を吹きかける。そして、ボディスを引っ張ってずらし、胸のふくらみを口にふくんだ。

鋭い快感がラビニアをのみこんだ。愛撫《あいぶ》だけでは満足できなかった。それどころか、ますます欲望がつのっていく。ウィリアムの片手がラビニアの脚をとらえて持ちあげ、スカートの裾《すそ》をめくりあげた。濡《ぬ》れた体の芯《しん》に、ウィリアムの指が軽く触れた。

快感と欲望が絡みあう。

ラビニアは願い、求め、要求した。欲しいものを口にすることはできず、ただ、もっと、もっと、と懇願した。でも彼にはわかっていた。硬くなった彼の体がラビニアの体に押しつけられた。そして彼はラビニアを満たした。激しく、深く。

彼は机に両手をついて体を支えた。ラビニアの脚が彼の腰に巻きつく。そして、彼女はなにも考えられなくなった。わかるのは彼の肌の熱さ、彼女の芯をつらぬく彼の体の感触、胸に触れる手、唇をおおう彼の口だけだった。だが、いつしかそれらさえも意識から消えてしまい、彼女のすべては彼のものとなった。

やがて、まだ甘い余韻にうずく彼女の体を、ウィリアムがしっかりと抱きしめた。彼の髪はわずかに汗ばみ、激しい行為に息が荒くなっていた。

彼はラビニアの耳にささやいた。「ぼくのすべてはきみのものだ。もしきみが欲しいと言ってくれるなら」

ラビニアは彼の胸に額をつけた。「ええ、欲しいわ」ウィリアムの両手が彼女の肌を愛撫する。ラビニアは大きく息を吸いこんだ。スターチと塩と、それに……クローブの焦げるにおい？

戸惑いの表情でラビニアは彼から身を離し、あたりのにおいを嗅《か》いだ。なんとも形容しがたい、つんとするようなにおいが漂っていた。どことなく硫黄に似ているような気のするにおい。その妙なにおいはウィリアムではなく、二階から漂ってきていた。

ラビニアはウィリアムの腕から抜けだした。机から飛びおりて身だしなみを整える。そしてすばやく奥のドアに近づいて、立てかけてあった椅子をどかした。いったいなにごとなのか見当もつかないままに、彼女は足音も荒く階段を駆けのぼった。

弟が暖炉の前に立っていた。鍋《なべ》つかみを使って押さえている鍋から、黒っぽい湯気がもうもうと上がっている。

ジェームズが笑顔になった。「あ、姉さん、いまクリスマスのお祝い用のワインを温めているんだよ」

「ワイン？　どこからワインを持ってきたの？　香辛料を買うお金はどうしたの？」そう言ってからテーブルに目をやって、ラビニアは思わず小さな悲鳴をもらした。「鵞鳥？　鵞鳥なんか、どうやって手に入れたの？」

ジェームズは肩をすくめた。「母さんの真珠のペンダントを売ったんだ。母さんがぼくにくれたものだから……。なんていうか、母さんがそうしてほしいって言ってるような気がしたんだよ」彼はもう一度肩をすくめてから、明るい声で続けた。「それにさ、ぼくのしでかした失敗とか姉さんの結婚とかで、多少は余分なお金が必要だろう？」

ラビニアの背後から、階段をのぼってくるウィリアムの足音が聞こえた。

「どうしてわたしが結婚するってわかったの？　ついさっきまで、本人のわたしも知らなかったのに」

ジェームズが彼としては精いっぱいのまじめくさった顔つきでラビニアを見つめた。

「秘密にしておきたいんだったらさ、ペン先の調子をたしかめるとき、〝ミセス・ウィリアム・Q・ホワイト〟って帳簿の欄外に書くのはやめたほうがいいと思うよ」

ラビニアは呆然と弟の顔を見つめた。頬が困惑にほてっている。「ジェームズ……あのね……いま彼がここへ上がってくるところなの。お願いだから、わたしが一年も前からそんなことをしてたなんて、絶対に言わないでね」

ジェームズはしてやったりと言わんばかりの上機嫌な顔でうなずいた。階段を上がりきったウィリアムが、家族のなかに迎え入れてもらえるかどうか不安だというような表情で足を止めた。

ジェームズは開かれたままの帳簿がおかれた机のほうをちらっとふりかえった。だが、それ以上ラビニアをからかうのはやめて、両手のなかの鍋をちょっと持ちあげてみせながら、親しげにウィリアムに話しかけた。「ねえ、ワインが焦げるって知ってた？　ぼくは思ってもみなかったよ。だって、液体だもの。なのに、ほら見て。この鍋、すっかり焦げついちゃったんだ」

エピローグ

ロンドン、十三年後

「ミスター・ホワイト」

ウィリアムは顔を上げた。彼がガレス・カーハートのもとで仕事をするようになってから、もうずいぶん長い年月がすぎた。当時ガレス・カーハートの身分はウィンドルトン子爵だったが、その後祖父の跡を継いでブレイクリー侯爵となった。それに伴って、ウィリアムの責務もずいぶん増大した。

新侯爵が言った。「一年前、きみはぼくに侯爵家の財政の切りまわしを任せてくれと言ったな。そして、ぼくはきみが能力を証明するチャンスを与えた」

侯爵の言葉がとぎれたが、主人のことをよく知っているウィリアムは、ここで口をはさもうとはしなかった。新しいブレイクリー卿《きょう》は話の邪魔をされるのが大嫌いなのだ。いったんとぎれた言葉は、侯爵の好きなペースで再開されるはずだった。

「きみはみごとに証明したよ。おめでとう。この先も、きみの地位と俸給は永久に保証される」

「ありがとうございます、御前様」たいして驚きはしなかった。ウィリアムは有能な仕事ぶりを見せてきたし、ブレイクリー卿は態度こそそっけないが公平な人だったからだ。

ふたたび気づまりな沈黙が続いた。そして、ブレイクリー卿は時計に目をやった。「おや？」三時七分すぎだった。「今日はもう家に帰る時間じゃないのか？」

十三年のあいだに、ウィリアムは主人のこういう唐突で奇妙な言葉の意味がわかるようになっていた。悪い知らせに関しては、ブレイクリー卿ははっきり直接的に言葉にする。いい知らせに関しては、尊大な態度で真意をおおい隠して話す。そして、クリスマス・イブに雇い人を三時間も早く解放するなどという無条件の贈り物をするときには、なんとも遠まわしな言い方のなかに善意を隠してしまうのだ。

ウィリアムはすぐに席を立って外套《がいとう》に手をのばした。「失礼します、御前様」彼はドアに近づいたが、戸口でちょっと足を止めた。「御前様、あの――」

「いや」ブレイクリー卿がさえぎった。「やめてくれ。〝楽しいクリスマスを〟などという偽善的な台詞《せりふ》は聞きたくない」

ウィリアムは軽く頭を下げた。「わかりました。では、失礼します」

いつも突然チャンサリー・レーンの事務所に現れては、雇い人たちに災いをもたらしていた前侯爵と違って、いまのブレイクリー卿は、財政をはじめとする侯爵家の運営全般の仕切り役であるウィリアム・ホワイトをメイフェアの屋敷に呼んで報告を聞くのが好きだった。現侯爵は冷酷で厳しいが、驚くほど公平な人間だった。そのおかげで、仕事を終えたウィリアムが治安のいい住宅街にある縦長のタウンハウスまで歩いて帰るとき、その足どりは軽かった。

ドアを開けると、シナモンとシトラスの香りと温めたワインのかすかなにおいが混じりあって、ふわりとウィリアムを包みこんだ。でも、なにかが足りなかった。なにがおかしいのか気づくのに、ほんの少しだけ時間がかかった。静かすぎるのだ。しんと静まりかえっている。

なかに入ると、ラビニアが指先で巻き毛の房をいじりながら本を読んでいた。小説ではなく、財政金融学の本だ。金糸を織りこんだショールが肩をおおっている。しばらくウィリアムは彼女を見つめていた。怜悧《れいり》な視線が文字を追って動いていく。指を舌先に軽く触れて、ページをめくる。こんなに美しい女性はほかにはいない、とウィリアムは思った。

ラビニアが顔を上げた。いつもよりずっと早い時刻に帰ってきた夫を見ても、彼女は飛びあがりもしないどころか、驚いた顔さえしなかった。

「なにがあったか当ててあげましょうか。わたしに言われたとおりクリスマスの夕食に侯爵様を招待したら、図々《ずうずう》しいやつは首だと言われたのね。しかたがないわ。気にしなくていいわよ」ラビニアがほほえんだので、ウィリアムは彼女がふざけているのだとわかった。

「なんにしても、この四半期にわたしはあなたよりたくさんのお金を手に入れたんですもの。これからはふたりでもっと儲《もう》ければいいわ」

キリスト教徒の女性のなかで、家計のやりくりをして貯《た》めた金を鉄道会社に投資するのはラビニアのほかにはいないかもしれない。ウィリアムは彼女に近寄って足を止めた。

「この四半期に、きみはぼくよりずっとたくさんのお金を使ったんだろう?」ウィリアムは輸入物のシルクのショールに手をおいて言った。そして、その機会を利用して彼女の肩を撫《な》でた。

「これのこと? あら、まさか。これはそんなに高いものじゃないわ。ねえ、それでどうなの? 明日の夕食に、侯爵様はいらっしゃるの?」

「いや、残念ながら。ちゃんと尋ねるつもりではいたんだよ——実際、言いかけたんだ。でも、ちゃんと口にする前に、侯爵様に止められてしまった。まあ、きっとそれでよかったんだよ」

「侯爵様って、ほんとうに孤独な方なのね」ラビニアが肩をすくめた。「でも、それはそれで侯爵様のお選びになった生き方なんだわ」

「孤独の話はもうたくさんだ。それよりぼくがもっと興味を持っている話、ぼくたちふたりについての話をしよう。さっきからなにかが——というか、誰かが足りないようだね」

「ジェームズが子どもたちを連れだしてくれたの。今日は早く店じまいしたので、イタリアから来た楽団の演奏を聴きに行こうって」

それで、こんなに静かなのだ。

「ミセス・エバンスはキッチンよ。下働きの娘は市場にお使いに行っているの。ここには誰も来ないと思うわ。あと数時間は」

ウィリアムはにっこり笑って手を差しだした。「ミセス・ホワイト」と、いたずらっぽい口調で言う。「きみのそのとても高価なショールは、床においたほうがもっときれいで、もっと高価そうに見えると思うよ」

愛と喜びの讃歌

マーガレット・ムーア

■主要登場人物

グエンドリン・デイヴィーズ……聖ブリジット孤児院の院長。
モリー……………………………聖ブリジット孤児院のメイド。
グリフィン・クーム・リース……伯爵。
ミセス・ジョーンズ……………伯爵家の家政婦。
ミスター・ジョーンズ…………ミセス・ジョーンズの夫。伯爵家の使用人。
ビル・マーヴィン………………伯爵家の小作人。
テディ……………………………ビルの長男。
ウィリアム………………………ビルの次男。
レティシア………………………グリフィンの元婚約者。

1

一八六〇年十二月二十日
ウェールズ　スランウィスラン

若い小間使いは、労働で荒れた手を黒いギャバジン地の胴着《ボディス》の前で組みあわせ、女主人が出発の準備をするのを見つめていた。「ああ、ミス・デイヴィーズ、あんなところへ行くなんて危険すぎます！　ひとりであんなところへ行けなんて言われたら、わたしはきっと死んでしまいます！」

「ばかなことを言わないで、モリー」グエンドリンはすりきれた焦茶色のボンネットをかぶりながら、きびきびと答えた。「何を怖がることがあるの。クーム・リース伯爵は、きっとみんなが言うほどひどい人じゃないわよ」

「でもそうなんですから！　彼は卑劣で、意地悪で、恐ろしい男なんです！」モリーは叫んだ。「あの火災事故が起こって以来、誰にも会わず、お屋敷から一歩も出ようとしないんだそうです。おまけに顔にひどい傷跡があるとか」

グエンドリンは不安な顔をした若い小間使いのほうを向き、安心させるようにほほ笑みかけた。「外に出るくらいはするでしょう。馬で遠乗りをすると聞いたわ。それに、毎週土曜日には家政婦と使用人の男性がやってくるみたいよ。とても世捨て人の暮らしとは言えないわ」

「でも、その人たち以外、姿を見たことがないんですよ！」

「ひどい傷跡があるのなら、じろじろ見られたり質問されたりしないよう世間から身を隠すのは、少しも不自然なことじゃないわ」

「みんながあの男のところに献金を集めに行ったときのことをお忘れですか？　あの男ときたら、今ここで撃ち殺してやるなんて脅したんですよ！」

三年前に村じゅうの噂《うわさ》になったその事件を、グエンドリンは思い出さないようにしていた。「大げさに伝わっているだけよ」

モリーはすばやく首を横に振った。「わたしは村の宿屋で働いていたんです。あの男は猟銃を持ちだしてきて、〝出ていかないとぶっぱなすぞ〟と脅したって、みんな言ってました」

「もしそんな気配を見せたら、わたしは走って逃げるから大丈夫よ」グエンドリンは冗談めかして言った。本当は、世捨て人のクーム・リース伯爵をめぐる噂はあまり喜ばしいものとは言えなかった。とりわけ、これから訪問する目的を考えれば。

モリーが窓の外を指さした。「雪になりそうですよ、ミス・デイヴィーズ。途中で嵐《あらし》にでもなったらどうするんですか？」

グエンドリンは年下の娘の視線を追って、灰色の石でできた孤児院の建物と、それを囲む壁にはさまれた小さな裏庭を見やった。この建物はもともとは矯正院として造られたものの名残だった。その背後には、ごつごつした岩だらけのウェールズの山々が連なっている。暗い青みをおびた灰色の雲は幸先《さいさき》のいいものではないけれど、少々の雪くらいで思いとどまるつもりはない。

「クリスマスまであと四日しかないのよ。今日リース館へ行かなければ、お祝いの前に行く機会はもうなくなるわ」グエンドリンは訪問を先延ばしにできない理由を、自らに言い聞かせるように声に出して言った。

それからもう一度、安心させるようにモリーにほほ笑みかけた。

「まだしばらくは雪になりそうもないわ。それにお茶に招かれているわけでもないし、雪が本格的に降りだすまでには、なんとか戻ってこられるんじゃないかしら」

「だったら、せめて馬車屋のウィリアムズを呼びに行かせてもらえませんか？　あの人ならポニーの荷車で送ってくれますよ」

グエンドリンは首を振り、指の部分につくろった跡のある毛糸の手袋をはめた。「そんなお金はないわ。だいいち、そんなに遠くでもないし。わたしだって山を何キロも歩いたことがあるのよ。もし歩けなくなったら、デンハロウ農場に避難させてもらうわ。ちょうど途中にあるから」

「だけど、それだけじゃないんです」モリーはなおも言った。「屋敷までの道はたいそう荒れていますよ。この春、川が洪水を起こしてから、あの男は全然道を整備させていないんですから」

「大丈夫よ、心配しないで」グエンドリンはきっぱりと請けあった。

「伯爵は昔からひどいかんしゃく持ちだそうですよ。おまけに怪我《けが》をしてからは――」

「わたしだってクリミア戦争に参加したのよ」グエンドリンは口をはさんだ。これ以上モリーの悲嘆や不吉な警告にわずらわされたくなかった。「あのバラクラヴァの悲惨な戦いを耐え忍ぶことができたんだから、世捨て人の殿方の相手くらいなんでもないわ。それに、もしも彼が粗暴だとしても……殿方に粗暴なふるまいを受けるのは、これが初めてというわけじゃないし。もちろんこれが最後とも思えないけれど。それにもし雪が降りだしたら、デンハロウの厨房《ちゆうぼう》で安全にかくまってもらうから、心配しないで」

グエンドリンはひび割れた小さな鏡で自分が見苦しくない格好をしているかどうか確め、おろおろしているモリーを残して孤児院をあとにした。

グエンドリンは、荒れはてたぬかるみの道を見失わないようにたどっていった。伯爵が手入れを怠っていなければ、歩きやすい道のはずだった。ときおり目を上げて、遠くにそびえる巨大な石の壁に目をやる。それはまるで、おとぎばなしに登場する、邪悪な魔法使いか人食い鬼が住んでいそうな建物だった。ウェールズの竜《ドラゴン》と、後ろ足で立ちあがるライオンが組みあわされた、伯爵家の紋章をかたどった錬鉄製の門は、風が勢いを増すにつれてきいきいと鳴った。わずかに生えている貧弱な木々は強風にたわんでうなりをあげ、灰色の空はますます暗くなってくるばかりだ。

いくら今日でなければだめとはいえ、とても訪問に適した日とは言えない。

グエンドリンは来た道を振り返った。デンハロウ農場は谷を三キロも後方に遠ざかっていた。急げば天候が本格的に悪化する前にたどり着けるかもしれない。だいいち、伯爵の館《やかた》にどれだけいられるだろう？　まさか銃を突きつけられるとは思わない。ともかく長居しないのはたしかだ。

寒さに爪先がしびれてくるのを感じて、グエンドリンは決心し、灰色の薄いマントをいっそうきつく巻きつけた。このまま館まで行って、頼み事をしてから、できるかぎり早く退散しよう。デンハロウ農場まで戻ってきて、そのときの天候がよくなっているか悪くなっているかで、その先どうするか決めればいい。

いったん心が決まるや、グエンドリンはできるかぎり速く歩いた。わだちにつまずかないよう足元に注意を払いながら。伯爵の館に泥だらけのひどい格好で現れようものなら、決して目的を達成することはできないだろう。

クーム・リース伯爵の領主館《マナーハウス》は眼下に谷を見下ろす台地に立っていたので、ほどなくして道は平らになった。ノルマンディ人征服の時代、そこには城があったと聞いていたが、今は跡形もない。台地の下は小さな谷間で、そこから先はさらに荒涼とした険しい山道になっている。山の上にはわずかに農民が住んでいたが、ほとんどの住民はこの孤立した地所よりも下に住んでいた。

ようやく鉄の門の前にたどり着いたグエンドリンは、鉄格子のなかをのぞきこんだ。馬車道がのびる向こうには、はるかエリザベス一世時代、そしてウェールズ出身のテューダー王朝にまでさかのぼる巨大な屋敷がそびえていた。その正面は陰鬱《いんうつ》な灰色の石で造られ、背の高い窓はどれも真っ暗で、まるで打ち捨てられたかのような印象を受ける。巨大な屋根付き柱廊が、玄関の扉を風雨から守っている。

どう見ても客を歓迎する雰囲気ではないが、今さら引き返すわけにもいかない。それに彼女はひどく切羽つまっていた。クリスマスだというのに、懐には二ポンドしかない。これではろくに贈り物も買えないし、クリスマスにふさわしいごちそうさえ用意することができない。何もない子供たちに、せめてクリスマスらしいことをしてやりたかった。建物の暗鬱な印象や、その主《あるじ》の激しい気性の噂にまどわされて、尻込みしている場合ではない。

グエンドリンは門番小屋のようなものか、客が来たことを教える仕掛けのようなものはないかと探したが、どこにも見当たらなかった。そこで、門に手をかけてみると、驚いたことにたやすく開いた。

これは幸先のよいしるしかもしれない。だが、薄いマントに吹きつける風はいっそう冷たくなったように思えた。たぶん、じっと立っているせいだろう。

屋敷に続く私道を早足で歩いているうちに体は暖まってきたが、温かい歓待を受けるかどうかは心もとなかった。下の階の窓には明かりが灯《とも》っている。またしても希望が持てる兆候だ。

そのとき、窓の向こうに男性の姿が影になって現れた。背の高い、肩幅の広い男性だ。グエンドリンは挨拶《あいさつ》しようと手を上げかけたが、男性はさっとカーテンを引いてしまった。

「メリー・クリスマス」彼女は声をひそめてつぶやいた。あれが噂の伯爵だとすれば、あまりよい兆候ではない。せめて彼が銃をとりに行ったのではないことを祈るばかりだ。

とはいえ、モリーにも話したとおり、彼女はクリミア戦争を生きのびてきた。それに比べれば、どんなことにだって耐えられる気がする。こんなことで落ちこんでいたら、決して看護婦にはならなかったし、血に染まったバラクラヴァの海岸をひと目見るなり逃げ帰っていただろう。あのときは傷ついた男たちが彼女を必要としていた。そして今は孤児たちが彼女を必要としている。

グエンドリンは正面玄関の巨大なオークの扉につかつかと歩み寄った。そして馬の頭をかたどった巨大な錬鉄製の金具を持ちあげて打ちつけた。

館内をまるで砲撃のように震わせるすさまじい音に、彼女は思わずたじろいだ。こんな騒音をたてるつもりはなかったのに。

扉が開いたかと思うと、そこには猟銃を抱えた怒れる紳士ではなく、ほっとしたことに、しわだらけの暗く鋭い目つきをした年配の女性が立っていた。落ちてきたばかりの新鮮な雪と見間違えそうな、真っ白いお仕着せの帽子とエプロンをつけている。

「いきなりお邪魔して申し訳ありません」グエンドリンは笑みを浮かべて言った。「わたしはグエンドリン・デイヴィーズと申します。スランウィスランの聖ブリジット孤児院からまいりました。よろしければ、伯爵にお目どおりをお願いしたいのですが」

女性はほほ笑みを返したが、すぐに眉をひそめて不安そうに背後を振り返った。「旦那《だんな》さまは本日、お客さまとはいっさいお目にかからないとのことです」

「まあ」グエンドリンは気づかいと同情の入りまじった声で言いながら、その足はじりじりと戸口に近づいていた。「伯爵さまはお加減でも悪いのですか。それなら、わたしがお助けできると思います。クリミア戦争で看護婦をしておりましたので」

「いいえ、そうではなくて」女性はまたしても背後に視線を向けた。「旦那さまは来客を好まれないのです」

「わたしは客としてまいったのではありません」グエンドリンの足はすでに玄関広間に入っていた。

　大理石の床には染みひとつなく、歳月で黒ずんだオークの木が鏡板にはめられていた。中世に使われたとおぼしき矛や、剣や、盾などの武具が壁にかけられている。二階に通じる階段の足元には、甲冑《かっちゅう》をつけた武者が立っていた。広間からはふたつの廊下が、一方は右に向かって、もう一方は左に向かってのびている。

「今日は寄付をお願いにまいりました」彼女は続けた。「クリスマスも近いことですし、ご主人さまもきっと――」

「ミセス・ジョーンズ!」右側の廊下の向こうから、よく響く低い声がとどろいた。「それは先ほど明かりがもれているのを見た窓のある方角だった。「そいつをとっとと追いだしてくれ!　わたしは一ペニーたりとも払うつもりはないからな!」

　それを聞いたとたん、グエンドリンが伯爵の私生活を侵害していることに対して感じていたためらいは吹き飛んだ。

　年配の女性は顔を赤らめ、申し訳なさそうな表情になった。「まことに申し訳ありませんが、お引きとり願えませんでしょうか。旦那さまのご機嫌があまりよろしくありませんので。この季節になるといつもそうです。旦那さまも昔はクリスマスの季節を楽しみにしておられましたが、今は……クリスマスになると、かつて愛しておられたものを思い出されるのがおつらくて……。パーティやゲームや歌を、それは楽しまれていました。それに今は歴史のご本の執筆でお忙しいのです」

伯爵にそうした文学的な素養があるとは初耳だった。たしかに彼が心の傷を負っているのは気の毒だとは思うが、だからといって粗暴にふるまう権利はないはずだ。

「せめて、わたしが聖ブリジット孤児院から来たことだけでも伝えていただけませんか?」

そのとき、グエンドリンの右手にある廊下の奥の扉が開き、薄暗い廊下に光がさした。長いくしゃくしゃの髪を肩まで垂らした、長身で肩幅の広い男性が現れた。その手は腰に当てられている。

「ミセス・ジョーンズ!　さっさとその女を追いだしてくれ。さもなければ、わたしが追いだすまでだ」

グエンドリンは男性がいかなる種類の銃も持っていないことを見てとり、攻撃に移る兵隊のようにまっすぐ目的物に向かって突進した。背後から哀れっぽい声を出して追いすがる家政婦をまったく無視して。「どうか、お嬢さん、おやめください……旦那さまは……」

「はじめまして、伯爵さま。よろしければ少しだけお耳を貸していただきたいのです」せめて自分の訪問の目的だけでも聞いてもらわなければ。「お手間はとらせません。ただクリスマスが近づいておりますので――」

「おまえの魂胆ならいやになるほどわかっている。返事はノーだ！」男性は叫ぶなり右側の部屋に消え、扉をたたきつけるように閉めた。

さすがのグエンドリンもひるんだが、それもほんの一瞬だった。いくら伯爵さまが相手だろうと、最低限の礼儀を守ってもらう権利はこちらにもあるはずだ。クリスマスの朝にがっかりした表情を浮かべる子供たちの顔が、グエンドリンの脳裏をよぎった。

扉の下から光がもれている部屋を探しあて、グエンドリンはいきなりそこを開けた。そして、これまで見たこともないほどごみごとに散らかった部屋に足を踏み入れた。まるで風の強い日に窓を開けっぱなしにしておいたかのように、書物や書類が部屋じゅうに散乱している。手書きの原稿が乱雑に置かれた机の上に、ひとつだけ灯されたランプがあった。原稿にはいたるところに線で消された跡があり、余白には覚え書きが書きこまれている。ずらりと並んだ書棚の上にはさまざまな種類と形の兜《かぶと》が置かれ、巨大な幅広の剣が机に立てかけられていたが、その刃はまるで同じ武器で攻撃を受けたかのように一部がぎざぎざに欠けていた。

きわめつきは、暖炉の前に立っているクーム・リース伯爵だった。足を開いて腕を組む姿はまさしく猛《たけ》り狂う領主そのものだ。しかし、身につけているのは地元の農民とたいして変わらない質素なもので、毛織りの直線裁ちのズボンに、襟元を開けた白いシャツ、ギヤバジン地のチョッキに黒っぽい上着という格好だった。時計の金鎖と飾りが炎の光を受けてきらめいている。

その顔の左側は、赤くまだらになった消えることのない傷跡で覆われていた。

グエンドリンはこれまでにも戦場で顔にひどい傷を負った兵士を見てきたが、伯爵の場合もだいぶひどかった。傷はまるまる片目のまわりを覆っている。長い髪はそれをできるだけ隠すために伸ばしているのだろう。

「申し訳ありません、旦那さま！」グエンドリンのあとを追って部屋のなかに入ってきたミセス・ジョーンズが、息を切らしながら叫んだ。「お止めしたのですが――」

「わかっている」伯爵はうなり声をあげた。「きみはもう下がっていい、ミセス・ジョーンズ。わたしが相手をする」

ミセス・ジョーンズは、グエンドリンが予期したようにこそこそ引きさがる代わりに、まるで聞き分けのない子供に対するような調子で言った。「では、お茶の用意をしてまいります」

「お茶などいらん」伯爵が言い返した。「この無礼なご婦人にお引きとり願うときにはベルで知らせる。すぐにな」

ミセス・ジョーンズは叱責《しっせき》するようなまなざしを伯爵に向けてから、部屋を出ていった。

「お邪魔をして申し訳ないと――」グエンドリンは言いかけた。

「まったくそのとおりだ」

いくら頭を下げに来たとはいえ、もはや限界だった。今にも堪忍袋の緒が切れそうだ。「無礼な言葉でわたしがひるむとお思いなら大間違いです、伯爵さま。わたしはもっとひどい殿方の言葉も聞いたことがあります」相手があっけにとられた顔をするのを見て、グエンドリンは思わず満足げな笑みを浮かべそうになった。「わたしはグエンドリン・ディヴィーズと申します。今日は――」

「金をせびりに来たのだろう」伯爵はじろじろとグエンドリンを見ている。「てっきり、いい儲《もう》け話があるといってわたしの金をくすねようとする食わせものか、クリスマスに弱者を助けていい顔をしたい暇人だとばかり思っていたが、そのひどく粗末な格好を見るかぎり、そうでもなさそうだ。だとしたら、きみは夫を見つけそこねたあげく、慈善事業に身を投じた女に違いない。そうでなければ、これほどまでに厚かましいまねができるものか。ついでに、この再生にうってつけのめでたい季節に、わたしの永遠の魂を救おうという魂胆だろう。だったら、無駄な努力はしないほうがいい」彼は扉を指さした。「異教徒たちはほうっておくのがいちばんだ。わたしも同じだ」

グエンドリンは冷ややかに、落ち着きはらって相手を見つめた。「どうやら何か誤解なさっているようですね。あなたの永遠の魂が救われようと、あなたが喜んで地獄へ落ちようと、わたしにはいっこうに関係ありません」

彼の茶色の瞳が怒りに燃えあがったが、グエンドリンはそれを無視して事務的な口調で続けた。

「ですが、人は亡くなるときに自分の財産をあの世へ持っていくことはできません。ですから、その悲しい日が来る前に、己の富に感謝し、自分より貧しい人々にそれを分け与えようとするのがクリスマスです。それを目前に控えた今、恵まれないウェールズの子供たちにささやかな贈り物やごちそうをあげるための寄付をお願いできないかと申しあげているのです。わたしが院長をしているスランウィスランの孤児院にいる子供たちに」

伯爵は片方の足を引きずりながら、机に向かった。グエンドリンはそれまで彼が歩行に困難をきたしていることに気づかなかった。たぶん必死に隠そうとしていたのだろう。長い髪で顔の傷を隠そうとしたように。

「なんてことだ。きみのように人をいらいらさせる、ぶしつけな女には会ったことがない」

「わたしは、意味もなく怖じ気《おけ》づきたくないだけです。わたしにはそれなりの理由があります。こんなふうにしてあなたの……」グエンドリンは散らかった書斎を見まわしながら言った。「興味深い生活をお邪魔するからには」

「その興味深い生活のなかには、わたしに金をせびりに来る、ずうずうしい訪問者は含まれていないのだが」

「わたしだってお邪魔するようなことはしたくありません。でもクリスマスまであと四日しかないのに、子供たちに何もしてやれないのです」

机の前の椅子に腰を下ろしながら、伯爵はせせら笑った。「クリスマスは毎年同じ時期にやってくるものだ。だったら最初から計画しておくべきだろう。こんなふうに土壇場になって、見知らぬ人間に助けを求めて駆けこんだりするのではなく」

「計画はしていました。ですが、古い煙突が壊れて新しいものが必要になるとは予想もしていなかったのです。孤児院に新しい四人の子供たちが加わることも。あるいは、有力な後援者のひとりが突然いなくなることも。クリスマスのためにとっておいた予算は、全部それらにまわさなければならなかったんです」

「だから勇気をふるい起こして、クーム・リース伯爵のもとに慈悲を請いに来たというわけか」

「わたしは、近くに住んでおられる裕福なお方に、わたしどもを助けていただけないかとお願いに来たのです。たいした金額ではありません。ただ、子供たちひとりひとりにささやかなごちそうと、クリスマス・ディナーのための、が、ち、ょ、うが一羽買えるだけのお金があればいいんです」

「その子供たちとは、何人くらいだ?」

「五十人です」

伯爵の眉が驚いたように上がった。「たった五十人か?」皮肉っぽい口調できく。

「子供たちがサンタクロースに望むのはたいしたものではありません。せいぜいオレンジ一個か、ほんの少しのキャンディ程度です。わたしがお願いする額は、あなたのような方にとってははした金にすぎないでしょうが、子供たちにとってはとても意味のあるものなのです。何もないクリスマスなんて、あまりにも子供たちがかわいそうです」

伯爵の厚みのある唇がねじれて、ゆがんだ笑みが浮かんだ。「哀れな子供たちが大きな瞳に失望の涙を浮かべるところを想像させて、男たちの同情を引きだすのがうまいようだな。いっそのこと、役者にでもなったほうがいいんじゃないのか、ミス・グエンドリン・デイヴィーズ」

「もし見込みがあるのなら、あなたのおっしゃるとおりにしたほうがいいかもしれません」

「もし断ったら、どうするつもりだ。ひざまずいて慈悲を請うか?」

「必要とあれば」

今にもひざまずこうとするそぶりを見せたグエンドリンに、伯爵はうなるように言った。

「やめろ、本気で言ったんじゃない」

「あら?」彼女は何食わぬ顔で答えた。「失礼しました、あなたにユーモアのセンスがおありだとは思いもしませんでした。あるいは、ほんのわずかなお金をほどこすために、相手を侮辱する趣味がおありだとは」

伯爵は苦々しげな視線を向けた。「もし金を渡せば、ここから出ていってわたしを執筆に専念させてくれるなら、寄付を考えてもいい。孤児でも病人でも老人でも、きみがそうしろという者たちに」

慈悲深い返答とはいえなかったが、グエンドリンはにっこりほほ笑んだ。「それでしたら――」

「冗談に決まっているだろう」伯爵はみなまで言わせなかった。

「あなたの皮肉なユーモアを理解できなくて、重ね重ね失礼しました」

ののしり言葉のようなつぶやきとともに、伯爵は机の引きだしを勢いよく開け、そのなかをかきまわしはじめた。「ミス・デイヴィーズ、わたしはこれまで弁護士を通じて、さまざまな慈善事業に寄付を行ってきた。ただその事実を大っぴらにしなかっただけだ。しかし、人の家の軒先にずかずかと入りこんでくる、やかましいばあさんどもを避けるためには、寄付先の一覧表を扉に貼《は》っておくべきだったかもしれないな」

「お気のすむまで、好きなだけわたしを侮辱してくださってけっこうです。あなたを煩わせたことの代償と考えることにいたしましょう。でも、もし少しでも心の慰めになるのなら申しあげますが、子供たちはたいそう喜ぶことでしょう。なんといっても、子供たちにとっては一年に一度、自分たちのことを誰かが思ってくれていると信じられる季節なのですから。今までずっとそうでした」

「それでは、この仕事を始めて長いのだな」

「ええ、戦争の前から」

伯爵はそれには答えず、あいかわらず机のなかをかきまわしている。グエンドリンはクリスマスの記憶を押しやり、もう一度書斎のなかを見まわした。伯爵が中世のさまざまな武器を趣味で収集しているのは明らかだ。あるいは執筆を助けるためのものかもしれない。書棚にはぎっしりと本が並べられ、さらにさまざまな種類の本が柱脚テーブルや床の上にまであふれていた。題名を読むかぎり、歴史や伝記の本ばかりのようだ。彼女が読めなかったものはラテン語で書かれていた。

「よかった、まだいらしたんですね！」

大きなトレーを両手で掲げたミセス・ジョーンズが現れた。ティーポットとクリーム、砂糖、二客のウェッジウッドのティーカップ、苺《いちご》ジャムをつけたスコーンがのっている。

「ちょっとこれを置かせていただきます」

彼女はいらだたしげな声をあげながら、床の本の山をどけて、柱脚テーブルに向かった。

「グリフィンさま、埃《ほこり》だらけの本をこんなふうに床のあちらこちらに散らかすのはおやめいただけませんか？」

もし伯爵の目が矢を射ることができたら、この老婦人はたちどころに死んでいただろう。

「お茶はいらないと言ったはずだぞ、ミセス・ジョーンズ。あのいまいましい小切手帳を見つけたら、ミス・デイヴィーズはすぐにお帰りになる」

ミセス・ジョーンズはにこやかにほほ笑んだ。何かというとののしり言葉を吐く主人の性癖をいっこうに気にしている様子はない。だが、すぐに彼女は眉をひそめた。「お客さまに椅子をお勧めすることもしていないんですか。あんなに遠くから歩いていらしたというのに！」老婦人は子供を叱《しか》りつけるような口調で伯爵の無作法をたしなめ、グエンドリンに近づいていった。「そんなことでは、礼儀のひとかけらもない野蛮人だと思われてしまいますよ。どうかボンネットとマントをおあずけになって、暖炉のそばにおかけください、ミス・デイヴィーズ。今、お茶をおつぎしますよ。お砂糖はいかがです？」

「いいえ、けっこうです。何も入れないのが好きなんです」

「どこぞの茶会のつもりか！」伯爵がぶつぶつ言った。

「無礼はおよしなさいませ、グリフィンさま」ミセス・ジョーンズが言う。「あなたはもう、このお気の毒なお嬢さんに充分悪態の限りを尽くされたでしょう。この方のなさっていることを考えれば、あなたはもっと敬意をはらうべきですよ」

伯爵のつぶやきはグエンドリンにはよく聞きとれなかったが、どうやら彼女は〝お気の毒なお嬢さん〟などではなく、お茶や椅子の歓待なんてもったいないということらしかった。

「この方はクリミア戦争で看護婦をなさっていたんですよ」

伯爵が問いかけるようなまなざしをグエンドリンに投げた。「戦乱のさなかで?」

「ええ」答えながらグエンドリンは気づいた。伯爵の目はこれまで見たこともないような色だと。茶色ではあるが、金色と緑色のきらめきも見える。火事で左目の視力を失わなかったのは彼にとって幸いだった。

伯爵はふたたび小切手帳を捜す作業に戻った。

「小切手帳が見つかるといいんですけど」グエンドリンは伯爵の豊かな髪を見つめた。女性たちは、ぜひともこんな髪に恵まれたいとあこがれるだろう。それに、こんなにも濃く長いまつげは、ふつうだったら男性には似つかわしくないのに、彼の場合はとてもよく似合っている。

「あるはずなんだ。絶対に」

「お手伝いしましょうか」

「けっこうだ!」彼は吐き捨てるように言い、いらだたしげな視線を彼女に向けた。「いいから座ってお茶を飲んでいてくれ。いっさい手を触れるんじゃない!」

「覚え書きがばらばらにならないための、ご自分なりのやり方があるのだと、旦那さまはおっしゃるんです。お書きになっている本のためのものですけど」ミセス・ジョーンズはグエンドリンに香り高いアールグレイのカップを手渡し、わざと聞こえよがしにつぶやいた。「でもわたしが思うに、単にだらしがないだけなんですけれどね」

ミセス・ジョーンズの暴露話に、またしても伯爵はしかめっ面とののしり言葉を披露した。グエンドリンは紅茶を飲みながら、思わずほほ笑みそうになるのをこらえた。

「あったぞ！」いちばん下の引き出しをひっかきまわしていた伯爵が勝ち誇ったように叫んだ。彼は身を起こし、小切手帳を得意げに振りかざした。「見つけたぞ。あまりゆっくり腰を落ち着けられては困る、ミス・グエンドリン・デイヴィーズ。すぐに出ていってもらうからな」

「いいえ、この方は出ていかれませんよ」ミセス・ジョーンズが高らかに宣言した。「出ていけないでしょうね」問いかけるようなふたつの顔に、老婦人は眉をひそめてみせた。

「こんな吹雪のなかを出ていくなんて、できやしませんよ」

2

グエンドリンは呆然《ぼうぜん》と窓の外を見つめた。またしても突風が吹きつけ、窓枠をがたがたと鳴らした。激しく降りしきり舞いあがる雪で、ほとんど外の景色は見えない。

門の前で引き返すべきだった。「なんとかもっと思ったのに」グエンドリンは誰に聞かせるともなく、つぶやいた。

伯爵が机の前から少し足を引きずりながら彼女のすぐそばまでやってきた。「残念だったな。母なる自然は、きみの望みをあまり心にとめておられなかったようだ。あるいは、わざわざ天候が悪化するとわかっていてやってきたのは、賢明な策略だったのかもしれないな。わたしの凍てついた心を解《い》かすには多少時間がかかると思い、ここに足止めされれば、もっと機会が増えると考えたのだろう。ミス・デイヴィーズ、たしかに今は孤立した暮らしをしているが、わたしもかつては社交界で長い時間を費やした男だ。女の策略がどのようなものかはよくわかっている」

「そんなことは考えてもみませんでした！」グエンドリンは憤然として言い返した。「雪になるとはわかっていましたが、その前に孤児院に帰りつけるだろうと思っていました。それに子供たちのためには、いちかばちか賭《か》けてみるしかなかったのです。もし信じられないとおっしゃるのなら――」

伯爵はグエンドリンを押しとどめるように片手を上げた。「その点に関してはきみを信じよう。わたしに対してそんな策略を仕掛けようなどというのは、よほどの愚か者でなければできないし、わたしはきみが愚か者だとは思わない。強情で、頑固で、手に負えず、悪態をつくかもしれないが、決して愚か者ではない」

彼は窓から振り返った。

「わたしの馬車でジョーンズに送らせよう。ジョーンズは途中の宿屋に泊まって、明日の朝、あるいは雪がやんでから戻ってくればいい」

ミセス・ジョーンズは何をばかな、と言いたげな表情で彼を見た。「うちの夫だって、こんな嵐《あらし》のような猛吹雪のなかを四輪馬車で走るなんて、できやしませんよ！　そんなことをしたら、途中で身動きがとれなくなってしまいます。それにあの馬車は四年かそこら使っていないんですよ。途中で車輪がはずれてもおかしくありません」

「猛吹雪などではありません」グエンドリンは確信というよりは希望をこめて言った。

伯爵が鼻を鳴らした。「それじゃあ、なんと呼ぶ？　〝少しばかり悪い天気〟とでも？」

「なんと呼ぶにしても」ミセス・ジョーンズは言った。「この方を今夜帰らせるわけにはまいりません。あるいは、この雪がおさまるまでは。これから青の間の用意をしてきます」彼女はグエンドリンや伯爵に抗議するすきを与えず、高らかに宣言して出ていった。

グエンドリンはいかにも不機嫌な顔つきの主《あるじ》を見た。彼もまたこの思いがけない事態に面食らっているようだ。「わたしは孤児院に戻らなければなりません」

不機嫌な紳士はゆっくりと机の前に戻った。「きみが監督しなければ、子供たちが騒いで手に負えなくなるとでもいうのか？」

グエンドリンは身をこわばらせた。「職員がちゃんと面倒を見てくれます」

「じゃあ、きみの家族が心配するからか？」

「わたしには家族はいません。それに万一天候が悪化したときは、デンハロウ農場に寄らせてもらうからと言ってあります」

「そら見ろ！」伯爵は勝ち誇ったように叫ぶと、両手を机について身を乗りだした。「やっぱり最初から天候が悪くなるとわかっていたということじゃないか！」

「わたしは本当にデンハロウ農場にたどり着くまではもっと思っていたんです」グエンドリンはありったけの威厳をかき集めた。「こんなふうにあなたのお邪魔をするつもりはありませんでしたし、したいとも思っていませんでした。こうなったことは申し訳ないと思っています」

「後悔するにはいささか遅すぎやしないか？」伯爵は吐き捨てるように言い、椅子に腰を下ろした。

　グエンドリンの我慢も限界だった。「たしかにわたしは寄付をいただかなければならないような貧しい孤児院の院長かもしれませんが、わたしにはもう少し礼儀と敬意をはらっていただく権利があるはずです。わたしがこんなふうにお邪魔して、天候が急変したことは別にしても。あなたの無作法を耐え忍ぶくらいなら、吹雪のなかをデンハロウ農場に戻ったほうがまだましです。それではごきげんよう」彼女はきびすを返した。

　あたかも自分のほうが機敏であることを見せつけるかのように、伯爵は彼女よりも先に扉の前に立った。「ばかはやめるんだ、ミス・デイヴィーズ。今ここを出ていかせるわけにはいかない」

「わたしはばかでもなければ、あなたにそのようなことを言われる理由もありません」グエンドリンは伯爵のわきを通り抜けようとした。

　伯爵は扉の前に立ちふさがった。「むざむざ吹雪のなかに出ていかせて、遭難させるわけにはいかない」

「わたしは、このような無礼な扱いをされるところには一秒たりともいたくないのです」

　伯爵の目が険しくなり、そのしかめっ面がいっそう深まった。「だったら好きにするがいい。わたしはできるかぎり遠ざかっていることにしよう。きみが雪のなかでのたれ死んで、わたしの責任にされてはたまらないからな。いっさいかかわりはないということだ」

グエンドリンも負けじとにらみ返す。「それがいちばんいいと思います。あなたの寛容さにつけいるようなまねは、即刻やめにいたします」

伯爵の表情に、陰険な好奇心のようなものがのぞいた。「きみがそこまでかたくなになるのは、単にわたしの尊大さに我慢できないからなのか、ミス・デイヴィーズ？　それとも、ここにいたくないという理由がほかにもあるのか？　自分の評判が気になるのか？　隣人がなんと言うか、村人や牧師がなんと言うか、恐れているのか？　若い未婚の女が人嫌いのクーム・リース伯爵の家に泊まったなどと噂《うわさ》を立てられるのがいやなのか？」

もちろん伯爵は体格的な優位性で彼女を威圧しようとしているのだ。グエンドリンは侮《ぶ》蔑《べっ》をまじえて答えた。「みんな、わたしがそうするしかなかったのだとわかってくれるでしょう」

伯爵の唇がめくれあがった。これほどまでに邪悪な笑みを見たのは、グエンドリンにとって初めてのことだった。「わたしが夜中に寝室に忍びこんで、きみをどうにかするとは思わないのか？」

「お試しになるなら、どうぞご自由に。ですが、わたしはその手のことには慣れっこになっております。きっと後悔されることになりますよ」

「それは、まるでやってみろと挑発しているみたいに聞こえるな」

「あなたはそこまで愚かな方ではないと思いますけど」

伯爵は足を引きずりながら柱脚テーブルの前まで行くと、ティーカップをひとつとった。その大きな力強い手のなかで、カップはひどく小さく、もろく見えた。あたかもひと握りしただけでつぶれてしまいそうだ。

「ミス・デイヴィーズ、わたしにもかつては、女性の貞操を危ぶませるような時代があったのだ」彼は鋭い一瞥《いちべつ》を投げた。「もしくは女性のほうから喜んでささげてくれるような時代が」

突然、グエンドリンは喉がからからになるのを感じた。だが、この手のやりとりは兵士たちや士官たちを相手にさんざん経験を積んでいた。そこで、すかさず彼女は答えた。

「ご婦人に貞操を捨てさせるご自分の魅力がいかほどのものだったか自慢なさるのは、あまり紳士らしいとは言えません」

彼はゆっくりと、だが容赦ない顔つきで近づいてきた。「前クーム・リース伯爵の紳士的な長男は、あの梁《はり》が焼け落ちて、わたしを廃人同然にしたときに死んだのだ」

それでもグエンドリンは負けなかった。「あなたは、このいささか変わった誘惑をまだお続けになるつもりですか？　なら言わせてもらいますが、わたしにはまったく通用しません。わたしは何年も男の人たちと一緒に働いてきました。そのなかには、美貌《びぼう》や財産に恵まれていない娘たちは喜んでベッドの相手になるだろう、相手にしてやるだけでもありがたく思えと信じこんでいる人たちもいました。でも、彼らのもくろみは成功しませんでした。それはあなたも同じです。なぜならわたしの貞操こそは、唯一わたしの自由になるものだからです。自分を堕落したやくざ者のように見せようとするあなたのやり方が、いささか斬新《ざんしん》であるのは認めますけど」

伯爵は力まかせにがちゃんとカップを置いた。壊れなかったのが不思議なくらいだ。

「それにわたしのような面相の男では、どんな女性だって相手にしないだろうというわけか」

「今度は同情しろとおっしゃるのですか？　あなたがその傷のために、女性を誘惑する能力を失ったことを」

「失われたのはそれだけではない」伯爵は扉に向かいながらつぶやいた。そしてふたたびグエンドリンを見た。「しかし、きみには理解できないだろうな。ところで、ミセス・ジョーンズはいったいどこへ行ったんだ？」

まるでその言葉が呼び寄せたかのように、年配の女性が戸口に現れた。その手に持ったろうそくがすきま風に揺れている。

「ここにおります、旦那《だんな》さま」彼女はまたしても子供を叱《しか》るような視線を向けた。「さあ、いらっしゃい、お嬢さん。暖炉に火をおこしておきましたよ。体を洗うためのお湯もご用意いたしました」

グエンドリンが彼女のあとに従おうとすると、伯爵は机のほうに戻っていった。「今夜の夕食は書斎でとる。ひとりで」

ミセス・ジョーンズは気に入らないとでもいうように伯爵を見つめた。「仰せのままに」

暗い廊下を照らしだすためにろうそくを高く掲げたミセス・ジョーンズは、先に立って階段まで案内した。

「どうか、あまりお気になさらないでください、お嬢さん。仕事を邪魔されると、あの方は少しばかりお行儀が悪くなるんです。それに寒いと脚の古傷が痛むのでね」

少しばかりですって。グエンドリンはこんなにも無礼な男性には会ったことがなかった。たしかに、みんなもっと粗野で無教養かもしれないけれど、あそこまでどうしようもなく傲慢《ごうまん》な男性は見たことがない。あれほどまでに当惑させられる、心乱される男性には。

わたしを誘惑しようなどという考えは……あまりにもばかげている。

「おわかりのように、ご本をお書きになっているのです。時間に迫られているので、あんなふうにいらいらされるのです」

それなら、クリスマスの前に寄付をつのらなければならないグエンドリンの気持ちだってわかってくれてもよさそうなものだ。

「ウェールズの歴史の本を書かれているのです」年配の女性はきかれもしないのに答えた。その口調には明らかな誇りがにじみ出ている。「はるかローマ人の時代にさかのぼり、エリザベス女王の治世までの歴史の書物を」

低い階段を上がった先は、マホガニーの鏡板が張りめぐらされた長い回廊になっていた。その壁にはずらりと肖像画がかけられている。たぶん伯爵の一族なのだろう。男性女性を問わず、富と権力をひけらかすように着飾った面々の肖像画の下をグエンドリンは通りすぎた。彼らがそのお高くとまった鼻から、貧民の孤児だった自分を見下しているような気がしてならなかった。

伯爵にばかりか、その先祖たちにまで見下されるのはごめんだ。グエンドリンは通りすぎながら肖像画の人物たちをひとりひとりにらみつけた。その歩みが最後の一枚の前でふとゆるんだ。それは正装した伯爵の肖像だった。おそらくは、まだ二十代の初めのころだろうと思われる。その大げさな衣装にもかかわらず、伯爵は大理石の暖炉の前でいかにもくつろいだ姿勢をしていた。片方の肘を炉棚にのせた気どらないポーズは、その顔に浮かぶ笑みと、彼をこれから待ち受けている喜びにあふれた未来を暗示する瞳の輝きによく合っている。

当然でしょう。肖像画から判断するかぎり、彼は富と爵位だけでなく、息をのむほどの美貌にも恵まれていたのだから。

時の流れと、顔の傷跡が彼の容貌を変えてしまったことはたしかだが、階下の書斎で見た姿にはまだ若かりしころのハンサムな男性の面影が充分残っていた。黒い巻き毛、力強い顎、まっすぐな鼻、そしてあの抜け目なく人をこばかにしているような茶色の瞳。体つきも変わっていない。広い肩、長い脚、引きしまったウエストと腰、たくましい腿。たとえ傷跡があったとしても、彼はまだ充分にすばらしく魅力的な男性なのだ。

つまり、彼が自ら選んだ孤独は、甘え以外の何ものでもないのだ。彼に同情する必要がどこにあるだろう。

「この肖像画は、オックスフォード大学にいらした最後の年に描《か》かれたものなんです」いつのまにか戻ってきたミセス・ジョーンズが説明した。「歴史学部で主席をおとりになったときのものです」

なるほど、彼は頭脳にも恵まれているというわけだ。これでまた同情する必要のない理由がひとつ増えた。

「およそ五年前です、あの火事の……」

ミセス・ジョーンズの声がとぎれた。その先は聞かなくても、彼女が何を言おうとしているかグエンドリンにはわかっていた。

「旦那さまのまわりには、まるで小鳥たちのように若い女性が群がっていたものです」ミセス・ジョーンズはため息をつき、きびすを返してふたたび歩きだした。「高貴な殿方もこぞって旦那さまにお近づきになろうとしました。あのころの旦那さまは、それは陽気な方でした。火事が起こって、あのご婦人が旦那さまの心を引き裂く前は。事故の直後、一方的に婚約を破棄してきたのです。でも、旦那さまはそのころには心が離れておいででしたので、かえってよろしかったじゃありませんかと、わたしも申しあげたものです」

この話を聞いたら伯爵はあまりいい気持ちはしないだろう、とグエンドリンは思わずにいられなかった。なぜなら、似たような状況に置かれた若者たちを彼女は病院で見てきたから。一生残るような傷、あるいは障害、それに続く婚約の破棄。片方だけなら、若者もなんとか耐えられるかもしれないけれど、両方となると……。グエンドリンは、イングランドに戻るよりも死を選んだ者を少なくともふたりは知っていた。

「それでも何人かのお友達が残りましたが、みな旦那さまの財産が目当てだったのです。お気の毒な旦那さまはすぐにそれを悟られました」

だとすれば、伯爵が自らに課した孤独は、単なる見栄《みえ》以上の理由があったのだろう。彼は焼け落ちてきた梁と同様、自分の世界ががらがらと音をたてて崩れるのを感じたに違いない。

「それにクリスマスときたら……。この日を祝うのに、あれほどまでに情熱をそそがれる方は見たことがありません。屋敷じゅうに旦那さまの歌声が響きわたったものです。あの才能は亡くなったご両親からそっくり受け継がれたものでしょう」ミセス・ジョーンズはエプロンの端で目元をぬぐった。「屋敷にいるあらゆる人々にも贈り物が用意されました。それに、あのすばらしいごちそう。クリスマスのためだけに料理人の一団が雇われました。りんご入りのワインやクリスマス・プディング、タルトやパイやあらゆる種類の果物まで。

厨房《ちゅうぼう》の流し場は、松の大枝や宿り木やひいらぎがいっぱいになっていたものです。でも何よりも惜しまれるのは、旦那さまの歌声です。あの声は、まるで天使のようでした」

「火事の煙で肺を痛めたんですか?」

「いいえ、とても今は歌う気になどなれないとおっしゃって」ミセス・ジョーンズはとある扉の前で立ち止まった。「こちらです。青の間で、これほど美しい部屋はほかにございません」

そこはグエンドリンがこれまで見たなかでもっとも広々とした美しい寝室だった。ミセス・ジョーンズがろうそくをさらにつけるまで、部屋の隅々は陰に閉ざされていた。一面に繊細な青い花を描いた壁紙が張られている。紫檀《したん》でできた家具は簡素ですっきりしたデザインだが、かなり埃《ほこり》をかぶっていた。ベッドは巨大で、天蓋《てんがい》からは紺色のベルベットのカーテンが垂れさがっている。分厚く青いサテンの上掛けは端がめくれ、いかにも急いで支度されたかのように見えた。

この部屋がここ何年も使われていないのは明らかだ。

「くつろげるものをご用意するあいだ、こちらでゆっくり休まれてはいかがですか?」

こんな部屋で、どうやって〝くつろげる〟というの!「もしよろしければ、あなたとご一緒させていただきたいんですけど。わたしは働くのに慣れていますし、どなたか一緒にいてくださったほうが安心なんです」

「でも、お客さまにそんなことをしていただくわけにはまいりません」

「わたしは客などではありませんから」グエンドリンは言った。「わたしは悪天候で軒先をお借りしているだけです」

ミセス・ジョーンズは首をかしげ、目の前の若い女性をしげしげと見つめた。「そうですね、この部屋はまだ寒いし、厨房のほうが暖まりますね。わかりました。旦那さまにおうかがいを立てなくてもかまわないでしょう。どうせ、ああいった機嫌のときは書斎に閉じこもって、いつ出ていらっしゃるかもわからないんですから」

その夜、ミセス・ジョーンズに夕食を厨房で食べることを納得させ、後片づけを手伝ってから、グエンドリンは青い寝室の広いベッドにぽつんと膝を引き寄せて座っていた。彼女は、ミセス・ジョーンズが貸してくれた、たっぷりしたナイトガウンを着ていた。親切な老婦人は、暖炉のための石炭をさらにたくさん用意してくれ、金属製のベッド温め器、三本のろうそく、二枚の毛布とショールまで運び入れてくれた。

窓の外ではあいかわらず雪が降りしきり、ときおりうなりをあげる突風にあおられている。風に吹き寄せられた雪の塊が屋敷の外にたまり、道路をふさいでいくのが目に見えるようだった。もし明日出ていけなかったらどうしよう。あるいはあさってになっても。孤児院のクリスマスのために用意しなければいけないことが、まだたくさんあるのに。

子供たちはこんなにおめでたい祝日にも、ほとんど与えられるものはないのだ。清潔な服やおなかいっぱい食べることはもとより。だからグエンドリンは子供たちに楽しいクリスマスを与えてやりたかった。彼らもほかの子供たちと同じように、ごちそうやおもちゃを与えられる権利があるのだと教えてあげたい。この日を特別なものにしてあげたかった。

これだけは忘れてはならない。これ以上伯爵の言動に腹を立てたり、いらだってはならない。少しばかりの個人的屈辱なんて、子供たちの幸せに比べれば、いったいなんだというの。万が一伯爵の気が変わって、子供たちに何か与えることを拒否でもされたら。まったくどうして自分はおとなしく黙っていられないのだろう。

グエンドリンは上掛けをはねのけ、ベッドから下りた。裸足《はだし》で立ったとたん、床の冷たさに思わず息をのんだ。彼女はショールをひっつかむと、それを体に巻きつけ、窓辺に行って外を眺めた。荒れ狂う雪以外、何も見えない。

広々とした部屋を見まわしながら、グエンドリンは身震いした。それは寒さのせいだけではなかった。

もうこれ以上この部屋にいるわけにはいかない。服を着て、厨房へ行こう。ミセス・ジョーンズが起きてくるまで、そこで待っていよう。ここでひとりぼっちでいるよりましだ。

そそくさと服を身につけ、ろうそくのひとつを手に持って寝室を出る。足音を忍ばせて廊下を進み、またあの長い回廊に出た。グエンドリンは今一度足を止め、若い盛りの伯爵の姿に見入った。

もしも自分が美人で、顔にあんなふうなひどい傷を負ったうえに結婚を約束していた男性に拒絶され、友人たちからも見捨てられたりしたら、自分だって世間から身を隠したくはならないだろうか？　世をすねて、怒りをおぼえるのが当然ではないか。

グエンドリンはろうそくをさらに高く掲げ、しげしげと肖像画を眺めた。これほどの容姿と財産と地位に恵まれるというのは、どんな気分がするものかしら。さぞかしクリスマスは楽しい季節だっただろうと想像がつく。彼にとって、それは気前のよさを発揮するための祝祭であり、自分の持っているものをみんなにも分け与えようという喜びに満ちた機会だったに違いない。

彼女にとってクリスマスはいつもお祝いというよりは、期待の季節だった。人々が恵まれない子供のことを考えてくれるのではないかという期待。人々が寛大になってくれるのではないかという期待。そして誰かが自分に贈り物をしてくれるのではないかという期待。どんなものでもいい。ボールでも、暖かいストッキングでも。

「どうやら寝室がお気に召さなかったようだな、ミス・デイヴィーズ」

あわてて振り返ると、彼女の右手に伯爵がたたずんでいた。闇《やみ》のなかに浮かぶその姿は、まるで幽霊のようだ。

実体のあるたくましい肉体を持った幽霊。

彼はグエンドリンの手首をつかみ、その手からろうそくをとりあげた。「失礼。だが、わたしはかつて火事で大やけどを負ったものでね。あえて同じ目にあうようなまねはお断りだ」

すっかり驚き面食らったグエンドリンは、伯爵が手首を放しても何も答えられなかった。伯爵の顔をろうそくの炎が下から照らしている。彼は問いかけるように眉を上げた。

「青の間は寒かったのか?」

「いいえ、とても快適でした」それはあながち嘘《うそ》ではなかった。たしかに快適だろう、たいていの人にとっては。

「それなら、なぜこそこそと夜中にわたしの家をうろつきまわっているのだ?」

まるでわたしが泥棒みたいな言い方。「わたしは何も盗んだりしていません!」

「それを聞いて安心した。ところで、わたしの一族の肖像画を眺めて、いったい何をしようというのかね?」

「わたしは厨房へ行こうとしていたんです」

「夕食に不満でも?」

グエンドリンは、彼女が何か文句をつけようとしていると思いこんでいる主人の頑固さに怒りをおぼえたが、つとめてそれを抑えた。「いいえ、夕食はとてもすばらしかったし、ジョーンズご夫妻はとてもよくしてくださいました」

「この家の主とは違ってね」うんざりするような皮肉を無視してグエンドリンは続けた。「厨房に行って、朝食のお手伝いをしようと思ったのです」

伯爵の眉がけげんそうにつりあがった。「こんな真夜中に?」

「もう夜明け近くです」グエンドリンはそうであることを願った。

伯爵はチョッキのポケットから金時計をとりだし、蓋《ふた》を開けた。「まだ朝の三時だ」かちりとその蓋を閉める。「寒さのなかをさぞかし待つことになるだろう。ミセス・ジョーンズはやすむ前にいつも炉に灰をかけていくから。ここは寝室にお引きとり願いたい、ミス・デイヴィーズ。朝食の用意が整ったらミセス・ジョーンズが迎えに行く」

ろうそくを手に伯爵は背を向け、部屋に引き返そうとした。

「待ってください!」

伯爵は振り返り、自分がろうそくを持ったままなのに気づいて、彼女にさしだした。

グエンドリンはためらい、それから本能的に手を祈りの形に組んだ。子供のころ、決まりを破って許しを請うたびにそうしていたように。

「伯爵さま、せっかくの寛大なお申し出に、あんなことを申しあげて、心から後悔しております。お気持ちを変えられることのないよう、どうかお願いいたします」

伯爵の唇の端が面白がるようにつりあがった。ろうそくの揺らめく炎がその顔を悪魔のように邪悪に見せている。「落ち着きたまえ、ミス・デイヴィーズ。わたしは自分が言ったことは必ず守る。子供たちのためにな」

グエンドリンは心からほっとした。「ありがとうございます、伯爵さま」

「わたしとて人食い鬼ではない。わたしの外見がそのような印象を与えるかもしれないが」

「あなたは決して人食い鬼などには見えません。もっとひどい傷は数々見てきました」

「看護婦だから、というわけか。だがきみの場合は例外であって、ふつうはそうではない」

グエンドリンは言い返す言葉を何も思いつかなかった。たしかに彼女はふつうの人たちよりもはるかに傷ついた人々を見てきたのだから。

「さてと、ミス・デイヴィーズ、きみはわたしの顔が恐ろしくはないと言う。わたしは眠ることができない。そこでだ、書斎で一杯ブランデーをつきあってもらおうか」

彼女がすぐに答えないのを見て、伯爵は顔をしかめた。

「案ずるな、何もしないと約束する。いずれにせよ、きみはわたしの好みの女性ではない」

まるで彼女が一度でもそう思ったことがあるかのような言いぐさだ！「わたしはまったくそのような心配はしておりません」

「あるいは、先ほどの強がりにもかかわらず、やはりわたしを恐れているというわけか?」

「いいえ」

「それならば一緒に来るがいい、ミス・デイヴィーズ。ブランデーをつきあってくれ」

自分が伯爵を恐れてはいないことを見せるためだけに、彼女はあとについて書斎に入った。

彼はグエンドリンのために扉を開けて押さえ、なかに招じ入れた。「かけたまえ」

グエンドリンは、ぱちぱちと燃える炎が心地よい暖かさをもたらしている暖炉のそばに腰を下ろした。アルガン灯のブロンズの輝きが、机の上に散らかった書類を照らしだしている。書斎の窓という窓は真っ白な霜に縁どられていた。雑然としただらしなさ、あちこちに散らかった本や、暖炉に燃える炎、物憂げなランプの輝きなどが一体となって、どこか居心地のよいくつろいだ雰囲気をかもしだしている。とても独身の貴族の私室には見えない。

伯爵はブランデーグラスをふたつと、クリスタルのデカンタを、扉に近い書棚に詰まった本の後ろからとりだした。

「グラスはきれいだから心配するな。ミセス・ジョーンズが今朝ここに置いたばかりだ」

彼は言いながらブランデーをついだ。

やはりここは辞退しておいたほうがいいのかもしれない。「ありがとうございます。でも——」

「でも？」ブランデーの入ったグラスを手に、伯爵は彼女のほうへ近づいていった。「わたしを恐れていないのなら、少しばかりのブランデーを楽しむのに、なんの問題があるというのだ？」その瞳にまたしても面白がっているような光が浮かんだ。そして悪魔のようなあざけりの笑みも。「薬だと思えばいいだろう、ミス・デイヴィーズ」

グラスを受けとったとたん、部屋にふたりきりでいることが、とてつもなく危険に思えてきた。けれど、彼女は臆病《おくびょう》者のように逃げだしたりしないし、ブランデーを断ることで伯爵の機嫌をそこねるわけにもいかないのだ。

伯爵はグエンドリンと向かいあって座り、グラスの縁越しにじっと彼女を見つめた。「孤児院の子供たちが楽しいクリスマスを過ごすには、どれくらい必要なのだ？」

「十ポンドです」

彼はブランデーをひと口飲んだ。「五十人でそれでは、いささか足りないだろう」

「あの子たちは幸せなクリスマスにそんなに多くは望みません。それに、ここであまりたくさんの額をお願いしては、二度と寄付してもらえなくなるのではないかと思いまして」

伯爵はよく響く低い声で笑った。その声は思いがけず陽気ではずんでいた。「賢明な答えだな。それでは、きみの賢明さと知性に免じて、もっと多くの額を寄付することにしよう」

グエンドリンはほほ笑んだ。「ありがとうございます」

「さてと、これできみの努力も報われた、ミス・デイヴィーズ」伯爵は立ちあがり、グラスを炉棚の上に置いた。「これできみの睡眠をさまたげるような心配事はなくなったわけだ。夜明けまで、まだ数時間ある」

彼はくつろいだ様子で炉棚にもたれかかった。その姿はあの肖像画にそっくりで、グエンドリンに彼はまだ充分にハンサムだと思い出させた。たとえ本人がそう思っていなくとも。

「それとも、クリスマスのほかにも眠りをさまたげるような心配事が？」

「いいえ」彼女は嘘をついた。

「それなら、なぜ部屋を出ようとした？　きみには不安になるなんらかの理由があるが、わたしが約束をひるがえすのを恐れて、それを語ることができないというのか？」

たしかにグエンドリンはひどく不安だったが、それは彼が言ったような理由ではなかった。「お部屋はとても快適でした」

「それなら、なぜ出てきた？」

「たぶん、わかっていただけないと思います」

「わかるかもしれない」

グエンドリンは首を横に振った。「いいえ」

「試してみよう」

彼に言ったところでなんのさしさわりがあるだろう。グエンドリンの弱点は伯爵とはいっさい関係ないのだ。

「あなたはおひとりを好まれるかもしれませんが」彼女はのろのろと話しはじめた。「でも、わたしはだめなんです……とても不安になるんです」

いったん始めたからには、最後まで続けようとグエンドリンは決心した。

「わたしの両親は熱病のために、ほとんど時をおかず、ひと晩のうちに亡くなりました。わたしが四歳のころです。わたしたちは次の日のお昼になるまで発見されませんでした」

グエンドリンは炎をじっと見つめ、両親をなんとかして起こそうとしたときの恐怖と絶望感を思い出した。そのとき、泣き叫び、暴れる彼女を教会吏が無理やり両親から引きはがしたのだった。

伯爵は無言で立ちあがり、彼女のグラスにさらにブランデーをついだ。

グエンドリンはそれを受けとり、両手で包むと、ほとんど見ずに手のなかで揺らした。

「わたしはそのまま孤児院に送られました」

伯爵は椅子に戻り、彼女はひと口飲んだ。

「多くの人々、とりわけチャールズ・ディケンズの作品を読んだような人たちは、そうした施設がみんなひどいものだという先入観を持っています」

グエンドリンは続けた。いちばんつらい部分が終わると、あとはずっと楽だった。

「実際、そういう施設も多いのです。幸いにも、わたしが入れられたのはいいほうでした。たしかに食べ物はお粗末でしたが、空腹だと思ったことはないし、与えられた衣服も家で着ていた不潔であちこち破れたものに比べたら、ずっと清潔でこぎれいでした。でも、夜ひとりぼっちになるのだけは耐えられませんでした」

彼女はできるかぎり感情をまじえずに話しつづけた。過去を、それが自分に与えた影響を告白するのがなんでもないことのように。

「今でもひとりになるのは嫌いです。とりわけ暗闇では。もちろん孤児院のなかにわたしの個室はありますが、大声をあげられるよりも、ひとりきりにされるほうがずっといやなんです」

「きみはなかなか平坦《へいたん》ならざる人生を送ってきたのだな、ミス・デイヴィーズ」伯爵が口を開くまで少し間があった。

「ええ」そんな生やさしいものではない、と内心思いながらグエンドリンは答えた。「でも、なんとかやってきました」

「いや、むしろよく生き残ってきたと言うべきだろう。そのきみが看護婦になったのは、どういうわけだ？」

「わたしは幸運だったのです。司祭がわたしを見込んでくださり、看護婦になりたいというわたしの希望を耳にされて、そのための学費を出してくださったのです」

ジョンストン司祭の援助をもってしても、彼女がその目的を達するためにどれだけの努力をしてきたか、ここで言う必要はなかった。

「そしてクリミアでどんな惨劇が起こっているかを知って、自ら志願したのです」

「司祭にそれなりのものを返したというわけか、それともいとしい人のあとを追っていったのか？」

グエンドリンは眉をひそめた。「どちらでもありません。ジョンストン師はわたしの学費に対していっさい見返りを要求されませんでした。もしわたしが誰かのあとを追いかけていったのだとすれば、それはメアリー・シーコールです」

「ランプを掲げるフローレンス・ナイチンゲールではなく？」

また例の冷笑的な伯爵が戻ってきた。その変化はグエンドリンにとって好ましいものではなかった。とりわけこの話題に関しては。

「たしかにナイチンゲールと彼女のやり方は、多くの命を救いました。ですが、わたしはセヴァストポリの病院で働くよりも、バラクラヴァでメアリー・シーコールのもとで働くことを選びました。あなたも、たぶん名前はお聞きになったことがあると思います。ミス・ナイチンゲールほど有名ではありませんが」

頑固一徹なクレオール人の看護婦が思い出されて、グエンドリンはほほ笑みを浮かべた。

「本当にすばらしい女性でした。それに、とても活動的なのです。陸軍省に拒否されると、彼女は自分の全財産をはたいて戦線の近くに病院を建てたのです。いったんこうと決めたら誰もそれを止めることはできませんでした。西インド諸島で彼女が士官たちを相手にするところを、ぜひご覧になるべきでした。〝わたしの子供たち〟と彼女はいつも呼んでいました。彼女はただ彼らを助けたかったのです。そしてわたしも同じことをしたいと思いました」死んでいった若者たちのことを思い出して、グエンドリンは声を落とした。「わたしにできるかぎりのことはしたいと」

「なるほど、彼女はきみに大いに影響を与えたようだな、ミス・デイヴィーズ」伯爵は椅子の背に寄りかかった。ふたたびその顔が闇に閉ざされた。「バラクラヴァは新聞で報道されているようなひどい場所だったのか？」

「もっとひどいありさまでした。どんな記事だってあの悲惨さは伝えきれないでしょう」

ミス・ナイチンゲールの病院に向かう船にぎっしり詰めこまれた負傷者たちのため息を、声を、においを二度と忘れることはできないだろう。痛みと苦しみを前にしたときの、自分のどうしようもない無力さも。

「だから今は看護婦をしていないのか？」

グエンドリンはブランデーを飲みほし、うなずいた。「わたしは、もう一生忘れられないほどの死と血と破壊された体を見てきました。わたしは子供たちが大好きです。それに孤児院が経営者しだいでどれだけ違うか見てきました。わたしがあのようなすぐれた女性が運営する施設に入れたのは幸運でした。だから聖ブリジットで院長を探していると聞いて志願したのです。そして今、ここにこうしているというわけです」

伯爵は唇の端をつりあげた。「そうだ、ここにいるというわけだ。クーム・リース伯とともに吹雪に閉じこめられて」

3

突然、グエンドリンは自分が今、男ざかりを迎えたこのうえなく魅惑的な男性とふたりきりで部屋に閉じこめられていることを意識した。外は激しい吹雪が荒れ狂い、ふたりしかいない召使いは広大な屋敷のどこにいるかわからず、隣家といえば何キロも離れている。思わず喉をごくりとさせる。

とはいえ、彼女が感じているのは恐怖ではなかった。それは恐怖とはまったく違う、そしてまったくこの場にふさわしくない何かだった。

伯爵は立ちあがり、暖炉の火にさらに石炭をくべた。「まるで怪奇小説かおとぎばなしのヒロインのようだな。高潔なるミス・グエンドリン・デイヴィーズが、うっかり魔法をかけられた城に迷いこむ。そこには邪悪な魔法使いによって醜い姿に変えられたハンサムな王子が住んでいる」彼はまっすぐに身を起こして彼女を見た。「きみがキスしてくれたら、魔法は解けるかもしれない。わたしの醜い傷は消えて、もとどおりの若くてハンサムで幸せな姿に戻れるかもしれない」

グエンドリンは胸の鼓動が速くなるのを感じた。グラスを置く指が震えている。彼の言葉、とりわけそのまなざしが自分に及ぼす影響を悟られてはならない。グエンドリンはあえてぶっきらぼうな口調で答えた。「過去のことは過去のことです。わたしにだって変えられたら変えたいものはありますが、それはできません。わたしたちは、それを受け入れなければならないんです」

伯爵は火かき棒をつかみ、乱暴に火をかきまわした。はぜた火花が煙突を上っていく。

「過去は変えられないことなど、きみに教えてもらうまでもない。鏡を見るたびに、わたしはそれを思い知らされるのだから」

グエンドリンは立ちあがり、伯爵が炉床の煉瓦《れんが》に穴をあけないうちに火かき棒をとりあげた。「たしかにあなたは顔にやけどを負って、脚にも障害が残っていますが、それ以外は五体満足ではありませんか。あなたは裕福で、爵位もある。それだけでも充分感謝するべきです」

「だから、わたしの身に起こったことはなんでもないというのか？」伯爵は広い胸の前で腕組みしながら、彼女をにらみつけた。「口で言うのは簡単だよ、ミス・デイヴィーズ。きみがもしわたしと同じように顔にひどい傷を負って、みんなが見るたびに嫌悪感に顔をそむけるような目にあったら、同じように説教できるかな？」

グエンドリンは火かき棒をもとの場所に戻し、臆《おく》することなく彼の視線を受け止めた。

「今のあなたとなら喜んで立場を交換する人が、どれくらいいると思いますか？」

「そんな人間がいるのか？」

「人はやがてそこに傷があることを忘れます」

「きみのように？」

「ええ。もしそれでも顔をそむける人がいたら、それは、その人の心の弱さと不人情を表しているのです。たしかにあなたの心は傷つけられたかもしれませんが――」

「わたしの心の何を知っているというのだ？」伯爵はグエンドリンの言葉をさえぎった。

顔が赤らむのを感じたが、彼女は続けた。「そのことがもとで婚約者から婚約を破棄されたと聞きました」

伯爵は冷たく苦々しげな笑い声をあげ、机に背中をもたせかけた。「きみの知ったことではないが、ひとつだけいいことがあったとすれば、愛すべきレティシアとすっきり手が切れたことだ。もし彼女と結婚していたら、わたしは一カ月もしないうちに妻を寝とられた夫になっていただろう。だから、わたしは失った愛をくよくよ思い焦がれているわけではない」

彼の話に、グエンドリンは心の底からよかったと思った。「それを聞いて安心しました。でも、あなたはまだ失った人生をくよくよ思い焦がれておられます。そこからは何も生まれはしません。恨みと怒り以外は」

「きみが言うと、ずいぶん簡単に聞こえるな」伯爵はさっと手で宙を払った。「世間に堂堂と出ていって、自分の場所をとり戻せというのか」机の縁を握りしめる伯爵の拳《こぶし》が真っ白になる。「きみは、みんながわたしを見るたびに目に恐怖を浮かべるのを知らないから、そんなことが言えるのだ。自分で始めたわけでもない喧嘩《けんか》騒ぎで、それも娼婦《しょうふ》と変わりないとわかった女をめぐっての口論がもとで、未来が永遠に引き裂かれてしまった気分がどんなものか、わかるか」

「別にそれが簡単だと言っているわけではありません。わたしのような貧しい孤児が、女性にとって、とくに家族のいない者にとってほとんどチャンスのないこの世の中を渡っていくことが簡単だったと思われますか？　そう思われているのなら、誤解です。あなたの将来はあなたが若いころに予想されていたものと違っていたかもしれませんが、だからといって望みが絶たれたり、努力するのが無駄だということにはなりません。たぶん、あなたもそのことに気づいておられるのでしょう？　だからこそ本を書いておられるのだと思います。それこそまさしく、希望のための試みではありませんか」

「こんなものはただの暇つぶしにすぎない。わたしの気が変になるのを阻止するための」

「それなら、わたしが何ページかをここで火にくべても、お気になさらないでください」

言うなり、グエンドリンはつかつかと彼に近づいていった。

抗議の叫び声とともに伯爵はさっと身を乗りだし、グエンドリンが何枚か紙をつかむ前にその手首をつかんだ。そしてそのまま彼女を引き寄せた。「わたしの仕事に手を触れるな！」

「〝仕事〟ですって？」グエンドリンは、自分と伯爵の体が数センチと離れていないことを痛いほど意識した。心臓は、彼女がこれまでまったく味わったことのない興奮でどきどきしている。「ただの暇つぶしだとおっしゃったじゃありませんか」

伯爵の視線は彼女に突き刺さるようだった。「きみに説明してもらわなくても、自分の動機は充分わかっているつもりだ。わたしは友人たちを避ける前に、自ら彼らを遠ざけたのだ。しかし、きみが今の仕事をしているのは、むしろその逆を望んでいるからだ。きみはみんなから好かれる存在になりたいのだ。きみが有益で必要な人間になれば、みんなはきみを好きになるだろう。きみは人々から評価される。だからこそ今日ここまでやってきたのだ。ただひたすら愛されたいがために。そんな利己的な欲求は、ひとりになりたいというわたしの望みとなんら変わりないではないか」

グエンドリンは呆然《ぼうぜん》と彼を見つめ返すばかりだった。伯爵の口元に、またしてもゆがんだ笑みが浮かぶ。

「立場が逆転して言葉も出ないのか、ミス・デイヴィーズ？　自分の防御壁が破られるのは、どんな感じだ？」

彼女は握られていた手首を振りほどいた。「よくもそんなふうに、わたしの仕事を利己的で自己中心的なものにねじ曲げられたものだわ。少なくともわたしはみんなを助けようとして働いています。でもあなたときたら、いつまでもくよくよと膝を抱えて自分の不運を恨んでいるだけでしょう。わたしはたしかに、ここにとらえられているかもしれないけど、それは悪天候のせいです。あなたは単なる見栄《みえ》から隠れることを選んだんじゃありませんか」

「見栄だと？」伯爵はうなり声をあげた。「この顔でどうやって見栄を張れるというのだ？」

言うなり彼はさっと髪を押しあげ、顔と首、さらには耳までを覆う引きつれた傷跡をあらわにした。

「この顔のために世間を避けるのが見栄だというのか？」

「見栄とプライドでしかないわ。わたしはこれまでにもあなたのような人を——顔に傷を負ったり、体を切断する前はハンサムだった若い士官を見てきました。何人かはそのような姿でイングランドに戻るよりも、自殺を選びました。あなたはそこまではしていなくても、ここに埋もれることを選んだじゃありませんか。愛されることを望んでいるとあなたはおっしゃったけど、それは誰だって同じよ。あなたもそう。もしかしたら人から愛されないんじゃないかという恐怖が、あなたをここに押しとどめているのよ。拒絶される危険を冒すよりも、ここに隠れていたほうが楽だから」

「ミス・グエンドリン・デイヴィーズ、言わせてもらうなら、隠れているのはわたしだけじゃない。みっともない黒いガウンや、色気のない灰色のマントに身を包み、醜い茶色のボンネットに、痛くないかと思うほどきつく髪を引っつめにしているきみだって同じだ」

グエンドリンは扉に向かって歩きだした。「わたしがこういう格好をしているのは、経済状態が許さないからです。それにわたしがこういう髪型をしているのは、それ以外の髪型に費やすだけの人手も時間もないからよ」

伯爵がさっと行く手をふさいだので、グエンドリンはあやうくぶつかりそうになった。

「きみだって修道女のようななりをして、自分を必要とする人々でまわりを固めているじゃないか。彼らには拒絶されたりしないだろうからな」

「もうこれ以上あなたの話は聞きたくないわ！」グエンドリンは叫び、伯爵のわきを通り抜けようとした。

「よくも人の家にずかずかと入ってきたあげく、そんなふうに非難できたものだな。わたしの性格や生活について、そのように勝手な意見を述べる権利が、いったいどこにあるというのだ。まったく信じられない厚かましさだ」

「あなたがわたしを侮辱して、からかって、わたしに関する勝手な意見を述べるのと同じことだわ」

伯爵はグエンドリンの肩をつかんだ。胸を大きく上下させて彼女を見下ろしている。

あまりの侮辱に、グエンドリンは悔しさにかられ、息をはずませながら、目に怒りの涙を浮かべて見つめ返した。

そのとき、何もかもが変わった。まるで部屋がぐらりと傾いたかのようだった。伯爵の瞳に驚きの表情がよぎった。グエンドリンは自分のなかで何かが高鳴り、はねあがり、燃えるのを感じた。それは情熱であり、興奮であり、これまで彼女が体験してきたいかなるものとも違った感覚だった。

突然、廊下の向こうからどんどんと玄関の扉をたたく音が響いた。

伯爵は彼女を放すと、机の上からオイルランプをとりあげ、足を引きずりながら廊下の向こうに姿を消した。

急いでそのあとを追ったグエンドリンは、必死で落ち着きをとり戻そうとした。こんな吹雪の真夜中に人が訪ねてくるからには、よほどの緊急事態に違いない。

ランプの光輪にとり囲まれ、伯爵は玄関の扉を開けた。すると小柄なずんぐりした男が転がるように入ってきた。帽子も黒い髭《ひげ》もウールの上着も、真っ白な雪にまみれている。男は短いろうそくが弱々しくちらつくランタンを握りしめていた。

「マーヴィンじゃないか！」倒れかかる男を伯爵は引き起こして立たせた。「こんな吹雪のなか、いったいどうしたというんだ？」

「伯爵さまですか。ああ、ありがたい」男はあえぐように言った。ほとんど半死半生といった様子でぐったりと伯爵にもたれかかる男は、ぜいぜいと荒い息をしている。

グエンドリンは救助に駆け寄った。ビル・マーヴィンは山のさらに上の小さな農場に住んでいた。孤児院で大工仕事があるときは、いつもふたりの男の子と一緒に手伝いに来てくれる。

グエンドリンはビルの肩に腕をまわし、ランタンが力ない指から落ちる前に受けとった。

「息子さんたちはどこにいるの？」

「まだ農場にいます」彼は答えた。「息子たちは残してこなきゃなりませんでした。医者に診てもらわないと。テディが、転んで脚を怪我《けが》したんです。骨が折れているに違いない。とにかく、ひどい怪我で。医者を呼びに行くために馬を貸していただけないかと、お願いに来たんです」

「おまえのほうが、転んだり、落下して脚を折ったり、雪のなかを迷ったりしなかったのが不思議なくらいだ」伯爵は、グエンドリンと一緒に引きずるようにしてビルを書斎に連れていった。

ようやくのことで暖炉のそばの椅子に落ち着かせると、ビルは哀願の表情を浮かべて伯爵を見た。「どうか馬を貸していただけませんでしょうか？　スランウィスランまで医者を呼びに行かねばならないのです。少しでも嵐《あらし》がましになるのを待って、ようやく少しおさまったところで出てきたんですが、とにかく急いで医者を呼んでこないと。農場には息子たちだけしかいないし、テディの具合がひどく悪くて」

伯爵はビルの顔をじっと見ていた。その表情から、グエンドリンは彼も同じことを考えているのだと思った。たとえ天候が回復したとしても、ビルは凍えて疲労困憊《こんぱい》している。これ以上動くのはとうてい無理だろう。

グエンドリンがさらに火をかきたてているあいだ、伯爵は大きなグラスにブランデーをついで、それを手袋をはめたままのビルの手に握らせた。「これを飲むんだ」

ビルが立ちあがろうとした。「でも、おれは医者を呼びに行かなくちゃ」

「座れ」伯爵は強い口調で命じた。それは彼女がこれまで聞いたどんなイギリス陸軍の将校よりも威厳のある、有無を言わせない口調だった。「おまえは凍えかけているじゃないか。こんな天気のなかを行かせるわけにはいかない」

「でも――」

「わたしが医者を呼びに行く」伯爵はつかつかと扉に向かった。そして大声で呼ばわった。「ジョーンズ！」

伯爵の申し出に驚くと同時に安堵《あんど》したグエンドリンは、ビルの足元にかがみこんで、びしょ濡《ぬ》れの編みあげ靴を脱がせようとした。「さあ、これを脱いでしまいましょう」

「いや、そんなことをしてもらうわけにはいきません」ビルはブランデーをわきに置き、自分で脱ごうとかがみこんだ。

「いいのよ、ビル。もし大丈夫だったら、手袋もとったほうがいいわね」グエンドリンは将軍から当番兵まで信服させた声で言った。「ちゃんと体を温めて乾かさなければ、あなたまで病気になってしまうわ」

フランネルのローブに身を包んだミセス・ジョーンズが、伯爵を押しのけるようにして入ってきた。「まあ、なんてことかしら」彼女は叫んだ。「ビル・マーヴィンじゃないの」

白髪に赤ら顔のミスター・ジョーンズがそのあとから現れた。シャツの裾《すそ》を半分ズボンにたくしこみ、上着は片方だけ袖《そで》を通した姿で、片手には編みあげ靴をぶらさげている。目の前の光景を見るや、老人はあんぐりと口を開けた。

「息子が怪我をしたそうだ」伯爵が説明した。「ジョーンズ、わたしの馬に鞍《くら》をつけてくれ。これから医者を呼びに行ってくる」

ジョーンズ夫妻は不安そうな、迷いの感じられる視線を交わした。

「マーヴィンの話によれば、雪はおさまりつつあるようだ。それに彼の息子は一刻の猶予もならない状態らしい」伯爵が続ける。「いいから、鞍をつけてくるんだ。ぐずぐずしている時間はない。ミセス・ジョーンズ、マーヴィンに濃いめの熱いお茶と何か食べ物を用意してやってくれ」

ミスター・ジョーンズはあいかわらず衣服と格闘しながら出ていき、妻がそのあとに従った。

「ビル」グエンドリンはそっと尋ねた。「折れた骨はテディの皮膚を突き破っていた?」

ビルは気もそぞろの様子でうなずいた。その目には深い苦悩がのぞいている。「ああ。そりゃひどいもんだった。おれはテディのズボンを破いて、上から包帯を巻いてやったんだ。ほかにどうすればいいかわからなくて」

「それでよかったのよ、ビル」グエンドリンは安心させるように言った。だが、心のなかではそれ以上のまずい処置を行っていないことを祈った。包帯が清潔なものであることも。

彼女は立ちあがり、伯爵のほうを向いた。

「ちょっとお耳を貸していただきたいんですけれど。ふたりだけでお話が」

ビルがまたしても立ちあがろうとした。「どうして? 何かまずいことでも?」

グエンドリンは急いで言い訳を考えた。「お医者さまを呼んでくるまで、どれくらい時間がかかるかきくつもりだったのよ」

「走り慣れた道だから」伯爵は答えた。「たいして時間はかからないだろうが、それは、あくまでもこれ以上天候が悪化して吹きだまりができなければの話だ」

ビルはうめき声をあげ、両手で頭を抱えこんだ。

「これまでにも雪のなかを馬で走った経験があるから心配するな、マーヴィン」ビルの不安に伯爵は気分を悪くしたかのように言った。「さて、よければ個人的にミス・デイヴィーズと話をさせてほしいのだが」彼は一瞬ためらってから言った。「わたしの膝のことで」

グエンドリンは急いで彼のあとを追って廊下に出た。「膝が何か――」

伯爵はグエンドリンの腕をつかんで扉から離れたところまで引き寄せ、力をゆるめた。しかし、そのまま彼女の腕をつかんでいる。

「膝は問題ない。ただの言い訳だ。あのマーヴィンの息子の具合はよくないのか？」伯爵はひそめた声で問いつめ、グエンドリンの腕をつかむ手にまた力をこめた。「だから、わたしと二人だけになろうとしたのだろう？」

「ええ。もう一頭馬はお持ちですか？　お医者さまの家よりここからのほうがマーヴィンの家に近いし、テディの脚は一刻も早く処置が必要です。わたしなら、骨をつないで、消毒するくらいのことはできます。お医者さまが見えるまで、それ以上症状が悪くならないようにはできるでしょう。もしまにあわなかったら……その、脚を切断することになるかもしれません。それに感染症を起こしていれば、命にもかかわります」

「もちろん、もう一頭馬は出す。わたしもあやうく脚を失うところだった。あの少年を同じ目にはあわせたくない。わたしはマーヴィン農場への近道を知っている。医者の迎えはジョーンズにやらせて、わたしが道を案内しよう」

一刻も早くテディを見てやれるのなら、この際、なんでもありがたかった。

「しかし、走りやすい道ではないぞ。きみの乗馬の腕前は？」

「ビル・マーヴィンの農場まで、なんとか振り落とされないで乗っていける自信はあります。雪のなかを歩いていくより早いでしょう」

伯爵はまたしても罵声《ばせい》をもらした。「そうするしかないようだな」

「では、マントをとってきます」

「わたしが持ってくる。きみはマーヴィンと一緒にいてくれ。やつにはもう少し力づけが必要だ」伯爵はきびすを返しかけて、立ち止まった。「もし必要ならば阿片《あへん》チンキがあるが」

「お願いします。それから、あれば予備の包帯も」

伯爵はうなずき、足を引きずりながら廊下に消えた。グエンドリンは書斎に戻り、まだ震えているビルが外套《がいとう》と襟巻きと毛糸の帽子を脱ぐのを手伝った。それから彼の冷えきった手と足をさすって血行をうながした。幸い、ビルは凍傷にかかっていないようだった。具合の悪いところがあるとすれば、激しい疲労による消耗が心配だ。

「テディはどうして脚を折ったりしたの？」ビルを温めようとさすりつづけながら、グエンドリンは尋ねた。

「庭の凍ったところですっ転んだんだ。そのときに脚をひねって、骨がぽきんと折れる音が聞こえた。おれは哀れな息子をベッドに連れていって、できるだけ介抱をしたが、医者に診てもらわなければだめだと思った。夜通し、雪がいつやむか、いつやむかと待ちつづけた。もうやむ、もうやむと自分に言い聞かせて。でもついに待っていられなくなった」

「わかるわ」グエンドリンは優しく言った。「ここへ来てよかったわね」

ビルはグエンドリンの手を握った。「ここにあんたがいてくれたのは神のお導きだ」

「テディのためにできるかぎりのことはするわ、ビル」グエンドリンは無理に笑みを浮かべ、彼の手を握り返した。「折れた骨はわたしにまかせて」

「これを着るといい」

いきなり机の上に婦人もののマントが投げつけられ、ふたりは飛びあがった。白いいたちの毛皮で裏打ちされた緋色《ひいろ》のベルベットのマントには、房飾りのぶらさがったフードがついていた。グエンドリンは顔を赤らめ、ビルの手をそっと放した。とはいっても、彼を慰めるために手を握っていて悪い理由はなかったのだが。

振り返ると、紺色の丈の長い厚地の外套にビーバーの毛皮帽をかぶった伯爵が戸口に立っていた。黒い乗馬用ブーツが暖炉の炎に輝いている。その手にした袋が動くたびに、鈍いガラスの触れあう音がした。それは布にくるまれた瓶がこすれあう音だった。中身は間違いなく阿片チンキだろう。

「田園地帯を馬で走るにはいささか上等すぎるが、きみの着ていた灰色のぼろマントよりは暖かいはずだ」伯爵はきびすを返した。「厩《うまや》で待っているぞ、ミス・デイヴィーズ」

またしても例の荒々しいぶっきらぼうな口調に戻ってしまった。だが、その変化をいちいち気にしている場合ではない。今はテディ・マーヴィンを助けることだけを考えなければ。

伯爵と入れ違いに、ミセス・ジョーンズが熱いお茶とトースト、ハムエッグをのせたトレーを手に戻ってきた。老婦人はトレーを置きながら、共感のこもったまなざしを投げかけた。「ここに用意しておきますよ、ビル。わたしはこれからミス・デイヴィーズのために手袋と、わたしの頑丈な編みあげ靴と、厚手の襟巻きを用意してこなければ。たいして時間はかかりませんから、ミス・デイヴィーズもすぐに出発できますよ」

マントに目をとめたミセス・ジョーンズがはっと息をのんだ。

「もうとっくに焼き捨てたと思ってましたのに」彼女はつぶやき、そそくさと部屋をあとにした。

これはレティシアのものだったのかしら？　たかだか顔の傷のために伯爵を拒絶するような女性だったら、こんな美しい衣装には値しない。でも、こんなにみごとなマントを捨ててしまうのは、あまりにももったいない。

ミセス・ジョーンズが編みあげ靴と手袋と襟巻きを手に戻ってくるころには、ビルもようやく食べ物に口をつけはじめていた。

グエンドリンは急いで頑丈な靴にはき替えた。ふたまわりも大きかったが、そんなことはどうでもいい。彼女は襟巻きを首に巻きつけ、ベルベットのマントに袖を通した。

「やっぱりおれも行ったほうが――」ビルがまたしても立ちあがりかけた。

「いいえ、あなたはここにいて、ちゃんと体を乾かして」グエンドリンは強い口調で言った。「あなたまで病気になるわけにはいかないでしょう」

ビルは気が進まない顔つきで椅子に戻った。

「ミセス・ジョーンズ、この人のお世話をお願いしてもよろしいでしょうか?」

親切な老婦人はうなずき、グエンドリンにほほ笑んだ。「わたしにまかせてちょうだい。これでも少しばかり看護の心得はあるのよ」

「そうではないかと思いました」ミセス・ジョーンズは、たぶん伯爵が子供のころから養育をまかされてきたのだろうとグエンドリンは思った。伯爵との愛情あふれる関係がそれを物語っている。「心配しないで、ビル」彼女は優しく呼びかけた。「テディのことはちゃんと面倒を見ますから」

グエンドリンは急いで書斎を飛びだし、裏庭に向かった。積雪は少なくとも三十センチはあった。吹き寄せられた場所では六十センチ近くにもなっている。雪はまだ降っていたが、風はおさまっていた。東の方角の空が明るくなっているところを見ると、もう夜は明けたようだ。すでに門は何者かの手によって開かれている。足跡からして伯爵だろう。

グエンドリンは厩の扉を押し開けた。内部はありがたいことに暖かかった。三頭の馬が出発の準備をすませて待機している。

伯爵は巨大な黒い馬のそばに立っていた。鼻を鳴らし、いらいらと足を踏み鳴らす馬の様子は、どこか持ち主と似たところがあると思わせた。ほかの二頭はいずれも栗毛《くりげ》で、黒馬よりは小さめだが、こんな緊急事態でなければ、彼女はそのどちらにも乗ろうとは思わなかっただろう。

ミスター・ジョーンズが栗毛の一頭の手綱を引いて厩から出そうとした。

「なるべく道をはずれないように」伯爵が彼に大声で呼びかけた。「決して無理はするな。もし雪がひどくなるようだったら、どこかの農家に避難させてもらうんだ。医者が着くまで、少年は手厚い看護を受けているだろうから心配するな」

グエンドリンは〝手厚い看護〟という賛辞が本当になることを祈った。そして、テディの怪我が思っている以上にひどいものでなければいいと願わずにはいられなかった。

ミスター・ジョーンズはうなずき、グエンドリンに向かって軽く帽子の縁を下げ、雪のなかに出ていった。伯爵が黒い去勢馬ともう一頭の馬を引いてグエンドリンのほうに近づいてきた。その馬は鼻面とたてがみと尻尾《しっぽ》だけが黒かった。

「両手で鞍につかまって、わたしの手の上に乗れ」伯爵が手袋をはめた手を組んで命じた。

言われたとおり、グエンドリンは伯爵の手を踏み台にして、鞍に手をかけた。鞍に落ち着くまで少し時間がかかった。馬の上は思ったよりもずっと高く危なっかしく思えた。怖がってはだめ、と必死で自分に言い聞かせる。これほど緊張したのは、地中海に向かう船に乗りこんだとき以来だ。

「本当に馬に乗ったことがあるんだろうな?」伯爵が疑わしげに尋ねた。

「ええ」グエンドリンは答えた。「一、二度。いえ、正確には一度だけ、慈善市で。でも今はテディのところへ行くのが先決でしょう」

「せいぜい怪我をしないようにしてくれ」馬の手綱を引いて外に出た伯爵は、優雅な身のこなしでひらりと黒い巨大な馬にまたがった。

そして雪が舞うなか、ふたりはともに錬鉄製の門を出て山道を上りはじめた。

4

鉛色の空から雪はあいかわらず激しく降っていたが、ごつごつした岩のあいだを吹き抜ける突風は幸いにもやんでいた。地面のあちこちに割れ目ができ、細い川がちょろちょろと流れだしている。あまりにも流れが速すぎて、凍るまでにはいたらないのだろう。雪の上に蹄《ひづめ》が当たる音と、グエンドリン自身の息づかいを除いて、あたりは静寂に包まれている。まるで動物も鳥も動くのをやめてしまったかのようだ。

今どのあたりにいるのか、グエンドリンにはまったく見当がつかなかった。最初、ふたりは道路に並行して走る小道を進んでいたが、やがて大きく右にそれた。ベルベットのマントを着ていてよかった。これがなかったら、彼女は体の芯《しん》まで凍え、濡《ぬ》れて惨めな思いをしていたはずだ。

「まだ遠いんですか？」木立のなかを抜ける岩だらけの細い道を上りながら、グエンドリンは案内役の伯爵に尋ねた。

「いや」伯爵が答えた。広い肩と毛皮の帽子は真っ白な雪に覆われている。馬が歩むごとに鞍《くら》の上の腰が左右に揺れる。ときおり、馬がのろい歩みにいらだったようにはねている。

だが、今はグエンドリンのほうがもっと気がせいていた。

テディが深刻な合併症を起こす前に、なんとしてもたどり着かなければならない。覚えているかぎりの複雑骨折の処置を頭に思い浮かべてみる。家にどんな薬があるか、ビルにきいておけばよかった。でも、彼の貧しさを考えると、そのようなものがあるとは思えない。伯爵が阿片《あへん》チンキを持っていたのは幸いだ。少年は今ごろ、ひどい痛みに苦しんでいるだろう。

「目指す家が見えてきたぞ」さらに数分ほどして伯爵が言った。彼は左の方角を指さしている。

雪をかぶった枝々の向こうに、石の壁とスレート葺《ぶ》きの屋根の田舎家と小さな離れがかろうじて見えてきた。伯爵は馬の向きを変え、今にも倒れそうな木の門のほうへグエンドリンを誘導した。彼は馬を降りて粗末なかんぬきをはずし、ふたりで狭い中庭に入っていった。

伯爵がグエンドリンの乗った馬のすぐそばに来た。黙ったまま、助けおろすための手をさしのべている。グエンドリンが伯爵の肩に手をかけ、馬から降りるあいだ、その力強い手はしっかり彼女のウエストをつかんでいた。

力強いふたつの手と、男性の体がすぐ近くにあることをいやというほど意識しながら、グエンドリンは凍った地面に足を下ろした。

彼女がなんとか地面に降り立つと、伯爵は手を離し、背を向けて鞍袋のなかを探った。

「阿片チンキだ」厚手の布にくるまれた瓶をさしだし、さらにもう一本別の瓶をとりだす。

「ウイスキーも持ってきた」

「ウイスキーですって？」

「消毒用だ」彼の手にはもうひとつ小さな布の包みがあった。

「それは？」

「包帯だ」言うなり伯爵は二頭の馬を引いて農家の横にある石の納屋に向かった。

「急いでくださいね」

伯爵は立ち止まり、振り返って彼女を見た。「わたしは家のなかには入らない」

グエンドリンは眉をひそめた。「こんな寒いところにじっとしているわけにはいきません。吹雪のなかをやってきて、あなたの馬を盗もうなんて人はいやしませんから」

「馬泥棒を心配しているのではない。わたしは納屋で充分だ」

グエンドリンは膝までの雪をかき分けるようにして伯爵のもとへ行った。降り積もった雪と大きすぎる靴のせいで、ひどく歩きにくかった。

「あなたが納屋にいたい気持ちはわかるような気がします。屋敷のなかに閉じこもっているのと同じ理由でしょう？　でも今はあなたの自尊心にかまけている暇はないんです。たとえあなたが怪獣《ガーゴイル》の像のように醜かろうと――そんなことは絶対にありませんけど――テディを助けるために、あなたにいてもらわなくては困るのです。折れた脚の骨をつなぐあいだ、押さえている人手が必要なんです。ビル・マーヴィンの次男はまだ八歳です。あの子だけではとても無理です」

伯爵の表情は変わらなかった。一瞬、グエンドリンは断られるのではないかと思ったが、彼はかすかにうなずいた。「わかった。とりあえず先に馬をつないでくる」

「お願いします」グエンドリンはきびすを返し、雪をかき分けるようにして農家の戸口を目指した。

彼女が戸口にたどり着く前に、扉が勢いよく開いた。小さなウィリアム・マーヴィンの元気いっぱいの姿がそこにあった。

父親と同じように、少年も黒い巻き毛とまん丸な顔をしていた。眠れない夜を過ごしたのだろう、少年の顔色は青ざめ、水色の目の下にはくまができている。

「わたしを覚えているでしょう、ウィリアム？」グエンドリンは男の子に言った。「聖ブリジット孤児院のミス・デイヴィーズよ。お父さんやお兄さんと一緒にときどき手伝いに来てくれるわよね」

「父ちゃんはどこ？」少年は心配そうに尋ね、彼女の後ろに目をやった。「父ちゃんも転んで怪我《けが》しちゃったの？」

グエンドリンは安心させるようにほほ笑み、少年を家のなかに戻して扉を閉めた。「いいえ、お父さんは無事よ。でもとても疲れて、びしょ濡れだったので、伯爵さまのおうちで休んでいるようにとわたしが言ったの。お父さんまで病気になったら困るでしょう? もうすぐクリスマスだもの」

少年がうなずくのを見て、彼女は濡れたマントを脱ぎ、扉の近くの帽子や襟巻きや馬具が下がっている釘《くぎ》にかけた。

「ちょうどわたしは伯爵さまのおうちにいたから、すぐに来られたのよ。前にも折れた骨をくっつけたことがあるから心配しないで」

「もうひとりの男の人は誰?」

「あの方がクーム・リース伯爵よ」言いつつグエンドリンは狭苦しい家のなかを見渡した。農家の一階は全部合わせても、かろうじて伯爵邸の厨房《ちゆうぼう》よりわずかに広い程度だった。二階は屋根裏になっているようだ。おそらく、少年たちはいつもそこで眠っているのだろう。松やひいらぎの枝が、暖炉といつの時代のものとも知れない巨大な古びたオーク材の食器棚を飾っている。テーブルの上には汚れたままの皿があった。

怪我をしたテディは暖炉に近い片隅の小さなベッドに寝かされていた。積み重ねられた枕《まくら》に頭をのせ、すり切れた毛布にくるまれた少年は、固く目をつむり、その顔は生気がなかった。くしゃくしゃになった黒髪や、赤らんだ頬に影を落としている長いまつげのせいで、十二歳という年齢よりもずっと幼く見える。

グエンドリンは阿片チンキやその他の品物をテーブルに置くと、テディのもとへ急ぎ、額に手を当てた。

恐れていたとおり、熱がある。

グエンドリンはそっと毛布を持ちあげ、少年の父親が膝のすぐ下に巻きつけた、粗末だけれども清潔な包帯をほどきはじめた。

テディは悲鳴をあげ、ぱっと目を開けた。恐ろしそうに彼女を見つめ返すその顔は苦痛にゆがんでいる。

「痛かったらごめんなさいね、テディ」グエンドリンはなだめるように言った。「わたしを覚えているでしょう？　聖ブリジット孤児院のミス・デイヴィーズよ」

テディは歯を食いしばってうなずいた。

「怪我の具合を見てみましょう。そうしたら、すぐに治してあげるわ」

傷の状態は思っていたよりもひどく、彼女のあらゆる経験と知識を総動員して当たらなければならないようだった。

グエンドリンは少年の額に手を置いたが、今度は熱を測るためではなく、髪をかきあげて少しばかりの慰めを与えるためだった。

「目を閉じて少しおやすみなさい。痛みをなくしてくれるお薬をあげるから」

少年がうなずいた。

「いい子ね」彼女は立ちあがった。

ウィリアムは目を大きく見開き、心配そうな顔で、彼女が阿片チンキとウイスキーをとりだすのを眺めている。

「洗いもの用のお水はあるかしら？」グエンドリンは尋ねた。

ウィリアムは暖炉のそばに置かれたバケツを指さした。「父ちゃんがきのう、井戸から汲《く》んできた」

厨房に通じる扉が開き、凍えるような冷気とともに伯爵が姿を見せた。ウィリアムは驚いて立ちあがり、伯爵が扉の横木に頭をぶつけないよう身をかがめて敷居をまたいでくるのをまじまじと見つめた。

伯爵はそれ以上入ってこようとはしない。戸口に所在なげにたたずみ、傷跡のある側を隠すかのように顔をなかばそむけている。

彼はひどく無力に見えた。まるで子供の視線が本当に伯爵を傷つけているかのようだ。

グエンドリンは、同じ貴族階級の友人たちや、若くてハンサムだったころを知っている人たちから拒絶されたことが、伯爵を失望させ、世捨て人の生活を選ばせたのだと思っていた。しかし今、自分の顔を見たすべての人たちが拒絶するのではないかという恐怖がそうさせたのだと気づいた。ほんの一瞬だけ、これまで彼に厳しい言い方をしてきたことを後悔した。

けれど、哀れみは苦痛の答えにはならない。世間から身を隠すことは、恐怖を長引かせ、増大させるだけだ。グエンドリンにできるのは、彼を注目に値する、生命の宿った人間として接することだけだった。

「なかに入って、扉を閉めてください」彼女はきびきびとした口調で言った。「冷たい空気がどんどん入ってきてしまいます。ウィリアム、もっと暖炉に薪《まき》をくべてもらえるかしら」

ふたりは言われたとおりにした。だが、そのあいだもウィリアムは外套《がいとう》を脱ぐ伯爵のほうをちらちらと見ている。

「伯爵さまのお顔に気づいたと思うけど」グエンドリンは言った。「この方は、何年か前にひどいお怪我をなさったのよ」

「本当に伯爵さまなの？」ウィリアムがきく。恐怖は、敬意のまじった好奇心にとって代わられつつあった。

「ああ、そうだ」伯爵はむっつりと答えた。

「戦争で怪我したの？」

「いいや」ぶっきらぼうな口調だった。そして少しだけ声をやわらげた。「大火事があって、それでやけどしたんだ」

「ふうん」ウィリアムはどことなくがっかりしたようだ。

グエンドリンは阿片チンキの瓶をとった。「ウィリアム、スプーンはある?」

少年はうなずき、手彫りの木のスプーンをとってきた。

「これからテディによく眠れるお薬をあげるから」グエンドリンは少年に説明した。「そのあと、あなたと伯爵さまに手伝ってほしいことがあるの」テディの寝台に腰を下ろし、彼を助け起こす。「これを飲んでちょうだい、テディ。全部残らずね」

彼女はスプーンを傾けた。舌に液体が触れたとたん、テディは激しくむせたが、なんとか全部飲みこんだ。毛布の端でその口元をぬぐってやり、グエンドリンは優しく少年を寝かせた。

「ベッドをもっと壁から離さなければなりません」彼女は伯爵に言った。「そうすれば、あなたがテディの肩を押さえていてくださっているとき、ウィリアムは骨折していないほうの脚を押さえていられるでしょう」グエンドリンは横たわった少年を見下ろした。「怪我を治すあいだ、じっとしていてほしいの、テディ。だから、みんなに手伝ってもらうのよ」

すでに阿片チンキの効果で目はうつろになりはじめていたが、テディはわかったというようにうなずいた。

グエンドリンはベッドの頭側に行き、伯爵は足側にまわった。「そっとね」彼女はうなずいてみせ、ふたりでベッドを壁から離した。

そのすきまにウィリアムが入りこみ、テディの怪我をしていないほうの脚を押さえた。

「さあ、それじゃみなさん、自分の持ち場についてちょうだい」グエンドリンは腕まくりをし、準備にとりかかった。

伯爵は、両端が細くなった丸い心棒に歯形がついたようなものを上着のポケットからとりだし、それをテディに与えた。「これを歯のあいだにはさんで強く噛《か》むんだ」

グエンドリンが問いかけるような顔つきで見ている。

「怪我をしたとき、最初に診てくれた医者がこれをくれたんだ」準備を手伝いながら伯爵は言った。

テディは青ざめ、体を震わせながらも、心棒を口に入れて噛んだ。窓の外に降りしきる雪と同じくらい白い顔をしたウィリアムが、自分の持ち場についた。伯爵がその大きな力強い手をテディの両肩に置いて、よしというようにうなずく。

いよいよグエンドリンは大仕事にとりかかった。優しく、だが容赦なく、裂けた皮膚の下の骨を探って一気にもとの場所に戻した。

「好きなだけ叫んでいいぞ」伯爵は少年にささやきかけた。「われわれ以外に誰も聞いている者はいないし、わたしたちも決して告げ口したりしないから。おまえよりずっと大人のわたしだって、医者が治療をするたびに大声で叫んだんだ」

しかし伯爵のせっかくの忠告も、気を失ってしまったテディには届かなかったようだ。その開いた口から心棒が転がり落ちた。

「かえってこのほうがいい」伯爵がつぶやく。

「兄ちゃんが寝ちゃったよ。これでいいんだね？」ウィリアムが心配そうに尋ねた。

「テディには睡眠と休息が必要なのよ」骨がもとどおりについたか、グエンドリンは皮膚の上から手で探った。「もう手を離していいわよ」

「よくちゃんと押さえていたな。おまえは雄牛のように力持ちだ」伯爵もテディの肩から手を離しながらウィリアムに言った。「偉いな。わたしだって押さえているのがやっとだったのに」

少年は恥ずかしそうにほほ笑んだ。そして伯爵と一緒にベッドを離れた。

「さて、お茶か何かあるかな？」伯爵がきく。「パンは？　ミス・デイヴィーズに何か食べものをさしあげなくては」

「父ちゃんがスープを残していってくれたんだ」少年は火にかかっている鍋《なべ》に顎をしゃくった。「父ちゃんは料理がうまいんだよ」その口調はいかにも誇らしげだ。

「わたしはお茶のいれ方をよく知らないんだ。おまえは知っているかい？」

「父ちゃんがやってるのを見たことはあるよ」

「わたしも家政婦がやっているのを見たことはある。ここは男同士、お互いに名誉をけがすようなまねはなしにしよう。みんなにできるのなら、われわれのような賢明な紳士にもできないはずはない」

小さな男の子はくすくす笑った。「うちの父ちゃんもお茶をいれるのうまいよ」

なんとかできるかぎりのことはやった。グエンドリンはいつのまにか背中がぐっしょり汗で濡れていたのに気づいた。長く震える息を吸いこんでから、ゆっくり身を起こす。見ると、すぐそばに伯爵が濡らした布をさしだしていた。「これを使いたまえ」

グエンドリンはありがたくそれを受けとり、汗のにじんだ顔を拭《ふ》いた。「ありがとうございます」

「お茶は？」

「まだけっこうです。先に傷を消毒して、包帯を巻いてしまわなければ」

「わかった。そのあいだに用意しておく」

グエンドリンはウイスキーの瓶をとり、ウィリアムが食器棚の引き出しから見つけてきた清潔な布で作業を始めた。

背後でケトルに水を入れる音がした。それから伯爵の深みのある声が聞こえた。「どうやらこの家では誰かがクリスマスの用意をしたようだな」

「テディとぼくでやったんだよ。ぼくたち、いつも宿り木やひいらぎや松の木を集めてくるんだ。父ちゃんはごちそうを作る係なんだ。今日は……」少年はいったん言葉を切り、また続けた。「今日はクリスマス・プディングを作るところだったんだよ。でも、テディが怪我しちゃって」

「大丈夫、今年も食べられるさ。ほかにはクリスマスに何をもらうんだい？」

「この前のクリスマスにはオレンジをもらった！」

「本当に？　まるまる一個かい？」

「うん。あんなおいしいの食べたことない！　伯爵さまは食べたことある？」

「一個か二個ね」

「伯爵さまは、この前のクリスマスに何をもらったの？」

「そろそろ静かにしようか、ウィリアム。ミス・デイヴィーズの邪魔にならないようにね。お兄さんもゆっくり休ませてあげないと」

　グエンドリンは清潔な包帯をテディの脚に巻きおえた。これで自分の知っていることは全部した。できるかぎりの手は尽くした。あとは時間と医者が、彼女の処置が正しかったかどうかを決めてくれるはずだ。

　腰に手を当て、立ちあがって背伸びをする。背中と首がずきずきした。脚にも痛みを感じたが、これは慣れない乗馬のせいだろう。

　後ろを向くと、テーブルに茶色のティーポットと白いどっしりしたマグカップが置かれていた。ウィリアムはテーブルの前に座り、伯爵は黒パンから厚いひと切れを切り分けている。

「お医者さまが来るまで、あとどれくらいかかるかしら?」グエンドリンは尋ねた。

伯爵は扉のそばの小さな窓に目をやってから、ナイフを置き、戸口に向かった。扉を少し開けて、外をうかがう。「今日は来られそうもないな。わたしたちもここを出るのは無理だと思う。雪がまたひどくなってきた」

うろたえたグエンドリンは戸口に駆け寄り、扉の外を見て伯爵の言葉が正しいのを思い知った。一メートル先も見えないし、またしても風が勢いを増してきたようだ。

体に腕を巻きつけて震えながらグエンドリンは唇を噛んだ。伯爵が扉を閉める。ふたりは顔を見合わせた。グエンドリンは、自分と同じく伯爵も少年の身を案じているのだと悟った。

「あの子の具合はやはりよくないのか?」伯爵が小声で尋ねた。

「わたしはもっとひどい骨折も見てきました」グエンドリンは言った。「それに、お医者さまがもっと重傷の患者で忙しいときは、何回か骨をつないだこともあります。でも本当のことを言うと、わたしにはなんとも……」

「きみはちゃんとやるべきことをやっていたよ。それにわたしに言わせれば、下手な医者よりよほど手際がよかった」

「わたしは医者ではないわ」

「それなら医者になるべきだったな」ウィリアムのためにもっとパンを切ってやろうと、伯爵はテーブルに戻っていった。

これまでグエンドリンも何度か思ったことがある。自分や同僚の看護婦たちのほうが、部隊付きの医師よりずっとうまく怪我の処置ができると。一度だけ彼女が医師にそれを指摘すると、医師はグエンドリンが異端の説でも唱えたかのように怒りだし、罰として一週間、病床用の便器を洗わせた。

グエンドリンはテーブルに着き、ウィリアムと伯爵にほほ笑みかけた。「さあ、殿方がちゃんとおいしいお茶をいれられるのかどうか、見せてもらいましょう」

ふたりのいれたお茶はおいしかった。テディの怪我の具合を心配していなければ、彼女ももっと楽しめたかもしれない。ウィリアムは客がいることに明らかに興奮している。それも伯爵のような身分の高い客を迎えたのだから、当然だろう。彼は伯爵を質問攻めにしたが、どうやら、イギリス貴族は誰しも毎日、鎖帷子《くさりかたびら》と甲冑《かっちゅう》に身を包み、危機に瀕《ひん》した乙女を助けるか、鷹《たか》狩りをしているものと思いこんでいるようだ。その誤解をとくのに、伯爵はいささか苦労していた。

あいにく彼が実際に甲冑や剣や盾の一式、それに鎚矛《つちほこ》まで持っていると認めたので、その主張はあまり意味をなさなかった。

にもかかわらず、伯爵は少年の質問に根気よく答えてやり、話題が中世時代のウェールズの栄光に及ぶと、ほとんど打ち解けた様子で話しつづけた。なんといっても、これは伯爵のもっとも得意とする分野なのだ。

「まるで本当にそこにいたみたい」伯爵の話しぶりには歴史特有の無味乾燥な冷たさは少しもなく、グエンドリンは称賛を隠そうともしなかった。「ねえ、ウィリアム?」

「ぼくもそんな時代に生まれたかったなあ」少年は椅子から飛びおりると、剣で宙を切るまねをした。

「本物の戦争というのはそんなに楽しいものじゃないぞ」伯爵はいさめるように言った。そしてグエンドリンのほうにうなずいてみせた。「ミス・デイヴィーズにきいてみるがいい」

少年は顔をしかめた。「女の人は戦争になんか行かないよ」

「いいや、女性は後方で傷ついた兵士たちの世話をしなければならないんだよ。そっちのほうが戦うよりずっと大変なんだ」伯爵はテーブルに手をついて立ちあがろうとした。

「さてと、一緒に馬の様子を見に行こうか。馬たちにもちゃんと水や餌《えさ》を与えてやらないと」

「この雪のなかを行くんですか?」グエンドリンは窓のほうを向いたが、霜に覆われて外はまったく見えなかった。

「馬が心配なんだ。ちゃんと気をつけるから大丈夫。なあ、ウィリアム?」

少年はやる気満々でうなずいた。

「よし」伯爵は立ちあがった。「わたしはここで用意をするから、自分の外套と帽子と手袋を持っておいで」

ウィリアムがいさんで出ていくと、グエンドリンも立ちあがった。

「先にこれを片づけていこうか？」伯爵は汚れた食器を見ている。

「いいえ、大丈夫です」グエンドリンはテディの様子を見に行った。少年の額はまだ熱く、その頬は真っ赤だ。

彼女の背後に伯爵がやってきた。「少しはよくなったか？」

「まだ早すぎます」グエンドリンは伯爵だけでなく、自分も納得させるように言った。

「用意できたよ！」ウィリアムが叫んだ。

「よし」伯爵は防寒用の外套に腕を通した。「だが、家のなかではもう少し静かにしたほうがいいぞ。でないと兄さんを起こしてしまう。そうなったら、ミス・デイヴィーズのご機嫌が悪くなるからな」

二人が出ていくと、グエンドリンは急いでテーブルの上を片づけた。テディが起きたときのために残しておいたスープは火にかかっている。彼女は小さめの薪を四本選び、テディの患部に毛布が当たらないようにするため、二つの支柱を作った。こうすれば、起きたときの苦痛を少しでも減らすことができるだろう。

ちょうど作業を終えるころ、伯爵とウィリアムが戻ってきた。伯爵は出ていったときよりもさらに足を引きずっている。スープとパンと新鮮な空気でおなかを満たしたウィリアムも伯爵と同じく疲れているように見えた。

「ふたりとも少し横になってやすんだらどう？」ウィリアムの外套と自分の外套から雪を払い落とす伯爵に、グエンドリンは提案した。

「まだ寝たくなんかないよ」ウィリアムがすねた口調で答えた。「これから伯爵さまとチエスをやるんだ」

「ああ、するとも。ただし、きみが先にやすんでからだ。今夜はずっとテディにつきっきりだったし、ミス・デイヴィーズやわたしの手伝いで働きづめだったんだから」

「あなたも休息が必要です、伯爵」グエンドリンは言った。

伯爵はグエンドリンをじっと見つめた。「きみもだ」

「わたしは看護をしながらの寝ずの番に慣れています。あなたはそうではありません」

「わたしは遠乗りに慣れているが、きみはそうではない。テディに少しでも変わった様子があれば、すぐに起こすから」

「わたしはあとでやすませてもらいます」グエンドリンは腰に手を当てて言った。「いいから、ふたりともベッドに行ってください」

伯爵はむっとした顔で彼女を見つめたまま、ウィリアムに言った。「どうやらミス・デイヴィーズは本気のようだ」

少年はあくびをしながら目をこすっている。「でも疲れてなんかいないもん。ぼくは伯爵さまとチェスがしたいんだ」

「あとでしよう」伯爵が言った。「おまえのベッドはどこだい？」

「屋根裏だよ」少年は上を指さした。

伯爵は顔をしかめている。梯子《はしご》を登るのは彼にとってあまり歓迎すべきことではないようだとグエンドリンは察した。とりわけ今は。

グエンドリンはカーテンの引かれた奥まった場所へ歩いていった。思ったとおり、そこはビルの寝床だった。鉄の枠組みのベッドと小さな洗面台が置かれている。

「少し横になるのなら、ふたりともここで寝たらどうかしら。ここなら、助けが欲しいとき、すぐに駆けつけてもらえるから」

ウィリアムは伯爵を見上げた。伯爵はウィリアムを見下ろした。

「ミス・デイヴィーズはわれわれにいやとは言わせないつもりらしい。どうする？」

ウィリアムはまたもやあくびをもらし、首を横に振った。

伯爵はグエンドリンの前に歩み寄り、小さな声で言った。「ほんの少しだけだ。そのあとはきみがやすむんだ」

グエンドリンはそれ以上議論したくなかったので、あたかも同意するようにうなずいてみせた。

「父ちゃんはいつも寝る前に歌を歌ってくれるんだ。伯爵さまは?」伯爵にカーテンの向こうに連れていかれながら少年が言った。「ぼくは《ひいらぎかざろう》がいいな。だってウェールズの歌だし、ぼくはウェールズ人だもん」

「わたしは最近ほとんど歌っていないんだ。たぶん、ミス・デイヴィーズなら——」

「でも、父ちゃんは歌ってくれるよ。ねえ、お願い。一曲だけでいいから」

伯爵は仕方がないなというようにため息をついた。「わかった。一曲だけだぞ」

カーテンの向こうで、ベッドの綱がかすかにきしみ、ウィリアムが横たわる気配がした。

「ぼくの横に座って」

綱がさらに大きな音をたててきしむのが聞こえた。伯爵がベッドに座ったようだ。「脚を伸ばしてもいいかな?」

「うん、いいよ。最初は《ひいらぎかざろう》で、それから《夜もすがら》ね。どっちも大好きな歌なんだ」

「一曲だけと言ったじゃないか」

「でも、どっちもウェールズの歌だよ。伯爵さまもウェールズ人でしょう?」

「ああ」

「じゃあ、両方歌わなくちゃ」

グエンドリンは汚れた皿を洗い、テディの様子を見たり、忙しく立ち働きながら、二人の会話を聞いていた。伯爵はウィリアムの頼みを聞き入れてくれるかしら、それとも断るだろうか。彼が《夜もすがら》を歌うところを聞きたい。彼女もその曲が大好きだった。クリミアの戦場にいたころ、ウェールズ人の兵士たちが、クリスマス・イブに彼女のために歌ってくれたことがあった。それは彼女に故国を思い出させた。貧しい孤児だった彼女にも、クリスマスの楽しい思い出らしきものはあるのだ。たとえプレゼントがりんご一個だったり、暖かい下着一枚だったとしても。

そしてクーム・リース伯爵は陽気な《ひいらぎかざろう》を歌いはじめた。なんというすばらしいバリトンだろう。ウェールズでも一、二を争うほどの声のよさだ。すぐにかぼそいボーイソプラノがそれに加わった。

一曲めが終わると、伯爵は《夜もすがら》を今度は子守り歌のように静かに優しく歌いはじめた。ウィリアムも一緒に歌いだしたが、やがてその声は先細りになり、伯爵ひとりだけの声になった。その伯爵の声もしだいに小さくなっていき、最後はほとんどささやきになった。

グエンドリンはもしやと思い、足音を忍ばせてカーテンの向こうをのぞきに行った。やはり思ったとおりだ。伯爵は上掛けに座り、簡素なベッドの鉄枠に寄りかかって目を閉じていた。その胸がゆっくり上下している。ウィリアムは上掛けの下で伯爵に身を寄せるよ

りのハンサムな男性になっていた。

やわらいだ表情からはいつものいかめしさは消え、まさしくあの肖像画に描《か》かれたとおりのハンサムな男性になっていた。

これだけの美貌《びぼう》とみごとな体の持ち主なら、さぞかし女性たちにとってはたまらない存在だったに違いない。今の彼だって充分魅力的だ。それは、単なる外見上のことではない。彼は寛大で優しい心の持ち主でもあったのだ。伯爵がウィリアムと一緒にいるところを見れば、みんなもグエンドリンと同じように感じるだろう。彼のぶっきらぼうな見かけは、人々の嫌悪の表情に傷つけられる前に、自ら世間を遠ざけるための方策だということを。

もしほかの女性が今の彼を見たら、こっそり忍び寄って、眉にかかる巻き毛をかきあげたいと思うだろう。そして額にそっと唇を寄せたいと。今の彼女のように。

ばかなことを考えるんじゃないの。グエンドリンは自分を叱《しか》りつけ、あとずさってカーテンを引いた。たとえ顔に傷があろうと、相手は身分の高い、由緒ある貴族なのだ。そして自分はといえば、孤児院を経営する貧民の娘にすぎない。そんなことを考えるだけでも不謹慎でばかげている……。

だけど、それはなんと心そそられる考えかしら。

足を引きずる音に、グエンドリンははっと振り返った。ねぼけまなこのクーム・リース伯爵がカーテンの向こうから出てくるところだった。四時間は眠っていただろうか。その間もテディが何度か寝返りを打ち、苦しげに叫び声をあげたので、彼女はずっと起きていた。

伯爵が窓のほうに目をやった。「まだ降っているのか?」

「ますますひどくなっているようです」

グエンドリンはため息をつき、首筋をもんだ。別に寝ずの番がつらかったわけではないが、なんといっても昨夜はほとんど眠れなかったから——。

突然、伯爵の力強い手が肩にかかり、グエンドリンは身をこわばらせた。驚いて声をあげたり、動いたりするすきも与えず、その指は彼女の痛む背中や首筋の凝りをときほぐしはじめた。

即座に抗議するか、やめさせるべきなのかもしれない。でもなんて気持ちがいいの……。

「容体はどうだ?」伯爵がささやいた。深みのある声は低く穏やかだ。

「まだ熱が引きません」

「もっと阿片チンキが必要か?」

「ええ、たぶん」

「必要なだけ使ってくれ。わたしは別に必要ではないから」

「あなたの痛み止めには効果がないんですか?」グエンドリンは尋ねた。伯爵の負傷は彼女が思っていたよりも深刻なのかもしれない。

「そもそもは……眠りの助けにするためのものだったんだ。しかし役に立たなかった」

それまでの体験から、彼女には容易に想像がついた。「悪夢に悩まされるのですね?」

「ああ」

「睡眠障害はとくに珍しいものではありません。あなたのこうむった体験を考えれば」

「あの事故のあと、わたしは夜ろくに眠れない体質になってしまった」彼女の体をもむ彼の手がいったん止まり、また動きはじめた。「それが、今は泥のように眠っていた」

グエンドリンは、彼の手から肩に伝わるぬくもりやかすかな圧力を無視しようとした。

「わたしや子供たちがよけいに疲れさせていなければいいんですけど」

「そんなことはない。それどころか、ミス・デイヴィーズ、きみは、その類を見ない独特なやり方でわたしを救ってくれた」

彼が手を止めると、グエンドリンはわずかに心の痛みをおぼえた。だがそれも、彼が髪を留めていたピンを抜きはじめるまでだった。

「いったい何をしているんですか?」グエンドリンは小さく叫び声をあげ、落ちてくる髪をあわてて押さえた。

「こんなふうにきつく引っつめにしているから、よけい肩が凝るんだ」伯爵はさらに反対側から二本ピンを抜いた。

グエンドリンは空いているほうの手でぴしゃりと彼の手をたたいた。「やめてください！　髪がばらけてしまうわ」

「そのつもりでやっているんだ。きみは美しい髪の持ち主だ、ミス・デイヴィーズ」

「わたしの髪なんて平凡もいいところだわ」グエンドリンは気が動転しているのを怒りで隠し、立ちあがって彼のほうを向いた。

彼女は黄金色に実った小麦のような金髪や、伯爵のように烏《からす》の濡れ羽色の髪にずっとあこがれたものだった。彼女の髪ときたら、鼠《ねずみ》の毛のようなくすんだ茶色で、どんなにひいき目に見ても月並みがせいぜいだ。

どんなお世辞だろうと、どんな口あたりのいい言い方だろうと、彼女にもたらされる評価は月並み以上でも以下でもなかった。

ところが、伯爵は違った。「きみはすてきな髪をしている。そんなふうに顔のまわりにふわりと垂らすと本当に美しい。それに加えて、きみの不屈の魂に、輝く緑の瞳があれば、ロンドンの最高の美人にだって引けをとらないだろう」

「あなたが嘘《うそ》をついているのだということが、これでようやくわかりました。なぜ今さらお世辞を言ったりする必要があるのか、わたしにはさっぱりわかりませんけど」彼の言葉にどれだけ動転したか、悟られてはならない。

「わたしは自分の思ったとおりを言ったまでだ。それ以外のやましい動機はない。どうやらきみは、自分の髪や容姿についてあまり賛辞を受けたことがないようだね」

「そんな経験はありません」

「もっと受けるべきだ」

グエンドリンはかっと顔がほてるのを感じながらも、彼の言葉にこれ以上注意を向けてはだめと自分に言い聞かせた。「わたしのピンを返していただけませんか?」てのひらにピンをのせてさしだす彼の唇がほほ笑みの形になった。「欲しければとってごらん」

「もう、なんてばかなことを――」

伯爵は、ピンをとり返そうと伸ばした彼女の手をとり、そのまま口元へ持ちあげてキスをした。「きみはとても魅力的な女性だと思う、ミス・デイヴィーズ」

すぐに手を引っこめるべきだった。これは彼女にとって歓迎できない親密さだった。彼が次に何をするかわかったものではない。あるいは自分のほうが。グエンドリンの頭のなかで途方もない考えがぐるぐる渦巻いていた。

だが、動けなかった。そのとき炉端の小さなベッドから弱々しい声が聞こえてきた。

「もうクリスマスなの? もうお祝いは終わっちゃったの?」

戦場でさえこれほどまでの激しい動揺は味わったことがなかった。グエンドリンは必死にそれを押し隠し、髪を巻いてうなじでまとめると、ピンを押しこみながらテディのもとへ急いだ。

　少年の目と声はまだ阿片チンキが効いていることを示していたが、顔に浮かぶ苦痛の表情から察するに、その効果も薄れはじめているようだ。

「まだクリスマスになっていないわ」彼女は安心させるように言った。「お祝いはこれからよ」

　テディがなんとか起きあがろうとした。「父ちゃんは？」

「だめよ、じっとしていなくちゃ」グエンドリンは優しく少年の体を押し戻した。「お父さんはまだこっちに来られないの。外はとてもひどい雪だから。お父さんが戻ってきたら起こしてあげるわ。だから今は眠っていなければだめよ」

　テディの視線が部屋をさまよい、伯爵の上で止まった。「伯爵さま、まだいたんだね」少年がつぶやくあいだに、グエンドリンは急いで次の投薬の準備をした。「夢を見たんだとばかり思ってた」

「伯爵さまはすごくよく手伝ってくださったのよ」彼女は言った。

「口に噛む棒切れみたいなのをくれたのは覚えているよ」

「本当はいらなかったんだ。きみはとても勇敢だったからね」伯爵がベッドのかたわらに立った。「美しいミス・デイヴィーズも、きっときみの勇気に感心しただろうと思うよ」

　グエンドリンはぱっと頬を赤らめた。彼はただテディを喜ばせようとするために言ってるのよ、と自分に言い聞かせる。少年の血の気のない唇が弱々しくほほ笑んだかと思うと、そのまぶたが震えながら閉じた。

さっきはあんなふうに言ったけれど、彼は本気でわたしのことを美しいと思っているわけではないだろう。たぶん単に退屈しのぎに言っただけなのかもしれない。わたしたちふたりはずっとひとつ屋根の下にいるのだから。

グエンドリンはそれ以上深く考えないことにした。伯爵がさらに薪を投げいれるために暖炉のほうへ行くと、彼女は心からほっとした。

同時に、彼の身のこなしを、体を起こす前に上着の生地が広い肩でぴんと張るさまを、つとめて見ないようにする。

「ウィリアムが起きる前に馬の様子を見に行ってくる。ウィリアムは優しい子だが、わたしはひとりでウォーロードの世話をすることに慣れているからね。ウォーロードにしても、詮索《せんさく》好きな小さい手にあまり慣れていないし」

グエンドリンはうなずいた。とりあえず、彼が外へ出ていってくれるのはありがたい。テディにさらに阿片チンキを飲ませると、彼女はベッドのかたわらに座り、少年が眠りに落ちるまで見守っていた。それから暖炉に戻り、ぐつぐつ煮えているスープに水をさす。

伯爵以外のことを考えようと、彼女は食べ物の問題に意識を集中した。今後のことを思うと、スープは充分に足りているとは言えない。

伯爵が戻ってきた。彼は足にこびりついた雪を落とすために足踏みして、外套と帽子を脱ぎ、扉のそばの釘にかけた。

「わたしもゆっくりやすませてもらったし、きみの患者も眠りについたからには、今度はきみがやすむ番だ」伯爵が言った。「テディの様子はわたしが見ている。何かあったら、すぐにきみを起こしに行くから」

グエンドリンは骨の髄まで疲れきっていたが、テディから離れるのは看護婦としての自負が許さなかった。「だめです。わたしの助けがいつ必要になるかわからないんですもの。せめて熱が下がるまでは起きていなくては」

「もしあの子の容体が悪化したとき、肝心のきみが疲労困憊《こんぱい》していたのでは本末転倒じゃないか」

「ウィリアムだってそろそろ起きてくるんじゃないかしら。きっとおなかをすかせているでしょうし、テディにも何か食べさせなければ。スープだけじゃ足りないわ」

グエンドリンは額に手を当て、何が作れるか考えてみた。

「シチューにしましょうか。それとも、あそこにぶらさがっているハムで何か作れるかもしれないわ」

「過労で失神する前に、少し眠っておかなきゃだめだ。きみはやすみたまえ。わたしが何か作る」

「どうしてわたしにできないと決めつけるんだ、ミス・デイヴィーズ？」

伯爵は片方の眉を上げてみせた。「どうしてわたしにできないと決めつけるんだ、ミス・デイヴィーズ？」


グエンドリンは腹立ちまぎれにため息をつこうとしたが、結果としてとてつもない大あくびをしていた。「だって、あなたは貴族ですもの」

「貴族だからといって、一日じゅう書斎で本を書いて過ごしているわけではない。たまには厨房へ行ってミセス・ジョーンズが働いているのを見たりもする。たぶん、簡単なものくらいは作れるはずだ」

伯爵は彼女の手首をつかみ、カーテンのほうへ無理やり連れていこうとした。

「前にも言っただろう。わたしの目の前でのたれ死にされるわけにはいかないんだ」

彼女は足を踏んばり、彼の手から必死で腕を引き抜こうとした。「この家の主導権を握っているのはあなたじゃありません。ここはあなたの領主館《マナーハウス》じゃないんですよ」

「だが、ここもわたしの土地だ。ビル・マーヴィンはわたしの小作人のひとりだからね。さあ、もう無駄な議論はやめにしよう。それとも、このままきみを抱きあげてベッドに運ぼうか？」

そのとたん、グエンドリンの脳裏に恐ろしい映像がどっと押し寄せた。「お願いだから、手を離してください」

伯爵は手首をつかんだままさらに引き寄せた。その瞳に浮かぶ表情を見て、彼女は息をのんだ。胸の鼓動が激しくなる。

「いや、離さないほうがいいのかもしれない」伯爵はささやき、しっかり握った手を口元に持っていった。「昔だったらきみは、舞踏室にいっぱいいる、くすくす笑ってばかりの愚かな娘たちの垂涎《すいぜん》の的になっていたはずだよ、ミス・デイヴィーズ。なぜなら、ほかならぬクーム・リース伯爵がこのようにきみを抱いて」彼はゆっくり顔を近づけた。「きみの唇にキスしようとしているのだから……」

「ダンスをしているの？」ふいに小さな声がした。「父ちゃんは？」

ウィリアムがカーテンの前に立っていた。

きまり悪そうな笑みを浮かべ、グエンドリンはあわてて身を引いた。「お父さんはまだよ。雪がひどくて。伯爵さまは……その……」

「ミス・デイヴィーズを少し眠らせてあげようとしていたんだ。さあ、きみはやすみたまえ。あとはわたしとウィリアムで、まずはお茶とトーストから用意してみようじゃないか」

グエンドリンは職務を放棄することにまだ抵抗を感じていた。「でもテディが……」

「もしテディが目を覚ましたり、ほんのわずかでも容体が変わったりしたら、すぐにきみを起こしに行く。とにかく今は眠ったほうがいい。でないと、いくらきみでも判断力が狂ってしまう」

彼のような貴族が本気で自分に惹《ひ》かれているのだと思ったり、彼のかたわらで過ごす人生を夢見たりしているとしたら、判断力はとっくに狂っているに違いないとグエンドリンは思った。「ほんのわずかでも容体が変わったら起こすと約束してくださいますね？」

伯爵は胸に手を当て、まるでふたりがバッキンガム宮殿にいるかのように、優雅にお辞儀をしてみせた。「親愛なるミス・デイヴィーズ、クーム・リース伯爵の名誉にかけてここに誓おう」

5

ひそひそ声で交わされる会話にグエンドリンは目を覚ました。穏やかで低いのは伯爵、早口で甲高いのはウィリアムだろう。そして、彼女は怪我《けが》をしたテディの看護をするためにビル・マーヴィンの家にいるのだ。

いったいどのくらい眠っていたのかしら。グエンドリンはベッドの近くの小さな窓に目をやった。今が何時か、暗くてわからないけれど、雪はあいかわらず激しく降りしきっている。

今何時だろうと、寝すぎたことはたしかだ。グエンドリンは急いでベッドから下りると、カーテンの仕切りをめくった。真っ先に目に飛びこんできたのは、つぎはぎだらけのエプロンをつけたクーム・リース伯爵の姿だった。世捨て人の伯爵は頬に小麦粉をつけ、大きなボウルに入った何かをかきまわしている。そのすぐかたわらでは、テーブルに座ったウィリアムが足をぶらぶらさせていた。暖炉の火にかけられた鉄製の鍋《なべ》からは、えもいわれぬおいしそうなにおいが漂い、家じゅうにあふれている。

「お目覚めかな、ミス・デイヴィーズ」伯爵が穏やかな声で言った。「ずいぶんよく眠っていたようだね」

状況を考えればまったくそのとおりだった。だが、なんといってもテディの様子が気がかりだ。「テディの様子はどうですか？」彼女はまっすぐ暖炉のそばのベッドに向かった。

「見てのとおり、まだ眠っている」伯爵は不機嫌そうな表情になった。「何かあったら起こすと言っただろう」

別に伯爵にけちをつけるつもりはなかったのだが、グエンドリンは何も言わずにおいた。ひとつ屋根の下という異様な状況にあっては、できるかぎり距離をおいたほうがいい。それは、このハンサムな男らしい紳士に対する彼女の愚かな妄想をなんとかするための唯一の方法だった。

テディの呼吸は前よりも穏やかになり、頬の赤みもとれていることを確認しながら、グエンドリンは少年の額に手を当てた。

熱くない。

グエンドリンは息をのみ、身をかがめて手による計測を確認するようにその額に唇をつけた。「ああ、よかった」ささやき声がもれる。「熱が下がっているわ」

彼女は身を起こし、安堵《あんど》と歓喜のまなざしでふたりの仲間を見た。

「テディの熱が下がったわ」

伯爵がほほ笑んだ。グエンドリンもほほ笑みを返した。

ウィリアムははちきれんばかりの笑顔を見せ、歓声をあげた。「テディが治った！」

それから少年はあわてて手で自分の口をふさいだ。その目がまん丸くなる。

「小さな声でしゃべらなくちゃいけないんだよね」手のなかに声がこもる。

「まだ本当に治ったわけじゃないのよ」グエンドリンはテーブルに近づいていった。「でも、もうすぐよくなるわ」

「クリスマスの前に？」

「骨がつながるにはもっと時間がかかるわね。でも、イースターにはまにあうかもしれない」グエンドリンはボウルのほうにうなずいてみせた。「何を作っているの？　パン？」

ウィリアムの笑みが大きく広がった。「ぼくたち、クリスマス・プディングを作ってるんだよ！」

伯爵が彼女に向けたまなざしは、照れくささとプライドの入りまじった、とてつもなく魅力的なものだった。「クリスマスには、いつもミセス・ジョーンズのプディング作りを手伝っていたからね」その表情が曇った。「少し前までは」

「おなかがすいた」寝台からテディのつぶやく声がした。

「テディ！」ウィリアムが叫び声をあげ、テーブルから這《は》いおりた。「クリスマス・プディングを作ってるんだよ、ぼくと伯爵さまで」

テディが快復しつつある兆候をうれしく思いながらも、元気のよすぎる弟から守らなければならないと、グエンドリンはベッドに急いだ。

「シチューを食べさせたらどうだろう?」伯爵が申し出た。

それがいいにおいの正体だったのだ。シチューの出来映えが、そのにおいと同じくらいすばらしいものだとしたら、伯爵は厨房《ちゅうぼう》に立つミセス・ジョーンズを見ているだけで、さぞかしいろいろなことを学んでいるに違いない。

「伯爵さまは父ちゃんが作るのより、もっといっぱいナッツを入れたんだよ」ウィリアムは兄のベッドに駆け寄った。「それからお屋敷から持ってきたものも入れたんだ。ウイッスィー、とかなんとか言うんだよね。きっと今までで最高のクリスマス・プディングになるよ!」

グエンドリンは問いただすように片方の眉をつりあげた。「ウイスキーを入れたんですか?」鍋からこってりした濃厚なシチューを木のボウルによそう伯爵を見ながら尋ねる。

伯爵は小さく肩をすくめてみせた。「あいにくここにはブランデーがなかったもので」

テディが小さな苦痛の悲鳴をあげた。グエンドリンが振り返ると、ウィリアムがベッドの端に腰かけようとしていた。

「そこに座っちゃだめよ、ウィリアム」彼女は年少の男の子をたしなめた。「できるだけお兄さんの脚を動かさないでほしいの」

ウィリアムはびっくりしたような顔でそっとベッドから下りた。

「そんなに心配しなくても大丈夫よ。お父さんのベッドから枕《まくら》を持ってきてくれない？　テディが食べるあいだ、背中を支えられるようにね」

ウィリアムは言われたことに忠実に従った。

伯爵はシチューをよそったボウルをテーブルの上に置き、ウィリアムが枕を持って戻ってくると、グエンドリンを手伝ってテディの体を起こし、食事のしやすい体勢にした。それからシチューをとりに戻り、彼女にボウルとスプーンを渡して、テディの胸の上にタオルを広げた。

「自分で食べられるよ」テディは顔を赤らめ、小声で抗議した。

「ミス・デイヴィーズの飲ませた薬のせいで、手が震えるかもしれないし、おまけにボウルの中身はひどく熱い」伯爵が言った。「男子たるもの、赤ん坊のように扱われるのは恥ずかしくていやだろうが、食べ物を顎にみっともなくたらすのは、もっといやだろう？　それに、わたしも厨房での努力を無駄にされるのはいやだからな」

テディの顔がますます赤くなった。

「それにわたしだったら、このように若く美しい女性に手伝ってもらえるチャンスを無駄にしようとは思わないね」

テディに食べさせながら、今度はグエンドリンが赤くなる番だった。この二日間で、彼女は今までの人生で受けてきた以上のお世辞を言われた。こんな言葉を四六時中聞かされていたら、本当に美しい女性たちがうぬぼれるのも無理はない。

　それは彼だって同じだろう。そうしたものをいちどきに失うのは、どんなにつらいか。もし自分から子供たちをとりあげられたら、やはり同じような思いを味わうに決まっている。

「ちゅうぼうでのどりょく、ってなんのこと？」ウィリアムが尋ねる。

「わたしの料理のことだよ」伯爵が答えた。「さあ、若きウィリー・マーヴィン。このプディングはもうすぐできあがる。それに、おまえとのチェスの対決を忘れたわけではないからな。用意をしなさい。わたしもすぐに行く」

「ぼくはチェスがうまいよね、テディ？」ウィリアムは兄に確認するように言った。

　テディがうなずく。

「わたしはいかなる敵をも恐れるものか！」伯爵はわざとらしく叫ぶと、手にした杓子《しやくし》を決闘の剣のように振りまわした。「さあ、急げ、若きマーヴィン。おまえなどあっというまにねじ伏せて、世界じゅうに自慢してやるぞ」

　テディが弱々しくほほ笑み、ウィリアムはくすくす笑い、つられてグエンドリンもほほ笑まずにはいられなくなった。こうしてクーム・リース伯爵を見ていると、彼が領主館《マナーハウス》に住み、領地をおさめている貴族だということを忘れてしまいそうになる。ここがふたりの家で、ふたりはともに暮らし、一日二十四時間を分かちあっているのだと信じられるような気がしてくる。

そう、彼女はあやうく信じこんでしまうところだった。だが完全にというわけではなかった。


「あと一回だけだ。次はもうないからな」

ウィリアムを寝かしつけるために屋根裏に上がった伯爵は、断固とした口調で言った。だがグエンドリンは彼が同じことを言うのを、《ひいらぎかざろう》を歌ったときにも聞いていた。幸い、ウィリアムの声はひどく眠そうで、ほとんどまどろみかけているのは間違いない。

テディはシチューを食べたあとすぐに眠りに落ち、今は安らかな寝顔を見せている。今のところ、ほぼ順調に快復しているようだが、グエンドリンは明日こそ医者が来てくれることを祈らずにはいられなかった。

伯爵の深みのある美しい声が彼女のほうへ流れてきた。暖炉に飾られた松の枝が、空気にかぐわしい香りを漂わせている。窓はあいかわらず霜で真っ白だが、家のなかは暖かく居心地がよかった。炉棚にはケトルが置かれ、いつでも熱いお茶が飲めるように用意されている。テディもさしあたり危険な状態を脱し、グエンドリンはここ数年来感じたことのなかった、肩の荷を下ろしたような解放感を味わった。幸福な結婚をして、子供たちがいる生活というのは、こういう感じなのかもしれない。

こんな家庭の幸福は自分の人生とは永遠に縁のないものと思いこんでいた。グエンドリンにはいつもするべき任務が山ほどあったし、そこから与えられる喜びもあった。孤児院の運営は大事な仕事で、彼女の愛を必要としているたくさんの子供たちもいる。もしも自分には夫が与えられない運命ならば、それを受け入れるまでだ。それなりの代償は人生から得ている。それでも……。

伯爵の歌声がやんだ。続いて、屋根裏にかけてある梯子《はしご》がきしむ音がした。グエンドリンは先ほどまで伯爵がつけていたエプロンで手を拭《ふ》き、彼がゆっくり下りてくるのを見守った。

「膝が痛むんですか?」伯爵の足が床につくのを待って彼女は尋ねた。

「少しね」伯爵はグエンドリンのほうを見ずに答えた。「あの少年は永遠に眠ってくれないんじゃないかと思ったよ」

「すばらしい歌声でした」

「あまり声が出なかった。なにしろ、歌なんて長いあいだ歌っていなかったからな」あいかわらず彼女のほうを見ようとはせず、伯爵は足を引きずりながら窓辺に歩いていった。霜で曇った窓ガラスの一部を手でぬぐう。「ああ、信じられない。雪がやんでいる」

グエンドリンは急いで伯爵のそばに駆け寄り、爪先立って外を見た。伯爵の言うとおり、黒いビロードのような夜空が広がり、小さい宝石のような星が一面にちりばめられていた。東の空には青みがかった満月が浮かび、雪に銀色の光を投げかけている。

「雲ひとつないわ」グエンドリンは驚きの声をもらした。

「このまま天候が崩れなければ、ジョーンズはマーヴィンと医者を連れて明日の朝いちばんに山を登ってこられるだろう」

テディのためには喜ぶべきだった。「ええ、あなたも早くお屋敷に戻りたいでしょうね」

伯爵は鋭い一瞥《いちべつ》をくれた。「きみも同じく、一刻も早く孤児院に帰りたいだろう」

「クリスマスの前はそれは忙しいんです、伯爵。もうすでにまにあうかどうかも危ういくらい」

伯爵はまともにグエンドリンと向きあった。その口調にこめられた思いがけない真剣さに、彼女はどぎまぎした。「今さら称号で呼ぶ必要はないだろう。わたしの名前はグリフインだ」

その申し出はますます彼女を驚かせた。「そんな。あなたを名前で呼び捨てにするなんて厚かましいことはできませんわ、伯爵」

それは、ふたりの住んでいる世界の違いを忘れさせないために必要なことでもあった。いずれはお互いに違う世界へ戻っていくのだ。

「人の制止も聞かずに、わたしの書斎にずかずかと入ってきたのは、厚かましい行為ではないというのか？」伯爵は沈んだ笑みを浮かべた。「せめてここにいるあいだだけでも、グリフィンと呼んでくれないか？　わたしをその名前で呼んでくれる人はもうほとんどいない。わたしへのクリスマス・プレゼントだと思ってくれ」

彼女は思わず答えていた。「それでは、わたしのこともグエンドリンと呼んでください」

「わかった、グエンドリン」

その響きがこれほどまでに美しく思えたのは初めてだった。

窓の向こうの夜空に顎をしゃくってみせる伯爵の顔から笑みが消えた。「たぶん、最初のクリスマスもきっとこんな夜だったんじゃないかな。羊飼いのもとに天使が舞いおりてきた、あの聖なる夜は。冷たく澄みきった夜空、空には星が小さなダイヤモンドのようにまたたいている。そして、ひときわ明るい星が賢人たちをベツレヘムへといざなう。その日の夜空はさぞかし見ものだったことだろう。神は人類創造の最初の日から、この夜のためにとっておかれたに違いない」

伯爵はふたたびグエンドリンを見た。つい先ほどまでふたりのあいだに流れていた親しさは、跡形もなくなったようだった。

「明日の朝には、きっとジョーンズがビル・マーヴィンと医者を連れて上がってくるだろう」

その声にかすかに失望の響きがあったように聞こえたのは、気のせいだろうか？

グエンドリンは暖炉のそばに戻った。その声と姿で彼女に危険な魔法をかけようとしている伯爵と、なるべく距離をおきたかった。彼の存在は、これまで感じたこともなかった切望感を、欲望を、そしてあまりにも愚かな、とうていかなうとは思えない望みを彼女の内にかきたてた。

「それにしても、いまいましい、いや、不思議な天気だったな」伯爵は足を引きずりながら暖炉の反対側の椅子に行くと、ゆったりと腰を下ろし、くつろいだ様子で左脚をまっすぐに伸ばした。「嵐《あらし》のせいできみはわたしの家に足止めをくらい、さらにはテディを助けるためにこんなところまで上がってくる羽目になった。さらに天候が悪化して、今度はこの家に足止めをくらってしまった。なのに今はこのとおり、冬とは思えないくらい晴れわたっている。まるで母なる自然がわたしたちにいたずらを仕掛けたかのようだ。もしくは、わたしたちふたりを一緒にいさせようとしたのかもしれない」

グエンドリンは落ち着かない思いで身じろぎした。それは、彼女の向かい側にいる男性に対していだいている感情と同じくらい、あまりにも現実離れした考えだった。そのような感情は、彼女にとって何ももたらしはしない。今はとにかく、それを押し殺すのがいちばんだ。

「骨折は治っても、テディの脚に障害は残りそうかな？」グリフィンが尋ねた。

「まだわかりませんが、そうならないことを祈るばかりです」

「きみがいたのは、あの少年にとって幸運だった」

「あの子にとって幸いだったのは、父親が嵐をついてまで助けを求めに来たことです。もし少しでも遅れていたら……」

「そういえば、きみはずいぶんビル・マーヴィンと親しいようだったが」グリフィンは袖《そで》口のほつれた糸をもてあそんでいる。

「彼はいい人です」

「きみも彼のような男と結婚したらいいかもしれない」

それは彼女が聞きたい言葉ではなかった。とりわけ伯爵の口からは。「わたしは別に夫を探しているわけではありません。

「ともかく、子供がふたりもいる夫なんてごめんだというわけか」

「そういうことではありません」

「だが結婚したいとは思わないのか？　これまで結婚を申しこんでくる男を全部断ってきたのか？」

グエンドリンは膝の上で手を組んだ。「結婚を申しこまれたことなどありません」

「なんだって？　一度も？」

彼は心の底から驚いたようだ。

「ええ」グエンドリンは告白した。「一度も」

「クリミアの傷病兵のなかには看護婦と恋に落ちる者もいたはずだ」

「そういうこともありましたが、わたしにはありませんでした」

伯爵は椅子の背にゆったりともたれ、彼女をまっすぐに見つめた。「たぶん、きみにはひとりで生きていけるような雰囲気があるのかもしれないな。男というものはつねに、恋した女性から頼られたいという思いがある。自分の助けと保護を必要としていると感じたいんだ」

書斎で彼が言っていたことを思い出し、グエンドリンはそうかしらと言いたげに眉を上げた。「男性にとっては頼られることはうれしくても、わたしがそれをすると、愛に飢えているように見えるというわけですか？」

伯爵は立ちあがり、暖炉にもたれて、その炎をじっとのぞきこんだ。「あのときのわたしはどうかしていたんだ。わたしは怒っていて、きみを傷つけてやりたかった」目を上げ、彼女を見つめる表情には心の底からの後悔がにじんでいた。「本当にすまなかった」

グエンドリンも立ちあがり、彼と正面から向きあった。「たしかにあなたの言葉に傷つきました。なぜなら、わたしは本当に必要とされたいと願っていたからです。わたしだって愛してほしいとは思います。でも、わたしたちみんな、誰かに必要とされたいと思っているのではありませんか？　愛されたいと思っているのではありませんか？　あなたはそうではないんですか？」

伯爵が薪《まき》を蹴飛《けと》ばすと、いっせいに火花がはぜて煙突を上っていった。「そうでなければ、なぜレティシアと婚約したりしたと思う？」

グエンドリンは、それまで彼の婚約者の存在をすっかり忘れていたことに気づいた。

「あれほどまでに人気者だったクーム・リース伯爵でさえ、愛されたかったのさ。そして、レティシアならわたしを愛してくれるだろうと思った。しかし、彼女が愛したのはわたしの爵位と財産だった。大勢の女性に追いかけられていたわたしが結婚を申しこんだことが、彼女の虚栄心をいっそうくすぐったのだろう」

伯爵は深いため息をついた。

「ある晩、わたしは友人たちと居酒屋にいた。友人たちの一部は、愛に曇ったわたしの目を必死に覚まさせようとしていた。残りの友人たちはわたしに加勢してレティシアに対する非難を否定し、擁護した。争っているうちにランプが倒れた。勇敢な亭主の働きがなければ、わたしは焼け死んでいただろう。事故のあと、迷うことなくわたしをごみのように捨てた女のために」

その声に苦々しさと悲しみが入りまじっているのを聞いたグエンドリンは、彼の体に腕をまわして慰めを与えたいと思った。だが、そんなことをするわけにはいかない。それは、もし伯爵とともにこの場所に永遠に隔離されてもかまわないという考えと同じくらい現実味を欠いていた。

　代わりに彼女は言った。「あなたが死ななかったことを神に感謝します」

「もしそうなっていたら、きみはテディのもとにたどり着けなかっただろうし、きみの世話する孤児たちのためにクリスマスの寄付をする人物もいなかっただろう」

　グエンドリンが感謝しているのはそれだけが理由ではなかった。でも、これもまた口に出すわけにはいかない。「あなたには本当に感謝しています、伯爵」

「それは本気で言っているのか？」

「本当に心の底から出た言葉です。それに子供たちは――」

「熱心な擁護者を得るというわけだな。わたしにもそんな人物がいて、離れていった友人たちを非難してくれたら、どんなによかったか」

「もしもそんなことで離れていったのなら、それは本当の友人ではなかったのです」

「そんなことはきみに言われなくてもわかっている、ミス・デイヴィーズ」伯爵は背を向け、じっと火を見つめた。「わたしは実に大きな犠牲をはらって思い知った。自分がそれまで友人だと思いこんでいたのが、実はただの知り合いにすぎなかったのだと。あるいは、わたしの寛大さを食い物にしようという連中だと。彼らは群れをなしてわたしのパーティや祝祭や音楽の夕べにやってきては、わたしの贈り物に大げさに感謝してみせた。だがわたしが本当に必要としているときには、そばに寄りつこうともしなかった」

「誰かひとりくらいはそばにいてくれる人がいなかったのですか?」彼女は尋ねた。

「ひとりだけいた。バロビイ公爵だ。しかし、そもそも火を出したのは彼が原因だった。恨みつらみで頭がいっぱいだったわたしは、彼と会うのを拒絶した。だが、あとになって考えてみれば、彼だってわたしに会うのはつらかったはずだ。だから、わたしはこうして引きこもったというわけだ。ふたりの使用人とともに」

「そんな必要はなかったのに」

伯爵はそれ以上言うなというように片方の眉を上げてみせた。

グエンドリンはかまわず続けた。「テディとウィリアムはあなたをちゃんと受け入れてくれたじゃありませんか。ビルだってそうだわ。あなたから働きかければ、きっとほかの人たちも受け入れてくれるでしょう」

伯爵は首をかしげ、じっとグエンドリンの顔を見つめた。「世間がわたしを、顔に醜い傷を負った怪物ではなく、人間として受け入れてくれるようになるというのか?」

「ええ」

彼はさらににじり寄った。「それでは、きみはわたしを人間として受け入れているのか?」

「わたしの目の前にいるのは、健康で、生気にあふれた、この先長い人生が待ち受けている男性です」

伯爵はほほ笑み、手を伸ばして、グエンドリンの頬にそっと触れた。「気をつけたまえ、ミス・デイヴィーズ。きみは自分が何をしているかわかっていないんだ」

たぶんわかっていないのだろう。でも、彼が自分の頬に触れていることはわかっている。その感覚は、グエンドリンのなかにさまざまな感情を呼び起こした。希望、喜び、恐怖、そして欲望を。

「きみのあの子たちへの心配りはすばらしかった。きみの孤児院の子供たちも、同じように手厚い心配りを受けているのだろう。子供たちはさぞかしきみを愛しているんだろうね」

「わたしはなるべく、子供たちが頼りにする孤児院の女院長以上のものになろうと努力しています」グエンドリンは、彼の温かいてのひらに口づけしたい衝動と必死に闘った。「それ以上であろうことは疑うまでもない」伯爵は頭を下げた。「きみは、わたしの大好きだったハーロウ校の教師を思い出させる。彼は厳格だが、実に公平な人物だった」

厳格ですって？　彼はグエンドリンをそんなふうに見ていたのだ。でも、この場合は明らかに褒め言葉として言っているのだから、すなおに受けとったほうがいいかもしれない。

「子供たちには一定の決まりと指導が必要なんです」

「それと、その両方を教えることのできる母性的な女性が。決まりごとを、子供たちを縛りつけるだけのものにせず、指導を強制ではなく、そっと背中を押す手のように感じさせてくれる人物が」

またしてもグエンドリンは喜ぶべきなのだろうと思った。彼が自分を母性的な女性だと言ったことに、どうしてこんなにがっかりしているのか、わからない。

「きみはきっとよき母親になるだろう。すばらしい妻に」

その言葉がどんなにグエンドリンを傷つけているか、彼には決して理解できないだろう。それがナイフのように心を切りさいなむのは、彼が妻としてグエンドリンを選ぶことは絶対にないからだ。「わたしは結婚するとは思えませんし、それに面倒を見なければならない子供たちはもういますから」

「だが、いつかは結婚したいと思っているんだろう？　どこかの若くハンサムな説教師がきみに恋をするかもしれない。あるいはどこかの魅力的な教師が求婚するかもしれない」

「わたしにはそのどちらも現実に起こるとは思えません。それに、あなたの夢のような設計図にはひとつ重大な欠点があります」

「それは？」

「わたしは、そうした殿方を引きつけるほど、もう若くも美しくもないということです。それに、わたしみたいに我の強い、頑固な、女らしくない性格では無理です。たしかにそれは、教育を受けたり、聖ブリジット孤児院を運営するには大いに役立ってくれました。でもそうした性格は、およそ殿方が妻に求めるものとは言えません。わたしはこれからも孤児たちを相手に充分満足な生活を送るし、そのようなばかげた空想に浸ることはないでしょう」

「きみの言う頑固さと強情さも、それが価値のある目的あってのことだとわかれば、男だって称賛するようになるだろう。それに、きみが言うところの男が妻に求める美点というのは、なんとも退屈で、夫にうなずくだけのお人形さんのような妻を求める男たちだけのものだ」伯爵は、暖炉の上にある宿り木の飾りをもてあそんでいる。「それとも、明らかに不利だとわかっているのに愛を求めるのは時間の無駄だと言いたいのか？」

「わたしは現実的な人間で、そのような少女じみたばかな夢だの情熱だのを追いかけている暇はないということです」

「たとえクリスマスであっても？」

グエンドリンは一瞬ためらった。「ええ」

「それなのに、わたしにはこの顔で世間に受け入れてもらうことを望めと言うんだな」

「それは話が別です。あなたには世の中にさしだせるものがたくさんありますもの」

「きみにだって、きみの心を勝ちとる男にさしだせるものはたくさんあると思うよ」彼はグエンドリンの頭の上に緑の飾りをかざした。それは宿り木だった。クリスマスには、その下にいる男女はキスすることが許される。「もしきみの説が正しいのなら、そしてわたしが自分で思っているようなおぞましい男でないなら、キスさせてくれてもいいはずだ」

グエンドリンはさっと顔を赤らめ、宿り木を見上げた。ああ、神さま、わたしの身にいったい何が起こっているの？ どうしてこんなことが？ どうして、よりによってこの場所で、こんな身分の高い男性と？ なぜもっと前に、大工や煉瓦《れんが》職人や歩兵のような、自分と同じ身分の男性たちに対してこんな気持ちにならなかったの？

グエンドリンの彼に対する気持ちは、苦しみ以外のものしか残さないだろう。ふたりのあいだに長続きするものなんて、あろうはずがない。伯爵がなんと言おうと、あるいは彼がどんな欲望や感情を彼女の内に呼び起こそうと、それだけは決して忘れてはならない。グエンドリンは自分の心をなんとしてでも守らなければならなかった。

「それはあまり公平とは言えません。わたしのほうにはそうしてほしくない理由があるかもしれないでしょう」

「じゃあ、それを言ってごらん。わたしの醜い顔のことは除いて」

「わたしはまだ、あなたという方をよく存じあげません」

彼は宿り木の飾りを彼女の上にぶらさげた。「きみはほかのどんな人間よりも、わたしをよく知っているよ」

ここはやはりずばりと言っておくべきだろう。ほかに方法はなさそうだ。「あなたは伯爵で、わたしは名もなき貧民の娘です」

「わたしは男性で、きみはこれまでわたしが会ったなかでもっとも惹《ひ》かれる女性だ。きみはまるで占領軍司令官のようにわたしの書斎に乗りこんできたときから、わたしを激しく惹きつけた。おどおどした女性や、くすくす笑ってばかりの頭の空っぽな女性はもうたくさんだ。きみはまっすぐで、率直で、頭がよくて、自分というものを持っている。どんな男性でも、きみのような女性の歓心を得られれば、そいつは幸運な人間だと言わねばなるまい」

グエンドリンは顔をそむけた。「そんな心にもないことを言うのはやめてください」

「わたしは真実を語っているのだ」伯爵はさらに一歩近づくと、彼女のウエストをつかみ、宿り木が床に落ちるのもかまわなかった。「だから、わたしはきみにキスをする」

6

そして伯爵はグエンドリンの唇をとらえると、断固とした、ゆるやかな、甘美なまでの余裕をもってキスをした。

グエンドリンは、彼女が惹《ひ》かれたり魅力的だと思った男性はもちろんのこと、どんな男性ともキスをしたことがなかった。これまで彼女が知っていた幸福感、満足感、自分にふさわしい場所があるという充実感は、伯爵のキスが呼び起こした驚異的な感情の前にたちまち色あせていった。

腕を彼の背中にまわすと、グエンドリンはさらに彼を抱き寄せた。伯爵の手が彼女の背中に当てられ、グエンドリンの胸はその分厚い、固い胸に押しつけられた。キスをしながら、伯爵はグエンドリンの髪からピンをはずし、肩に垂らした。

彼の舌がグエンドリンの唇を軽く押し、暗黙のうちに侵入を求めた。彼女は本能的に唇を開き、その舌がさらに奥に入ってくると、まるで日向《ひなた》に置かれた氷のように体がとろけていくのを感じた。

いつ果てるとも知れぬ夜勤の夜、患者たちの様子を見ながら、あるいはなかなか眠らない子供たちを寝かしつけながら、どんなに夢見たことだろう。いつか自分を愛する男性の胸に抱かれることを。愛と情熱のこもったキスをされることを。誰にも求められず、愛されない、孤独な日々に終わりが来ることを。いつの日か自分を愛し、思ってくれる男性が現れるなどというのは、夢のまた夢でしかなかった。

だが、今グエンドリンの目の前にいるのは、まさしく彼女の夢から抜けだしてきたような理想の恋人だった。かつて夢見ていた恋人がよみがえろうとしている。それも彼女だけのために。

でもそんなものは夢物語にすぎないのだ。

そのとたん、現実の世界が忍びこみ、まるで冬の突風のようにグエンドリンの心を冷やした。これは子供時代に見ていたむなしい夢となんら変わりはしない。クリスマスになるたびに彼女は自分の境遇も忘れ、山のような贈り物に囲まれて目覚めることを夢見たものだ。そしてクリスマスの色とりどりのごちそう。ローストしたがちょうにグレイビーソース、デザート、クリスマス・プディング。当然ながらそこには失望だけが待っていた。やがて彼女は何も期待しないことを学んだ。

だから、今も何ひとつ彼から期待してはならないのだ。そんなことをしたら、待っているのは後悔と失望しかない。いやしくも天下のクーム・リース伯爵が、スランウィスランのしがない孤児院の女院長と恋に落ちるなんて、あまりにもばかげた夢物語としか思えない。

グエンドリンは突然キスをやめ、その温かい胸躍る情熱的な抱擁から身を引き離した。

「どうしたんだ？」

「これは間違っています」グエンドリンは一歩あとずさった。あらんかぎりの意志をかき集めて自分に言い聞かせる。欲望のままに動いてはだめ、自分がしなければいけないことをしなさいと。「わたしたちはキスなんてするべきではありません」

彼はけげんそうな顔をしている。その瞳に浮かんだ表情は……いけない、彼の目を見てはだめ。

「では、きみがわたしに好意を持ってくれていると思うのは間違いだというのか？」伯爵はゆっくり尋ねた。

「わたしはあなたが好きです。あなたはわたしの望むすべて――」グエンドリンは口をつぐんだ。よけいなことを言ってしまう前に。彼女の気持ちだけでは、事実を変えることなんてできない。ふたりはまったく違う世界に住んでいるのだ。それはこれからも永遠に変わることはない。「あなたはとても心の寛大な、優しい紳士だと思います」

「そしてわたしは、きみをすばらしい、とても魅力的な女性だと思う」伯爵はふたたび手を伸ばそうとした。

グエンドリンは伯爵から、そのさしだされた手の誘惑からさらに身を遠ざけた。「それは今、たまたま孤立した特殊な環境にいるから、そう思えるだけだわ。わたしたちは、ほとんど相手のことを知らないんですよ。まだ会ったばかりなんですから」

彼女は肩をそびやかし、必死になって冷静さを保とうとした。

「あなたは、どんな女性も二度とご自分を振り向かないだろうと思いこんでいらした。たまたま、わたしが現れてそうでないことを証明した。あなたが今感じておられる好意はその結果であって、それ以上の何ものでもないのです」

「わたしを恐れなかったことに対する感謝の念を愛ととり違えていると言いたいのか？」

「あなたの気持ちなどわかりません」

「実際は愛ではないと、きみがやけに確信している以外はな。それで、きみのほうはわたしをどう思っているんだ？」伯爵は吐き捨てるように次の言葉を口にした。あたかもそれをしゃべるだけで舌がけがれるとでもいうかのように。「哀れんでいるのか？」

「とんでもない。間違っても哀れみなんかじゃありません」

伯爵は彼女を引き寄せた。「誓ってもいい。わたしがきみに感じているのは、感謝の念でもなければ、欲望でもなければ、単なる親愛の情でもない。こんな気持ちは、レティシアやそれ以外の女性にも感じたことはなかった。わたしはきみに一生そばにいてほしいんだ」

ああ、神さま！　グエンドリンはどんなにか彼を信じたかったことだろう。彼が本当に愛してくれているのだということを。この愛が、どんな困難も乗りこえ、身分や境遇の違いを帳消しにしてくれるものだということを。けれど、彼女はそれを完全に信じることはできなかった。今はまだ。

「孤独や、ふつうでない状況では、人はしばしば好意と愛情をとり違えてしまいがちです。でも、いったんお互いの家に戻れば、すべては変わり、あなたの気持ちも変わるでしょう」

「本当にそう信じているのか？」

「わたしは戦場で、看護婦と恋に落ちたと思いこんだ兵士たちを見てきました。彼らが結婚して、故国に帰ってからどうなったかも聞きました。いったん戦場と病院から離れると、互いのあいだにはなんの共通点もありませんでした。結婚したせいで苦い後悔をする羽目になった人たちを、少なからず見てきたんです」

「それは、彼らが本当に愛しあってはいなかったからだろう」

「わたしたちだって同じです。あなたは賢明な紳士で、この世界のことをよくご存じです。だとすれば、わたしたちが今感じているような思いが永遠に続かないことはおわかりでしょう」

「きみはひと目惚《めぼ》れというものを信じないのか？」

「ええ。行きずりの熱情、誘惑ならあるかもしれませんけれど、それは一生続くような愛ではありません」

彼の真剣な張りつめた視線がついに揺らいだ。グエンドリンはほっとすると同時に、自分の言葉がようやく相手に効果を及ぼしたと知って後悔の念にかられた。

「なるほど、それが本心というわけか」伯爵は静かに言った。「きみがそう言うのなら、わたしも疑う以外にないのかもしれない」彼は問いかけるように目を上げた。「それでも、きみはわたしのことが好きなんだろう?」

グエンドリンはうなずいた。

「わたしにはわかっている。きみはわたしを求めているのだ。わたしがきみを求めているのと同じように」

それについては否定できなかった。否定したら嘘《うそ》になる。「ええ。ですから、あなたにもうキスしないでいただきたいとお願いしているのです」

彼はなんという目で見ているの!

「ミス・デイヴィーズ、たしかにわたしはかつてのような紳士ではないかもしれないが、自分の欲望だけを考える無作法な若造ではない。もちろん、きみの意思は尊重する。これからはきみとの距離をおくことにしよう。さあ、きみもやすむがいい。相当疲れているはずだ。この子はわたしが見ていよう。何かあったらすぐに起こすから」

こんなふうに切ない憧憬《しょうけい》のこもったまなざしで見つめられるよりは、怒ってくれたほうがよほどましだった。さもなければ、グエンドリンは自分の抑えがたい情熱に屈してしまうだろう。

「数時間で起こすと約束してくださるなら。あなたもお疲れでしょう」

「わたしは今夜は眠らずにすみそうだ。獣の本能を必死になだめようとする努力で、眠るどころではないだろう」

彼の声はレティシアのことを話していたときよりも、もっと苦々しく、怒りのまじった、傷ついたものになっていた。それに気づいて、彼女の苦悩はいっそう深まった。「どうか伯爵さま……グリフィン」

「やすみたまえ、ミス・デイヴィーズ。どうかわたしをひとりにしてくれ」

グエンドリンは窓の前にたたずみ、太陽が昇り、ピンクとオレンジ色に輝く線が空高く浮かぶ雲を縁どりはじめるのを見ていた。白い雪にまばゆく反射する太陽の光は、地上をまるで天界のように神々しく見せている。何もかもが清潔で、新しかった。まるで現実を隠す希望のように。

だが、この雪もやがて解けていく。もとどおりの生活が始まれば、彼女がこの農家で夢見たどんな幸福な夢も同じように消えていくだろう。

すでに変化は始まっていた。夜中にグリフィンが起こしに来た際も、彼はひと言も発しなかった。グエンドリンも同じだった。もちろん自分のせいだとわかっていたが、それ以外に方法はなかったのだ。このような夢を信じることは、世の中の現実を否定することであり、人生がおとぎばなしだと思いこむのと同じだった。そうでないことを彼女はいやというほどよく知っていた。

もうすぐ医師とビル・マーヴィンが到着するだろう。そうなればグエンドリンとグリフィンはそれぞれの家に戻っていく。けれど、少なくとも彼女には、テディの命を、あれほどのひどい怪我《けが》をしていながら致命的な感染症から救ったという満足感が与えられる。

グリフィンがカーテンの向こうで動く気配がした。グエンドリンはあわてて暖炉のそばのベッドに駆け寄り、まだ眠っているテディの様子を見るふりをした。

「その子の容体はどうだ？」姿を見せたグリフィンがぶっきらぼうな口調で尋ねた。

グエンドリンは伯爵がひどくやつれていることに気づいた。彼女はすぐに身を起こした。彼の身を案ずるあまり、距離をおこうという決意はたちまち消し飛んだ。

「ご気分がすぐれないのですか？」彼女は伯爵の額に手を伸ばした。

「いや」グエンドリンが触れる前にグリフィンはその手をつかみ、眉をひそめた。「わたしに近づくな、ミス・デイヴィーズ」

彼女の心配はたちまち怒りに変わった。「常識のある人なら、誰でもゆうべのわたしの判断が正しかったと認めてくれるでしょう。心の底からその女性のことを思っている人なら、別の答えを押しつけたりはしません。以前申しあげたように、わたしの貞操はわたしにとって自由になる唯一のものです。温かい岩に積もった雪のように消えてしまう、頼りない一時的な情熱のために、それを捨てるつもりはありません」

「ミス・デイヴィーズ？」弱々しいテディの声がした。

グエンドリンは怒りをわきに押しやり、テディのもとへ駆け寄った。少年がまだ苦しんでいるのはひと目でわかった。ケトルを暖炉の火にかけるグリフィンを見ないようにしながら、彼女はさらに阿片《あへん》チンキを飲ませる用意をした。

なぜ医師はさっさと来てくれないのだろう。避けられない瞬間を待つこの苦しみを終わらせてくれるなら、誰でもかまわない。

「父ちゃん！」ウィリアムが屋根裏の寝床から叫んだ。「父ちゃんだ！　馬に乗ってるよ！」

一瞬、時間そのものが止まったかのようだった。テディの体を片手で起こし、スプーンをその口元に半分さしだしたまま、グエンドリンは動きを止めた。グリフィンはお茶の缶を手にしてテーブルの前に立ちすくんでいる。

ウィリアムが転がるように梯子《はしご》を下りてくる音で呪縛《じゅばく》は解かれた。少年は扉に走った。

グエンドリンはテディに薬を飲ませ、グリフィンはお茶をいれて最後のパンを切り分ける作業に戻った。

ビル・マーヴィンが戸口に現れた。幼い息子をさっと両腕にすくいあげながら、ビルは心配そうに尋ねた。「テディは?」その視線はベッドに横たわった少年に向けられている。

「大丈夫よ」グエンドリンが答えた。「思った以上に快方に向かっているわ」

「ああ、ありがたい!」ビルは叫ぶやいなや、編みあげ靴も外套《がいとう》も帽子も脱ぐのを忘れて、テディのもとへ駆け寄った。彼はウィリアムを下ろすと、ベッドのかたわらにひざまずいた。

グリフィンが防寒用のマントと帽子をつけるのを、グエンドリンは目の隅でとらえていた。

「馬をつないでくる」彼は小声で言い、外へ出ていった。

「ああ、ミス・デイヴィーズ、あんたにはなんとお礼を言えばいいか!」ビルの顔は感謝と喜びに輝いている。

「伯爵に連れてきてもらわなければ、ここへは来られなかったわ」

グエンドリンの言葉はビルには聞こえていなかった。彼は怪我をした息子の額から、もつれた髪を払いのけてやっている。

阿片チンキを飲んでいたにもかかわらず、テディが目を開けた。「父ちゃん?」その顔に弱々しい笑みが浮かぶ。

「ああ、そうだよ。父ちゃんだよ」ビルはしわがれた声で答え、たまらず目をぬぐった。彼の片手はテディの腕に、もう片方はウィリアムの小さな体にまわされている。「やっと戻ってきた。もうどこへも行かないからな」

「今日はクリスマスなの?」

「いや、まだだよ」

テディは父親の手袋をはめた手をぎゅっとつかんだ。「よかった、まだ終わってなくて」

親子を見つめていたグエンドリンは、耐えがたいほどの胸の痛みをおぼえた。これまで一度も、なくて寂しいと思ったことのなかった——そんなものがあるとは想像すらしなかった——何かへの激しい切望感が心をさいなんでいた。

彼女は思わず親子に背を向け、外から戻ってきたばかりのグリフィンとあやうく衝突しそうになった。防寒用の外套に帽子をつけたグリフィンは、グエンドリンの肩をさっとつかんで体を支えた。そのまま瞳をのぞきこむ。そこにグエンドリンは、彼女と同じくらい激しい思いがにじんでいるのを見てとった。それは彼女の決心をくつがえし、彼のキスから身を引き離したときに彼女が必死に克服しようとしたむなしい望みをよみがえらせた。

そのとき庭からそりのベルの音が聞こえてきた。

「お医者さまだと思うわ」グエンドリンはささやいた。

「ああ、そうだ」グリフィンは、いっときも彼女の顔から目を離そうとしない。「道を上がってくるのが見えたよ」

もう少ししたら彼女は孤児院に戻るだろう。彼女の知っている唯一の家であり、これから先も唯一でありつづける家に。

グリフィンは彼女を放し、扉へ向かった。「きみが患者のことを相談しているあいだ、わたしは彼の馬の面倒を見ていよう」

グリフィンが出ていくと、入れ違いに、陽気な初老のドクター・モーガンが黒いかばんを手に勢いよく入ってきた。彼の頬髭《ほおひげ》と髪は漂白したリネンのように真っ白だった。

「このくそ大変なときに脚の骨を折ってくれた坊主はどこかな？」彼は外套を脱ぎ、待っていたグエンドリンに渡した。「また雪が降ってきたのを見て、ジョーンズはあやうく卒中を起こしかけた。まったく、なんともけったいな天気だな」

テディにつきっきりになっていたビルは、わきに下がって医師の診察をあおいだ。グリフィンのことや、孤児院に戻ることを考えまいとしながら、グエンドリンは彼女の処置が正しかったかどうか、医師が診断を下すのをじりじりと待っていた。

「ほとんど完璧《かんぺき》にくっついておる、ミス・デイヴィーズ」医師は言った。「わたしがやっても、これほどみごとにくっつけることはできなかっただろう。あと必要なのは、清潔な包帯と痛みをやわらげる薬くらいのものだ」

「それでは、わたしはもう孤児院に戻ってもかまわないのですね？」

「もちろんだとも」ドクター・モーガンは黒いかばんから瓶をとりだし、液体をスプーンで計りながら答えた。

扉が開き、グリフィンが編みあげ靴についた雪を落とすために立ち止まった。

「スランウィスランまでわたしのそりで送っていこう」医師がグエンドリンに申し出た。

「ありがとうございます。そうしていただけると助かります」

「そういうことなら」伯爵が言った。「わたしはここで失礼させてもらう。約束どおり、子供たちのクリスマスのための小切手をあとでジョーンズに届けさせるよ、ミス・デイヴィーズ」

信じられないことに、グエンドリンはそれをすっかり忘れていた。

グリフィンがきびすを返した。「メリー・クリスマス」

「メリー・クリスマス」ビルとテディと医師がほとんど同時に言葉を返した。

「本当にありがとうございました」ビルが感きわまった声でつけ加えた。

「さようなら、それからメリー・クリスマス!」ウィリアムはそう叫んで戸口に駆け寄り、勢いよく手を振った。

グエンドリンは結局何も言わなかった。

孤児院の大食堂は、さながらお祭り騒ぎのようだった。それでも最初の興奮の波が引き、子供たちも職員もごちそうをおなかいっぱい平らげた今、満足感と疲労がさざ波のように広がっていた。

グエンドリンもやはり疲れていた。なにしろクリスマス間際のあわただしい準備から、夜明けのろうそくの行進のために子供たちや職員をたたき起こすまで、ずっと働きづめだったのだ。教会ではクリスマスの合唱に続いて礼拝が行われることになっていた。彼女は極力、伯爵が礼拝に参加するのではないかという期待をいだかないようにした。たとえふたりがあんな別れ方をし、伯爵はもはや世捨て人ではないにしても。

伯爵は礼拝にやってこなかった。彼女の落胆はあまりにも激しく、ビル・マーヴィンの家で彼を拒否したことをこのまま永遠に後悔しつづけるのではないかと思ったほどだ。しかし、それはあまりにもばかげた望みだった。

伯爵の不在は、グエンドリンの彼に対する気持ちがばかげていて望みのないものだという確信をいっそう深めた。いったんそれぞれの家に戻れば気持ちも変わる、と彼に言ったのは正しかったのだ。

そのとき、外にある門のベルが鳴った。その音は執拗《しつよう》に、子供たちの歓声に負けじとばかりに響きわたった。

「いったい今ごろ、誰でしょう?」モリーがうんざりしたように言った。「わたしたちは、クリスマスのお食事でさえ心静かに迎えることもできないんですかね?」

グエンドリンは思わずほほ笑んだ。子供たちの歓声があふれた食事はとても〝静か〟などと言えるものではなかったからだ。「わたしが出るわ」彼女はテーブルから立ちあがった。「もしかしたら誰かが助けを求めているのかも」

孤児院の戸口に子供たちがクリスマスの日に置き去りにされるのは、これが初めてではない。クリスマスは喜びの季節だけれど、たやすく絶望の季節に変わってしまうことがある。

玄関の扉の前で、グエンドリンは頭にショールをかぶり、すべらないよう気をつけながら小石の敷きつめられた道を急いだ。彼女と伯爵を農家に閉じこめた大雪はほとんど解けてなくなっていたが、日陰の部分はまだつるつるとすべりやすい。

扉の格子窓を開けると、おなじみの黒い馬の鼻面が目に飛びこんできた。

彼が山から下りてきたんだわ。グリフィン……いいえ、クーム・リース伯爵がついに屋敷から出てここへやってきたのだ。

舞いあがりかけた気持ちを引きしめ、グエンドリンは自分に言い聞かせた。伯爵は彼女に会うためだけに来たのではない、もしそうなら、今日まで待っていることはなかったはずだ。

伯爵がミスター・ジョーンズに届けさせた百ポンドの小切手には、一枚のメモもついていなかった。まるで、ミスター・ジョーンズこそがサンタクロースで、彼女にキスをしたり愛を告白した人物はサンタクロースではなかったのだと言わんばかりに。グエンドリンは、伯爵から借りたベルベットのマントを短い返信と一緒に返したが、その文面ときたら、自分でもあまりにも事務的でそっけなさすぎる気がしたほどだった。

たぶん、彼は子供たちにもたらした幸福を自分の目で確かめたかったのかもしれない。もしかしたら彼女の説得が功を奏して、彼を外の世界に踏みだそうと決心させ、それを、この幸福な感謝に満ちた子供たちに会うことから始めようとしたのかもしれない。

施設を訪問に来た後援者にすぎないと固く自分に言い聞かせたにもかかわらず、門を開けるグエンドリンの手は震えていた。

愛馬ウォーロードの背にまたがった伯爵は、おなじみの防寒用外套と毛皮の帽子を身につけ、髪を束ねて後ろでまとめていた。ちぎれかけた耳は髪の下に隠されているが、顔のやけどの跡は前よりずっとあらわになっている。

「メリー・クリスマス、伯爵」グエンドリンは微笑を浮かべ、この思いがけない訪問にどれだけ動揺しているか気づかれまいとした。

伯爵は馬を降りると、彼女の前に立った。薄れていく午後の光のもとで、その表情を読みとるのは難しい。「きみのせいで、わたしは怪我をしてこのかた、最悪のクリスマスを迎える羽目になった」

グエンドリンはなんと言葉を返せばいいか、わからなかった。

「なかに入ってもいいかな、それともここで立ったまま話をしようか？」

「まあ！」グエンドリンはすっかりうろたえ、甲高い声をあげた。「申し訳ありません、どうぞお入りになってください。子供たちに会ってやっていただけますか。あなたの寛大な贈り物に、みんなどんなに喜んだか」そしてそっとつけ加えた。「そしてわたしも」最後の言葉は彼に聞こえなかったようだ。あるいは、彼女の感謝など、どうでもよかったのかもしれない。

「どこに馬をつなげばいい？」

グエンドリンは彼を納屋へ案内した。そこには子供たちに新鮮な牛乳を飲ませるために飼っている三頭の牛がいる。「お元気そうですね」

「おかげでね」

「雪のなかをビル・マーヴィンの家へ送っていただいたりして、あとでどこかお具合が悪くなるようなことがなかったのならいいですけど」いかにも看護婦らしく聞こえるよう、超然とした口調でグエンドリンは言った。

「わたしは大丈夫だ」伯爵は空いている仕切りに馬をつなぎ、それから彼女を見つめた。

「きみのほうはどうなんだ？」

「わたしはいたって元気です」グエンドリンは安心させるように言った。

伯爵は鞍袋《くら》に手を入れ、なかから茶色の紙でくるまれた包みをとりだした。もしかしたらクリスマスの贈り物かしら。一瞬そう思ったグエンドリンはひどく気が動転した。こちらは伯爵に渡すものなど何も用意していない。だが、すぐに〝ばかね〟と自分を叱《しか》りつけた。伯爵がグエンドリンにクリスマスの贈り物を持ってくるはずがない。

「マントをわざわざ送り返してこなくてもよかったのに」伯爵は包みをさしだしながらぶっきらぼうな口調で言った。

グエンドリンは手を後ろにまわした。「孤児院に置いておくわけにはいかなかったし、今さらこんなものをいただくわけにはいきません」

「どうして?」伯爵の黒い眉がひそめられた。「きみのような仕事をしていたら、暖かいマントが必要だろう」彼がまたしてもじっと見つめるので、グエンドリンは髪の付け根から足の先までかっと熱くなった。「あの金できみにもふさわしい衣服を買うようにと書いておくべきだったな」

「わたしの服は、動きやすくて実用的なもののほうがいいのです。このマントはあまりにも贅沢《ぜいたく》すぎます」

伯爵は彼女の断りの言葉が気に入らなかったようだ。「きみが受けとらないのなら、燃やしてしまうまでだ」

「前にも同じことをおっしゃったとうかがっています」

黒い眉がぴくりと動いた。「ミセス・ジョーンズがよけいなことをしゃべったようだな」

伯爵は仕切りの戸を閉めると、彼女に近づいていった。

「だったら、売るなりなんなりすればいい。どうしても着たくないなら」

そこまで言われて拒絶するほど、グエンドリンも頑固ではなかった。彼女はうなずき、包みを受けとった。伯爵の革手袋をはめた手にうっかり触れないよう細心の注意をはらいながら。

グエンドリンはさっときびすを返し、孤児院の建物に向かって歩きだした。「申し訳ありません。クリスマスだというのに、何も贈り物を用意していなくて」

「それはあとのお楽しみにしよう」

伯爵のその口調に気をとられ、グエンドリンは凍った地面にあやうく足をすべらせるところだった。

力強い手がさっと伸びて彼女を支えた。「気をつけたまえ、ミス・デイヴィーズ。きみまで脚の骨を折ってはたまらない」

グエンドリンはますます真っ赤になった。建物から誰かのぞいていないかと意識しつつ、彼の抱擁を逃れる。

「これからはもっと気をつけることにします」彼女はかまわず歩きつづけた。なるべくそっけない口調を心がける。「子供たちはきっとあなたに会うのを喜ぶと思います。みんな、あなたがどんな方か、質問攻めにしてくるんですよ」

「本当に？　わたしも、きみのことでミセス・ジョーンズから質問攻めにあっている」

彼はなんと答えたのだろう……。グエンドリンの心はあらゆる可能性を思って落ち着きなく揺れ動いた。いいこと、それとも悪いこと？　称賛、それとも悪口だろうか？

ふたりは孤児院の建物に入り、漆喰《しっくい》を塗った廊下を歩いていった。あちこちに雨もりや、庇《ひさし》から解けだした雪の染みが浮き出ている。忙しすぎて補修をする暇がなかったのは幸いだったとグエンドリンは思った。これでこの施設がどれほど困窮しているか、わかってもらえる。彼の屋敷と雲泥の差なのは歴然としている。

大食堂に近づくにつれ、子供たちの声がますますやかましくなってきた。まわりに子供たちがいることに慣れていないグリフィンには、阿鼻《あび》叫喚の騒ぎに聞こえているだろう。

「あれはうれしくて騒いでいるんです」言い訳するような口ぶりになった。

大食堂のほとんど直前で、突然グリフィンが歩みを止めた。「もう我慢できない」彼は激しい思いを露呈させた。「これ以上、きみに会う以外の目的で来たふりを続けるなんて無理だ。どうしてもきみに言わなければならないことがある。どこかふたりだけで話ができるところはないか？」

グエンドリンの心のなかの現実的な部分が、ふたりきりになってはだめと警告している。彼女の決意はもろくも崩れ去ろうとしていた。「そのようなことはやめておいたほうがよろしいと思います、伯爵」

彼はグエンドリンの手をとり、じっとその瞳をのぞきこんだ。「お願いだ」

今ここで、グリフィンの目にのぞいている必死の懇願を無視すれば、グエンドリンは一生後悔することになるだろう。「では、こちらへいらしてください」

ふたりは大食堂の前を通りすぎて、廊下の奥にある、ふだんは執務室として使われている小さな部屋に向かった。伯爵の書斎と違い、何もかも秩序だってきちんと片づけられている。

グエンドリンは机の向こうにまわり、それを障壁代わりにして彼と向きあった。

グリフィンは彼女の前に立ちつくし、まるでこれからものを壊そうと決心しているかのように拳《こぶし》を握りしめている。「きみがマーヴィンの家で言ったことは正しかった。わたしたちのあいだに芽生えつつあった感情は愛ではなく、永遠のものでもない、ときみは言ったね」

ああ、どうしてわたしはほんのこれっぽっちでも希望をいだいたりしたのだろう？

伯爵は身を乗りだし、その力強い手を机の上に広げた。「しかし、それが続かないだろうという点に関しては、きみは間違っている。わたしは続くと思う。今わたしがきみに対して感じている思いは、愛の始まりだ。まだ愛そのものにはなっていないにしても。そして、きみもわたしのことを、たとえほんのいっときでも愛してくれたんだと信じている。おそらく、自分の生活に戻った今、きみの心は変わっているかもしれないが、それでもわたしは望みをつながずにはいられない。もしもきみがわたしと人生をともにしてくれるなら、わたしたちはきっと幸せになれるに違いないという望みを。どうかわたしに、いや、わたしたちに、そのチャンスを与えてはくれないか？」

　グエンドリンはまたしてもクリスマスの日の少女に戻っていた。店のショーウィンドウの向こうに並ぶおもちゃやごちそうを、じっと物欲しげに見つめている少女に。だが、同時に彼女はそれが自分のためのものではないことを知っている。なぜなら、そのようなものをもらえる身分ではないから。そしてそれは今も変わっていないのだ。

「あなたにとって、不可能なことなんて何ひとつないんでしょうね。だって、あなたには富も地位も権力も影響力もあるのですから。でも、わたしはそのような世界の住人ではありませんし、これからもそうなることはないでしょう。わたしの仕事、わたしの人生はここにあるのです。わたしを必要としている親のない子供たちとともに」

　彼に視線を据えたまま、グエンドリンは労働で荒れた、たこのできた手をさしだした。

「事情が違ったとしても、わたしがどんなにそれを望もうと、このような手はクーム・リース伯爵の令夫人にはふさわしくありません」

　伯爵はつかつかと机をまわって近づいていった。そして彼女に身を引くすきも与えず、その両手をとると、口元に持ちあげ、両方のてのひらに優しくキスをした。「これは労働と苦しみを知っている女性の手だ。自分の努力で世界をよくしようとしている女性の手だ」

グエンドリンの心は、まるでかごのなかの鳥のようにはばたいた。けれど、そのかごは望んでも消えるものではなかった。それは慣習と偏見からできていて、彼女はそのかごから飛びたとうとした者たちに何が起こったか知っていた。

「世間はわたしたちを許さないでしょう。あなたはご自分の身分をおとしめ、わたしは身のほど知らずなことをしたといって非難されます。みんなはあなたが女なら誰でもよかったのだと言い、わたしはあなたの財産が目的なのだと噂《うわさ》するでしょう」

「みんなが言うことなど無視しろと言ったのはきみじゃないか。そんな心の狭い無知な連中をなんで気にする必要がある?」

伯爵は彼女の両肩にそっと手を置いた。

「ああ、グエンドリン、どうかわたしたちのあいだにある感情が本物で、いつまでも続くものだということを試す機会を否定しないでくれ。わたしと同じく、きみも世間を恐れている。きみはわたしに希望を与えてくれた。前のような自分に戻れるということではない。もしもきみが愛してくれるなら、わたしは事故の前よりはるかに、いや、それどころか、夢に見たこともないほど幸せになれるだろう。どうかわたしから希望をとりあげないでくれ。少なくとも今はまだ」

それは、グエンドリンが夢に見たことさえなかった最高のクリスマスの贈り物だった。

「わたしだってそう思いたいんです」グエンドリンはささやいた。「わたしたちが一緒になれると信じたい」

「そして、ほかのみんながどう思おうとかまいはしないと?」

グエンドリンは喜びの涙を通してほほ笑み、幸せそうに輝く彼の顔を見上げた。「ええ、世間がどう思おうとかまわないわ」

彼女にまわされた腕にいちだんと力がこもった。ふたりは優しく、夢見心地に、やがて情熱に押し流されるようにキスをしていた。

グエンドリンはようやく伯爵の体をそっと押し戻した。「これくらいにして、みんなのところに戻ったほうがよさそうだわ。みんなきっと、わたしがどうかしたかと心配しているでしょう」

「たしかにきみの言うとおりだ」彼はくすりと笑った。「わたしとしても、聖ブリジットに醜聞《スキャンダル》を巻き起こすようなまねはしたくないからね」笑みが広がり、この狭い部屋を照らさんばかりの光り輝くような笑顔になった。「ミス・デイヴィーズ、わたしのクリスマスが突然、ひどく楽しいものになった気がする」

「急にわたしもそんな気がしてきました」

「次のクリスマスはもっと楽しいものになると期待して生きていけそうだ」

グエンドリンは彼の広い胸に顔をうずめた。「これ以上幸せになるなんて考えられません」

「どうすればもっと幸せになるか教えてやろう」グリフィンはさらにグエンドリンを抱き寄せ、その耳元にささやいた。「それは、きみがわたしの妻になると承諾することだ」

グエンドリンはまたしても、あのぞくっとするような疑念が心をかすめるのを感じた。彼女は後ろに下がり、彼の顔を見上げた。「それはまだあまりにも早すぎます」

するとグリフィンはまたしても、あの悪魔のように魅惑的な笑みを浮かべた。「でもきみは、その考えを頭から否定しているわけではないんだね？」

「ええ」ふたたび彼の胸に顔を寄せながら、グエンドリンはそのすばらしい可能性を夢見ることを自分に許した。「それに伯爵――」

「グリフィンだ」

「わかりました、グリフィンさま、もしもわたしが頭から否定していたら、こんなことはしません」グエンドリンは彼の頬にキスをした。「それから、こんなことも」さらに顎にキスをする。「そしてこんなことも」低いつぶやきとともに、彼女は情熱と切望感と約束をこめたキスをした。

「まあ、いったいなんてことでしょう……ミス・デイヴィーズ！」モリーの悲鳴が聞こえた。

ぱっと離れたふたりは、戸口に立ちつくす若い女性を見た。彼女の目は、両手に抱えたプラムプディングのボウルほども丸く見開かれている。

「わたしは……その……プディングをとりに来ただけなんです。そしたらおふたりが……。あの、こちらはどなたですか?」

グエンドリンはモリーの混乱をとがめだてもしなければ、顔を赤らめもしなかった。むしろ、ふたりの熱烈なキスをモリーが目撃してくれたことがうれしかった。「こちらはクーム・リース伯爵よ。伯爵、うちで働いているモリーです」

伯爵は礼儀正しくお辞儀をしてみせた。「はじめまして」

モリーは口をぱくぱくさせた。しかし言葉が出てこない。

「わたしの顔を見て驚いたんだろう?」グリフィンが言う。「恐ろしく見えるのはわかっている。きみが何も言わずにプディングを置いていってくれれば、そのうち脚の傷跡も見せてあげるよ」

モリーはきゃっと悲鳴をあげ、プディングを床に落として走り去った。

「なぜ今みたいなことをおっしゃったの?」グエンドリンはかがんで、崩れたプディングを片づけながら彼をとがめた。

伯爵はグエンドリンの体を引っ張りあげた。「白状すると、これ以上彼女に邪魔されたくなかったんだ」

「みんながあなたについて噂していたことは、やっぱり本当だったのね。あなたはどうしようもないひねくれ者だわ」

「だとしたら、きみには引き続き、わたしのひねくれた性格を直すことを担当してほしい。かなり骨の折れる作業になるぞ。完璧に直したいなら、きみが結婚してくれるしかない」

「もしもあなたと結婚するとしたら、それはあなたを変えるためではありません。あなたを愛しているからよ」グエンドリンは爪先立ちになり、頬のやけどの跡にキスをした。

「メリー・クリスマス、グリフィン」

伯爵の腕が彼女の体にまわされた。「メリー・クリスマス。わがいとしき恋人よ。どうか、ふたりでこれから数えきれないクリスマスを迎えることができますように」

そしてその願いはかなえられたのだった。

●本書に収録の2作品は、小社より刊行された以下の作品を文庫化したものです。
『金の星に願いを』 2004年11月
『愛と喜びの讃歌』 2005年11月

クリスマス・オブ・ラブ――十九世紀の愛の誓い
2010年11月15日発行 第1刷

著 者／メアリ・バログ、コートニー・ミラン、マーガレット・ムーア
訳 者／辻 早苗、岡 聖子、柿沼瑛子
発 行 人／立山昭彦
発 行 所／株式会社 ハーレクイン
東京都千代田区外神田3-16-8
電話／03-5295-8091（営業）
03-5309-8260（読者サービス係）
印刷・製本／大日本印刷株式会社
装 幀 者／伊藤雅美

ISBN978-4-596-91436-1